속삭이는   벽

속삭이는 벽

Grävlingen

강동혁 옮김

프레드리크 빈테르 장편소설

문학동네

일러두기

1. 주석은 모두 옮긴이주다.
2. 본문 중 고딕체는 원서에서 이탤릭체 등으로 강조한 부분이다.
3. 장편 문학작품은 『 』, 연속간행물·영화·TV 방송명 등은 〈 〉로 구분했다.

차례

11월 6일 토요일

세실리아 브리데는 증거를 훼손하지 않으려고 조심스럽게 지하실 바닥을 가로질렀다. 바닥은 벽과 천장에서 부스러져 떨어진 마른 석고 먼지로 뒤덮여 있었다. 사방의 축축한 흙 여기저기에 작은 노란색 증거 표지가 놓여 있었다. 흔히 인도에 두는 A자 표지판을 아주 작게 만들어놓은 모습이었다.

이곳이 한때 쾌적한 취미방이었다는 건 아직 분명했다. 그러나 지금 이곳에서는 퀴퀴한 냄새가 났다. 벽에 습기가 스며 굽도리널을 따라 벽지가 길게 죽죽 떨어져나왔다. 벽지 뒤쪽의 석고를 바른 콘크리트는 균열과 고르지 못한 구멍으로 가득했다.

온전하다고 말할 수 있는 가구는 소파뿐이었지만 그조차 고초를 겪은 듯했다. 칼로 추정되는 물건에 의해 쿠션이 갈가리 찢겨 있었다. 가죽에 난 베인 자국 사이로 완충재가 밀려나왔다. 커피테이블은 여러 조각으로 박살나 있었다. 난로 앞 TV와 안락의자도 마찬가지였다. 장작을 때는 난로의 유리문은 산산이 조각난 상태였다. 재와 숯 조각이 바닥에 덧댄 클링커 타일*에 온통 흩뿌려져 있었다. 타일도 여기저기 금이 가고 뜯겨 아래쪽 콘크리트가 드러났다. 재와 흙 속에서 반짝이는 것은 깨진 와인병의 녹색 파편이었다. 난로 문에서 나온 안전유리 파편도 섞여 있었다.

흙과 잔해로 이뤄진 아수라장 전체를 핏자국이 가로질렀다. 누군가 취미방에서 시신을 끌고 나가 지하실 복도를 지나갔다.

세실리아는 이를 갈았다. "어디 있지?" 그녀는 눈으로 핏자국을 따라가며 말했다. 피를 보고 동요한 건 오랜만이었지만 어쨌든 불그스름한 갈색 자국을 보자 불편해졌다. 그녀는 무엇을 보게 될지 알고 있었다.

"늘 같은 곳이죠." 세실리아와 가장 가까운 동료인 요나스 안드렌이 부스럭거리며 지하실 안쪽을 가리켰다. 그가 흰색 비닐 정장을 입은 거대한 아기처럼 보인다는 생각을 억누를 수 없었다. 머리에 뒤집어쓴 후드 아래로 요나스의 안경이 삐죽 튀어나와 있었다. 세실리아 자신도 똑같이 우스꽝스러워 보일 것이 틀림없었다. "창고예요. 보여드릴게요."

세실리아는 고개를 끄덕이고 조심스레 요나스를 따라 보일러실을 지났다. 이때도 핏자국을 밟지 않도록 조심했다. 문가에서 흘러

---

* 고온으로 구운 타일로, 미끄러짐을 방지하기 위한 요철이 있다.

나온 거슬리는 빛에 바닥의 흙덩이가 한층 뚜렷이 드러났다. 진흙 투성이 신발 자국에 더 많은 노란색 증거 표지가 붙어 있었다.

"발 디딜 때 특히 조심하세요." 요나스가 말했다. "과학수사팀에서 아직 혈흔을 검사하지 못했거든요. 우리야 누구 피일지 확신하지만요. 이름은 린다 산스트룀. 이혼하고 두 아이를 혼자 키우는 엄마입니다. 몇 년 전에 이 집을 샀고 새로운 하수관을 설치하는 중이었어요."

세실리아가 고개를 끄덕였다. "지금까지의 모든 피해자와 똑같네. 여기 올 때 사실상 기어들어오다시피 해야 했어. 집을 뺑 둘러 땅을 파놨던데."

창고는 몇 개의 건설용 조명에서 나오는 눈부신 빛에 잠겨 있었다. 그 빛이 현기증을 일으키며 요나스의 비닐 작업복에 반사되었다. 세실리아는 두어 차례 눈을 깜빡여 적응시키며 마음을 가다듬었다. 지금까지 너무도 여러 번 겪은 일이니 익숙해져야 마땅했다. 그런데도 맥박이 빨라지고 위산이 식도로 역류하는 것이 느껴졌다. 세실리아는 온갖 부자연스러운 자세로 죽어 있는 피살자들을 너무도 많이 봐왔다. 아무리 소름 끼치는 모습을 봐도 겁이 나지 않을 정도였다. 하지만 지금 보이는 모습은 억지로 이해해보려 해도 이해할 수 없었다. 시신이 존재하지 않았으니까. 피투성이가 된 피해자가 존재하지 않는 건 피해자가 존재하는 것보다 더 나빴다.

창고 바닥 한가운데가 아래쪽에서부터 깨져 있고, 그 구멍 주변에는 흙더미와 콘크리트 조각, 박살난 클링커 타일이 수북이 쌓여 있었다. 흙에서는 지렁이 같은 벌레들이 꿈틀거렸으며 검은 곤충들이 기어다녔다. 핏자국이 구멍 가장자리에서 사라졌다. 세실리아는 쭈그려앉아 구멍을 내려다보았다. 사람이 기어서 지나갈 만한 크기였다. 지하세계로 들어가는 좁은 땅굴을 내려다보고 있으니 어둠과 마주보는 것처럼 느껴졌다. 머리가 핑핑 돌았다. 그녀는 균형을 잃지 않으려고 한 손으로 바닥을 짚었다.

너무 싫었다. 피해자가 존재하지 않는다는 것도. 이번 역시 수사를 진행할 만한 실마리가 전혀 없다는 것도. 이 수사 전체가 저주받은 것만 같았다.

세실리아는 고개를 저었다. "엿같네."

"이럴 줄 몰랐어요?"

"그런 건 아니지만." 세실리아가 일어서며 말했다. "그래도 기대는 있었어."

"무슨 기대요?"

"젠장, 몰라. 평범한 살인사건이면 좋겠다?"

요나스가 웃었다. "오늘은 11월 6일이에요, 시시. 경위님도 이날 무슨 일이 일어나는지 알잖아요."

세실리아는 고개를 끄덕였다. "알지. 그야 다들 알잖아. 그냥 존나 지겨워서 그래." 그녀는 낙담에 빠져 주위를 둘러보았다. 창고는 차곡차곡 쌓인 이삿짐 상자들로 가득했다. 한쪽 벽에는 바비 인형들로 넘쳐나는 선반이 고정되어 있었다. 인형들 대부분은 아직 뜯지 않은 상자 속에 들어 있었다.

"우리가 곧 놈을 잡을 겁니다." 요나스가 말했다.

"가끔은 과연 그럴 수 있을까 싶다." 세실리아는 몸을 떨며 생각했다. 저 인형들이 목격자면 좋겠네. 세실리아는 인형들이 마음에 들지 않았다. 색깔을 칠한 인형의 눈들이 비난하듯 세실리아를 바라보았다. 세실리아는 다시 구멍을 내려다보며 고개를 저은 뒤 돌아서서 창고를 나섰다. "상황은 네가 다 파악하고 있으니까 내가 더 있어봤자 별 의미 없겠네."

"어디 가려고요?" 요나스가 물었다.

"어디 갈 것 같아? 경찰서로 가야지. 누군가는 오소리가 피해자 한 명을 죽였다고 언론에 알려야 하니까."

1막

원
고

1

나는 오소리다. 이것은 내 이야기다.

이 이야기를 들으면

당신도 나를 다른 방식으로 보게 될지 모른다.

그렇다고 달라지는 건 없겠지만.

11월 7일 일요일

"나 여기 살기 싫어."

안니카 그란룬드가 마르틴 그란룬드의 귀에 속삭였다. 그녀는 활짝 미소 짓고 있었다.

마르틴이 움찔했다. "왜?" 그는 집을 보러 온 다른 사람들이 둘의 숨죽인 대화를 듣고 있진 않은지 주위를 둘러보았다.

안니카의 연갈색 눈동자가 황홀경이라도 느끼듯 반짝거렸다. "그만해, 이유는 알잖아." 안니카는 기뻐하는 게 아니었다. 즐거운 표정을 겉으로 내세울 뿐이었다. 집을 보러 온 다른 사람들이야 뭔가 잘못됐다는 걸 눈치채지 못했겠지만.

"아니, 모르겠는데. 말해줘." 거실 밖에서는 바람이 잔디밭 한가운데에 있는 자작나무를 마구 흔들어댔다. 나무의 노란 잎사귀가 소용돌이치듯 웃자란 풀밭 위로 떨어졌다. "욕실 타일 때문이라면 다시 깔 수 있어."

"타일 때문이 아니야." 안니카가 말했다.

그녀는 남편에게 한쪽 팔을 두르고 그를 조용히 거실에서 데리고 나갔다. 거실은 지난 두 달 동안 둘이서 살펴본 다른 모든 거실과 비슷한 모습이었다. 안니카는 누군가의 집에 온 것이 아니라 부동산 광고 속에 들어온 기분이었다. 아무리 좋게 봐도 집이 어떻게 생겨야 하는가에 관한 누군가의 공상 속에 들어온 듯했다. 새로 칠한 흰 벽. 당연히 눈부신 흰색이 아니라 무광택 페인트로 칠했다. 유행을 따른 가구. 소파에 올려놓은 수많은 쿠션과 여기저기 놓인, 신중하게 골랐으나 난해한 장식품 두어 개. 안니카는 지난번에 본 집에서도 똑같은 그림을 보았다고 장담할 수 있었다. 어느 액자의 유리에 생긴 금이 눈에 익었다.

"그래서 이번엔 또 뭔데?" 마르틴이 목소리에 약간 짜증을 실어 말했다. "아니, 위치가 좋잖아. 우리가 찾던 대로 뜰도 관리하기 편하고. 입찰 경쟁이 심해지지만 않으면 가격도 괜찮아."

안니카는 지하실을 향해 사라지는 계단을 고갯짓으로 가리켰다. 그 아래 취미방에서 다른 부부가 이런저런 의논을 하는 소리가 웅얼거리듯 들려왔다. 계단에서 들려오는 속삭이는 소리에 안니카는 등골을 따라 번지는 한기를 느끼고 몸을 떨었다.

마르틴이 고개를 갸웃했다. "농담이지?"

안니카는 입술이 가늘어지도록 입을 꽉 다물고 고개를 저었다. "아니, 농담 아니야. 난 지하실이 있는 집에서 살기 싫어. 이미 말했을 텐데."

마르틴이 한숨을 쉬었다. "난 그래도 당신이 이 집을 좋아할 줄 알았어. 지하실 때문에 모든 집을 단정적으로 배제할 순 없잖아."

"아니, 그럴 수 있어, 마르틴. 지하실이 없는 집도 많아. 그런 집들을 보면 안 될까?"

마르틴이 어깨를 으쓱했다. "그래, 알았어. 지하실이 있든 없든 당신이 여기 살기 싫다면 나도 싫어."

안니카는 마르틴의 푸른 눈을 들여다보았고 그의 뺨에 손을 얹었다. 까끌까끌하게 깎은 마르틴의 붉은 기 도는 금발 수염을 배경으로 안니카의 결혼반지가 희미하게 빛났다. "고마워, 자기야. 갈까?"

마르틴이 미소 지었다. 하지만 안니카는 그가 실망감을 애써 억누르고 있다는 걸 알 수 있었다. "그래."

현관과 대문 사이의 자갈길이 자동차로 걸어가는 두 사람의 신발 아래서 으적으적 소리를 냈다.

"당신이 내가 너무 까다롭게 군다고 생각해도 난 이해해." 안니카는 이웃의 주목나무에서 떨어진 솔방울 모양의 열매를 발로 차며 말했다. "난 그냥 실용적으로 생각하는 거야. 지하실이 있으면 귀찮은 일이 얼마나 많은지 알아?"

"그래, 당신이 얘기했어. 습기 문제에, 하수관도 다시 깔아야 하고, 곰팡이도 피고. 근데 알아둘 건 지하실이 있어서 좋은 점도 몇 가지 있다는 거야."

"그래?" 안니카가 마르틴을 힐끗 보며 말했다. "하나만 말해봐."

"취미방을 만들 수 있지."

"무슨 취미? 아니, 당신 취미는 전부 컴퓨터를 쓰는 거잖아."

"헬스장이라든지."

안니카가 웃었다. 마르틴도 웃었다. 그가 차 문을 열었다.

"그럼 홈 스파는 어때?"

"차라리 낫네."

"거봐."

"그래도 안 넘어가."

"아이들이 쓸 놀이방이라든지."

안니카는 가슴에 통증을 느꼈다. 고개를 돌려 차창 밖을 내다보았다. 집이 보였다. 1974년에 지어진, 잔디밭과 자작나무와 키 작은 소나무 한 그루로 둘러싸인 네모난 붉은 벽돌 집. 모퉁이를 돌자 산울타리 역할을 하는 잔가지 많은 덤불 뒤로 석면을 덧씌운 현대적인 회색 주택이 언뜻 보였다.

마르틴이 그쪽으로 몸을 기울였다. "또 애들이 크면 지하실에서 영화를 볼 수도 있어. 우리는 거실에서 친구들이랑 어울리고."

안니카가 침을 삼켰다. "그건 확실히 그렇겠네."

집을 보러 왔던 다른 부부들 중 한 쌍이 문으로 나왔다. 여자는 임신한 배를 안고 있었고 남자는 중개인이 내민 브로슈어의 뭔가를 가리키고 있었다. 안니카의 손이 무의식적으로 여자의 손을 따라 빨간색 코트 너머로 자신의 배를 쓰다듬었다. 뱃속 깊은 곳에서 갈망이 느껴졌다. 둘이 아이를 가지려고 노력한 지가 너무 오래되었다.

"한 가지는 확실히 알아." 안니카가 마르틴을 한번 더 바라보며 말했다. "아파트에서는 아이를 낳을 수 없다는 거야."

"여기서라면 셋은 낳을 수 있을걸."

안니카가 고개를 저었다. 그녀는 마르틴의 눈에 시선을 고정했다. "둘. 여기 말고 다른 집에서. 지하실이 없다면. 그만 갈까?"

2

당신은 집에서라면 안전할 거라고 상상한다.

잠긴 문과 침입경보 장치가 달린

똑똑한 가정경비 시스템을 통과할 사람은

아무도 없다고 생각하니까.

하지만 나는 바닥을 뚫고 온다.

11월 8일 월요일

안니카는 얀토르예트에 이르러 지하철에서 내린 뒤 바람을 맞으며 어렵사리 우산을 펼쳤다. 월요일 아침 예테보리의 날씨는 거의 침울하게 느껴졌다. 밖으로 나가려면 의지가 필요했고, 우산을 들고 있는 데만도 그만큼의 육체적 힘이 필요했다. 결국 안니카는 단념하고 쏟아지는 비가 몸을 차갑게 적시도록 놔둔 채 출근길의 웅덩이 사이사이를 첨벙거리며 걸어갔다.

드래곤 영화관과 폴케츠 후스 문화센터를 지나갈 때는 잠시 비를 피할 수 있었다. 하지만 그녀의 직장인 에클룬드 프레스가 있는, 과거에 창고로 쓰였던 노란색 건물 앞 주차장으로 나오자 바람이 심해지며 머리가 다시 망가졌다. 창고 뒤쪽으로 로셴룬드 발전소의 연한 파란색 외관이 높다랗게 자리잡고 있었다. 저 위 높은 곳, 빗속에서 깜빡이는 빨간색 조명들이 언뜻 보였다.

푹 젖은 아스팔트 포장도로에 쏴아 하고 떨어지는 빗소리가 예타 터널을 드나드는 자동차들의 끊임없는 쉬익 소리와 경쟁했다. 한쪽 방향에는 흰빛, 다른 방향에는 붉은빛. 요즘에는 대낮의 햇빛과 가장 가까운 것이 점심시간 즈음의 회색 안개였다. 그래도 안니카는 매일 밤 가을의 어둠과 창틀을 두드리는 차가운 비의 최면성 타닥-탁-탁 소리에 지지 않으려고 애썼다. 사십 분이라는 시간을 초조해하며 낭비하고 싶지 않았다. 따갑게 느껴지는 한기와 커피 향 덕분에 고맙게도 제 기능을 할 만큼의 생기는 유지할 수 있었다.

안니카는 주차장을 가로질러 출판사 계단실로 들어가는 문을 당겨 열었다. 평소처럼 문은 잠겨 있지 않았다. 이 문의 자물쇠는 다루기가 까다로워 밤새 문을 잠그지 않고 놔두는 경우가 허다했다. 그 바람에 노숙자들이 계단실에서 자는 일이 종종 있었다. 안니카가 직장에 도착할 때까지 노숙자들이 계단실에 있는 경우는 드물었다. 그저 건물과 어울리지 않는 빈 병 몇 개를 보고 전후 사정을 추측할 뿐이었다. 노숙자들이 피신처를 잃지 않기 위해 임차인을 방해하지 않기로 자기들만의 비밀스러운 합의를 한 것 같았다.

문 바로 바깥에 비에 젖은 흙더미가 있었다. 누군가가 화분을 떨어뜨리고 치우지 않은 듯한 모습이었다. 안니카는 그 난장판을 우회해 안으로 들어갔다. 미처 보지 못한 앞문 뒤쪽 흙덩이에 가죽 부츠의 굽이 미끄러졌다.

안니카는 고개를 젓고 계단을 올라가며 생각했다. 하루 시작이 끝내주네. 사무실 입구에서 암호를 입력하고 로비로 들어갔다. 로비는 출판사에서 출간한 책들의 표지로 벽이 장식된 넓은 공간이었다. 그녀는 투르발 시리즈의 『성령강림절의 남자』와 『한여름의 여자』 표지를 보고 미소 지었다. 투르발 시리즈는 에클룬드 프레스가 거둔 가장 큰 성공이었으며, 그녀가 출판기획자로서 회사에 가장 크게 공헌한 일이기도 했다.

안니카는 문 옆의 옷걸이에 젖은 코트와 모자를 걸고 화장실에서 휴지를 좀 챙겨 왔다. 부츠에서 흙이 가장 심하게 묻은 부분을 닦고 있는데 카트린 팔크가 탕비실에서 나왔다.

"안녕하세요, 선배." 카트린이 말했다. 그녀는 에클룬드 프레스의 편집자였고, 양손에 커다란 찻잔을 들고 있었다. "날씨가 고약하죠?"

"그러게 말이야." 안니카는 더러워진 휴지를 문 옆 쓰레기통에 던져넣으며 말했다. "아직 시작 안 했어? 마르틴이 늦잠을 자서." 안니카는 거짓말을 했다. 평소 그렇듯 이번에도 시간이 지나서까지 일어나지 못한 사람은 안니카였다.

"네, 아직 시작 안 했어요. 다들 회의실에서 기다리고 있긴 하지만요."

"다들?" 안니카가 눈썹을 치켜올렸다. "나 커피 한 잔 마셔도 될까?"

카트린이 고개를 끄덕였다. "아마 그게 좋을 거예요."

안니카는 어리둥절한 얼굴로 카트린을 보았지만 카트린은 그녀를 마주보지 않고 회의실로 향했다. 안니카는 경각심을 느꼈다. 사무실로 가 가방을 놓고 도시락을 꺼내둔 뒤 탕비실로 들어갔다. 오전 9시가 막 지난 참이었다. 업무를 처리할 시각이었다.

매주 월요일이면 원고팀이 모여 산더미 원고를 살펴보았다. 산더미 원고란 지난주에 들어온 투고작들을 부르는 애칭이었다. 투고작을 마지막으로 출간한 건 오래전의 일이지만, 출판사 직원 전원이 투고된 모든 작품을 진지하게 살펴봐야 한다는 데 동의했다.

어쨌든 옛날옛적 얀 아펠그렌의 투르발 시리즈 원고가 들어온 것도 투고를 통해서였다. 출간된 게 벌써 몇 년 전인데도 투르발 시리즈의 책 두 권은 지금도 에클룬드 프레스 매출의 4분의 1을 담당하고 있다. 작품을 드라마화한다는 얘기도 있었지만, 거의 육 년 전 작가와 그의 아내가 아무 흔적도 없이 하룻밤 사이에 사라지면서 모든 계획이 갑자기 중단되었다. 그들을 찾으려는 시도는 전부 실패로 돌아갔고 결국 수색이 취소되었다. 투르발 영상화 계획도 작가와 함께 사라졌다. 계약서에 서명할 사람이 없었으니까.

안니카는 김이 피어오르는 커피를 한 잔 따라 회의실로 들어갔다. 테이블에 인쇄물이 흩어져 있었다. 평소 월요일의 모습이었다. 다만 오늘은 회의실에 사람이 가득했다. 경리부에서 편집부와 마케팅부까지 에클룬드 프레스에 다니는 모든 사람이 와 있었다. 그들의 지친 눈을 보니 안니카를 기다리고 있었던 듯했다.

테이블 상석에 대표 프레드리크 아스크가 있었다. 그는 좁다란 안경 너머로 안니카를 보고 있었다. 검은색 안경테가 새까만 머리칼에 섞인 흰머리 몇 가닥과 대조를 이루었다. 그 안경 때문에 아스크의 두드러진 광대뼈가 더욱 강조되어 보였다.

불편한 느낌이 엄습했다. 프레드리크가 회의에 참석한 건 이상한 일이었다. 그는 절대로 원고 회의에 들어오지 않았다. 꼭 필요한 경우가 아니면 공장 밑바닥에 발 한 번 들이지 않고 마치 옷 공장을 운영하듯 이 회사를 운영하는 사람이었으니까. 안니카는 그런 점이 마음에 들었다. 프레드리크는 수익을 안겨주기만 하면 예술적 선택에는 전혀 관여하지 않는 지혜가 있었다. 그런 성향 역시 처음에는 대처하기 곤란한 문제였다는 기억이 있지만.

안니카는 카트린 옆의 의자를 빼며 속삭여 물었다. "특별한 안건이라도 있어?"

카트린이 대답 대신 어깨를 으쓱했다. 프레드리크는 안니카가 앉을 때까지 인내심 있게 기다렸다. 그가 입을 열고 침묵을 갈랐다.

"잘됐네요, 다들 왔으니. 변죽은 울리지 않겠습니다." 그가 목을 가다듬고 기도라도 하듯 테이블 위에서 양손을 맞잡았다. "아시겠지만 출판계는 여러 해 위기를 겪고 있습니다. 에클룬드는 상당히 잘 헤쳐왔죠. 대체로 투르발 시리즈나 스티나 본 그뤼닝의 『바르예 살인사건』 같은 스릴러 덕분이었습니다. 하지만 불행하게도 지금은 실제 사건이 우리 책을 능가하죠. 회사 전체의 매출이 떨어지고 있습니다. 지난 금요일에 이사회에서 내게 자산부채표를 작성하고 여러분에게 상황을 알리라는 임무를 줬습니다."

"그게 무슨 뜻인가요?" 다른 두 기획자 중 한 명인 토비아스 뢴이 물었다. 그가 테이블 너머에서 허리를 숙이며 팔짱을 꼈다. 소매를 말아올리고 있어서 아래팔의 두꺼운 털이 드러났다.

프레드리크가 애석하다는 듯 그를 보았다. "간단히 말하면, 돈이 다 떨어지기 직전이라는 얘깁니다."

나직하게 웅성거리는 소리가 회의실 전체에 휘돌았다. 그 소리가 불안한 신음처럼 들렸다. 안니카는 카트린을 돌아보았다. 카트린의 눈이 평소보다 더 휘둥그레졌고, 입은 뭔가 말하려는 듯 크게 벌어져 있었다. 그러나 아무 소리도 나오지 않았다.

"네?" 레베카 콜린이 말했다. 그녀가 움직이자 허리에 매단 금속 체인이 짤랑거렸다. 에클룬드의 세번째 기획자인 그녀는 안니카와 정반대였다. 늘 완벽하게 화장을 하고 다양한 반지와 팔찌, 그날 선택한 목걸이로 치장하고 다녔다.

"이사회에서는 여러분을 최대한 안심시키라고 했습니다." 프레드리크 아스크가 말했다. "이사님들이 잠깐은 적자를 메울 것으로 보입니다만, 거짓말은 하지 않겠습니다. 매출을 늘리지 못하면…… 뭐."

"그래서 뭔데요?" 안니카가 물었다.

프레드리크는 졌다는 듯 양팔을 넓게 벌렸다. "그러면 파산하는 거죠. 단순한 얘깁니다."

테이블 주변에 침묵이 내려앉았다. 안니카는 커피잔을 테이블 위 원고에 올려놓았다. 회의실 공기가 더 끈적끈적해졌다. 카트린은 고개를 저었으나 아무 말도 하지 않았다. 안니카는 뱃속이 텅 비는 기분이었다. 파산한다는 말이 길 잃은 영혼처럼 회의실 전체를 떠다니는 것 같았다.

결국 다른 편집자인 예스페르 올손이 침묵을 깼다. 그가 앞으로 몸을 숙이며 프레드리크를 빤히 보았다. "그래서 대체 하시려는 얘기가 뭐예요? 통보하시는 건가요? 우리가 일자리를 잃게 된다는 거예요?"

"지금은 그 말에 답할 수 없습니다." 프레드리크가 말했다. 안니카는 그의 목소리에서 체념을 눈치챘다.

"하지만 대표님은 당연히 아실 것 아닌가요?" 예스페르가 말했다. 두 뺨이 타는 듯 붉어졌다.

토비아스가 멈추라는 듯 손바닥을 들었다. "진정해요. 방금 모른다고 하셨잖아요."

예스페르가 의자 등받이에 기대앉으며 팔짱을 끼더니 화난 듯 고개를 저었다.

"거짓말은 하지 않겠습니다." 프레드리크가 말했다. "상황이 좋아 보이진 않아요. 하지만 모든 것을 잃은 건 아닙니다." 그가 테이블 위의 인쇄된 원고 더미를 가리켰다. "누가 알겠습니까? 우리의 생명줄이 이미 여기 있을지. 어떤 식인지는 여러분도 알잖아요. 베스트셀러 하나만 나오면 회복의 푸른 새싹을 다시 보게 될 겁니다."

안니카는 머그잔을 올려둔 원고를 힐끗 보았다. '기자의 복수'라니. 어쨌든 이 원고는 아니겠네. 그녀가 우울하게 생각했다.

카트린이 파란색 플라스틱 파일에 넣어둔 원고를 꺼냈다. "주말에 이 원고를 읽었어요. 실은 정말 괜찮아요." 그녀는 초조한 듯 귀 뒤로 머리칼을 넘겼다. 검은 머리 한 가닥이 즉시 다시 빠져나왔다. 단발머리가 너무 짧아서 머리칼이 제자리에 있지 못했다.

프레드리크의 얼굴이 밝아졌다. "그렇군요! 어떤 원고입니까?"

"음." 카트린이 아래를 보며 말했다. 두 뺨이 붉어졌다. 안니카는 그녀에게 연민을 느꼈다. 전에도 저 표정을 너무 여러 번 보았다. 다른 누구도 동의하지 않으리라는 걸 알면서도 어떤 글이 마음에 들 때마다 카트린이 짓는 표정이었다. "그러니까 얼마나 많은 사람이 넷플릭스로 이런 이야기를 시청하는지 보자는 거죠. 극장에서도 보고요."

"또 판타지야?" 토비아스가 찡그린 표정으로 카트린을 보며 말했다. 카트린이 도와달라는 듯 안니카를 힐끗 보았다.

"SF예요." 안니카가 말했다. "제목은 '지구의 잿더미에서'고요."

안니카는 정말이지 카트린을 품에 넣고 아이처럼 꼭 안아주고 싶었다. 카트린이 특이한 제안을 할 때마다 늘 그런 기분이 들었다. 하지만 최대한 부드러운 미소를 짓는 것으로 만족했다. 사실 에클룬드 프레스는 판타지 시리즈 출판을 시도한 적이 있었다. 1권이 예상보다 잘 팔렸지만 이사들이 그 시리즈를 이해하지 못했기에 나머지를 출간하지 못하게 했다.

"유감입니다." 프레드리크가 말했다. "하지만 이 얘기는 그만해야겠군요. 우린 베스트셀러가 필요해요. 나도 대안적 작품들을 무척 좋아합니다만 지금은 시기가 적절하지 않습니다."

카트린은 고개를 끄덕이고 원고를 다시 테이블에 내려놓았다. 그녀의 시선이 제목 페이지에 잠시 머물렀다. 작별인사라도 하는 것 같았다.

"팔릴 게 필요합니다." 프레드리크가 다시 말했다. "생각나는 게 아무것도 없나요?"

살인. 안니카는 다른 사람들이 뭔가 말하기를 기다리며 생각했다. 살인이 팔리지. 살인을 출판하는 게 최고야. 선정적인 섹스로 괜찮게 양념을 뿌린 살인사건. 그 생각을 하자 소름이 돋았다. 문학에는 살인이 천지였다. 베스트셀러 목록은 제 역할을 못하는 경찰관과 짐승 같은 연쇄살인범으로 가득했다. 안니카의 생각이 저멀리 흘러갔다. 다른 어떤 것, 이 어려운 상황을 타개할 뭔가 독특한 것이 틀림없이 있을 텐데. 그게 뭘까?

"뭐, 『바르예 살인사건』이 곧 한 권 더 나옵니다." 토비아스가 말했다. "스티나 작가님이 좀 늦어지신 것뿐이에요. 지난주에 미안하다고 이메일을 보내왔습니다."

안니카는 최근 뭐라도 흥미로운 걸 읽었는지 떠올리려 애썼다. 출판사에서 선택하진 않았지만 한번 더 읽을 가치가 있는 뭔가가 있을까?

"그거 참 안됐군요." 프레드리크가 말했다. "작가님을 다시 살려내서 달리게 해보세요, 토비아스. 그동안 원고팀을 위기대응팀으로 바꾸겠습니다. 돈이 벌리기만 한다면야 원하는 모든 걸 꿈꿔보세요." 그가 애원하듯 안니카를 보았다. "그러니까 거의 모든 것 말입니다."

토비아스가 앉은 채로 허리를 폈다. "네. 그러면 여기 있는 것부터 확인해보죠. 내일 아침 일찍 위기대응팀의 사실상 첫 회의를 하는 겁니다. 어때요?"

아무도 대답하지 않았다. 테이블 주변에 감도는 침묵이 모든 말을 대신했다. 프레드리크는 미안하다며 크리스마스 전에 새로운 베스트셀러 원고를 찾으라고 호소하고 떠났다. 다른 사람들도 하나둘 자리를 떠났다. 원고팀 사람들만 테이블 주변에 남았다.

그들은 일종의 체념 어린 침묵 속에 서로를 보았다. 그런 다음 최선을 다해 상황을 정상화하고자 노력하며 들어온 원고를 배분했다. 거의 평소에 해오던 일이었다. 하지만 그들의 작업에는 어딘가 기계적인 부분이 있었다. 모두가 충격에 빠져 있었다. 실직할 경우에 처하게 될 위험 말고 뭔가를 떠올릴 수 있는 사람은 아무도 없었다. 안니카는 카트린이 몰래 눈물을 닦는 걸 보았다.

안니카는 그녀를 이해했다. 그들은 모두 일을 사랑했다. 다들 출판계가 심한 난관에 봉착해 있다는 걸 알았지만 이런 일에 대비한 사람은 아무도 없었다. 아무도 에클룬드 프레스가 타격을 입을 거라고 생각하지 않았다. 안니카가 기억하는 한 에클룬드 프레스는 출판계의 강자였다.

그들은 평소보다 많은 원고를 한쪽으로 빼두었다. 아무도 그 원고들을 읽을 엄두를 내지 못했다. 제목만으로 그들을 사로잡지 못한 원고는 즉시 반려해 빼놓았다. 날씨 묘사로 시작하는 원고들도 마찬가지였다. 이후 그들은 헤어져 각자의 컴퓨터로 돌아가 이메일에 답장을 보냈다.

안니카의 시선이 모니터와 얇은 원고 더미를 오갔다. 누군가가 현실에 필터를 끼워놓은 것만 같았다. 마지못해 원고를 집어들었지만 흥미가 일지 않았다. 마음이 딴 데 가 있었다. 데뷔를 희망하는 작가들의 투고작을 넘겨보며 안니카가 생각할 수 있었던 건, 그녀가 꿈꾸었던 집과 아이들이 어떻게 될 것인가 하는 문제뿐이었다. 안니카가 직장을 잃는대도 지금 그녀와 마르틴은 집을 사는 위험을 감수할 수 있을까?

로 비쌌을 것이다. 바닥에는 짙은 붉은색의 페르시아 양탄자가 곳곳에 깔려 있었으며 벽에는 그림이 많이 걸려 있었다. 박물관의 전시 케이스처럼 독특한 받침대에 바비 인형 몇 개가 놓인 진열장을 제외하면 모든 것이 고풍스러운 경향을 띠는데도 멋스러웠다. 세실리아는 날씬한 인형들로 넘쳐나던 지하실의 선반을 떠올렸다. 피해자는 인형 수집가가 틀림없었다. 살아 있었을 때는 말이지.

세실리아는 사진을 내려놓았다. 책상 가운데에 가지런히 정리된 케이블과 요나스의 컴퓨터 사이에서 충전기가 뱀처럼 똬리를 틀고 있었다. 세실리아는 그 충전기 너머로 요나스를 보았다. 컴퓨터 화면이 요나스의 안경에 반사되었다.

"위층에서 DNA 샘플 나온 거 있어?" 세실리아가 물었다.

요나스는 타자를 치다 말고 컴퓨터를 사용할 때 쓰는 안경을 코 위로 밀어올렸다. "위층에서 샘플이 나올 것 같진 않은데요. 그럴 이유가 없잖아요. 범죄 현장이 지하실인 건 분명하니까요."

"철저하게 확인해야 해, 요나스."

"당연히 그렇죠. 하지만 그렇게 따지면 더 많은 사람을 불러다 취조해야 할 겁니다. 경위님도 어떤 사람들을 말하는 건지 아실 테고요."

세실리아가 요나스를 노려보았다. "굴착 업체 말이야? 그쪽에서 무슨 결과가 나온 적은 한 번도 없어."

"철저하게 확인해야 한다고 하지 않았어요?" 요나스가 씩 웃었다. 그의 앞니 사이 틈새가 드러났다.

"그러게 말이다." 세실리아는 한숨을 쉬고 눈앞의 사진을 다시 내려다보았다. "린다 산스트룀, 당신은 대체 누구야?"

"회계사였던 건 확실해요." 요나스가 말했다. 그는 세실리아 쪽으로 노트북을 돌려놓았다. "에른스트 앤드 영에서 일했더군요." 사진 속에서 정장을 입은 중년 여자가 미소 지으며 흰 테이블 위에 손을 포개놓고 있었다. 세실리아는 깔끔하게 다듬은 그녀의 손톱과 오른손 중지에 끼워진 굵은 반지를 눈여겨보았다.

"경력이 나쁘지 않네." 세실리아가 사진 옆의 글을 읽으며 말했다. "대표 회계사라니."

"그 동네에서 혼자 살 여유가 있었던 게 설명되네요." 요나스가 건조하게 말했다.

"그렇지. 하지만 이것 역시 쓸모없는 단서일 뿐이야." 세실리아가 말했다. "놈의 피해자들은 보통 돈을 잘 버니까. 아니면 어떻게 자가 주택에서 살겠어?"

"소득이 높은 중년들을 노리는 것 같아요." 요나스가 어깨를 으쓱하며 말했다. "대부분 배우자나 애인과 진지한 관계를 맺고 있지 않은 사람들이고요."

"11월 6일 이른 시간에 집에 혼자 있던 사람들인 것도 분명하고." 세실리아가 의자에 다시 기대앉으며 기지개를 켰다. "혹시 최근 피해자한테 우리가 조사해봐야 할 남자친구가 있었는지 확인됐어?"

"핸드폰에 틴더*를 깔아뒀더라고요." 요나스가 말했다. "그러니

---

* 친구나 데이트 상대를 찾도록 도와주는 어플리케이션.

까 최근에는 아무도 사귀지 않은 것 같아요. 아무튼 안데르손과 울브스톨이 피해자의 직장 동료들과 얘기해보겠다고 회계 사무실로 가고 있어요. 직장 동료 중 피해자에게 남자친구가 있었는지 아는 사람이 있나 알아보라고 메시지를 보낼게요."

"좋아." 세실리아가 목을 가다듬으며 손가락으로 포니테일을 꼬아댔다. 그녀 역시 틴더에 가입되어 있었다. 그 사실이 나에 대해 알려주는 건 뭘까? 그녀는 생각했다. "피해자들 사이에 어떤 합리적 연결고리가 있다면 일이 더 쉬울 텐데."

"그래도 어쨌든 비슷한 패턴이 있잖아요." 요나스가 말했다.

세실리아가 어깨를 으쓱했다. "계좌 잔고 말고? 어디 보자, 이젠 회계사네. 지난번 피해자는 직업이 뭐였지?"

"케이터링 업체를 운영했습니다." 요나스가 말했다. "경위님이 수사팀에 합류하기 전에 나온 첫 피해자는 의사였고요."

"그래. 두번째 피해자는 재무이사 아니었어?"

"맞습니다. 그다음 피해자가 음악가였고요. 엄청나게 많은 댄스곡을 쓴 사람이었어요."

"세상에. 그 사람 지하실에 잔뜩 쌓여 있던 악기들은 도저히 못 잊겠더라." 세실리아가 고개를 저었다. "그렇게 많은 기타는 처음 봤어."

"망가진 기타였죠." 요나스가 떠올렸다. "제대로 된 스래시 메탈 밴드와 파티를 벌인 뒤의 모습 같았어요."

세실리아는 뒤로 몸을 기대고는 자포자기했다는 듯 양팔을 번쩍 들었다. "내가 말한 그대로야. 피해자들은 각자의 영역에서 성공을 거뒀지만 연결고리는 보이지 않아. 피해자 중에는 페이스북에 같은 친구를 둔 사람조차 없다고."

요나스가 노트북을 닫았다. "커피 한 잔 하실래요?"

둘은 회의실에서 나와 위층으로 올라갔다. 세실리아가 손목시계를 확인했다. GPS 장치와 심박 측정 기능이 있는 가민 스마트워치였다. 몇시였는지는 곧바로 잊었지만 상관없었다. 시계의 커다란 숫자판을 보면 저녁 조깅 시간이 기다려졌다.

그들은 곁에 딸린 탕비실에 들렀다. 조리대에 설거지하려고 가져다둔 더러운 컵 몇 개와 다양한 티백이 든 상자가 놓여 있었다. 요나스가 식은 커피를 따라낸 머그잔을 싱크대 옆 커피머신에 올려놓았다.

"그건 그렇고, 언론에서는 뭐래요?" 요나스가 머신에서 자기 잔으로 흘러내리는 커피에 초점을 맞추며 말했다. 향이 증기에 섞여 흩어졌다.

세실리아가 고개를 저었다. "맨날 똑같지." 그녀는 목을 뚝 꺾으며 말했다. 다리에서 약간 초조한 느낌이 전해졌다. 인터뷰나 기자회견 생각을 하면 늘 그랬다. 그런 자리에 서서 질문에 답하고 있으면 헤드라이트 불빛을 보고 꼼짝도 못하는 야생동물이 된 기분이 들었다. 눈에 거슬리는 조명과 카메라 플래시가 현기증을 일으키며 기자들의 얼굴을 지워버렸다. 덕분에 그녀는 기자들의 질문에만 집중하다가 실례한다는 말을 남기고 떠날 수 있었다. "그얘기는 안 하는 게 좋겠다." 세실리아가 덧붙였다.

"경위님이 이런 일을 잘 처리하는 걸 보면 감명받습니다. 저는

언론 상대 못해요. 무슨 말인지 아실지 모르겠지만요." 요나스가
커피머신에서 잔을 들어올렸다.

"하, 하." 세실리아가 말했다. "그런 자리에 다시 안 나가도 된
다면 뭐든 내놓을 수 있어. 자기 집에 있다가 아무 흔적 없이 사라
진 예테보리 사람이 또 나왔다고 말해야 한다니. 그런 자리를 피할
수 있다는 것만으로도 그 개자식을 잡는 보람이 있을 거야."

"확실히 그렇죠. 다만 그전까지 조금 활기를 불어넣을 방법을
찾아볼 수 있을까요? 뭐랄까, 기자들한테 충격을 주고 땅굴이 사
실이라는 소문에 대해 말한다든지요."

"진심이야?" 세실리아가 차가운 눈으로 그를 쏘아보았다. "그
랬다간 절대 그 자리에서 빠져나오지 못할걸."

요나스가 커피를 홀짝였다. "그 생각은 못했네요."

"아무튼. 사실 내가 기대하는 기자회견이 딱 하나 있긴 해." 세
실리아는 고개를 기울이며 요나스의 눈을 마주보았다. "우리가 드
디어 놈을 잡았다고 알리는 기자회견. 하지만 불행히도 다시 일하
러 가지 않으면 절대 그 기자회견은 열 수 없을 거야. 작업은 엿같
이 철저하게 해야 하고."

"전화 걸어서 위층 샘플을 채취하라고 할게요." 요나스가 말했다.

"난 건설업자들을 불러다 조사할게."

4

내가 어떻게 피해자를 선택하는지 궁금했던 적이 있나?

내가 그들의 집으로 들어가는 길을 어떻게 파내는지,

지하실 바닥의 두꺼운 콘크리트를 어떻게 부수는지?

내가 그들을 지하세계로 끌고 내려간 다음에 어떻게 하는지?

11월 9일 화요일

다음날 아침은 전날과 똑같이 시작되었다. 린네가탄에 쭉 늘어선 벽돌 건물들의 지붕을 훑듯 낮게 걸린 구름에서 비가 무자비하게 쏟아졌다. 바람이 밤새 안니카를 잠들지 못하게 했던 고약한 꿈의 희미한 기억을 쫓아보냈다. 바람이 훅 불어와 우산을 원뿔 모양으로 만들었다. 우산살에서 천이 떨어져나왔다. 안니카는 우산이었던 것을 얀토르예트 한가운데에 있는 작은 신문가판대 바깥 쓰레기통에 집어넣고 쏟아붓는 비에 맞서 이를 악문 채 사무실까지 남은 거리를 터덜터덜 걸어갔다.

자물쇠는 여전히 고장난 상태였다. 계단실에서 맥주와 담배 냄새가 났다. 안니카는 악취 때문에 코에 주름을 잡으며 계단 밑을 힐끗 보았다. 뒤집힌 맥주 캔과 흘러나온 맥주, 그리고 담배꽁초 몇 개를 빼면 아무것도 없었다. 꽁초 끄트머리가 씁쓸한 액체 속에서 작고 노란 민달팽이처럼 부풀어 있었다. 계단에 살짝 묻은 진흙덩어리가 보였다. 올라가는 동안에도 더 보였다. 그중 한 흙덩이에서는 썩은 뿌리 조각 일부가 튀어나와 있었다. 자물쇠 좀 어떻게 하라고 해야겠네. 안니카는 생각했다. 이렇게 둘 순 없지. 하지만 출판사로 들어가면서 그녀는 짜증을 한쪽으로 치워버렸다. 더 중요한 문제들을 생각해야 했다. 위기대응팀 회의가 당장이라도 시작될 예정이었다. 기적적으로 이번만은 안니카도 시간을 지켰다.

토비아스와 카트린이 이미 회의실에서 기다리고 있었다. 레베카는 안니카가 들어온 다음에 들어왔다. 그들은 인사를 나누는 대신 서로에게 고개만 끄덕였다. 아무도 이 상황을 마음에 들어하지 않았다. 다들 문제에 대해 말하지만 않으면 아무 일도 벌어지지 않는 척했다.

"예스페르는 어디 있어요?" 카트린이 물었다.

"주방에서 봤는데." 토비아스가 대답했다. "아마 오는 중일 거야." 그는 불안한 듯 안니카를 보았다. 안니카도 이해했다.

예스페르는 기분파였다. 최근에는 걸핏하면 화를 내는 경우가 많아졌다. 평소보다 병가도 많이 냈다. 보통은 며칠 지나면 직장으로 돌아왔지만 말이다. 그러나 지금은 누구도 집중력을 잃어서는 안 되는 시기였다.

"먼저 시작할까요?" 레베카가 가느다란 손목시계를 보며 말했다.

토비아스가 어깨를 으쓱했다. "그러죠. 들어온 원고부터 살펴봐야겠네요."

"전 좋아요." 안니카가 말했다. "그래서 뭐가 들어왔나요?"

테이블이 조용해졌다. 초조한 시선이 오갔다. 몸이 꼼지락거렸다. 예스페르가 문을 열더니 아무 말 없이 앉았다. 그는 김이 나는 뜨거운 커피를 홀짝였다.

"시작합시다." 토비아스가 말했다. "어쨌든 스티나 작가님의 작품이 있긴 해요. 시간을 더 달라고 하셨지만요. 그분 작품이 잘 팔리는 건 사실이잖아요. 덕분에 발돋움은 할 수 있을 거예요. 누구든 다른 작품은 없어요?"

"있어요. 이 모든 일이 터지기 전에 시집과 새 아동서 두 권을 작업하고 있었거든요." 레베카 콜린이 말했다. 그녀가 예스페르에게 말할 기회를 주려고 그를 보며 몸을 앞으로 숙이자 참나무 잎사귀 모양의 긴 펜던트가 테이블에 쓸려 달그락거렸다.

예스페르가 커피잔을 내려놓았다. "멧돼지 사냥에 관한 올라우손의 책이 거의 준비됐어요. 제가 떠올릴 수 있는 건 그게 답니다."

"딱히 블록버스터라고는 못하겠네." 토비아스가 눈알을 굴려대며 말했다. 그는 펜으로 두피를 긁적거렸다.

"투르발 시리즈가 한 권 더 필요해요." 카트린이 말했다. "안니카, 얀이 사라지기 전에 3권을 읽지 않았어요?"

"읽었지, 불행한 일이지만." 안니카는 커피를 조금 마시며 말했다. "『부활절의 남자』라고, 끔찍했어. 얀 아펠그렌은 이미 자기 등장인물들한테 질려 있었거든. 대신 공포소설을 쓰고 싶다는 얘기만 했어. 투르발에 한번 더 반전을 줘보자고 설득하려 했지만 쉬운 일이 아니더라고. 아내분이 엄청나게 스트레스를 줘서 더 도움이 안 되었고."

무슨 이유에선지 안니카는 마르틴을 떠올렸다. 그날 아침, 둘은 서로에게 잘 다녀오라는 인사를 하지 않았다. 뱃속이 철렁 내려앉았다. 아기가 생길 기미가 보이지 않는 채로 한 달이 지날 때마다 둘의 관계는 냉랭해졌다. 안니카는 그렇게 하면 뱃속부터 온기를 느낄 수도 있다는 듯 진녹색 카디건을 바짝 당겼다.

"어떤 식으로든 우리가 가진 원고를 살릴 방법은 없을까요?" 카트린이 말했다. "작품을 써줄 대필 작가를 구할 수도 있고요."

예스페르가 이를 갈며 커피잔 뒤로 얼굴을 숨겼다. 안니카는 팔짱을 끼며 가시 돋친 말이 한두 마디 나올 것에 대비했다. 그러나 아무 말도 나오지 않았다.

"그럼 출판계약서에는 누가 서명하고?" 예스페르 대신 안니카가 말했다. "글쎄, 그런 경우라면 노르스테츠 출판사가 했던 것처럼 작품을 맡아서 새로 써줄 권위 있는 작가를 데려오는 게 나아."

"그래, 내가 라게르크란츠*한테 전화해볼게요. 돈은 얼마나 쓸 수 있다고 했더라?" 토비아스가 웃었다. 아무도 따라 웃지 않자 그는 금방 웃음을 그쳤다.

"어쨌든 그 방법은 어려울 거예요." 안니카가 말했다. "얀의 작품에서 마음에 드는 점이 뭐든 그한테는 따라 하기 힘든 특유의 스타일이 있으니까." 회의실의 사람들이 동의한다는 뜻으로 고개를

---

* 스웨덴의 베스트셀러 작가 다비드 라게르크란츠. 스티그 라르손의 '밀레니엄 시리즈'를 이어받아 후속 3부작을 집필했다.

끄덕였다. 예스페르가 어색하게 꼼지락댔다.

"다른 걸 떠올려야 해요." 토비아스가 말했다. "어제 들어온 산 더미 원고에는 쓸 만한 것 없었나요?"

다들 고개를 저었다. 레베카 콜린이 손가락을 들었다. "아이디어가 하나 있는데. 여기 회의실에 앉아 있는 우리한테는 책을 성공시키는 데 필요한 요소가 무엇인가에 관해 다들 한 가지쯤 괜찮은 의견이 있잖아요. 우리 중 한 명이 필명으로 글을 써볼 순 없을까요?"

"좋아요." 카트린이 밝아지는 표정으로 말했다. "전 늘 글 쓰는 걸 꿈꿔왔어요."

"유감이지만 독자에게 필명 작가의 작품을 사게 하는 건 너무 어려운 일이야." 토비아스가 말했다.

"게다가 겨우 몇 달 만에 어떻게 책 한 권을 다 써요?" 예스페르가 끼어들었다. "내가 저녁에 듣는 강좌에서 시키는 작문 숙제보다는 많은 노력이 필요할 것 같은데요."

카트린이 의자에 주저앉으며 말했다. "그러게, 맞는 말이네요. 그래도 재미있을 텐데."

예스페르가 카트린을 노려보았다. 안니카는 예스페르가 그런 기분에 빠져 있는 한 관심을 주지 않기로 했다. 대신 그녀는 따뜻한 응원의 미소를 지으며 카트린을 마주보았다. "그래도 글은 쓸 수 있어, 카트린." 안니카가 말했다. "유감스럽게도 토비아스의 말이 맞지만. 대중에게 필명 작가의 작품을 사게 하는 건 어려운 일이지. 특히 책을 빨리 유통시키려 할 때는. 우리한테는 유명인사가 필요한데. 전기는 어떨까?"

테이블 건너편에서 레베카 콜린의 얼굴이 밝아졌다. 조금 지나치게 큰 그녀의 안경 뒤에서 눈이 반짝였다. "훌륭한 생각인데요! 전기라면 시간이 되죠. 우리가 조금 맛을 더해줄, 흥미로운 삶을 사는 사람만 있으면 되니까요."

"그쪽으로 파보면 뭔가 나올 수도 있겠다." 토비아스가 만족스럽게 고개를 끄덕이며 말했다. "축구선수라든지?"

"아니, 그쪽 책은 이미 다 나왔어요." 레베카가 말했다. "경쟁도 치열할 테고. 근데 얼마 전에 니클라스 그라나스에 관한 신문기사를 읽은 적이 있어요."

"죄송하지만, 그게 누구예요?" 카트린이 물었다.

"야클리네 프란손과 결혼했던 사람. TV 리얼리티 쇼에 자주 나오던 그 모델 말이야. 알고 보니 니클라스도 부부로 화제가 되기 전에 보디빌더이자 모델로 나름의 이력을 쌓았대. 니클라스 주장으로는 이혼 과정에서 야클리네가 돈을 전부 가져가는 바람에 무일푼이 됐다는데. 그래서 자기가 직접 그 수많은 리얼리티 쇼에 출연해 다시 일어설 생각이라더군."

카트린이 고개를 저었다. "그런 얘기를 읽고 싶어하는 사람이 있을까요?"

안니카도 속으로는 같은 의견이었다. 그렇게까지 흥미로운 아이디어 같지 않았다. 그러나 그들이 다뤄야 할 작품이 전기라는 건 확실했다. 사람들은 전기를 좋아하는 것으로 보였고, 레베카가 한 말이 사실이라면 그 방법이 통할 터였다.

"시도는 해볼 만하지." 토비아스가 말했다. "안니카, 당신이 몇 년 전에 유명 셰프의 자서전을 출간하지 않았어요? 그쪽 분야의 누군가에게 연락해보는 건 어떨까요?"

안니카가 한숨을 쉬었다. "네. 그래도 TV 리얼리티 쇼의 스타보다 나은 누군가를 찾을 수 있으면 좋을 텐데요."

레베카가 새까맣게 그린 눈썹을 치켜올렸다. "어쨌든 TV에 나오는 사람이잖아요."

"그건 그렇죠." 토비아스가 레베카를 보며 말했다. "기분 나쁘게 들진 마요. 사실 나는 안니카랑 같은 의견이에요. 우린 정말로 그보다 유명한 사람에게 연락해봐야 해요. 하지만 그럴 만한 돈이 없겠죠. 글 쓰는 사람한테도 돈을 줘야 한다는 걸 잊으면 안 되고요."

"그건 나한테 맡겨요." 레베카가 말했다. "안니카, 당신이 니클라스를 잡아올 수만 있다면 거의 한 푼도 안 받고 기꺼이 펜을 잡아줄 사람을 내가 몇 명 알아요."

"그래, 그거 괜찮겠네요. 하지만 그것보다 나은 게 필요해요." 안니카가 말했다. "내가 이 건을 진행하면, 여러분은 뭘 하려고요?"

"난 스티나 본 그뤼닝에 집중해야죠." 토비아스가 말했다. "어쨌든 그분이 슬럼프에 빠지기 전에 반쯤 완성된 원고를 보내주긴 했으니까. 조금이라도 빨리 그 원고가 완성되도록 도울 방법을 알아볼게요."

"아직 구체화 단계에 있는 작품들은 내가 확실히 준비해둘게요." 레베카가 말했다.

다들 물건을 챙겨 자리에서 일어나느라 의자 다리 긁히는 소리와 종이 부스럭거리는 소리가 났다.

"꽤 희망이 생기는데요." 카트린이 흘러내린 둥근 안경을 다시 밀어올리며 말했다. 안니카는 그녀의 얼굴에 새겨진 반어법을 읽을 수 있었다.

"낙담해봐야 의미 없어." 안니카가 말했다. "전기 집필을 하다 보면 웃긴 일도 꽤 많고."

"그럼 제가 선배랑 같이 할까요?" 카트린의 얼굴이 미소로 밝아졌다.

"나도 그럴까 생각했어." 안니카는 말하면서 품에 수첩을 안고 어깨를 으쓱했다. "뭐, 우린 일할 때 보통 잘 맞잖아. 그건 그렇고, 카트린. 최근 계단에 흙이 좀 많다는 생각 안 했어?"

카트린이 고개를 저었다. "아뇨, 전 잘 모르겠던데. 왜요?"

"아, 그냥 궁금해서."

5

무엇보다도 당신은
내가 누군지 궁금할 것이다.
계속 읽어라,
답을 얻게 될지도 모르니.

11월 14일 일요일

마르틴은 차를 세웠다. 조금 지나치게 힘을 주자 핸드브레이크에서 끼익 소리가 났다. 이 집까지 오느라 도시의 거의 절반을 가로질렀는데도 자동차 내부 공기가 서늘하게 느껴졌다. 차를 타고 오는 동안 그들은 별말을 나누지 않았다. 안니카가 그럴 기분이 아니었다. 그녀는 출판사 일을 걱정하면서도 계속 집을 보러 다닐 작정이었다.

"여기야?" 안니카가 차를 세운 곳 옆에 있는 집을 고갯짓으로 가리켰다.

"아니." 마르틴이 대답했다. "저쪽에 있어. 노란색 목조 주택이야."

안니카는 그 집을 보고 놀랐다. 그곳이야말로 그녀가 꿈에 그리던 형태의 주택이었다. 전면이 나무로 되어 있고, 전체적인 색깔은 노란색이었으며, 창틀과 문틀과 박공은 흰색이었다. 안니카는 미소 지었다. 태양이 구름 뒤에서 나와 그 작은 집을 비추는 것만 같았다. 하지만 그녀의 기쁨은 뱃속 깊은 곳에서 번쩍 찾아오는 상실감에 가려졌다. 몇 달 뒤면 회사가 없어질지도 모른다. 그녀는 너무도 쉽게 실업자가 될 수 있었다.

"뭐, 좋아 보이긴 하네." 그녀가 말했다. 그 말을 하는 목소리가 흐려졌다. 지금 보는 저곳이 꿈에 그리던 집인데 그 집을 살 여유가 영영 생기지 않는다면?

"당신이 좋아할 줄 알았어."

그들은 차에서 내렸다. 안니카가 코트 단추를 잠그며 떨었다. 다락방에서 겨울옷을 내릴 시간이었다.

뒤에서 자동차들이 E20번 고속도로를 따라 쌩쌩 달리고 있었다. 하지만 신경에 거슬릴 정도는 아니었다. 제멋대로 자란 가시덤불이 목제 대문 바로 뒤에 얽혀 있었다. 안니카는 그 혐오스러운 식물을 어두운 시선으로 바라보며 말했다. "뭐, 그리 오래 살진 못하겠지."

"정원은 당신이 원하는 대로 하면 돼." 마르틴이 말했다. "집 구경하는 동안 마음만 열고 있어."

"왜 그런 말을 해? 나야 늘 마음을 열고 있어."

"그냥 구경하는 동안 그렇게 해달라고 부탁하는 거야."

그들은 희게 칠한 목제 계단 몇 개를 올라가 문을 열었다. 안에서 웅얼대는 목소리가 들려왔다. 신발 몇 켤레가 복도에 아무렇게

나 놓여 있었다. 나이든 남자 한 명이 길고 두꺼운 양말을 신은 발을 겨울 부츠에 쑤셔넣느라 낑낑댔다. 안니카와 마르틴은 그가 신발을 다 신을 때까지 밖에서 기다려야 했다.

회색 정장을 입고 목에 스카프를 두른 여자가 내다보았다. 그녀의 눈이 호기심으로 반짝였다. "어서 오세요." 그녀가 손을 내밀며 말했다. "루이제예요. 파르틸레 부동산에서 나왔고요. 명단만 확인되면 얼마든지 집을 둘러보셔도 돼요."

안니카는 루이제를 훑어보지 않으려고 애쓰며 그녀와 악수했다. 그 여자를 보니 몇 년 전 마르틴을 만났을 당시 자신의 모습이 떠올랐다. 물론 루이제는 길쭉한 얼굴에 머리를 길게 늘어뜨린 반면, 안니카는 머리를 틀어올리는 편을 좋아했다. 하지만 머리칼 색깔은 루이제와 안니카가 거의 같았다. 생생한 푸른 눈이 루이제의 적갈색 머리칼과 대조를 이루며 반짝였다. 여름에 생겼다가 희미해진 주근깨 자국이 엷은 볼연지처럼 그녀의 광대뼈 부분을 부각시켰다. 루이제는 안니카의 여동생이라고 해도 될 만한 모습이었다. 가는 허리를 보니 결혼 후에 찐 쓸모없는 군살은 없었지만.

인사하며 브로슈어를 받는 마르틴의 목소리가 지나치게 다정했고 안니카는 신경쓰지 않으려 했다. 질투는 관계에 독약이나 마찬가지였다. 도저히 안니카의 머릿속을 떠나지 않는, 아이가 생기지 않는다는 문제보다도 나빴다. 안니카의 얼굴에 먹구름이 끼었다. 결국 마르틴이 그녀의 어깨뼈 사이에 손을 얹고 그녀를 주방으로 데려갔다. 그러자 기분이 나아졌다. 머릿속에 다시 운동을 시작해야겠다는 메모를 남기긴 했지만.

"뭐, 크진 않네." 그녀가 마르틴의 귀에 속삭였다.

마르틴은 루이제가 나눠준 브로슈어의 사진을 보여주며 조금 킥킥댔다. "응. 근데 공간이 많아. 봐."

사진에서는 주방 테이블을 벽에 붙이고 의자를 등받이가 벽지에 닿도록 욱여넣어뒀다. 실제로 그 자리에 앉거나 의자를 꺼낸다는 건 의심의 여지 없이 불가능한 일이었다. 반대편 주방 조리대 쪽으로도 움직일 여유가 거의 없었다.

안니카가 웃었다. "집 보러 오는 사람들한테 보여줄 더 작은 테이블을 구했다니 다행이네. 우리야 주방에는 아침식사용으로 작은 테이블만 놓으면 되겠지만. 어쨌든 식사 공간이 따로 있는 셈이네."

"음, 그 공간이 곧 거실이야. 하지만 거실에 테이블을 둘 순 있지."

안니카가 고개를 끄덕였다. 그들은 계속해서 거실로 이동했다. 거실은 돌로 된 굴뚝 아랫부분과 위층으로 이어지는 좁은 계단을 빙 두르는 L자 형태의 공간이었다. 위층에는 침실 하나와 작은 화장실 하나뿐이었다.

"좀 좁지 않아?" 안니카가 말했다. "여기 아래층에는 복도랑 저 조그만 주방이랑 거실뿐이잖아. 당신 서재는 어디로 하게? 아이방은 또 어떻고?"

"작긴 작지." 마르틴이 말했다. "하지만 입지가 비할 데 없어. 우리야 살면서 이곳을 고쳐나갈 여유도 있고." 그는 몇 초 망설이다가 안니카가 보지 못했던 문 쪽을 고갯짓으로 가리켰다. 벽장 문으로 착각할 만큼 좁은 문이었다. "내가 깜빡하고 말하지 않은 아주 작은 정보도 하나 있고."

"깜빡했다고? 뭘?"

"내가 마음을 열어두라고 했던 거 기억하지?" 마르틴은 다 안다는 듯 미소 지으며 문을 열었다. 문 뒤에는 더 좁은 계단이 있었다. 지하실로 내려가는 계단. 그 구멍으로 습한 공기가 훅 불어올라왔다.

안니카의 심장이 빠르게 뛰었다. 집 아래로 이어지는 계단의 광경이 기습적으로 그녀를 덮쳤다. 차가운 손이 그녀의 심장을 쥐고있었다. 계단 밑바닥에서 끼익 하는 소리가 들렸다고 맹세라도 할수 있었다. 안니카는 눈을 감고 침을 삼켰다. 화가 부글부글 끓어오르는 게 느껴졌다. 그녀는 마르틴에게 시선을 고정한 채 계단 아래를 가리켰다.

"지하실 얘기는 이미 했잖아?" 그녀는 입술을 꼭 다문 채 할 수있는 만큼 침착하게 말했다. 마음이 부글거린다는 신호였다.

"잠깐만 들어봐. 설명할게."

"내가 왜 들어야 하는데? 지하실 싫다고."

안니카는 마르틴의 어깨 너머로 루이제가 둘의 대화를 엿듣는 모습을 볼 수 있었다. 매수 희망자 몇 명이 아무것도 눈치채지 못한 척 브로슈어를 좀더 신중히 살펴보고 있었다.

"알아." 마르틴이 말했다. "하지만 우리 예산 안에서 조건을 전부 만족시키는 집을 찾는 건 쉽지 않은 일이야. 밖에서 봤을 때 이집이 너무 아늑해 보여서, 난 지하실이 있어도 괜찮을지 모르겠다고 생각했어."

안니카의 두 뺨이 붉어졌다. 마르틴의 말이 맞았다. 하지만 그는 이해하려 하지 않았다. 그는 흙속에 있는 것에 대해선 전혀 몰랐다. 그건…… 안니카는 억지로 다른 생각을 떠올렸다.

그러는 동안에도 마르틴은 얘기를 이어갔다. "저 아래에는 방 하나랑 보일러실밖에 없어. 그냥 내가 쓸 남자의 동굴로 삼으면 돼. 당신은 내려갈 필요조차 없어. 집을 개조해서 이 위에 아이방을 만들자. 당신이 원하는 만큼 아늑하게 만드는 거야."

"이제 가야겠다." 안니카가 말했다. 그녀는 마르틴을 기다리지 않고 코트를 걸어둔 곳으로 걸어갔다. 나가야 했다. 집안 공기가 납처럼 무거워졌다. 지하실에서 올라온 흙냄새가 매 순간 점점 강해졌다. 질식할 것 같았다.

마르틴이 서둘러 부동산 중개인에게 고맙다고 인사하는 소리가 들렸다. 안니카는 굳이 작별인사도 하지 않고 발을 쿵쿵 구르며 집을 나섰다. 마르틴이 문을 닫고 나와 그녀를 따라잡는 소리가 났다.

"안니카." 그가 말했다. 목소리가 부드러웠지만 안니카는 신경 쓰지 않았다. "미안해, 자기야. 당신한테 이렇게까지 중요한 문제인지 몰랐어."

"그랬겠지. 당신 눈에 보인 건 그 엿같은 남자의 동굴뿐이니까." 안니카가 돌아보지 않고 말했다. "바로 그게 문제야. 당신은 나한테 중요한 문제에는 귀기울이지 않아."

"아니야. 나도 진짜로 귀기울이고 있어. 멍청하게 굴어서 미안해. 그냥 이해가 안 돼서."

"뭐, 모든 걸 이해할 필요는 없지."

"맞아. 사과할게. 알았지? 약속해, 더이상 지하실이 있는 집은 보지 않을게." 마르틴은 정말로 미안할 때 그러듯 파란색 눈을 강아지처럼 크게 뜨고 안니카를 보았다. 그 눈빛에 그녀의 심장에 둘러놓았던 철조망이 무너졌다.

안니카가 깊이 숨을 들이쉬었다. "좋아. 더이상 지하실은 안 돼. 앞으로는 당신이 집 보러 갈 약속을 잡기 전에 내가 모든 특징을 확인하고 싶어."

"그래야지."

안니카는 돌아서서 마르틴의 어깨 너머로 자신들 뒤의 목조 건물 정면을 바라보았다. 밖에서 보면 그녀가 꿈꾸던 집처럼 보였다. 따뜻하고 아늑한 집과 돌볼 만한 정원. 아이들이 뛰어다니며 놀 수 있는 곳. 뜰에는 헐벗은 사과나무도 몇 그루 있었다. 저 튼튼한 나뭇가지에 그네를 설치할 수 있을 것이다. 한 해 중 이른 계절에는 나무에서 곧바로 사과를 따 그녀를 보며 활짝 미소 짓는 아이에게 건네줄 수도 있을 것이다. 시골에 있는 노란색 여름별장으로 할머니를 만나러 가면 할머니가 그렇게 해주셨던 것처럼.

마르틴의 생각이 완전히 틀린 건 아니었다. 지하실만 아니라면 이 집이야말로 안니카가 찾던 곳이었을 것이다. 그녀는 부끄러움을 느끼고 마르틴에게 살짝 미소 지었다. 벌은 이미 충분히 주었다. 그걸로 만족해야 할 것이다.

"어쨌든 지하실이 있어서 아쉽네. 사실 집은 정말 아담하니 마음에 드는데." 그녀가 말했다.

마르틴은 땅을 내려다보며 고개를 끄덕였다. "응, 맞아. 난 당신이 좋아할 줄 알았어. 저기, 안니카. 난 우리 사이가 멀어지는 걸 바라지 않아. 당신도 우리끼리 할 얘기가 있다는 생각은 들지?"

안니카가 그를 보았다. "예를 들면? 우린 멀어지지 않았어. 난 그저 일 때문에 스트레스를 받는 거야."

"그건 알겠어. 그래도 내 월급이면 꽤 오래 버틸 수 있을 거야. 당신이 다른 일자리를 찾기 전까지 말이야. 내 말은 그게 아니고."

"그럼 무슨 말인데?"

"우리 관계 말이야, 안니카. 우리의 진짜 모습에 관해서 얘기하자는 거지. 지금이 적절한 때가 아니라는 건 알지만, 그래도 좀더 대화를 해야 할 것 같아."

"무슨 말인지 모르겠는데. 전부 잘될 거야. 우린 곧 집과 아이들을 갖게 될 테고, 모든 게 다시 괜찮아질 거야."

마르틴은 오랫동안 그녀를 바라보았다. "내 말 오해하지 마. 난 당신을 사랑해. 하지만 아이를 갖는 것만으로 해결되지 않는 문제가 있어. 노력하지 말자는 건 아닌데, 아이가 생기지 않으면? 그럼 어떻게 할 거야?"

안니카는 남편에게 한 걸음 다가가 그의 손을 잡았다. 마르틴이 그녀를 바라보며 미소 지으려 애썼다.

"가자." 그녀가 말했다. "지금은 그 얘기 하지 마."

6

오소리가 되기 전, 나는 대체로 남들과 비슷했다.
거리에서 나를 만나도
당신은 뭔가 잘못됐다고 짐작하지 못했을 것이다.
하지만 실제로는 잘못된 부분이 있었다.
내 몸은 당신 몸과 똑같이, 뿌리내리기만을 기다리는
악의 씨앗을 품고 있었다.

11월 14일 일요일

세실리아는 침대에서 일어나 앉아 가슴까지 이불을 끌어당겼
다. 침실은 어두웠지만 블라인드 너머로 찾아온 가느다란 빛이 한
낮이 되었다고 증언했다. 그녀는 헛숨을 들이쉬며 내면의 텅 빈 공
간을 공기로 채우고, 침대 발치의 매트리스 아래에 떨어져 있던 브
래지어를 간신히 찾아냈다.

옆에서 자던 남자가 움찔했다. 그의 이름은 마르쿠스였다. 문신
을 새긴 팔이 이불 밑에서 나와 그녀의 허리 잘록한 부분을 어루만
졌다. 세실리아는 몸을 빼며 일어서 잠옷을 입었다. 별로 따뜻하진
않았지만 아파트를 들여다보는 이웃들의 시선으로부터 몸을 가려
줬다.

"커피 가져올게." 그녀가 침실을 나서며 말했다. 마르쿠스는 신음하며 돌아누웠다.

주방은 차가운 햇빛에 잠겨 있었고, 하늘은 구름 한 점 없이 맑았다. 가을에만 존재하는 얼음장 같은 푸른색이었다. 그 빛 속에서 세실리아는 자기 집의 불완전성을 모두 볼 수 있었다. 주방 조리대는 빵 부스러기와 짙은 커피 얼룩으로 뒤덮여 있었다. 구석의 먼지 뭉치는 세실리아가 몇 주째 청소를 하지 않았다는 증거였다. 소파에는 전날 밤에 쓴 담요가 여전히 뭉쳐져 있고, 커피테이블의 와인 잔도 치우지 않은 채였다. 세실리아의 잔 테두리에 립스틱 자국이 묻어 있었고, 두 잔 다 밑바닥에 말라붙은 와인 얼룩이 빨간색 루비처럼 남아 있었다.

얼굴이 굳은 화장품으로 만들어진 가면처럼 느껴졌다. 심장이 느릿느릿 뛰었다. 커피 가루를 필터에 부어넣는 동안 뒤섞인 감정으로 뱃속이 부글거렸다. 조리대에 커피 가루를 조금 흘렸는데 그걸 닦아내봐야 아무 의미 없었다. 세실리아는 물통 뚜껑에 손을 얹고 눈을 감은 채 커피머신의 전원을 켰다.

정말이지 독신자로 사는 인생을 더이상 마주할 수 없었다. 그 인생은 의미 없는 데이트의 끝없는 연속으로 느껴졌다. 하지만 달리 무엇을 해야 할지 알 수 없었다. 남은 평생을 혼자 보내고 싶지 않다면 노력해야 했다. 마르쿠스가 침실에서 나오는 소리를 들은 그녀는 가슴이 꽉 조여오는 것을 느꼈다. 숨쉬기가 더 힘들어졌다. 마르쿠스는 청바지를 입고 있었으나 아직 셔츠는 걸치지 않은 채였다. 그가 세실리아를 보고 미소 지으며 헝클어진 채 그녀의 귀에 걸린 검은 머리칼을 손으로 쓸었다. 보통은 머리칼을 뒤로 꽉 묶곤 했다.

"좋은 아침이야, 자기야." 그가 말했다.

"좋은 아침." 세실리아는 미소 없이 말했다. "저기, 집에 좀 가 주면 좋겠는데."

마르쿠스는 걷다 말고 우뚝 멈춰 섰다. "뭐라고?"

"들었잖아."

마르쿠스는 손을 내리고 주위를 둘러보았다. 이제는 눈이 더 게 슴츠레해졌다. "이해가 안 가는데. 어젠……"

"어제는 모든 게 달랐어." 세실리아가 한숨을 쉬며 고개를 기울 였다. "오늘은 더이상 이 짓 못하겠어. 미안한데, 안 돼."

"왜? 우린 지금까지 한 달 넘게 사귀었잖아."

"나도 알아. 하지만 이런 식으로 계속 관계를 이어나가는 건 당 신한테 공평하지 않은 일이야. 난 당신이든, 누구한테든 아무 쓸모 가 없어. 결국 당신을 실망시킬 뿐이야."

마르쿠스가 고개를 저었다. 실망감, 어쩌면 상실감이 그의 눈에 서 반짝였다. "무슨 말을 해야 할지 모르겠어. 난 우리 사이에 뭔 가 있다고 생각했는데."

"그런데 없어. 그러니까 더이상 서로 만나지 않는 게 최선이 야." 세실리아는 목에 뭔가 걸리는 걸 느끼고 눈물을 애써 참았다. 기적처럼 누군가를 만나 몇 번 보더라도 그 이상 만남을 이어가는 건 실수였다. 그건 알고 있었다. 예전에는 마르쿠스의 손이 닿거나 그가 그녀의 눈을 들여다보면 기쁨의 전율이 느껴졌다. 하지만 현실로 돌아오는 순간, 관계라는 게 늘 어떻게 끝나는지, 자신이 어떻게 그를 실망시키게 될지 저절로 떠올랐다. 그 지경까지 이르게 놔두지 않는 편이 나았다. 이제 두 사람은 함께 보내는 마지막 밤을 지냈다. 또 한번의 스쳐가는 인연 이상이 되기 전에 마무리할 시간이었다.

마르쿠스는 눈을 감고 손가락으로 콧등을 꽉 눌렀다. 세실리아는 운동선수 같은 그의 몸이 살짝 움찔하는 모습을 보았다. 그는 빠르게 코로 숨을 들이쉬었다. "내 티셔츠 어디 있어?" 그는 그렇게 말하고 침실로 돌아갔다. 다시 나왔을 때는 완전히 옷을 갖춰 입고 있었다.

"뭣같네, 세실리아." 그가 고개를 저으며 말했다. "정말 좋을 수 있었는데."

세실리아는 자신의 몸이 얼마나 긴장했는지 감추려고 팔짱을 꼈다.

"넌 정말 엿같이 예뻐." 마르쿠스가 그녀의 뺨을 어루만지며 말했다. 손이 따뜻하면서도 일로 거칠어져 있었다. "어째서 너 자신에게 이런 짓을 하는 거야?"

세실리아는 손을 치우며 그의 눈을 들여다보았다. "난 그냥 우리 둘 모두에게 가장 좋은 일을 하는 것뿐이야."

"그래, 네가 그렇게 생각한다면야." 마르쿠스가 말했다. 그는 손등으로 눈물을 닦고 복도로 나갔다. 세실리아는 그가 재킷을 입고 신발 신는 소리를 들었다. 그런 뒤 그는 떠났다.

세실리아는 주방 의자에 털썩 주저앉았다. 자신의 호흡이 몸을 들락거리는 소리가 들렸다. 때때로 커피머신에서 꾸르륵 소리가 났다. 그 외에는 전부 조용했다. 마음속 감정이 화난 벌처럼 윙윙거렸다. 자기혐오. 올바른 일을 했다는 느낌. 끔찍한 실수를 저질렀다는 두려움. 다시 한번 혼자가 되었다는 체념. 동시에 다시 혼자가 되었다는 익숙함. 그 익숙함이 약간 위로가 되었다.

전에도 여러 번 이런 경험을 했다. 아팠다. 하지만 더 시간이 흘러 상대방이 세실리아와 함께하는 삶을 기대하기 시작할 때 어쩔 수 없이 상처를 입는 것보단 이게 나았다.

그녀는 머그잔에 커피를 따르고 침대 옆 테이블에서 핸드폰을 챙겼다. 잠옷이 살짝 벌어져 있었지만 기분좋게 상쾌한 느낌이 들었다. 밤에 흘린 땀이 여전히 퀴퀴하게 느껴졌고, 이 상황의 긴장감 때문에 팔 안쪽이 끈적거렸다. 그녀는 창가에 서서 뜰을 내다보았다. 커피잔이 그녀의 손에서 따뜻해져갔다.

살면서 딱 한 번, 사랑이 세실리아를 넘어뜨린 적이 있었다. 온몸이 아플 만큼 그 사람을 사랑했다. 그런데도 세실리아는 그를 실망시키고 떠났다. 이유는 잘 알 수 없었다. 당시에는 말이다. 하지만 지금은 자신이 그냥 그런 사람이라는 걸 알았다. 다른 핑계에 매달려봐야 아무 소용 없었다.

이번은 아니지만, 혹시 다음에는?

의미 없다는 걸 알면 알수록 더는 시도하고 싶지 않다는 생각이 들었다. 그녀는 커피를 한 모금 꿀꺽 마시고 틴더를 열어 새 프로필들을 살피기 시작했다.

7

나는 작은 마을에서 태어났다.
어느 마을인지 밝히지는 않겠지만,
모든 사람이 서로를 아는,
녹음이 우거지고 목가적인 곳이었다.

11월 15일 월요일

집을 보러 갔을 때 맞닥뜨린 지하실 계단 때문에 안니카가 오래 전에 묻어두었다고 생각했던 기억들이 깨어났다. 이제는 그 기억들이 탄산수 잔의 거품처럼 수면으로 떠올라 그녀를 밤새 잠들지 못하게 했다. 오전 5시 정각 즈음, 안니카는 포기하고 회사로 향했다.

바람이 사나운 돌풍이 되어 휘파람을 불며 트램 창문에 커다란 빗방울을 그어대고 유리를 강타했다. 이어폰으로 듣던 오디오북 소리가 딸랑거리는 트램 소리에 묻혀 잘 들리지 않았다. 안니카는 트램 안쪽으로 좀더 들어갔다. 바람에 창문 유리가 깨질까봐 걱정되었다. 하루 중 이 시간에는 차량이 거의 반도 차지 않는다. 파란 좌석에 앉은 다른 승객들은 몸을 웅크린 채 깨어 있으려고 핸드폰을 들여다보았다. 안니카는 최면을 거는 듯한 책 읽어주는 목소리에 귀기울였지만 소리가 귀에 들어오지 않았다. 그러다 트램이 덜컹하며 얀토르예트에서 멈췄다. 내릴 시간이었다.

돌풍 때문에 빨간색 코트가 몸에 달라붙었다. 바람막이 소재도 추위를 막진 못했다. 안니카는 위험이 엄습해오는 느낌을 거부하며 트램정류장에서 달리다시피 해 드래곤 영화관을 지나 사무실 출입구까지 갔다. 이날만은 자물쇠가 망가진 게 다행이었다. 돌풍을 빠르게 피할 수 있었다. 계단실에서 호흡을 고르고 막 위층으로 올라가려는데 맨 아래 계단에 진흙투성이 발자국이 보였다. 한 개가 아니었다. 계단 위를 따라 더 많은 흙덩이가 묻어 있었다. 일부는 건물 안에서 발굴 작업이라도 진행중인 것처럼 묵직한 신발에 밟혀 있었다.

안니카는 핸드폰에 112를 입력하고 혹시 불청객이 아직 계단에 있을 경우 전화를 걸 준비를 했다. 살금살금 계단을 오르는 그녀의 눈이 흙과 다음 층계참 사이를 빠르게 오갔다. 하지만 아무도 없었다. 출판사 사무실이 있는 층에서 발자국이 멈췄다. 뭔가가 바닥에, 회사 출입문 바로 앞에 있었다. 축축한 흙덩이가 그 뭔가를 둘러싸고 있었다. 거친 돌로 눌러놓은 구겨지고 더러운 종이 뭉치. 더러운 손가락이 그 가장자리에 때를 묻혀놓았다.

안니카는 다른 사람이 없는지 확인하느라 주위를 둘러본 다음 쭈그려앉아 표지를 보았다. 심장이 공중제비를 도는 것 같았다. 그녀는 휘청하며 볼품없이 뒤로 넘어졌다. 페이지 한가운데에 대문자로 '나는 오소리다'라는 문장이 적혀 있었다. 구식 수동 타자기로 입력한 글자였다. 그러나 머리가 핑핑 돈 건 제목 때문이 아니라 작가의 이름 때문이었다.

얀 아펠그렌.

투르발 시리즈를 쓴 바로 그 사람. 육 년 전 아무 흔적도 남기지 않고 사라진 바로 그 사람.

안니카는 돌바닥에서 종이 뭉치를 챙긴 뒤 문을 열었다. 사무실로 가져가는 원고에는 흙이 얼룩덜룩 묻어 있었고, 그녀는 그 종이 뭉치를 책상에 올려놓았다. 옷가지를 걸면서도 감히 눈을 떼지 않았다. 심장이 두근거렸다. 겨우 몇 분이 흐르는 동안 그녀는 누군가가 장난을 치고 있다는 의심에서 이것이야말로 자신이 찾던 대박일지 모른다는 불안한 감정 사이를 오갔다. 다른 선택안이 없었다. 얀 아펠그렌이 정말 원고를 두고 간 거라면 읽어야 했다. 그녀는 천천히 자리에 앉은 뒤 더 제대로 보려고 머리 가장자리의 젖은 적갈색 머리칼 몇 가닥을 귀 뒤로 넘기고 표지를 한쪽으로 치웠다. 그런 다음 심호흡을 하고 읽기 시작했다.

일단 읽기 시작하자 멈출 수 없었다. 글이 거의 최면을 거는 것 같았다. 처음 몇 단어가 그녀를 끌어당겼고, 거의 그 이야기에서 빠져나가지 못하게 했다. 걱정은 빠르게 황홀감으로 바뀌었고 안니카는 기쁨으로 몸을 떨었다. 가장 신나는 부분을 읽을 때는 자기도 모르게 불안한 듯 어깨 너머를 돌아보았다. 그녀가 글을 먹어치우듯 글도 그녀를 먹어치웠다. 그녀는 탐욕스럽게 모든 단어를 집어삼켰다. 작품은 잘 만든 장면과 생생한 등장인물, 소름 끼칠 만큼 많은 피로 가득했다. 안니카가 읽고 있는 글은 두렵고도 자기현

시적이며 무시무시했다. 피에 대한 대중의 문학적 갈증을 충족할 만큼 고약했지만 선을 넘진 않았다. 어쨌든 글이 안니카의 피부 아래를 기어다니는 듯했다.

안니카가 읽는 글은 그녀의 기억과 같은 재료로 구성되어 있었다. 전날 집을 보다 말고 어쩔 수 없이 그녀를 나오게 한 바로 그 기억. 글 너머의 사람이 그녀의 비밀스러운 두려움을 아는 것만 같았다. 특히 지하실을 배경으로 한 장면에서는 피가 차게 식었다. 지나치게 내밀했다. 너무 무서웠다. 그렇지만 어쩔 수 없이 계속 읽어나갔다. 원고는 출판인인 그녀의 영혼에 마약처럼 작용했다. 바깥의 어둠이 잿빛 새벽으로 바뀌어가는 동안 그녀는 빠르게 페이지를 훑었다.

원고를 다 읽었을 쯤에는 미처 인식하지 못한 사이에 몇 시간이 흘러 있었다. 위기대응팀 회의는 놓쳤지만 전혀 신경쓰이지 않았다. 호흡을 골라야 했기에 그녀는 창가에 가서 섰다. 바깥 주차장에 온통 비가 쏟아졌고, 창틀 바깥을 따라 긴 개울이 흘렀다. 돌풍이 부는 가운데 사람들이 끙끙대며 우산을 쓰고 걸었다. 지난 한 달 동안 그중 몇 명이 잔혹한 살인사건을 다룬 범죄소설을 구매하거나 오디오북으로 들었을지 궁금했다.

『나는 오소리다』는 일종의 허구적 전기였다. 오소리가 자신의 이야기를 털어놓은 것처럼 쓰인 전기. 피와 광기의 이야기. 동시에 온갖 난관을 헤치고 오소리 사건을 해결하려는, 혼란스러운 삶을 살아가는 경찰이 등장하는 흡인력 강한 작품. 안니카는 이 글을 어떻게 판단해야 할지 알 수 없었다. 생각과 감정이 온몸을 휩쓸었다. 원고가 너무 혐오스럽진 않은가? 아니, 산더미 원고를 포함해 그녀가 최근에 읽은 대부분의 스릴러물은 이보다 훨씬 더 끔찍했다. 그렇더라도 오소리가 누군지는 모두가 알았다. 현실이라는 점만 빼면 오소리 사건은 현대 도시 괴담과 비슷했다.

오소리—남자인지 여자인지 몰라도—는 매년 11월 6일 이른 시간에 예테보리의 외진 집에서 수수께끼 같은 상황 속에 피해자를 잡아갔다. 경찰은 신중하게 대처했다. 꼭 해야 하는 말만 했다. 그리고 그런 대처는 온라인에서 더 과격한 추측으로 이어질 뿐이었다. 유족들이 블로그 게시물을 올렸고, 경찰의 기밀 자료에서 나왔다는 범죄 현장 사진이 인스타그램에 떴다. 어떤 게 진짜이고 어떤 게 정교하게 만든 가짜인지 아는 사람은 아무도 없었지만, 모든 형태의 자료에는 근본적으로 동일한 정보가 포함되어 있었다. 오소리는 아래쪽에서, 지하실 바닥을 뚫고 피해자들의 집으로 파고들어온다고 알려져 있었다. 그리고 피해자는 살인자가 나온 바로 그 땅굴을 통해 지하로 끌려들어갔다. 이런 일이 오 년째 계속되고 있었다.

그 이상을 아는 사람은 아무도 없었다. 심지어 어떤 사람들은 오소리가 사람이 아닐 수도 있다고 생각했다. 그들은 온라인에 돌아다니는 다른 도시 괴담들과 비슷하게 오소리도 땅속에 사는 일종의 괴물이라고 했다. 원고는 바로 이런 발상을 가져와 비틀었다. 안니카는 뱃속이 울렁거렸다. 이 이야기는 그녀가 지하실에 가지 않는 계기가 된 사건들과 지나치게 가까웠다. 그렇기에 한번 더 생각했다. 이런 책을 세상에 내는 것이 그만한 위험을 무릅쓸 가치가 있는 일일까? 하지만 무시하기에는 원고가 너무 좋았다. 투르발 시리즈가 아마추어적으로 보일 지경이었다. 안니카는 원고가 불편한 만큼 회사를 살릴 수 있을 정도로 훌륭하다는 것을 깨달았다. 이런 원고가 존재한다는 걸 모르는 척할 순 없었다. 안니카 혼자서 내릴 결정이 아니었다. 다른 사람들을 참여시킬 의무가 있었다.

토비아스의 방으로 들어가는데 다리가 후들거렸다. 그는 컴퓨터 화면을 들여다보다가 짜증난다는 표정으로 고개를 들었다. 안니카는 다양한 프로그램 창 너머의 바탕화면을 언뜻 보았다. 주황색 구명조끼를 입고 미소 짓는 유아 두 명. 여름에 토비아스의 범선에서 찍은 사진이었다. 이 사진을 떠올릴 때마다 안니카는 가슴속 깊이 아이를 갖고 싶다는 열망을 느꼈다. 오늘은 사진 전체를 보지 않아도 된다는 점이 다행스러웠다.

"회의에는 왜 안 들어왔어요?"

"공포물 좋아하죠?"

"네, 잘 썼다면야." 이메일 알림이 뜨자 토비아스는 화면을 다시 힐끗 보았다. "공포물이 아니라 서스펜스물로 마케팅할 수 있어야 하고요. 왜요?"

안니카는 더러운 원고를 토비아스 앞의 키보드 위에 내려놓았다. 원고에서는 지금도 말라붙은 작은 흙 알갱이가 떨어지고 있었다. 검고 거친 모래 같았다.

"읽어봐요."

"대체 이게 뭔데요?" 토비아스는 감염이라도 될까 두렵다는 듯 원고를 들어올렸다. "얀 아펠그렌?"

안니카가 어깨를 으쓱했다. "나도 더는 몰라요."

"위기대응팀 회의를 한번 더 소집할게요." 토비아스가 말했다. "다른 사람들한테도 돌리게 복사 좀 해주세요. 하지만 우리 손에 들어온 게 뭔지 알기 전까진 아무한테도 이 원고에 대해 얘기하면 안 돼요."

8

내 부모는 남들과 같았다.
자기들 인생에 만족하는 것처럼 보였다.
나는 책 읽기를 좋아했고, 거의 늘 책에 코를 박고 살았다.
내가 이른 나이에 오래된 타자기에 손을 대고
단편소설을 쓰기 시작한 건 놀라운 일이 아니었다.

11월 15일 월요일

안니카가 들어가자 토비아스가 회의실 문을 닫았다. 안니카는 어깨 너머로 그 모습을 힐끗 보았다. 토비아스가 문을 잠그는 것이 보였는데 평소에 그가 절대 하지 않는 행동이었다. 유리벽 너머로 탁 트인 사무실을 내다보니 다른 사람들이 호기심 어린 눈으로 바라보는 모습이 눈에 들어왔다.

"급하게 알렸는데 와줘서 고마워요." 토비아스가 평소 앉는 자리에 앉으며 말했다.

안니카는 새로 인쇄한 『나는 오소리다』 사본더미를 바라보았다. 종이는 아직 따뜻했고, 토너 냄새가 약하게 났다.

"무슨 일이야?" 레베카가 물었다.

안니카는 원고 더미에 손을 대고 처음에는 토비아스를, 그다음에는 다른 사람들을 번갈아 바라보았다. 그리고 마지막으로 카트린을 보았다. 카트린의 눈이 접시처럼 커져 있었다. 그녀가 막 입을 열어 뭔가 말하려는데 토비아스가 끼어들었다.

"안니카한테 무슨 일이 있었는지 설명하게 하겠지만, 일단은 여기 있는 모든 사람이 최고 수준의 보안을 유지해주기 바랍니다. 이 정보가 조금이라도 밖으로 새어나갈까봐 프레드리크 아스크가 몹시 불안해하고 있거든요. 아시겠죠?"

"그런데 왜 이렇게까지 은밀하게 하는 건가요?" 카트린이 물었다.

안니카는 혀가 입천장에 달라붙는 것을 느끼고 침을 삼킨 다음에야 입을 열었다. "약간 미친 소리처럼 들릴 텐데, 오늘 아침 문밖에서 이 원고를 발견했어요."

레베카는 의심스럽다는 표정이었다. "무슨 뜻이에요? 그냥 거기에 남겨져 있었다는 건가요?"

"네, 맞아요. 흙더미 안에 있더군요."

"뭐, 정말 약간 미친 소리 같네요." 레베카가 검지로 안경을 밀어올리며 말했다.

안니카는 즉시 본론으로 들어가기로 했다. "네, 맞아요. 그런데 정말 잘 썼어요. 들어봐요." 안니카는 핑크색 포스트잇 메모지로 표시해둔 페이지를 펼쳐 읽기 시작했다.

"나는 오소리다. 이것은 내 이야기다. 이 이야기를 들으면 당신도 나를 다른 방식으로 보게 될지 모른다. 그렇다고 달라지는 건 없겠지만."

안니카는 좀더 읽다가 멈추고 다른 사람들을 보았다. 모두가 눈을 거의 깜빡이지 않은 채 그녀를 보고 있었다. 예스페르 올손은 계속 입을 굳게 다물고는 꽉 쥔 주먹에 든 연필을 엄지로 눌렀다.

안니카가 목을 가다듬었다. "스릴러이자 일종의 전기예요." 그녀가 말했다. "오소리에 관한."

"그 오소리요?" 카트린이 천천히 물었다. "그 살인자 말하는 거예요?"

안니카가 고개를 끄덕였다.

"말도 안 돼요." 레베카가 다시 말했다. "누가 쓴 거죠?"

안니카가 깊이 숨을 들이쉬었다.

"얀 아펠그렌이요."

다시 침묵이 흐르다가 예스페르의 연필이 날카롭게 딱 소리를 내며 부러졌다. 그는 욕설을 내뱉고 엄지에서 난 피를 빨면서 회의실을 나섰다.

안니카가 어깨를 으쓱했다. "확실히 알 순 없지만요. 얀 아펠그렌의 이름이 표지에 적혀 있었다는 것, 제가 아는 건 그게 전부예요."

레베카가 고개를 저었다. "다른 사람이 틀림없어요. 그 작가는 실종됐으니까요. 난데없이 사라졌다고요. 지구상에서 사라졌어요. 우리가 아는 한으로는 사망한 상태죠."

안니카가 체념한다는 의미로 양팔을 들었다. "꼭 모르는 것처럼 얘기해서 그러는데, 내가 얀 아펠그렌 담당이었어요. 그런데 그게 문제예요."

"뭐가요?" 토비아스가 물었다.

"모든 것의 스타일 말이에요. 그일 리 없다는 건 아는데, 스타일

68

이 일치해요. 물론 여기저기 아귀가 안 맞는 부분이 있지만, 이렇게 오랜 세월이 흐른 지금 이 원고를 쓴 사람이 그가 아니라면 오히려 이상하지 않을까요?"

토비아스가 고개를 끄덕였다. "같은 의견입니다. 얼마 읽진 않았지만 정말 얀 아펠그렌의 글처럼 보여요. 거의 소름 끼칠 정도로."

"정말 얀 아펠그렌이 쓴 거라면 누군가 그에 대한 수색을 다시 시작해야겠는데요." 레베카가 말했다. "경찰에 신고해야죠."

"아뇨, 이 문제에 관해선 어디에도 신고하지 않을 겁니다." 토비아스가 말했다. "뭘 해야 할지 결정하기 전까지 비밀로 해야 돼요."

"얀이 실종됐을 당시에 수색이 몇 주나 이뤄졌어요." 안니카가 말했다. "아직 살아 있다면 그저 발견되기를 바라지 않는 것 아닐까요?"

카트린이 회의실 맞은편 벽을 빤히 바라보았다. "세상에, 얀이 정말로 오소리라면요? 그렇다면 끔찍한데요."

잠시 침묵이 흘렀다. 모두가 서로 얘기를 나누기 시작했다. 안니카는 얀이 오소리일 리 없다고, 말도 안 된다고 했다. 원고는 얀의 작품일 수 있겠지만. 레베카는 완전히 불가능한 일은 아니라고 다시 고집을 부렸고, 안니카는 어쨌든 원고를 남겨둔 사람이 오소리일 리는 없다고 항의했다. 얀 아펠그렌이 아니라면 머리가 좀 이상한 사람일지도 몰랐다. 토비아스는 바깥에 있는 사람이 유리벽 너머에서 듣지 못하도록 팀원들의 목소리를 낮추려고 노력했다. 카트린은 일단 원고를 읽어보고 나서 누가 썼는지 고민해보자고 사람들을 설득하려 했다.

결국 토비아스가 손바닥으로 테이블을 쾅 내려쳤다. "조용!" 그가 큰 소리로 말했다. 안니카는 굉음에 펄쩍 뛰었지만 어쨌든 그 방법이 통했다. 모두가 조용해졌다. 토비아스는 사람들을 자세히 지켜보았다. "프레드리크와 이 문제에 관해 오래 얘기를 나눴습니다. 프레드리크는 작품이 지나치게 논쟁적이라고 말해요. 어쨌든 우린 진짜 살인자에 대해 얘기하는 거니까요. 아직도 검거되지 않은 살인자 말입니다. 프레드리크는 이 원고를 일단 막아놓고, 스티나 본 그뤼닝과 유명인사 전기에 집중하면 좋겠대요."

안니카는 얼굴에서 핏기가 가시는 걸 느꼈다. 제대로 들은 게 맞나? 이 원고로 회사를 구할 수 있는데 출간을 거절해야 할까? "이해가 안 가네요." 안니카가 말했다. "전 이 원고를 읽어봤어요. 오랫동안 받아본 원고 중에, 어쩌면 지금까지 받아본 모든 원고 중에 최고예요. 그걸 그냥 잊어버리자고요?"

"읽지 말자는 얘기는 안 했어요." 토비아스가 말하며 눈썹을 치켜올렸다. 뭔가 아는 듯한 미소가 그의 얼굴에 번졌다.

9

나는 친구들처럼 살려고 노력했다.

학교, 스포츠, 단체 활동.

하지만 내가 정말로 원한 건

혼자서 글을 쓰는 것뿐이었다.

11월 15일 월요일

"고맙습니다, 아론." 세실리아가 아론과 악수하며 말했다. 아론의 손아귀는 단단하지만 친근했다. 육체 노동을 하느라 생긴 굳은 살이 세실리아의 손에 잡혔다. 하지만 손길에서 느껴지는 온기는 그의 눈에 깃든 온기와 똑같았다. 아론은 범죄가 발생하기 전 린다 산스트룀의 집에서 일하던 건설 인부 중 한 명이었다. 방금 그에 대한 취조가 끝난 터였다. 아무런 소득은 없었지만.

"별말씀을요." 아론이 말했다. "더 도와드릴 수 없어서 죄송하네요."

"오늘 떠오르지 않았던 뭔가가 생각나면 꼭 연락 주세요." 세실리아가 말했다.

요나스가 아론에게 명함을 건넸다. "달리 질문할 게 있을 때 저희도 연락을 드릴 수 있으면 좋겠습니다.”

“네, 얼마든지요. 전화만 주세요.” 아론이 명함을 받으며 말했다. 그는 빛이 반사되는 줄무늬와 흙으로 뒤덮인 형광 노란색의 재킷을 걸치고 무선 헤드셋을 귀에 찬 다음 출구 쪽으로 사라졌다.

세실리아가 한숨을 쉬며 요나스를 보았다. 그가 어깨를 으쓱했다. “예상대로 아무것도 없네.” 그녀는 주머니에서 핸드폰을 꺼내며 말했다. “다음은 누구야?”

그들은 천천히 다른 조사실로 걸어갔다. “벵트 요한손요.” 요나스가 수첩을 확인하며 말했다. “일찍 와서 이미 옆방에서 기다리고 있습니다.”

세실리아는 핸드폰을 보며 별생각 없이 고개를 끄덕였다. 틴더에서 새로운 알림이 네 개 와 있었다. 손가락이 저절로 향했지만 알림을 열어보고 싶은 충동에 저항했다. 그녀는 핸드폰을 치우고 고개를 끄덕였다. “좋아, 그럼 커피 마시기 전에 만나볼 수 있겠네.”

세실리아가 조사실 문을 열었다. 조사실은 아무 장식도 없는 헐벗은 방이었다. 세실리아와 요나스가 들어가자 테이블 앞에 앉아 있던 남자가 고개를 돌렸다. 연녹색 눈이 덥수룩한 눈썹 밑에서 움직였다. 세실리아는 남자의 맞은편에 앉아 전문적인 경찰의 눈으로 그를 살폈다. 벵트 요한손은 키가 작고 땅딸막했지만 매우 건강해 보였다. 양팔에 문신이 몇 개 보였고, 얼굴 절반은 덥수룩한 턱수염에 가려져 있었다. 머리칼을 짧은 포니테일로 묶고 있어서 세월에 따라 뒤로 밀려난 헤어라인의 숱 없는 관자놀이가 더욱 강조되었다.

요나스가 그와 악수하며 자신과 세실리아를 소개했다. 세실리아는 소개를 듣다가 마침내 얼음장처럼 차가운 눈으로 벵트를 똑바로 바라보았다.

"여기 왜 왔는지 아세요?" 그녀가 말했다.

벵트는 세실리아의 눈을 피했다. 마침내 그의 시선이 테이블 한가운데로 떨어졌다. "아뇨."

요나스가 수첩에서 고개를 들고 목을 가다듬었다. "저희는 벵트 씨가 하수관 작업을 하던 집에서 발생한 범죄 의심 사건을 조사하는 중입니다."

"이 도시에서 제가 작업하는 곳이 한두 군데가 아닌데요." 벵트가 어깨를 으쓱하며 말했다.

"파견 업체에 따르면 벵트 씨는 정규 직원이 아니라 자문 역할로 채용되셨던데요." 요나스가 말했다. "맞나요?"

"네."

"그래서 직원 명부에 성함이 없었던 건가요?"

벵트는 어깨를 으쓱했다. "아마 그렇겠죠. 대규모 현장에서는 디지털 신분 확인인지 뭔지 쓸데없는 짓을 엄청나게 많이 합니다만 비교적 작은 작업을 할 때는 그런 일이 훨씬 느슨하게 이뤄지니까요."

세실리아는 의자 등받이에 몸을 기댔다. "벵트 씨는 어떤 분야의 자문 역할을 하나요?"

이 말에 벵트가 바짝 긴장했다. "특별한 건 없습니다. 도랑 근처에 이런저런 문제가 생기면 나를 부르는 거예요."

"어떤 문제요?"

벵트가 의자에 앉은 채 꼼지락댔다. "꽤 기술적인 문제라. 이게 왜 중요한지 모르겠네요."

세실리아가 요나스를 힐끗 보았다. 요나스는 거의 보이지 않을 정도로 고개를 저었다. 정말 별 의미가 없다고 말하는 그만의 방식이었다.

"그 집에도 그런 문제가 있었나요?" 세실리아가 물었다. 그녀는 벵트에게 대답할 시간을 주지 않고 말을 끊었다. "대답하실 필요는 없습니다. 그건 그렇고, 누구 집이었는지는 아세요?"

"잘 몰라요." 벵트가 말했다. 약간 긴장이 풀린 듯했다. 세실리아는 이유가 궁금했지만 그 문제는 잠시 제쳐두기로 했다.

"집 주인은 린다 산스트룀이었습니다." 요나스가 린다의 사진을 밀어놓으며 말했다. 피해자의 직장 웹사이트에서 그녀의 프로필을 내리기 전에 프린트한 사진이었다. 지난 며칠간 그 회계사무소 웹사이트에는 불편할 정도로 대량의 검색 트래픽이 몰렸다. 그녀가 오소리의 최근 피해자라는 소문이 많이 퍼진 것이다.

벵트가 사진을 가까이 끌어당겼다. "네, 알겠네요. 괜찮은 사람 같았는데." 사진을 옆으로 밀어놓는 그의 손이 떨렸다.

세실리아가 한쪽 눈썹을 치켜올렸다. "그럼 린다와 얘기를 해보신 건가요?"

"아뇨. 그러니까, 네. 많이 해본 건 아니고요." 벵트가 가장자리에 검은 흙이 낀 손톱을 썹었다. 세실리아는 그의 얼굴이 붉어진 것을 알아보았다.

"린다에게 무슨 일이 일어났는지 아세요?"

"아뇨." 벵트가 말했다.

"뭔가 이상한 점, 평소와 다른 점은 전혀 모르셨고요? 린다에 대해서든, 집에 대해서든 말입니다."

벵트가 고개를 저었다. 행동에 조금 지나치게 힘이 실려 있었다. 이제는 그가 빠르게 말을 이었다. "날 고용한 업체가 아침에 전화를 걸어서 일이 취소됐다고 했습니다. 그래서 계속 잤죠. 내가 아는 건 그게 답니다."

세실리아는 오랫동안 벵트를 지켜보았다. 그는 무슨 수를 써서든 계속 세실리아의 시선을 피했다. 세실리아가 잠시 뜸을 들인 뒤 말을 이었다.

"그게 무슨 요일이었는지 기억나세요?"

"지난주 월요일이었습니다."

"11월 8일요?" 요나스가 물었다.

"네, 그런 것 같네요." 벵트가 대답했다. 그가 의자에 앉은 채 조바심을 내며 몸을 획 돌렸다. "죄송하지만 뭘 원하시는 건지 모르겠습니다."

요나스가 세실리아를 보았다. 세실리아는 테이블 너머로 몸을 숙였다. "벵트, 이런 거예요. 우린 린다가 사망했다는 상당한 근거를 가지고 있습니다."

벵트가 고개를 저었다. 그는 요나스와 세실리아를 보지 않으려고 바닥으로 시선을 떨어뜨렸다. "저랑은 상관없는 일입니다."

"저희도 그런 뜻으로 하는 얘기는 아닙니다. 단지, 벵트 씨는 최

근에 범죄가 일어난 현장에서 일하고 계셨으니까요." 세실리아가
말했다. "그곳에서 일한 모든 사람에게 질문하고 있거든요. 집안
에 들어가셨나요?"

"아뇨. 아시겠지만 우린 보통 실내로 들어가지 않습니다. 일하
다보면 꽤 더러워지거든요."

"혹시 동료 중 누군가가 집으로 들어갔나요? 화장실을 썼다든
지."

"집밖에 세워두는 우리 밴에 변기가 있습니다. 아니면 점심 먹
을 때 화장실에 가죠."

아론을 포함한 다른 사람들도 똑같이 말했다. 모두가 하는 똑같
은 말이었다. 세실리아는 한숨을 쉬었다. 이번에도 아무 소득이 없
었다.

"평소와 다른 걸 보셨나요?" 이어서 그녀가 물었다.

"아뇨. 모든 게 정상이었습니다. 분명히 말씀드리지만, 제가 한
일은 굴삭기를 작동한 것뿐이에요. 다른 인부들이 하수관 교체를
마칠 수 있도록 지하실 주변에 구덩이를 파는 작업을 마무리하고
있었습니다. 업체에서 작업을 취소할 때까지 마무리하진 못했지
만요."

"다른 건요?" 요나스가 물었다.

"없습니다." 벵트가 고개를 저었다. 그는 좀더 긴장이 풀린 듯
했다. 더는 시선이 흔들리지 않았다. 여전히 세실리아와 눈을 맞추
지 않으려 했지만.

"네." 세실리아가 말했다. "그럼 여기서 마무리하죠."

10

하지만 삶은 계속됐다. 내게도, 다른 모두에게도.
긴 이야기지만 간단히 줄이자면,
나는 사랑에 빠졌다.
젊고 미숙하며 정신을 못 차리는 사랑,
오직 열일곱 살짜리만이 빠질 수 있는 사랑에.

11월 16일 화요일

마르틴 그란룬드는 손가락으로 태블릿 화면을 쓸었다. 눈앞에 부동산 목록이 연달아 지나갔다. 안니카가 옆에 앉아서 부부가 꿈의 집을 짓는 TV 프로그램을 보고 있었다. 소파에 웅크린 채 다리를 파란색 담요로 감싸고.

"새로운 건 없네." 마르틴이 케이스 덮개로 화면을 탁 덮으며 기지개를 켜고 하품했다.

안니카가 고개를 저었다. "정말? 하나도 없어?"

"아예 없는 건 아니지. 그런데 전부 너무 비싸거나 너무 멀어. 아니면 집에……" 마르틴은 알아서 입을 다물었다.

"집에 뭐?" 안니카가 몰래 그를 보며 물었다. 마르틴은 화가 난 표정이 아니었다. 대체로 조심하는 표정이었다.

"아, 모르겠어. 손봐야 할 게 너무 많달까."

"지하실 말한 거지?" 안니카가 무뚝뚝하게 말하며 다시 프로그램으로 관심을 돌렸다.

마르틴이 한숨을 쉬었다. 마음이 두 갈래로 나뉘었다. 둘은 대화를 나눠야 했다. 관계를 망치지 않고 어떻게 말하는 게 최선일지 알 수 없었다. 어쨌든 말은 해야 한다는 생각이 들었다.

"있잖아." 그가 조심스럽게 말했다. 안니카가 다시 그를 보았다. "지난번 집에서 지하실 얘기 안 한 건 미안해."

안니카는 다시 TV로 시선을 돌리며 고개를 끄덕였다. "괜찮아. 이제 다 지난 일 아니야?"

마르틴은 속으로 한숨을 쉬었다. 소파가 불편하게 느껴졌지만 안절부절못하며 긴장한 티를 내고 싶진 않았다. "응, 맞아." 그가 말했다.

"뭐, 그럼." 안니카가 말했다. "지난 얘기를 계속해봐야 의미가 없지."

"그러네." 마르틴은 잠시 기다렸다가 말을 이었다. "그런데 적당한 집 찾기가 힘들어. 그래서 혹시 집이 없어도 되지 않을까 하는 생각을 했어."

안니카가 돌아보았다. 그녀의 미간 주름이 오므라들며 눈썹 사이에 선명한 홈이 파였다. "무슨 뜻이야? 우리 아이들이 제대로 된 집에서 크는 게 나한테 얼마나 중요한 일인지 알잖아."

마르틴이 양손을 들었다. "하지만 우린 아이가 없잖아."

"난 서른여섯 살이야, 마르틴." 안니카가 말했다. "그저 막연히 기다릴 순 없어."

"그래, 그건 그렇지만……"

안니카가 그의 말을 끊었다. "당신도 아이를 원하잖아. 아냐?"

마르틴은 고개를 끄덕였다. "그래, 당연히 나도 원하지. 하지만 먼저 집을 구하는 게 그렇게 중요한 일인지 궁금해서. 내 말은 지금 아이들이 뛰어다니는 게 아니라면 그냥 여기서도 아이를 낳을 수 있지 않을까?" 그는 양팔을 활짝 벌렸다. TV에서 나오는 불빛과 창가에 둔 붉은 테이블 램프의 빛이 있을 뿐 어둠 속에 잠긴 거실이 꽤 컸다. 책장 옆 구석에 어린이용 울타리를 쳐도 괜찮을 터였다. 침실도 커서 지금 책상이 놓인 곳에 요람을 둬도 되었다. 그럭저럭 괜찮은 방법이었다.

안니카가 고개를 저었다. "아냐. 짐을 둘 공간이 얼마나 많이 필요한지 알아? 유아차만이 아니라 침대랑 기저귀 교환대, 기저귀 같은 물건들을 쌓아놓을 공간까지 말하는 거야."

"그래, 하지만 적당한 집을 찾는 동안은 그 정도 짐이 있어도 살 수 있을 거야."

"난 그렇게 못해, 마르틴." 안니카가 말했다. "난 숨쉴 공간이 필요해. 여기에 아기랑 함께 갇혀 있진 않을 거야." 그녀의 갈색 눈에 TV 화면이 반짝였다. "집이 먼저야, 아이는 나중이고."

마르틴이 한숨을 쉬었다. "난 집 때문에 우리가 정말 원하는 일이 방해받지 않도록 다른 방법에도 마음을 열어놓고 싶을 뿐이야. 우리가 정말로 바라는 건 행복하게 지내면서 함께 아이를 낳아 기르는 것이니까."

"글쎄, 난 그냥 그런 식으로 임신을 못하나봐." 안니카가 말했다.

마르틴이 다시 소파에 주저앉았다. 그녀의 말이 가슴 한복판에 박혀 아주 작은 화살처럼 욱신거렸다. 일 년 넘게 피임약을 끊었는데도 안니카가 아직 임신하지 못한 건 사실이었다. 하지만 그때는 집이 지금처럼 중요하지 않았다. 안니카는 심지어 마르틴에게 무슨 문제가 있는지 확인하겠다며 그를 살그렌스카대학병원으로 보내기까지 했다. 마르틴에게는 문제가 없었다. 그럼에도 이 방면에는 별로 진전이 없었다. 더이상 주기적인 시도가 부족해서 그렇다고 할 수 없었다.

마르틴은 이런 식으로 얘기를 꺼낸 안니카에게 어쩔 수 없이 짜증이 났다.

"그렇게 중요한 문제면 시험관 시술을 해봐야 하는 것 아닐까?" 마르틴이 생각 없이 말했다. 그리고 즉시 후회하며 이를 악물었다. 안니카에게 상처를 주려던 건 아닌데.

"아니." 안니카는 단호히 고개를 저었다. "일단 시험관은 너무 비싸. 우린 집을 살 돈이 필요하고. 게다가 그 방법은 여자한테 너무 힘들어. 부정적인 집착을 일으킬 수도 있대. 내가 아는 사람 중에도 시험관 시술을 했는데 아무 소용이 없어서 갈라선 이들이 있어. 그런 위험을 무릅쓰고 싶진 않아."

"나도 마찬가지야. 하지만 대화는 해봐야 하지 않겠어?" 그가 말했다. 그보다 더 많은 사람들이 문제에 대해 얘기하고 싶어하지 않아서 깨졌다고. 그는 생각했다.

"말싸움하고 싶지 않아." 안니카가 말했다. 그러고는 고개를 돌리더니 가까이 다가왔다. 조금은 고양이 같은 움직임이었다. 그녀가 자기 입술로 마르틴의 입술을 찾았다. 마르틴은 그녀의 향기를 들이마셨다. 심장이 두근거렸다.

"자기야." 안니카가 입맞춤 사이사이에 속삭였다. "괜찮을 거야. 우린 곧 사랑스러운 집을 찾게 될 거야. 그럼 압박감도 덜어질 테고. 내가 약속할게."

안니카가 가까이 있으면 기분이 좋았다. 마르틴은 그녀를 끌어당겨 안았다. 그는 더 많은 것을 원했지만 아직 준비가 되지 않았다. 자신의 옆에 있는 그녀의 따뜻한 몸을 끌어안자 내면에서 감정이 소용돌이쳤다. 집을 사고 나서 아이가 생기지 않으면 무슨 일이 벌어질까 하는 생각을 멈출 수 없었다. 그러면 상황이 더 악화되지 않을까?

11

그녀는 나와 어울리기엔 너무 아름다웠다.

그 점을 알았어야 했다.

하지만 어느 십대가 그런 문제를 신경쓴단 말인가?

다만 지금 와서 돌아보면 그 관계가

영원히 이어질 리 없었다는 걸 알 수 있다.

11월 17일 수요일

안니카가 하품을 하며 손목시계를 보았다. "어디 있어?" 그녀는 다리를 꼬며 말했다. "늦네."

안니카와 카트린은 포스트호텔의 바에서 짙은 회색 소파에 앉아 로비와 입구의 커다란 회전문을 내려다보고 있었다. 화강암 바닥은 내리는 비 사이를 거쳐 들어오는 바깥의 빛 때문에 지쳐 보이긴 했지만 최근에 윤을 내 거울처럼 매끈했다. 작은 음악소리가 바를 채우며 구두굽 울리는 소리나 이따금 들려오는 느긋한 대화 소리와 뒤섞였다. 카트린은 예테보리 도서축제 로고가 박힌 토트백에서 다이어리를 꺼냈다. 인쇄된 로고가 아직 새것처럼 보이는 걸 보니 올해 축제에서 산 게 틀림없었다. 안니카는 에클룬드 프레스의 부스가 평소 크기의 절반밖에 되지 않는다며 다들 툴툴대던 것을 떠올렸다. 그때 회사에 문제가 있다는 낌새를 챘어야 했다.

"그래도 우린 제시간에 왔잖아요." 카트린이 다이어리를 덮으며 말했다. "그분은 한 이십 분쯤 늦었고요."

안니카가 자리에서 일어나 잠시 이리저리 어슬렁거렸다. "미팅을 잊은 건 아닌지 전화해서 확인해야 할까?"

"의미가 있을지 모르겠어요." 카트린이 말했다. "그분 매니저 말로는 연락하기 어렵대요. 수많은 팬들의 전화일까봐 모르는 번호는 받지도 않는다던걸요."

"세상에." 안니카가 눈알을 굴려대며 말했다. "자기가 정말 뭐라도 되는 줄 아나봐?"

카트린이 어깨를 으쓱했다. "저야 모르죠. 그런데 저기 오는 사람 같아요." 그녀가 고갯짓으로 로비를 가리켰다. 머리를 어깨까지 길게 기른 한 남자가 불안정한 발걸음으로 다가오고 있었다. 그는 안니카보다 키가 작았지만 어깨가 넓고 근육에는 각이 선명하게 잡혀 있었다. 목이 깊게 파인 티셔츠를 입어 일부러 근육을 제대로 가리지 않았다. 안니카로서는 보고 싶지 않을 만큼 많은 문신이 가슴에 드러났다.

"두 분 출판사에서 나온 건가요?" 그가 말했다. 그는 양쪽 주머니에 손을 찔러넣고 엉덩이를 내밀었다.

"안니카 그란룬드입니다. 에클룬드 프레스의 출판기획자예요." 안니카는 손을 내밀며 자기 말이 얼마나 딱딱하게 들리는지 의식했다.

"니클라스 그라나스예요." 그가 안니카의 손을 보며 말했다. 악수를 받아주고 싶은 티는 조금도 내지 않았다. "반지가 귀엽네. 아틀링* 거예요?"

안니카가 자기 반지를 보았다. "네."

"내가 그 회사 모델도 좀 했죠."

"네. 이쪽은 우리 회사 편집자인 카트린 팔크예요." 카트린은 손을 흔들었지만 일어나지는 않았다. "저희를 만나러 와주셔서 감사해요. 시내에 계시기도 했고, 사정이 많으신데."

"매니저 말로는 그쪽에서 나에 대한 전기를 쓰고 싶어한다던데." 니클라스가 말했다. 그의 각진 얼굴이 부드러워졌다. 미소를 짓자 얼굴에 어린 나이와 어울리지 않는 고랑이 파였다. "좋던데요. 분명히 말하지만, 나한텐 사람들에게 들려줄 만한 훌륭한 이야기가 아주 많아요. 짐작도 못할 겁니다." 그는 맞은편 소파에 다리를 쩍 벌리고 앉았다. "그래서 어떻게 생각해요?"

안니카는 카트린과 눈짓을 주고받은 뒤 다시 자리에 앉았다. "전처인 야클리네와 우여곡절이 많았다는 얘기를 들었는데, 그 사건 때문에 개인적으로 어떤 영향을 받으셨는지에 대해 아는 사람은 많지 않더라고요. 니클라스 씨의 얘기를 듣고 싶어하는 사람이 많을 것 같아요."

"니클라스 씨의 인생에 관한 짧은 이야기들을 엮고요." 카트린이 끼어들었다. "이혼 전, 이혼 당시, 이혼 이후에 일어난 일들 말이에요. 지금 니클라스 씨는 어디에 와 있는지라든가."

---

* 스웨덴의 보석 디자이너 에바 아틀링.

니클라스가 한숨을 쉬었다. 그는 몸을 숙이며 안니카에게 가까이 오라고 손짓했다. "지금 주도권을 쥔 건 그쪽 맞죠? 조금만 가까이 와요."

안니카가 소파에 앉은 채 엉덩이를 앞으로 당기며 니클라스 쪽으로 허리를 숙였다. 니클라스의 숨결에서 알코올 냄새가 훅 끼쳤다. "야클리네가 날 때렸어요." 니클라스는 시선을 안니카에게 고정한 채 말했다. "내가 속한 곳에서는 그런 일을 인정할 남자들이 많지 않아요. 알겠지만 크고 힘센 남자가 되는 게 존나 중요하니까. 근데 그렇게 된 거예요. 야클리네는 날 때리고 나에 관한 거짓말을 퍼뜨리고 모두가 나를 싫어하게 했죠."

"그건…… 그건 유감이네요. 진심으로요. 하지만 글을 쓰려면 니클라스 씨가 밝힐 수 있는 일들을 담아야 해요. 니클라스 씨에게 자신의 이야기에 관한 통제권을 드리는 거죠."

니클라스는 안니카를 위아래로 훑어보았다. "몸매가 좋네." 그가 다시 등받이에 몸을 기대며 말했다. "헤어가 마음에 들어."

안니카는 무슨 생각을 해야 할지 알 수 없었다. 움찔하지도 않았고 눈을 깜빡이지도 않았다. 니클라스가 단추 사이를 몰래 보지 못하도록 그녀는 손으로 블라우스의 목선을 가다듬었다.

"그럼 난 얼마를 받나요?" 그가 물었다. "그러니까, 알겠지만 내 이야기 같은 건 공짜가 아니라서. 니클라스 그라니스에게 접근하려면 VIP 표가 필요하다는 거죠."

안니카가 짧게 코웃음 쳤다. 그녀는 반짝거리는 바닥과 니클라스의 신발을 곁눈으로 힐끗 내려다보았다. 갈색 카우보이 부츠였다. 닳아빠지고 더러웠다. 정말로 잘 닦아도 바로잡을 수 없는 수준이었다. "오늘은 금액을 제안할 수 없어요." 안니카가 말했다. "매니저분한테 얘기했듯이 먼저 만나서 같이 일할 가능성이 있는지 알아보고 싶었거든요."

니클라스가 별 관심 없다는 듯 고개를 끄덕였다. "그래요."

안니카는 마음 깊은 곳에서부터 그에게 꺼지라고 말하고 싶었다. 정말로 가슴 저미는 이야기가 있을 수도 있겠지만, 안니카가 보기에 그는 돈이 궁하고 이제는 닳아빠진 B급 유명인사일 뿐이었다. 안니카는 의구심에 신경이 거슬렸지만 회사에서는 돈이 벌릴만한 뭔가가 필요하다고 했다. 니클라스 그라나스의 인생과 업적에 대해 읽고 싶어하는 독자층이 분명 존재할 터였다.

"저희가 염두에 둔 대필 작가와 면접을 볼 텐데, 그 자리에 나오셔서 협력할 수 있을지 생각해보시겠어요?"

"그거 하면 돈은 줘요?"

"아뇨, 유감이지만 그러진 않아요."

니클라스는 누군가를 찾는 듯 주위를 둘러보았다. 그러고는 부츠 발가락 부분으로 조바심이 난다는 듯 바닥을 두드려댔다. "들려요? 이게 기회가 떠나가는 소리입니다. 기회를 놓치고 싶지 않으면 보조를 맞춰야죠."

"니클라스 씨는 보조를 맞출 수 있고요?" 안니카가 물었다.

니클라스는 얼굴이 밝아지더니 안니카를 가리켰다. 그의 중지 손마디에 문신된 해골이 안니카를 보며 씩 웃었다. "뭐, 지금까지 당신이 한 말 중에 처음으로 불꽃 비슷한 게 튄 말이네요. 네, 면접에 갈게요. 하지만 책을 쓴다면 최소 오만은 줘야 해요. 오케이?"

"생각해보겠습니다. 다시 연락드릴게요." 안니카가 말했다.

미팅은 시작했을 때처럼 끝났다. 니클라스가 비틀거리며 자기 방으로 올라갔고, 안니카와 카트린은 로비에 단둘이 남겨졌다.

"어떨 것 같아?" 안니카가 코트를 입으며 물었다.

카트린이 고개를 저었다. "안 될 것 같아요."

"그러게 말이야. 술냄새 하고는." 안니카는 얼굴을 찌푸리며 코 앞 공기를 흩어놓았다. "딴 사람 숨에서 저렇게 술냄새가 많이 나는 걸 맡아본 게 언젠지 기억도 안 나." 얼음처럼 차가운 한기가 그녀의 등골을 타고 번졌다. "그때는……" 그녀는 입을 열었으나 말을 맺지 못했다. 옛 기억이 의식의 표면으로 기어오르고 있었다.

카트린이 눈썹을 치켜올리며 그녀를 보았다. 뭔가를 묻기 전에 보통 하는 행동이었다. "그때가…… 언젠데요?"

안니카가 고개를 저었다. "얀 아펠그렌을 마지막으로 만났을 때야."

"가을 파티에서였나요? 저는 얀 작가님한테서 술냄새를 맡은 기억이 없는데."

"아니, 많이 났어." 안니카가 말했다. "저 사람만큼 많이 난 건 아니지만 티가 날 정도였어. 파티에서 그가 한 일은 술을 마시고 그 공포소설을 얼마나 쓰고 싶은지 말하는 것밖에 없었어. 난 투르발 시리즈를 계속 쓰라고 설득했고. 하지만 그는 정말 원하지 않았지."

안니카는 목에 뭔가 걸린 것 같았다. 그때 얀 아펠그렌은 잠을 제대로 못 잔다며 무슨 말을 했다. 잠들어야 할 시간에 뭔가가 집 벽을 긁어댄다고 말이다. 안니카가 얼마 전 읽은 원고에서와 똑같은 이야기였다. 안니카가 지하실에서 겪은 일과 똑같은 이야기.

카트린은 목에 보라색 모직 스카프를 둘렀다. "불행해 보이셨어요. 원하지 않는 어딘가에 갇힌 것처럼."

"어어, 맞아." 안니카가 코에 주름을 잡으며 말했다. 그녀는 코트 단추를 잠가 몸을 감싸는 것으로 불안감을 감췄다. 코트는 따뜻했지만 안니카는 골수까지 식는 기분이었다. 얀은 뭔가가 긁는 소리를 들었다고 했다. 안니카는 그 생각을 머릿속에서 밀어내고 카트린과 함께 빗속으로 나갔다.

"그건 그렇고, 마르틴하고는 어떠세요?" 카트린이 물었다.

안니카가 움찔했다. "뭐, 아주 좋아."

물론 사실은 그렇지 않았다. 하지만 집만 찾으면 곧 좋아질 터였다.

12

그녀는 다른 사람과 사귀어 나를 배신했다.

나는 쓸쓸하게 혼자 남겨졌다.

다시는 그런 일이 벌어지지 않게 할 작정이었다.

검은 씨앗에 양분이 공급됐다.

씨앗은 뿌리를 내리고 자라기 시작했다.

11월 17일 수요일

복도에 접어들자마자 음식 냄새가 안니카를 맞이했다. 커다란 쇼핑백을 바닥에 내려놓고 코트를 걸고 나니 마르틴이 복도로 나왔다. 앞선 요리 모험이 남긴 얼룩으로 그의 체크무늬 앞치마가 뒤덮여 있었다.

"어서 와." 그가 말했다.

"벌써 집에 왔어?" 안니카가 말했다. "회사에 할일이 많다더니."

"뭐, 많긴 하지." 마르틴이 벽에 기대며 말했다. "그냥 당신이 저녁을 대접받을 만하다는 생각이 들어서."

안니카는 어렵사리 부츠를 벗었다. "그게 다야?" 그녀는 미소를 지어 목소리에 깃든 의구심을 가리려고 애썼다.

"응. 그런 셈이야. 당신이 좀 지쳐 보이길래 이렇게 하면 기운이 날까 했어. 별로였나?"

"전혀 아니야." 안니카가 말했다. "미안, 질리게 하려던 건 아닌데." 그들은 주방으로 들어갔다. 마르틴이 그녀에게 와인잔을 건네고 가스레인지를 들여다보며 계속 부산을 떨었다.

"오늘 얼마나 이상한 미팅을 했는지 몰라." 안니카가 말했다. "당신, 니클라스 그라나스가 누군지 알아?"

"아니. 알아야 해?"

"리얼리티 TV 프로그램에 나오는 스타야. 왜 있잖아, 거의 근육이랑 문신만 있고 깊이라고는 없는."

"〈파라다이스호텔〉 배역 못 따냈다고 화내던 녀석 아닌가?" 마르틴이 말했다. 그는 요리용 접시를 오븐에 넣고 장갑을 조리대 위에 치워두었다. "왜 만난 거야?"

안니카가 눈알을 굴려대며 와인을 조금 마셨다. "나도 궁금할 지경이야. 회사에서 돈 될 만한 아이템을 찾아서 모든 돌을 뒤집어볼 생각이거든. 우린 그 사람 전기를 내볼까 생각했어."

"하! 진짜 간절하구나."

안니카가 손으로 이마를 짚었다. "그러니까."

마르틴이 안니카 맞은편에 앉았다. "괜찮을 거야. 회사가 자빠져도 우리에겐 서로가 있잖아."

안니카는 미소 지었다. 촛불빛을 받은 마르틴의 이목구비가 부드러워 보였다. 어쨌든 그는 잘생긴 사람이었다. 그 파티에 간 게 행운이었다. 그래도 그녀의 뱃속 깊은 곳에 뭔가가 남아 있었다. 뭔가 빠져 있다는 느낌.

"난 그냥 내가 할 수 있는 일이 있으면 좋을 것 같아서." 그녀는 와인을 한 모금 크게 삼켜 모든 불안을 쓸어내려 했다. "지금 직장이 마음에 들거든. 일자리를 지키기 위해서라면 영혼이라도 팔 거야."

"당신 일하는 곳은 힘든 분야잖아. 차라리 나처럼 IT 컨설턴트가 돼."

"고맙지만 사양할게."

마르틴이 웃었다. "그래도 직장 잃을 걱정은 안 해도 돼. 아무도 처리할 수 없을 만큼 일이 많거든."

"지금은 말 돌리지 마. 그저 귀기울이면서 내가 미친 게 아니라고 말해줘. 우리 목숨을 살려줄 만한 원고가 있어. 하지만 다른 직원들은 그 원고를 출간하는 위험을 무릅쓰지 않을 것 같아."

마르틴이 인상을 썼다. "왜?"

"그걸 누가 썼는지 알아?" 안니카가 와인을 홀짝이며 말했다. 입가가 말려올라가며 다 안다는 듯 미소 지었다. "정말 말하면 안 되는데. 얀 아펠그렌이야."

마르틴이 눈썹을 치켜올렸다. "잠깐, 그 사람 죽지 않았어?"

"뭐, 아무도 모르지. 아무 흔적도 남기지 않고 사라졌으니까. 그래서 원고의 저작권 관리가 어려워. 정말 얀이 쓴 건지도 모르겠고. 어쨌든! 나 말고는 다들 주저하다니 미친 것 같지 않아? 회사를 살리고 싶은 사람은 나뿐인 거야?"

마르틴이 뒤로 물러나 프라이팬에 있던 소스를 병에 옮겨 담았다. "그건 모르겠지만, 다른 직원들이 확신하지 못한다면 조심하는 게 현명한 일이지. 자, 음식 준비됐습니다."

그들은 식사하고, 오랫동안 얘기를 나누고, 전에 그랬듯 함께 웃었다. 집이나 아이들, 일에 관한 대화는 하지 않았다. 타는 듯한 열기 속에 아크로폴리스에 갔던 일, 그때 마르틴이 마지막으로 남은 물을 다 마셔버린 일을 추억했다. 목이 부러질 것 같은 속도로 주유소를 가로질렀던 뉴욕의 택시 기사에 대해서도. 둘 다 주최자가 누군지도 모르고 파티에 참석해 서로를 발견한 일에 대해서도.

거의 한 시간 동안은 저녁식사와 서로의 존재를 즐기느라 일상과 모든 근심 걱정이 사라졌다. 마르틴은 디저트까지 만들어두었다. 안니카가 가장 좋아하는, 딸기 셔벗을 곁들인 초콜릿 브라우니였다.

식사를 마치자 마르틴이 진지하게 그녀를 보았다. "안니카, 사실 멋진 식사를 한 데는 이유가 하나 더 있어. 우리, 얘기를 좀 해야 할 것 같아."

일순간 안니카의 모든 의구심이 돌아왔다. 안니카는 그 의구심을 억누르려고 최선을 다했다. "무슨 얘기?"

마르틴이 한숨을 쉬었다. "당신이 오해하는 건 싫어." 그는 초조하게 잔을 빙빙 돌렸다. 그의 크리스털 잔에 손가락 자국이 남았다.

안니카는 이상한 느낌이 들었다. "무슨 말이야?"

"우리 관계에 얘기해야 할 부분이 있는 것 같아. 하지만 내가 말하려고 할 때마다 꼭 당신이…… 그 얘기를 옆으로 치워놓는 것 같아. 말을 돌리고. 어제처럼."

"집 얘기야?" 안니카가 물었다. 아니면 아이들 얘기일까? 그녀는 생각했다. 마르틴은 아이를 원하지 않는 거야?

"아니, 딱히 그런 건 아니야. 다만 당신이 뭔가 미심쩍어한다는 기분이 들어. 우리가 살펴본 모든 집이 적당하지 않다고 하잖아. 늘 뭔가가 적절하지 않다면서. 예를 들면 지하실이 그래. 진짜 이유가 뭐야?"

안니카는 와인을 크게 한 모금 삼켰다. 말하고 싶지 않았다. 마르틴은 이해할 수도 있고, 이해하지 못할 수도 있었다. 잊을 수 있다면 안니카도 잊었을 것이다. 하지만 그 기억은 너무 깊은 곳에 박혀 있었다. 그녀가 한숨을 쉬었다. "당신한테 오래전에 털어놨어야 하는데. 그냥…… 말하고 싶지 않은 문제가 좀 있어서 미뤄둔 거야."

"그렇구나."

안니카는 잔을 내려놓고 심호흡을 했다. 입을 여는 그녀의 뱃속에서 음식이 마구 휘돌았다.

"우리 아빠 쪽 고모할머니한테 아주 크고 오래된 시골집이 한 채 있었어. 난 거기 갈 때마다 그 집이 싫었고. 하지만 당신도 알다시피 어릴 때는 어디든 따라가잖아. 때로는 지루하더라도 말이야."

"그게 어떤 기분인지는 모두가 알지." 마르틴이 말했다.

"그 집에는 샤워기가 없었고, 딱 하나뿐인 화장실은 지하에 설치된 오래된 노천 변소였어. 여름에는 밖으로 나가서 집 모퉁이를 돌아 화장실 옆문으로 들어갔지만 겨울이나 비가 올 때는 달리 방법이 없었지." 안니카가 침을 삼켰다. "그럴 때는 지하실을 지나야만 했어."

마르틴의 표정을 보니 그가 관심을 기울이고 있다는 걸 알 수 있었다.

"지하실로 내려가는 계단은 걸을 때마다 삐걱거리는 오래된 널빤지로 만들어져 있었어. 돌벽이 드러난 깊은 지하실로 가파르고 좁은 계단이 이어졌지. 조명 스위치는 달칵 소리가 날 때까지 돌려야 하는 거였고, 전구는 전선으로 천장에 바로 매달려 있었어."

안니카가 몸을 앞으로 숙이며 팔꿈치를 괴었다. 불편한 마음에 몸이 긴장되었다. "그 아래는 마치 미로 같았어. 온갖 틈새와 구석이 잠동사니로 가득했고, 어두운 공간을 향해 살짝 열린 문도 여러 개 있었지. 내가 죽을 만큼 무서워했던 윙윙거리는 보일러도 있었고. 아무도 청소를 하지 않아서 거미줄이며 벌레들이 있었고 사방에 쥐똥도 잔뜩 깔려 있었어. 마침내 지하실을 지나 볼일을 보고 나면 그 길을 전부 다시 되짚어와 불을 끄고 나와야 했어."

"끔찍했겠다." 마르틴이 말했다.

"엿같이 소름 끼쳤어. 엄마가 늘 나랑 같이 가줘야 했고."

"그러게. 하지만 지금은 얼마든지 대처할 수 있잖아, 안 그래?"

안니카가 몸을 떨었다. "응. 어느 날 밤에 일어난 일만 아니라면 그랬을 거야." 그녀는 추위를 느끼지 않으려고 양팔로 몸을 끌어안았다. 손가락이 팔 위로 미끄러지자 살갗에 닭살이 돋는 게 느껴졌다.

마르틴이 가까이 몸을 숙였다.

"한밤중에 잠을 깼어. 소변이 너무 마려워서 터질 것 같더라. 다른 사람들은 다 잠들어 있었어. 그날 저녁에 엄마랑 말다툼을 하는 바람에 감히 엄마를 깨우진 못했고. 곧 학교에 들어갈 나이였으니까 혼자 소변을 보러 갈 만큼은 컸지. 그래도 몸이 마비된 것 같았고, 몇 분이나 계단 밑을 들여다보고 나서야 지하실에 내려갈 엄두가 났어. 어둠 속에서 보일러가 우르릉대는 소리가 나더라고. 결국은 내려갔지. 더러워지지 않으려고 슬리퍼를 신고 변기 쪽으로 살금살금 다가갔어. 추웠고 흙냄새가 났어. 분명 어둠 속에서 한 걸음 한 걸음씩 내딛는 나를 지켜보는 것들이 있었을 거야. 보일러를 막 지났을 때 불이 나갔어. 모든 게 깜깜해졌지. 가슴이 두근거렸고, 난 무서워서 얼어붙었어."

"저런."

"그건 그냥 시작이었어. 뭐랄까, 오래된 지하실에 사는 거미니, 쥐니, 딱정벌레 같은 것들의 문제가 그거야. 난 그런 것들이 위험하지 않다는 걸 알고 있었어. 내가 그렇게 무서워하던 보일러의 빨간색 불빛도 위험하진 않았지. 나한테는 그 불빛이 어둠 속에서 지켜보는 사악한 눈동자 같았지만. 하지만 다음에 일어난 일에 비하면 아무것도 아니었어."

안니카는 침을 삼키며 마구 뛰는 심장을 진정시키려 했다. "뭔가 긁히는 소리가 났어." 그녀가 말했다.

칼로 벽을 긁는 듯한 소리. 그 소리는 집밖에서 들려왔다. 아래쪽에서. 흙속에 사는 뭔가였다. 안으로 들어오고 싶어하는 어떤 것. 사악한 것.

"바깥쪽 벽을 발톱으로 긁어대는 뭔가가 집 바깥의 흙속에 있었어. 그게 나한테 속삭이는 소리가 들렸어. 꼭 나를 꾀어내려는 것 같았지. 어떻게 알았는지는 묻지 마, 그냥 알았으니까."

"그래서 어떻게 했어?"

"어떻게 했을 것 같은데? 옷을 적시고 말았지. 그때 다시 불이 들어와서 최대한 빠르게 계단을 달려올라갔어. 그런데 문이 잠겨서 열리지 않는 거야. 지하실 벽을 긁는 소리가 점점 더 가까워지는 내내 미친듯이 문을 두드렸지. 마침내 엄마가 와서 문을 열어줬어."

"세상에." 마르틴이 와인을 좀 마시며 말했다. "진짜 무서웠겠네."

안니카가 고개를 끄덕였다. "다시는 그 지하실에 발을 들이지 않았어. 그때 이후로 계속 지하실이 싫었고."

"이해해. 하지만 그때 당신은 어렸잖아. 상상이었을 거야."

"물론 그랬겠지. 하지만 그 긁는 소리를 잊을 수가 없어."

안니카는 몸을 떨었다. 원고에 나오는 것과 같은 긁는 소리. 밤에 얀을 잠들지 못하게 했던 바로 그 소리.

13

그렇게 무너진 가슴과 시간이
모든 상처를 치유해준다는 지혜를 얻고
끝날 수도 있는 일이었다.
바로 그때 사고가 일어났다.
내가 처음으로 그 소리를 들은 밤이었다.

11월 18일 목요일

회사에 도착했을 때 안니카는 평소처럼 맨살까지 흠뻑 젖어 있었다. 굴삭기가 트램으로 이어지는 전선을 끊어버리는 바람에 그녀는 다음 트램이 도착하기를 간절하게 기다리다 말고 스티그베리슬리덴 거리를 따라 비를 맞으며 마스툭스토르예트 정류장을 지나야 했다. 회의실로 가는 길에 카트린이 팔에 수첩을 낀 채 그녀를 맞이했다. 평소처럼 손에는 김 나는 찻잔을 들고 있었다. 카트린이 가엾다는 듯 안니카를 보았다.

"별로 좋은 날은 아니죠?" 그녀가 말했다.

안니카는 고개를 끄덕이고 자기 사무실로 터덜터덜 걸어갔다. 물이 뚝뚝 떨어지는 젖은 코트를 바퀴 달린 책상 의자 등받이에 걸고 옷이 마르도록 의자를 방열기 쪽으로 밀어놓았다.

안니카가 회의실에 들어가자 레베카가 읽던 원고에서 고개를 들었다. 커피와 젖은 모직 스웨터의 향이 안니카의 콧속을 채웠다. 가을에 자주 그랬듯이. 분위기가 아늑하고 좋아야 하는데 온기와 만족감 대신 불안한 긴장이 감돌았다. 해결책을 강구하지 않는 한, 한 주가 지날수록 에클룬드 프레스가 파산할 위험은 커져만 갔다.

"쓸 만해요?" 안니카가 자리에 앉으며 물었다.

레베카는 고개를 저었다.

카트린이 의자에 앉은 채 꼼지락거렸다. 모두가 안니카에게는 나누고 싶지 않은 어떤 정보를 아는 것 같았다. 안니카가 『나는 오소리다』를 읽은 사람이 있느냐고 물으려는 순간, 토비아스가 회의실에 들어왔다.

"늦어서 미안해요." 그는 이렇게 말하며 주위를 둘러보았다. "예스페르 본 사람?"

"어제 집에 갔어요." 레베카가 말했다. "엄청나게 화가 나서 갔다는 말도 덧붙일 수 있겠네요. 오늘 아침에는 병가를 냈고요."

"평소보다 타이밍이 나쁘네요." 토비아스가 고개를 저으며 말하고는 안니카와 눈을 마주쳤다.

안니카는 어깨를 으쓱했다. 토비아스 말이 맞았다. 예스페르가 잠깐 자리를 비우는 것이야 있을 수 있는 일이지만 지금이 적절한 때라고 말하기는 어려웠다. 토비아스가 말을 이었다. "내가 예스페르한테 전화해서 나중에 얘기할 수 있는지 알아볼게요. 시작할까요?"

"어제 카트린이랑 같이 니클라스 그라나스를 만났어요." 안니카가 말했다. "앞으로 나서는 걸 별로 부끄러워하지 않더군요."

"그럴 것 같았어요." 레베카가 말했다. "그쪽으로 뭔가 진행할 수 있을까요?"

"솔직하게 말할까요?" 안니카가 말했다. "그야말로 개자식 같았어요. 사실 불쌍하게 여기기가 힘들던데요."

"뭐, 의견을 숨기지 않는 사람이라는 건 알겠어요." 레베카가 말했다. "하지만 거기서 돈을 벌어볼 순 없을까요?"

"취한 것 같았어요." 안니카가 팔짱을 끼며 말했다. "나한테 작업을 걸더라니까요. 난 잘 모르겠어요."

"게다가 선금으로 5만 크로나를 불렀어요." 카트린이 말했다.

토비아스가 손가락으로 테이블을 따닥따닥 두드렸다. "그건 꽤 타격이 심한데요. 지금 상황을 생각하면 특히 그렇고."

"말했다시피 상당히 불쾌한 주정뱅이라는 점도 그렇고요." 안니카가 말했다. "그 사람이 하겠다는 말이 전기 한 권을 쓸 만한 내용으로 확장될지 모르겠어요."

토비아스가 한숨을 쉬었다. "알았어요. 안니카 의견이 그렇다면 안 되죠. 하지만 대필 자체를 포기해야 한다는 생각은 안 들어요. 다른 유명인을 찾을 수 있을지 봅시다."

"그건 내가 알아볼 수 있어요." 레베카가 말했다. "어쨌든 글을 써줄 기자를 한 명 섭외해놨으니까요. 글로 다룰 사람을 찾을 수 있다면 말이죠. GT의 스포츠 기자인데 장편소설을 쓰고 싶어해요. 이름을 알리고 싶어하고요. 물론 선금은 전혀 요구하지 않아요."

"그거 완벽하네요." 토비아스가 말했다. "이름이 뭐죠?"

"요한나 비스트룀." 레베카가 말했다. "알아요?"

토비아스가 고개를 저었다. "아뇨. 괜찮은 사람이겠죠. 하지만 지금 당장은 『바르예 살인사건』에 희망을 걸어야 할 것 같네요."

"그러게요. 스티나 본 그뤼닝 쪽은 어떻게 돼가요?" 안니카가 물었다.

"진짜 모르겠어요." 토비아스가 한숨을 쉬며 말했다. "내가 전화를 걸어도 받지 않으셔서."

"잠수 탄 거예요?" 카트린이 말하자 토비아스가 그녀를 쳐다보았다. 그의 눈이 살짝 가늘어졌다.

상황이 나빠지고 있어. 안니카는 생각했다. 대안이 점점 적어지고 있다고. 생각이 이리저리 움직였다. 『나는 오소리다』 얘기를 다시 꺼내야겠다는 느낌이 들었다. 긁는 소리를 떠올리면 생각을 고쳐 먹고 싶었지만 그냥 무시하기에는 원고가 너무 좋았다. 그녀 자신은 결정을 내리지 못했지만 다른 사람들의 생각을 알고 싶었다.

"아." 안니카는 회의실 맞은편을 보며 말했다. "혹시 읽어봤어요?"

토비아스 륀이 한쪽 눈썹을 치켜올렸다. "월요일에 나눠준 원고 말이에요?"

"네."

"아, 네. 그야말로 끝내주더군요." 토비아스는 이렇게 말하며 머리칼 한 올 움찔거리지 않았다.

"그렇군요." 안니카가 말했다. 뱀이라도 든 것처럼 뱃속이 뒤틀렸다. 토비아스의 대답이 마음에 드는 건지, 다른 대답이 나오면 좋겠다는 생각이 드는 건지 알 수 없었다. "다들 그렇게 생각해요?"

"네, 그런데 출간할 순 없어요." 토비아스가 말했다. "알죠?"

토비아스의 말을 실감하까지 몇 초가 걸렸다. 제대로 들은 걸까? "미안한데, 왜 안 되죠?" 그녀가 물었다. 혈관으로 스며드는 건 안도감일까, 실망감일까? 그녀 자신의 고집 때문에 포기하지 못하는 걸까?

"지나치게 논쟁적이니까요. 오소리는 실제 인물이에요. 매년 살인을 하는 미친 사람요. 언론이 심하게 우리를 공격할 겁니다. 우리가 부당이득을 취한다고 할 거예요."

"하지만 허구의 작품인 건 확실하잖아요." 안니카가 말했다. 그녀는 땅속에서 잠자는 존재에 관한 장을 떠올리고 목덜미의 털이 쭈뼛 서는 것을 느꼈다. 당연히 진짜일 리 없잖은가? 어쨌든 안니카는 계속해서 원고를 옹호하는 목소리를 냈다. "오소리는 진짜 살인자지만 얀은 그냥 작가일 뿐이에요. 그가 이 모든 걸 지어낸 건 명백한 사실이고요. 토비아스 본인도 원고가 훌륭하다고 했잖아요. 책 자체만 봐도 불티나게 팔릴 거예요. 오소리에 관한 관심은 사람들의 관심에 불똥을 튀기는 정도고요."

토비아스가 고개를 저었다. "오소리가 다시 사람을 해치면 어쩔 건가요? 새로운 판본을 내요? 불쾌한 일이에요, 안니카. 어쨌든 그 점은 별로 중요하지 않죠. 우린 누가 그 작품을 썼는지 모르니까요."

"당연히 얀 아펠그렌이죠. 그일 수밖에 없어요. 그의 스타일은 제가 알아요."

"나도 동의합니다." 토비아스가 말했다. "하지만 불가능한 일이에요. 육 년 동안 작가는 아무 소식이 없었어요."

"지금까진 그렇죠." 안니카가 말했다. 검지 끝이 테이블을 꽉 누르는 게 느껴졌다. 손을 그 자리에 두고 있는 줄조차 몰랐는데. 손톱이 눌려 손끝을 파고들었다. 손끝은 거무칙칙한 빨간색 매니큐어 아래서 희게 변해가고 있었고. "그가 여기서 그 원고를 출간하는 걸 원하지 않았다면 하필 우리 회사 문 앞에 두고 갈 이유가 있나요?"

토비아스가 한숨을 쉬었다. "그게 확인이 안 되잖아요. 얀이 직접 여기로 와서 자기가 썼다고 확인해주지 않는 한, 아무 원고나 그런 식으로 출간할 순 없어요."

"고집 세시네." 레베카가 말했다.

"아뇨." 안니카가 말했다. "그 원고가 회사를 구할 수만 있다면 출간해야죠."

안니카는 회사가 쓰러지게 놔두지 않을 작정이었다. 그녀는 집을, 아이들을 가지고 말 것이다. 그날 저녁에 안니카는 정말로 좋아 보이는 집을 보러 갈 예정이었다. 집만 구하면 집에서든 직장에서든 모든 것이 잘될 터였다. 동시에 불안의 씨앗이 그녀의 뱃속 깊은 곳에서 싹트고 있었다. 이제는 자신의 상상이라는 걸 알지만, 그녀는 벽 너머에서 뭔가가 긁는 소리를 들었다고 장담할 수 있었다.

14

어느 늦은 저녁, 아버지의 자동차가 제대로 작동하지 않았다.

아버지는 그 사고로 즉사했다. 내 인생 전체가 무너졌다.

지하실의 내 방에서 울었다. 슬픔 속에 홀로 있으면서

그들이 지하실 벽을 긁는 소리를 들었다.

나는 그 소리가 무서웠지만

그들과 함께 어둠 속에 머물다가 잠들었다.

당신도 그 소리를 들어본 적이 있지 않은가?

11월 19일 금요일

세실리아 브리데는 사무실 창밖을 내다보고 있었다. 오염된 비가 유리에 때를 남겼다. 감라 울레비 경기장에서 형사 사법 센터를 지나 길 건너의 은야 울레비 경기장을 가로지르는 접근로를 달리는 자동차들이 눈에 들어왔다. 오소리 수사팀은 스탐펜 단지의 붉은 벽돌로 된 경찰서 건물에 있었다. 단지 맞은편에는 유리와 콘크리트로 새로 지은 지방법원과 구치소가 있었다. 세실리아는 이 건물이 낡고 닳아빠진 것처럼 느껴졌고, 동시에 탁 트인 사무실이 아니라 이곳에 있다는 게 만족스러웠다.

세실리아는 핸드폰을 힐끗 보았다. 검은색 화면이 그녀를 끌어당겼지만 채팅방을 확인하고 싶은 충동에 저항하며 기지개를 켜고 다시 메모로 시선을 돌렸다. 그녀는 지난 며칠을 오소리 사건과 관련해 구류했던 모든 사람의 명단과 조사 기록을 살펴보는 데 썼다. 앞선 메모를 올해 한 조사 및 신문 기록과 대조하는 중이었다. 새로운 사실을 발견하게 되리라는 기대는 없었다. 그저 주의하는 차원에서 하는 일이었다.

피해자들과 달리 적어도 용의자들 사이에는 어느 정도 공통분모가 있었다. 그들이 범인일 가능성이 아주 높게 느껴졌다. 그러나 실제 체포로 이어진 사람은 한 명도 없었다. 그럼에도 수사는 늘 당시 집에서 공사하던 사람들 중 일부에 관한 의심으로 이어지곤 했다. 게다가 오소리가 땅굴을 파고 들어온다는 점과 바로 그 공사에 쓰이는 장비가 집 바깥 여기저기에 널브러져 있었다는 사실이 단순한 우연으로 보이지는 않았다.

하지만 수사가 완전하게 진행된 적은 없었다. 법의학적 증거가 전혀 발견되지 않았다. 피해자는 흔적 없이 사라졌고 집안에도 하청업자들이 남긴 DNA는 없었다. 바닥에 난 땅굴이 결국 어디로 이어지는지 알아내지 못했다는 건 말할 필요도 없었다. 누군가가 그 땅굴을 기는 건 너무 위험한 일이었다. 과학수사팀에서 이동식 원격 조종 카메라로 땅굴을 조사하려 했지만 카메라가 겨우 몇 미터 나아갔을 때 땅굴이 무너져내렸다.

이번에도 마찬가지였다.

토목 업체에 등록된 직원들이 세실리아의 컴퓨터 화면을 밝혔다. 그녀는 몇몇 이름이 익숙하다고 생각하고 경찰 신문 기록을 다시 살피기 시작했다. 전에도 한 작업이었다. 때로는 동일한 사람들이 다양한 집의 하수관 공사에 동원되었다는 사실이 밝혀졌지만 그 이상의 결과가 나온 적은 없었다.

핸드폰이 진동하며 요나스가 보낸 새 메시지가 떴다. 'DNA 분석 결과가 나왔습니다.'

세실리아는 핸드폰을 집어들고 요나스에게 전화를 걸었다.

"말해봐."

"안녕하세요, 시시." 요나스가 말했다. "사실 가는 중이에요. 지금은 안데르손이랑 같이 차에 타고 있고요."

"좋아. 그럼 편히 말할 수 있겠네. 보고서에 특별한 점이 있었어?"

"네, 이번에는 진짜 있더라고요."

세실리아는 의자에서 허리를 똑바로 세워 앉았다. 심장이 빠르게 뛰기 시작했다. "농담이지?"

"아니에요. 피해자 외에 다른 한 사람의 DNA를 발견했어요. 하지만 좋은 소식은 그게 전부입니다."

"무슨 뜻이야?"

"우리가 알 수 있는 건 그 DNA가 신원미상 남자의 것이라는 사실뿐이에요. DNA 데이터베이스에 일치하는 결과가 없습니다."

"엿같네." 세실리아가 말했다. 그녀는 답답한 마음에 다시 의자에 털썩 몸을 기댔다.

"그래도 진전이죠." 요나스가 말했다. "아직 정체는 밝혀지지 않았지만 집안에 다른 누군가가 있었다는 증거니까요. 그게 누군지만 알아내면 용의자가 생기는 겁니다."

세실리아는 토목 업체의 직원 명부를 다시 살폈다. "나랑 같은 생각이야?"

"나중에 한잔하고 싶어요?"

세실리아가 웃었다. "아니야, 이 멍청아. 토목 하청업자 중에 진실을 말하지 않은 사람이 있다는 생각을 하고 있었어."

"네, 그런 생각이 들긴 하더라고요. 어떻게 하고 싶어요?"

"다시 불러들여서 DNA를 채취하고 그 결과를 신원미상의 방문자와 비교해야겠지."

"좋은 생각 같습니다. 잠시 후에 뵐게요."

둘은 전화를 끊었다. 세실리아는 잠시 만족스러운 미소를 지으며 천장을 쳐다보았다. 몇 년 만에 처음으로 실제 단서처럼 보이는 것을 발견했다. 신원미상의 누군가가 집안에 있었다. 지반 공사를 하던 사람 중 한 명이 틀림없었다. 계산이 딱딱 들어맞는다면 몇 주 뒤에는 범인을 알게 될 것이다. 하지만 지금도 의구심에 신경이 거슬리기는 했다. 어쨌든 자신들은 평소와 똑같은 길을 따라가고 있었다. 이번 실마리라고 다른 어딘가로 이어질 이유가 있을까? 하지만 이번에는 DNA가 있다고 세실리아는 스스로를 다독였다.

그녀는 머릿속에서 의구심을 닦아내고 성공을 축하하기로 했다. 틴더를 열어 평소보다 많은 프로필을 훑어보았다. 누군가 미끼를 물지도 몰랐다. 저녁이 좀더 깊어지면 그 사람이 세실리아와 함께 그녀의 집으로 갈 수도 있었다. 어쨌든 오늘은 금요일이었고 시각은 겨우 3시 30분을 지났다. 그녀가 남긴 은근한 신호에 답장이 오길 기다리며 조깅할 시간이 있을 것이다.

15

아버지를 잃고 나와 어머니의 사이는

더욱 끈끈해졌어야 마땅하다.

그러나 비밀이 스멀스멀 표면으로 기어나왔다.

그날 밤 아버지는 취했고,

옆자리에는 다른 여자가 타고 있었다.

어머니는 오래전부터 상황을 파악했으면서 내게 알리지 않았다.

아버지가 술을 마시면 어머니는 꼭 술병을 치워두었다.

이제는 어머니가 대신 술을 마시기 시작했다.

11월 21일 일요일

또 한번의 집 구경, 여기저기서 무한히 재사용하는 가구와 세간들로 집처럼 꾸며놓은 또하나의 부동산.

안니카는 복도에 서 있었다. 세월이 지나며 벽지의 세로줄 무늬가 빛바랬다. 별다른 이유 없이 평온함이 마음 가득 차올랐다. 한번 숨을 쉬고 나자 그 이유를 알 것 같았다. 안니카는 자신도 모르게 괴이한 역설의 현장에 와 있었다. 유행하는 가구와 장식품으로 이뤄진 배경은 이곳이 1974년 이후 도배를 하지 않았다는 사실에서 시선을 돌리기 위함이었다. 그런데도 집처럼 느껴졌다. 집이 그녀의 뛰는 가슴을 조금이나마 진정시켰다. 온갖 단점이 있었지만, 그야말로 가정적이었다. 마음에 들었다.

안니카가 마르틴을 끌어당겼다. "나 여기 살고 싶어." 이번에는 자신의 온 얼굴에 미소가 번지는 게 느껴졌다. 여기서 그와 함께 살고 싶다는 열망이 마음속에서 싹트며 그녀가 늘 억누르려 애쓰던 의구심을 밀쳐냈다.

"정말?" 마르틴이 멍하니 그녀를 보며 대꾸했다. "난 당신이 이 집을 보고 싶어한다는 것만으로도 놀랐는데."

안니카가 고개를 끄덕였다. 머리칼이 그녀의 뺨 주위에서 춤을 췄다. 신난 열두 살 아이가 된 기분이었다. 그녀는 가만히 서 있기가 힘들 정도로 이 집을 원했다.

마르틴이 주위를 둘러보았다. 그의 입가에 만족스러운 미소가 떠올랐다. "뭐, 광대역 인터넷은 들어온대."

"바보같이 굴지 마." 안니카는 이렇게 말하며 마르틴의 배를 살짝 때렸다. 그가 웃었다. "인정해. 당신도 마음에 들잖아."

마르틴이 고개를 끄덕였다. "위치가 좋아. 지하실도 없고. 이런 걸 뭐라고 하더라? 체크리스트 전부 통과?"

"정말 그렇다니까! 가자, 차에서 얘기해." 안니카는 다른 매수 예정자들을 힐끗 보았다. "벽에도 귀가 있으니까."

그들은 고맙다며 작별인사를 하고 밖으로 나가 파란색 덧신을 현관 옆 들통에 던져넣었다. 안니카는 미소를 멈출 수 없었다. 집은 완벽했다. 너무 작지도, 크지도 않았다. 버스정류장도 가까웠고 얀토르예트로 가기도 편했다. 물론 수리를 꽤 해야겠지만 급한 건 아니었다. 여유가 생길 때까지 몇 년쯤 기다릴 수 있을 것이다. 이 순간만은 일자리를 잃을지 모른다는 걱정도 머릿속에서 완전히 날아갔다.

"여기에 돌을 깔면 되겠다." 마르틴이 대문으로 이어지는 자갈길을 보며 생각에 잠겨 말했다.

"그래? 왜?"

"그래야 당신이 원할 때 하이힐을 신을 수 있지."

"신으면 얼마나 신는다고? 난 자갈까지 마음에 들어. 아늑하게 느껴져, 안 그래?"

대문을 닫자 삐걱거리는 소리가 났다. 그들은 좁은 인도로 나서서 자동차로 가는 동안 인근의 다른 주택들을 살폈다. 비교적 낡고 외진 목조 주택과 1980년대에 모래와 석회를 섞어 만든 벽돌로 지은 저층 건물들이 보였다. 도로의 아스팔트는 작은 홈과 균열로 뒤덮여 있었다. 안니카가 어린 시절을 보낸 거리와 똑같았다. 안니카는 자신의 아이들이 아스팔트에 분홍색 분필로 돌차기 놀이용 격자를 그리는 모습을 상상했다. 저녁의 마지막 햇살이 구름을 뚫고 나와 모든 것을 아른거리는 은빛으로 물들였다. 그 덕에 이 순간에 마법적인 느낌이 더해졌다. 모든 것이 마침맞게 느껴졌다.

안니카는 시내로 돌아가는 내내 몽상에 젖어 있었다. 동네도 안니카가 꿈꿔온 만큼 쾌적했다. 그녀와 마르틴이 원했던 것보다는 조금 비쌀지 몰라도 감당할 수 없는 정도는 아니었다. 안니카는 어디까지 감당할 수 있을지 생각해봤다. 주방을 새로 꾸미는 데 비용이 얼마나 들지 궁금했다. 여긴 마르틴의 상사가 사는 동네 아니던가? 마르틴이 산울타리를 다시 심어야겠다는 얘기를 시작했을 때 안니카는 현실로 돌아왔다. 그는 산울타리가 마음에 들지 않는다고 했다. 안니카는 이사 비용이 얼마나 들지 궁금했다. 마르틴은 그 생각은 못해봤지만 한번 알아보겠다고 했다.

그들은 차를 세우고 아파트로 올라갔다. 들어가자마자 복도가 작고 비좁게 느껴졌다. 둘이 떠나 있는 동안 집이 줄어든 것만 같았다. 아파트는 거실과 응접실, 주방이 전부 트인 형태로 벽은 흰색이었고 창문이 많아서 구석구석 밝았다. 하지만 그저 방 한 개짜리 아파트일 뿐이었다. 안니카는 주방 아일랜드 앞에 서서 눈을 감고 그 집에 가 있다고 상상했다. 바로 기분이 훨씬 좋아졌다.

"배고파?" 마르틴이 물었다. "원하면 뭐가 만들어줄 수 있는데."

"미쳤어? 어떻게 지금 음식 생각을 해?" 안니카가 양팔을 활짝 벌렸다. "노트북 꺼내봐. 바로 입찰해야겠어. 다른 사람이 하기 전에."

"미친 건 당신이야." 마르틴이 말했다. "나도 좋긴 하지만. 그럼 얼마를 부를까?"

"당연히 시작가를 불러야지. 매도자들은 절대 그 가격 밑으로 집을 팔지 않을 테니까."

"그야 당연하고."

안니카는 소파에 기분좋게 누워서 마치 소파가 그 집처럼 따뜻하게 자신을 감싸는 것을 느꼈다. "그렇다고 필요 이상으로 돈을 내고 싶지 않아. 당신도 봤잖아. 주방은 수리해야 해. 욕실도 그렇고. 실외 공간이랑 마감도 전부 말할 필요 없이 고쳐야 해."

"그냥 도배나 좀 하고 우리가 직접 페인트를 칠하면 될 거야. 시간은 걸리겠지만 서두를 필요는 없으니까."

"맞아, 서두를 필요 없어. 이제 입찰하자. 노트북 어디 있어?"

"알았어, 해보자. 입찰 시작한다?"

안니카가 고개를 끄덕였다. 그녀는 누운 채로 천장을 쳐다보았다. 편안했다. 꼭 바닥 위에 떠 있는 것 같았다. 마르틴은 무릎에 노트북을 올려놓고 앉은 뒤 몇 분 동안 타닥, 타닥, 타닥, 뭔가를 입력했다. 안니카가 마르틴 쪽으로 시선을 돌렸다.

"왜 이렇게 오래 걸려?"

"계정을 만들어야 해. 별걸 다 하라고 하네, 마음에 안 들게. 매주 새집을 살 것도 아닌데."

"그러게. 이 집만 살 건데." 안니카가 꿈꾸듯 미소 지었다.

"그러니까 말이야. 다른 입찰이 들어오면 당신이랑 나랑 둘 다 메시지를 받을 수 있게 당신 번호도 저장해둘게."

"좋아." 안니카는 기지개를 켜며 마르틴의 벨트를 잡아당겼다. "금방 돼?"

"조금만 더 기다려. 됐다! 입찰했어."

"우리가 처음이야?"

마르틴이 고개를 저었다. "아니. 우리보다 먼저 입찰한 사람이 있어."

"뭐?" 안니카가 날 듯이 소파에서 내려왔다. "설마. 얼마를 불렀는데?"

마르틴이 웃었다. "시작가보다 30만 크로나 적게. 턱도 없지." 마르틴은 노트북을 닫고 커피테이블에 올려놓았다. "이게 무슨 뜻인지 알아, 여보? 곧 우리만의 집이 생긴다는 거야!"

"나도 알아." 안니카가 말했다. "우리집, 오직 우리만의 집이 생기는 거야."

그녀는 마르틴에게 양팔을 두르고 입을 맞췄다. 완전히 새로운 감각이 몸에 흘러넘쳤다. 기쁨, 짜릿함, 흥분. 피부에 전기가 흐르는 것 같았고, 피는 샴페인처럼 보글거렸다. 감정을 억누를 수 없었다. 방출해야만 했다.

"가자." 그녀가 마르틴을 침실로 끌고 가며 말했다.

16

어머니는 더이상 나를 보지 못했다. 내가 아버지를,
우리 둘 모두를 배신한 사람을 떠올리게 했기 때문이다.
어머니는 증오심을 내게 표출했고
그렇게 하면서 아버지가 그랬듯 나를 배신했다.
나는 어머니를 서재에 틀어박히게 놔두었고
우리는 그후 서로 한마디도 하지 않았다.

11월 22일 월요일

안니카는 탕비실로 가는 길에 토비아스의 사무실을 지났다. 문이 닫혀 있었다. 늘 문을 열어두곤 했는데. 안니카는 호기심을 느끼며 문 옆의 유리 패널을 들여다보았다. 토비아스가 양손에 얼굴을 묻고 책상에 팔꿈치를 괸 채 앉아 있었다. 머리칼 사이로 손가락이 삐죽 튀어나와 은빛이 도는 금발을 허공에 흩날렸다. 차가운 손이 안니카의 심장을 움켜쥐는 것 같았다. 그녀가 슬쩍 안으로 들어가 문을 닫았지만 토비아스는 반응하지 않았다. 그가 묵직하게 숨을 쉬는 소리가 들렸다.

"왜 그래요?" 안니카가 조심스레 그의 어깨에 손을 얹으며 물었다.

토비아스가 깜짝 놀라 그녀를 보았다. 눈이 텅 비어 있었다. 그는 붉은 뺨에서 재빨리 뭔가를 문질러 닦았다. "엿같네." 그가 말했다. "들어오는 소리를 못 들었어요."

안니카가 손님용 의자를 그의 책상으로 끌고 가 앉은 뒤 토비아스 쪽으로 허리를 숙였다. "무슨 일 있어요?"

토비아스가 침을 삼켰다. "무슨 말을 해야 할지 모르겠네요." 그는 양팔을 활짝 벌리고 흐느꼈다. 새로 눈물이 차올랐다. 그가 손바닥으로 눈을 눌렀다.

"세상에, 왜 그래요?" 안니카가 다시 그의 어깨에 손을 얹었다. 걱정에 몸이 떨려왔다. 그녀는 토비아스가 속상해하는 모습, 심지어 화내는 모습을 여러 번 보았다. 하지만 그가 우는 모습을 본 적은 없었다. 그에게 느껴지는 동정심과 염려로 몸속까지 떨렸다.

토비아스가 심호흡했다. "우린 망했어요. 스티나 작가님과 얘기해봤거든요." 그가 훌쩍거리며 말했다. "『바르예 살인사건』은 더 이상 나오지 않을 거예요. 알베르트 본니에르스와 새로운 시리즈를 계약해서 우리 건 더이상 쓰지 않겠대요."

안니카는 등받이에 몸을 기대고 호흡을 골라야 했다. "이유가 뭐래요?"

토비아스가 낙담해 어깨를 으쓱했다. "그쪽이 돈을 더 잘 주겠죠. 우리가 그쪽이랑 경쟁 입찰을 할 수 있는 것도 아니잖아요. 전에도 그랬고, 지금도 그렇고."

안니카는 악몽에서 깨어나듯 몇 차례 눈을 깜빡였다. 스티나 본 그뤼닝은 그들의 마지막 희망이었다. 이제는 남은 게 없었다. 시야가 좁은 땅굴처럼 줄어들었다. 안니카는 살면서 기절해본 적이 한 번도 없었는데 지금 기절할 뻔했다. 귀에서 이명이 들렸고 땅이 흔들렸다. 정말로 망했다. 회사가 파산할 것이다. 그녀는 직장을 잃게 되었다. 집도, 아이들도 없을 것이다. 주머니에서 핸드폰이 맹렬하게 진동했다. 핸드폰을 꺼내 보니 3번 입찰자가 새 입찰가를 넣었다는 내용이었다. 그걸 보니 억지로라도 마음을 가라앉히게 되었다.

"뭔데요?" 토비아스가 안니카의 핸드폰을 턱짓으로 가리키며 물었다.

"집을 사려고 하거든요." 안니카가 말했다.

"완벽한 타이밍이네." 토비아스가 말했다. "남편분 벌이가 괜찮으면 좋겠네요."

마음속 갈망이 점점 커졌다. 안니카는 절대 집을 잃지 않을 작정이었다. 형태가 분명치 않은 뭔가가, 검고 기름진 무엇이 마음속에 허우적거리며 떠다녔다. 물속의 잉크처럼 그녀의 몸속에 퍼졌다.

"『나는 오소리다』를 출간해요." 안니카가 말했다. 그 말을 내뱉자 관자놀이 사이에 느껴지던 압력이 수그러지며 숨쉬기가 편해졌다. 안니카에게는 갑작스러운 깨달음의 순간이었다.

토비아스는 안니카가 정신줄을 놔버리기라도 했다는 듯 그녀를 보았다. "미쳤어요? 말도 안 되는 소리를."

"윤리를 따지기엔 너무 늦었어요." 안니카는 말했다. 방금 자기가 한 말이 거의 믿기지 않았다. 완전히 초현실적으로 느껴졌다. "얀 아펠그렌의 원고라는 말은 할 필요 없어요. 예명을 지어낼 수 있을 거예요.”

“그걸 누가 믿겠습니까?” 토비아스가 말했다. “당신이 직접 한 말이잖아요. 얀 아펠그렌의 글은 다른 누구의 글과도 달라요. 거의 모든 페이지에 그의 이름이 새겨져 있는 것과 마찬가지라고요.” 토비아스가 헝클어진 머리칼을 손으로 쓸며 풀죽은 듯 고개를 저었다.

“뭔가 방법이 있을 거예요.” 안니카가 말했다.

“얀 아펠그렌이 죽었다면 말이죠.”

“네?”

“얀에 관해서 널리 알려지지 않은 사실이 하나 있어요.” 토비아스가 엄지와 검지로 콧등을 문질렀다. “유언장을 남겼다는 거죠.”

안니카의 심장이 더욱 빠르게 뛰었다. 유언장이라니? “읽어보셨어요?”

“아뇨, 프레드리크가 말해준 겁니다.”

“그러니까 얀이 프레드리크에게 유언장 얘기를 했다는 거예요?” 안니카가 인상을 썼다. “나한테는 말하지 않고?”

“아마 나름의 이유가 있었겠죠. 어쨌든 프레드리크가 사장이잖아요. 유언장에 따르면 얀이 사망할 경우 그의 작품에 관한 모든 권리가 우리 회사에 부여돼요. 그러니까 그에게 자녀가 없다면 말이죠. 처음부터 자기를 믿어준 우리에게 감사를 표하는 얀만의 방식이었어요.”

“그런데 그 얘기를 지금 하는 거예요?”

토비아스가 변명하듯 양손을 들었다. “프레드리크가 아무 말도 하지 말랬어요. 원고가 들어오기 전에는 나도 그런 게 있는지 몰랐고요."

안니카가 일어섰다. "그 유언장, 내가 읽어봐야겠어요. 누가 가지고 있죠?" 흥분감에 뱃속이 움찔움찔했다. 안니카 자신이 하는 일이 아닌 것만 같았다. 이 일은 어떤 결과로 이어질까?

"얀의 변호사가 가지고 있겠죠. 엠마 시에베르츠요. 만나본 적 있어요? 정말 괜찮은 사람이에요. 변호사치고는."

안니카는 토비아스의 책상에 몸을 기대고 쥠쇠로 조이듯 그의 눈길을 꽉 붙잡았다. "이게 우리한테 마지막 기회라는 걸 알긴 아는 거죠? 당신이든 나든 직장을 지키려면 『나는 오소리다』를 출간해야 해요."

토비아스는 눈가가 붉어진 채로 잠시 그녀를 바라보았고, 안니카는 그에게서 시선을 떼지 않았다. 결국 토비아스가 대답 대신 고개를 끄덕였다. "프레드리크한테 전화를 걸어서 설명할게요. 당신은 뭘 어쩌려고요?"

안니카가 어깨를 폈다. 평소보다 키가 10센티미터는 커진 기분이었다.

"변호사를 만나러 가려고요. 지금 당장."

17

학창 시절은 견디기 어려웠다.

대도시는 콘크리트와 아스팔트로 이뤄진,

용서를 모르는 짐승이다.

나는 인정하고 싶지 않을 만큼 자주 취했다.

내 친구들도 전부 마찬가지였다.

내 주변에는 여자들이 있었으나

사랑을 해보려는 모든 시도는

다양한 규모의 배신으로 끝나고 말았다.

11월 22일 월요일

엠마 시에베르츠의 사무실은 바사플라첸에서 갈라져나온 거리와 인접한 바사스탄 구역의 낡고 단조로운 노란색 벽돌 건물에 있었다. 계단실은 빨간색으로 포인트를 준 은근하고 자연스러운 색감이었고, 천장에는 장식 회반죽이 칠해져 있었다. 안니카는 현관을 지나며 눈이 휘둥그레져 주위를 둘러보았다. 한 세기 전으로 시간여행을 온 것 같았다. 천장의 등조차 약한 전류로 작동되는 것처럼 아른거리는 주황색 빛을 냈다.

계단을 올라가자 테가 두꺼운 안경을 쓴 검은 머리 여자가 문

앞에서 안니카를 맞이했다.

"안니카 그란룬드 씨?" 그녀가 안니카의 손을 잡으며 물었다.

"네, 맞아요." 안니카가 말했다. "엠마 시에베르츠 변호사님이
신가요?"

"네, 저예요." 엠마가 쾌활하게 웃으며 대답했다. "들어오세요.
차를 준비할게요."

엠마는 안니카의 상상과 다른 모습이었다. 생각해보니 전에는
변호사를 만난 적이 없었으므로 사실 어떤 모습을 예상해야 할지
알 수 없었다. 엠마는 올림머리를 하고 있었는데 움직일 때마다 그
머리가 흔들거렸다. 안니카는 좀더 격식을 차린 복장을 예상했다.
큰 리본이 달린 블라우스에 펜슬 스커트라든지. 엠마는 블랙진에
턱까지 올라와 어깨를 덮는 엄청나게 넓은 터틀넥이 달린 니트 차
림이었다.

사무실도 안니카의 짐작과는 달랐다. 그녀가 상상한 변호사 사
무실은 전부 미국 TV 시리즈에서 본 것이었다. 그런 사무실은 사
방이 반짝이는 유리로 된 환상의 공간이었다. 그중에서도 최고급
사무실은 맨해튼을 내려다보는 곳에 있었다. 반면 엠마 시에베르
츠의 사무실은 일단 작았다. 접수대나 이렇다 할 전망은 보이지 않
았다. 그보다는 누군가의 거실에 들어가는 기분이었다.

쪽모이 세공을 한 바닥이 발밑에서 삐걱거렸다. 갈색 판지 커버
에 넣은 책과 서류 더미가 사방에 널려 있었다. 벽을 뒤덮은 책장
만이 아니라 바닥에도 잔뜩 있었다. 열린 나무문 너머로 오래된 노
트북이 놓인 책상이 언뜻 보였다.

안니카가 주위를 둘러보는 동안 엠마는 이리저리 오가며 다른 문 너머의 간단한 주방에서 그릇을 달그락거렸다. 머그잔 두 개에 뜨거운 물을 붓는 중이었다. 엠마가 돌아왔을 때, 안니카는 두 잔이 다르게 생겼다는 걸 알았다. 하나는 황백색 도자기 그릇으로 높이가 낮고 가장자리에 꽃이 그려져 있었으며, 반짝이는 파란색인 다른 도자기 잔은 손잡이가 없었다.

"앉으세요." 엠마가 안뜰을 마주보는 창가의 밤색 가죽 소파를 가리키며 말했다. 안니카가 자리에 앉는 동안 엠마는 테이블에 머그잔을 내려놓고 소파 반대편 끝의 쿠션에서 졸고 있던 회색 고양이를 안아들었다. "알레르기가 없으면 좋겠네요."

"네, 없어요. 고양이 이름은 뭐예요?"

"설탕이요. 여기 살아요. 집으로 데려가고 싶지만 이혼한 뒤로는 집에 가는 일이 거의 없거든요. 집이 공사장이나 마찬가지예요. 전부 다 정리해야 하는데 할일이 너무 많아서요." 엠마가 양손으로 주위를 휙 가리켜 보였다. "지금은 여기가 제 삶의 현장이에요. 그러니까 고양이도 여기서 지내야죠."

안니카가 고개를 끄덕였다. "저랑 남편도 집을 구하는 중이에요. 아무튼 사무실이 정말 멋지네요."

"마음에 들어요." 엠마가 기분좋게 하는 미소를 지으며 말했다. "필요한 게 전부 있거든요. 그건 그렇고, 왜 이렇게 급히 오셨어요?"

"얀 아펠그렌 때문에요." 안니카가 말했다. "아니, 그의 유언장 때문이라고 해야겠네요."

"아." 엠마가 잔을 내려놓고 다리를 꼬았다. "에클룬드 프레스에서 오셨죠. 전화를 받자마자 알았어야 했는데."

"혹시 문제가 되나요?"

"네. 아니기도 하고요. 저한테는 고객의 비밀을 지킬 의무가 있어요. 하지만 얀은 특수한 경우였죠. 저와의 법적 문제만이 아니라 다른 많은 부분에서도요. 아시겠지만 저는 여러 해 동안 얀을 도왔어요. 대단한 일은 아니었지만 그래도요. 보통은 아무 얘기도 해드릴 수 없겠지만 이번 문제에 관해서는 어느 정도 말씀드릴 수 있어요. 얀은 에클룬드 프레스의 모든 분을 매우 높게 평가하는 것 같더군요."

"그랬으면 좋겠네요." 안니카가 말했다. "우리를 찾아왔을 때 얀 아펠그렌은 신인 작가였어요. 제가 그의 담당자였고요. 우린 서로를 꽤 잘 알게 됐죠. 제 생각일 뿐인지 몰라도. 그가 그렇게 사라질 거라는 생각은 아무도 못했어요. 아내분도 같이."

"너무 섬세한 의미를 부여하지 않는다면, 맞아요. 얀은 여러분 모두를 매우 높이 평가했어요. 아내분에 대해서는 덜 그랬지만." 엠마가 안니카와 눈을 마주쳤다. "아내를 유언장에서 뺐거든요. 그러니 아내를 그렇게 많이 좋아했을 리는 없죠."

"그래도 되는 거예요?"

엠마는 미소 짓더니 꽤 즐거워하며 윙크했다. "당연하죠. 아무 문제 없어요. 어떤 식으로든 보호를 받는 건 자녀뿐이거든요."

안니카는 생각에 잠겨 고개를 끄덕이고는 차를 홀짝였다. 맛이 좋았다. 부드러우면서도 풍부했다. "회사 동료가 그러는데, 얀이 작품을 회사에 남겼다면서요. 그게 흔한 일인가요?"

"딱히 흔하진 않죠. 얀이 실종되기 몇 주 전에 유언장을 작성했다는 점을 생각하면 더욱 그렇고요. 꼭 미리 알고 있었던 것처럼……" 엠마는 목소리가 흐려지더니 생각에 잠긴 채 창문을 내다보았다. 그러고는 다시 시선을 돌리며 안니카가 앉아 있는 소파를 가리켰다. "얀도 바로 거기 앉아서 유언장을 작성했어요."

문득 소파가 불편하게 느껴졌다. 지금 앉아 있는 바로 이 자리에서 얀이 유언장에 서명했다고 생각하자 겨드랑이가 끈적해졌다. 어쩔 수 없이 일종의 불길한 징조라는 생각이 들었다.

엠마가 고개를 기울이자 올림머리가 왼쪽으로 미끄러졌다. 그녀는 안니카가 뭔가 말하기를 기다리며 미소 지었다.

안니카는 불편함을 떨쳐버렸다. 그녀는 문제를 해결하려고 여기에 온 것이다. 생각을 돌리기에는 너무 늦었다. "회사에서 얀 아펠그렌의 미출간작을 출간하고 싶어해요. 작품에 거는 기대가 정말 큰데, 출판권이 없어요. 도와주실 수 있을까요?"

엠마가 고개를 저었다. "아뇨, 유감스럽지만 그럴 순 없어요. 얀이 사망시 모든 작품에 대한 권리를 회사에 남기기로 한 건 맞지만, 그건 이론적인 경우거든요, 안 그래요? 우리가 아는 한 얀은 죽지 않았잖아요. 그때가 오기 전까진 회사에서 얀과 직접 얘기해야 해요."

"그가 어디에 있는지는 아나요?"

"유감이지만 몰라요. 유언장에 서명한 이후로는 소식을 듣지 못했어요."

"그래도 뭔가 할 수 있는 일이 있을 텐데요?"

"얀이 법적으로 사망하기 전까지 제가 할 수 있는 일은 없어요." 엠마가 어깨를 으쓱하며 말했다.

실망감이 무겁게 내려앉았다. 안니카는 억지로 일어섰다. "그럼 시간을 더 빼앗을 의미가 없겠네요."

"정말 유감이에요. 할 수만 있다면 기꺼이 도와드렸을 텐데요."

안니카의 머릿속에서 뭔가가 찰칵 맞아떨어졌다. 그녀는 잠시 말을 멈추고 소파에 앉아 있는 엠마를 보았다. 고양이가 뛰어올라 안니카가 앉았던 자리에 앉았다. 녀석은 안니카를 외면했다.

"얀이 실종된 게 얼마 전인가요?" 안니카가 물었다.

"정확히 말하기는 어려워요. 어쨌든 육 년 전 11월 말 이후로 그의 소식을 들은 사람이 아무도 없어요. 왜요?"

안니카는 초조함에 두 뺨이 붉어졌다. "지금쯤 그가 사망한 걸로 간주할 순 없을까요?"

엠마가 다시 고개를 갸웃했다. "물론 사망 추정자에 대해 사망 선고를 받는, 인정사망이라는 공식 절차가 있어요. 하지만 상속인이 그 신청서를 제출해야 하죠. 그런데 이 경우에는 상속인이 없잖아요."

"책에 대한 모든 권리를 회사가 물려받는다는 유언장이 있잖아요. 이 경우 에클룬드 프레스가 얀의 상속인이 되는 것 아닌가요?"

"엄밀히 말하면, 그렇진 않아요." 엠마가 천천히 고개를 저었다. "하지만 어쩌면…… 다른 상속인이 없으니 그렇게 될 수도 있겠네요. 딴 건 몰라도 유사성이 있으니까요."

"그게 무슨 말이에요?"

"죄송해요. 안니카 씨의 말이 맞을 수 있다는 얘기를 저만의 방식으로 한 거예요."

"도와주실 수 있을까요?"

엠마가 다시 미소 지었다. "아뇨. 저는 유언 집행자예요. 얀이 사망한 채로 발견되거나 회사에서 공식적으로 사망선고를 받아낸다면 제가 그의 재산을 처분하죠. 하지만 얀의 사망 문제는 제 소관이 아니에요."

"그래도 어떻게 진행하면 되는지는 알려주실 수 있잖아요?"

"그럼요. 국세청에 신청서를 제출하면 돼요. 제가 회사 측 요청의 근거로 낼 유언장 사본을 보내드릴게요. 국세청 홈페이지 공지사항에 따르면, 신청서가 받아들여지는 경우 얀 아펠그렌이 최소한 법적 의미에서 사망한 것으로 간주될 때까지 육 개월이 걸려요."

"도와주셔서 감사합니다. 제가 얼마나 고마운 마음인지 모르실 거예요."

"별말씀을요." 엠마가 일어서서 안니카와 악수했다. 그녀는 안니카의 눈을 진지하게 들여다보았다. 태평하던 태도는 모두 사라지고 없었다. "정말 이 일을 진행하고 싶나요?"

방에 드리워진 그림자가 짙어지고 있었다. 무거운 책장이 안니카의 머리 위로 다가왔고, 그녀의 뱃속은 불편함으로 서서히 뒤틀렸다. 그들의 존재가, 발톱 달린 짐승들의 존재가 거기에 있었다. 어쩌면 얀 아펠그렌도 그들에게 괴롭힘을 당한 건지 몰랐다. 이게 정말 내가 원하는 걸까?

다른 선택안이 있을까?

"왜 그런 질문을 하세요?" 결국 안니카가 물었다.

"왜냐하면 회사가 얀 아펠그렌을 죽이는 셈이니까요. 서류상이기는 해도." 엠마가 한쪽 눈썹을 치켜올리며 안니카의 손을 좀더 세게 잡았다. "그러면 상당한…… 문제가 생기겠죠."

안니카의 입천장에 끈적한 침이 달라붙었다. 침을 삼키려 했지만 그럴 수 없었다. "알아요. 하지만 어쩔 수 없어요. 그래야 회사가 살거든요." 내 직장이. 내 집이.

"이해해요." 엠마가 말했다. 눈 깜빡할 사이에 모든 것이 정상으로 돌아왔다. 그녀는 미소 지으며 안니카의 손을 놓아줬다. 책장은 벽에 똑바로 기대어 있었다. 전처럼 책이 빽빽한 채로.

"그럼 안녕히 가세요, 안니카 씨. 만나서 반가웠습니다. 신청하는 데 운이 따르길 바랄게요."

18

연애를 해보려는 나 자신의 한심한 시도만큼

내 또래에 대한 혐오감도 커졌다.

거리에 나서면 주위에 사람이 아주 많았지만

나는 점점 더 혼자가 되었다.

어쨌든 나는 교육을 다 마치고 마침내 일자리를 구했다.

겉모습만 보면 알 수 없었겠지만 내 인생은 잿빛이었다.

숨쉬기가 힘들었다. 당신에게도 익숙한 모습인가?

11월 22일 월요일

"방법이 하나 있어요." 안니카가 말했다. 사무실까지 걸어서 돌아오느라 아직 한기와 흥분으로 두 뺨이 빨갛게 달아올라 있었다. "방금 변호사를 만났는데, 방법이 있다는 결론을 내렸어요."

"더는 중요하지 않은 문제 같네요." 토비아스가 말했다. 그는 한숨을 쉬며 독서용 안경을 키보드에 내려놓았다. 금속테가 달그락거렸다.

"당연히 중요하죠." 안니카는 목구멍에 맺힌 덩어리를 삼키며 말했다. "뭐가 문제예요? 이 책이 회사를 살릴 수 있어요, 토비아스. 당신도 알잖아요. 이게 답이라고요. 딱 적당한 양의 유혈 장면과 약간의 공포, 우리가 실제로 믿을 수 있는 경찰이 나오죠. 게다가 시의성 있는 주제고요."

"네, 지금까지는 당신 말이 맞아요. 그런데 이메일은 읽어봤어요?"

"무슨 이메일요?"

"프레드리크의 이메일요. 그것 먼저 읽어요."

안니카의 핸드폰이 청바지 주머니에서 진동했다. 그녀는 핸드폰을 꺼내 살펴보며 고집스러운 개미들처럼 그녀의 몸에 기어오르는 토비아스의 곁눈질을 떨쳐내려 애썼다. "엿같네." 그녀가 말했다.

"이제 알겠어요?"

안니카가 그를 보았다. "아뇨. 집에 새로운 입찰이 들어왔어요. 물러서지를 않네요. 계속해서 딱 5천 크로나씩만 입찰가를 높이는데, 얼마나 화가 나는지 아세요?"

토비아스가 어깨를 으쓱했다. "꼭 필요한 돈 이상은 내고 싶지 않은 거겠죠."

안니카는 마르틴에게 입찰가를 올리라는 메시지를 보냈다. 다른 방법이 없었다. 둘은 그 집을 손에 넣고야 말 테니까.

토비아스가 고개를 저었다. "에이, 제기랄! 이메일 내용을 말해줄게요. 이사들이 포기했어요. 우리한테는 구 개월밖에 없습니다. 그다음엔 돈이 다 떨어져요."

안니카가 토비아스의 손님용 의자에 앉았다. 바람이 빠진 기분이었다. 구 개월은 실제로 필요한 시간에 비할 수 없을 만큼 적었다. 교정을 보고, 조판하고, 제대로 된 뭔가를 인쇄하는 데만도 최소 구 개월이 걸린다. 마케팅, 광고, 수금에는 더 오랜 시간이 걸릴 것이다. 인정사망선고를 신청하는 일은 말할 필요도 없었다. 그래도 안니카는 아직 포기하고 싶지 않았다. 할 수 있어.

어떻게 그랬는지는 잘 모르겠지만 그녀는 긴장감을 드러내지 않고 토비아스를 마주볼 수 있었다. "걱정하지 마요. 필요한 시간은 육 개월뿐이에요. 그러고 나면 문제 해결이라고요."

토비아스는 못 믿겠다는 듯 그녀를 보았다. 안니카가 토비아스 쪽으로 몸을 숙였다. "책 읽어봤잖아요. 편집은 좀 필요하겠지만, 그게 다예요. 대부분은 그대로 쓸 만해요. 바로 출간할 수 있는 상태의 원고가 몇 건이나 들어온다고요."

"하지만 안니카, 그 얘기는 이미 했잖아요. 우린 그 책을 출간할 수 없어요. 당신도 알잖아요. 작가가 사라졌는데."

"그렇다고 말할 순 없겠어요. 저는 그가 사망했다고 생각하려고요. 당신은 아닌가요?" 안니카가 더 가까이 몸을 숙이며 토비아스의 눈에 어린 의구심을 깊이 들여다보았다. "전부 맞아요, 당신이 말한 내용이요. 그는 모든 책을 에클룬드 프레스에 남겼어요. 그러니 그가 사망했다면 원고는 회사의 소유가 되는 거예요. 우리가 원한다면 출간할 수 있어요. 심지어 로열티를 지불할 필요도 없죠. 모든 돈이 우리 몫이니까."

"그래요. 하지만 얀이 진짜로 사망했는지 사실 모르잖아요."

"얀은 인정사망 대상자가 될 만큼 오랫동안 실종된 상태예요. 사망선고에 육 개월밖에 안 걸려요. 그동안 빠르게 출간할 수 있도록 모든 걸 준비해두면 돼요. 광고, 표지, 조판 같은 것들요. 시간은 있어요."

토비아스가 팔짱을 끼며 고개를 저었다. "그럼요. 시간은 있을 겁니다. 하지만 옳은 일이 아니에요. 내 말은, 그가 정말로 우리에게 원고를 보냈다면 살아 있는 게 분명하잖아요. 아닌가요?"

안니카는 내면과 씨름하는 중이었다. 엠마 시에베르츠가 그녀를 위아래로 훑어보며 이게 정말로 그녀가 원하는 일인지 물었던 것이 떠올랐다. 동시에 열망이 그녀를 잡아당겼다. 그 어떤 의구심으로도 집을 잃을 순 없었다.

안니카의 주머니에서 다시 진동이 울렸다. "잠깐만요. 확인 좀 해야 해서."

토비아스가 양손을 번쩍 들었다. 안니카는 화면에 뜬 또하나의 입찰을 확인했다. 이번에는 훨씬 높은 가격이었다. "빌어먹을, 입찰자가 또 나오다니."

"몇 분만 그것 좀 안 하면 안 돼요?" 토비아스가 말했다.

안니카가 핸드폰에서 억지로 눈을 떼며 고개를 끄덕였다. "되죠, 그럼요. 그냥 내 꿈의 집을 놓치기만 하면 되는데요."

"회사가 망하면 무슨 돈으로 그 집값을 대려고요?"

안니카가 살기 어린 눈으로 토비아스를 보았다. "원고만 출간하면 문제 해결이에요."

"그래요, 출간한다고 합시다. 원고를 손에 넣은 경위는 어떻게 설명할 건데요? 문 앞에서 발견했다고 말할 순 없잖아요?"

"그건 아무도 알 필요 없어요. 오래전부터 원고를 가지고 있었지만 얀의 사망이 확실시되기 전에는 출간하고 싶지 않았다고 하면 되죠. 심지어 거짓말할 필요도 없어요. 거의 사실이니까."

안니카의 손에서 핸드폰이 울렸다. 마르틴이었다. "생각해봐요. 이 전화는 받아야 해서." 안니카가 귀에 핸드폰을 댔다. "안녕, 자기야. 무슨 일이야?"

"최근 입찰가 봤어?" 마르틴이 물었다.

"응. 대체 뭐야? 누가 막판에 들어와서 그렇게까지 판돈을 올리는 걸까?"

"다시 1번 입찰자야." 마르틴이 건조하게 말했다. "포기한 줄 알았는데. 이제 어쩌지? 솔직히 말하면, 당신이 그 집을 원한다는 건 알지만 더이상 입찰가를 높이긴 어려워. 특히⋯⋯" 마르틴이 말을 멈췄다.

"난 직장을 잃을 생각이 없어." 안니카가 말했다. 그녀는 검지 손톱을 초조하게 씹어댔다.

마르틴이 핸드폰 너머에서 한숨을 쉬었다. 망설이는 기색이 느껴졌다. "알았어. 그럼 한 번만 더 입찰하자. 1번 입찰자가 외국에서 생활하다 고향으로 돌아오려는 신흥 부자만 아니길 빌어."

"행운이 따르길. 사랑해." 안니카는 마르틴에게 대답할 겨를을 주지 않고 전화를 끊었다. 두 발을 단단히 바닥에 딛고 있는데도 넘어지는 것만 같은 기분이었다. 마음속 깊은 곳에서 의구심이 그녀를 갉아먹었다. 핸드폰이 다시 진동했다. 안니카 부부의 입찰가가 올라왔다. 이젠 끝이었다. 돌아갈 수 없었다.

안니카는 토비아스를 뚫어지게 바라보았다. "해야만 해요. 오늘 오후에 공식 사망선고 신청서를 넣을 거예요."

"대체 무슨 일을 자초하는 거예요, 안니카?" 토비아스가 깊은 한숨을 쉬었다. "만약 그가 살아 있다면 다들 뭐라 하겠느냐고요."

"한 번에 문제 하나씩만 해결해요. 지금 이 순간 얀은 죽은 거예요. 책은 출간될 테고요." 그녀가 어깨를 으쓱했다. "그도 그걸 원했을 거예요. 그게 아니라면 왜 그런 유언장을 썼겠어요?" 안니카의 말은 공허하게 들렸다. 그녀는 사실이 아니라는 걸 알면서도 스스로를 속이려는 것 같았다.

"알겠습니다. 난 편집을 시작하죠." 토비아스가 말했다. "어차피 할 거라면 제대로 해야지."

안니카는 책상으로 돌아갔다. 국세청 홈페이지에서 인정사망 신청서를 찾아 『한여름의 여자』 출판계약서에 있는 얀 아펠그렌의 정보를 채워넣었다. 그러는 동안 창밖에서는 해가 지면서 항구에 크레인의 검은 실루엣을 드리우고 있었다. 예테보리에 어둠이 깔리며 안니카의 피부 아래로 기어들었다. 귀에서 윙윙대는 소리가 났다. 두통이 시작되는 것이 느껴졌다.

마지막 제출 버튼을 누르는 안니카의 검지가 무겁게 내려앉았다. 신청서가 접수되었음을 알리는 창으로 컴퓨터 화면이 밝아졌다. 육 개월 뒤면 자유롭게 책을 출간할 수 있을 것이다.

안니카가 어렵사리 숨을 내쉬려는데 핸드폰이 진동했다. 그 맹렬한 소리에 안니카는 움찔했다. 손을 뻗어 메시지를 읽는 그녀의 팔이 마치 눌러놓은 용수철 같았다.

1번 입찰자가 관에 마지막 못을 박았다. 입찰에서 졌다.

19

침몰하지 않도록 나를 막아준 유일한 요소는
여전히 글을 쓰고 있다는 사실뿐이었다.
매일 밤, 아무리 피곤해도 노트북 앞에 앉아 뭔가를 썼다.
모든 글을 써봤다. 심지어 야한 것도 썼다.

11월 23일 화요일

"나한테는 더 이상 볼 일이 없는 줄 알았는데요." 벵트 요한손이
말했다. 그는 창고에서 마커를 훔치다가 잡힌 남학생 같은 표정이
었다. "난 아무것도 안 했어요. 시간 낭비하는 거예요."

"그건 당신이 판단할 문제가 아니죠." 세실리아가 말했다. "하
지만 일단 알아두라고 말하자면 우린 당신 동료들 전부를 다시 불
러들였습니다. 몇 가지 추가 조사를 해야 해서요."

찰나의 순간 벵트는 세실리아와 시선을 마주치더니 다시 눈을
돌렸다. 지난번처럼 초조해했다. 세실리아는 그가 느끼는 불편함
의 냄새를 맡을 수 있었다. 벵트보다 먼저 이곳에 왔던 모든 사람
으로부터 발산된 불안이 실크 벽지에 겹겹이 배어 있었다.

"말하고 싶은 게 있나요?" 요나스가 물었다. "범죄 현장이나 그

곳에서 당신이 한 활동에 대해서요."

벵트가 고개를 저었다. "내가 아는 건 이미 다 말했어요."

세실리아가 그에게로 허리를 숙이며 팔꿈치를 목제 테이블에 괴었다. 닳아빠진 테이블 표면에서 삐걱거리는 소리가 났다. "생각해봐요. 확실히 덧붙일 말이 한마디도 없어요?"

"네. 확실한데요." 벵트가 팔짱을 꼈다.

요나스가 목을 가다듬었다. "지난번 얘기를 나눴을 때 벵트 씨는 당신이나 동료들 중 누구도 집에 들어간 적이 없다고 주장했습니다. 맞나요?"

"네."

"우린 그게 사실이 아니라는 걸 알고 있습니다." 세실리아가 말하자 벵트가 움찔했다. "그게 말이죠. 집안에 있던 신원미상 남자의 DNA를 발견했거든요. 그게 누구일지 떠오르는 게 있나요?"

벵트는 동상처럼 가만히 앉아 있었다. "아뇨, 없어요. 그냥 집안에 있었다는 이유만으로 의심할 줄은 몰랐는데요."

"그냥 낡은 집이 아니잖아요, 벵트. 한 여자가 살해당한 집이죠. 당신이 집에 들어가지 않았다고 말해서 궁금증이 생긴 겁니다."

벵트가 한숨을 쉬었다. "알았어요, 들어가긴 했습니다. 하지만 나만 들어간 게 아니에요. 난 안 죽였어요. 그런 짓은 절대 안 해요."

"그럼 집안에서 뭘 한 거죠?" 요나스가 물었다.

벵트가 무너져내렸다. "파이를 좀 먹었어요." 그가 한숨을 쉬며 말했다.

"파이요?" 세실리아가 목소리에 놀란 기색을 감추지 못하고 물으며 요나스를 보았다. 요나스가 눈썹을 치켜올렸다.

"네. 고객들이 온갖 종류의 빵을 줄 때가 있거든요. 이번 여자분은 우리가 일하고 있을 때 밖으로 나와 파이를 먹으라고 했어요. 하지만 파이가 너무 많아서 우리한테 오두막으로 내오는 걸 도와달라고 했죠."

세실리아가 할 수 있었던 일은 입이 쩍 벌어지지 않도록 막는 것뿐이었다. "우리라뇨? 집안에 또 누가 있었습니까?"

"우리 모두요." 벵트가 말했다. "여자분이 커피도 줬어요. 제대로 끓인 커피였죠. 우리는 오두막에 아주 잠깐만 머물렀고요."

"당신 동료들한테 물어보면 그들도 이 말을 뒷받침해줄까요?" 요나스가 말했다.

"얼마든지요." 벵트가 고개를 끄덕이며 말했다. 그의 턱수염이 위아래로 흔들렸다.

"왜 처음부터 이 얘기를 하지 않은 거죠?"

"모르겠어요. 일이 너무 많아서 긴장했나보죠."

세실리아가 깊이 숨을 들이마신 뒤 말을 이었다. "벵트, 당신은 우리에게 거짓말을 했습니다. 그런데 이제 와서 우리가 당신 말을 믿어야 할 이유가 뭐죠?"

벵트가 테이블을 내려다보았다. "그러게요. 하지만 그땐 무서웠어요. 당신들이 날 가둘 거라고 생각했습니다. 뭔가 인정하게 만들려고 경찰들이 그런 짓을 한다는 얘기를 들었으니까요."

"스웨덴에서는 안 그래요." 세실리아가 말했다. "아무튼 당신의 DNA 샘플을 채취하고 싶은데요."

"왜요?"

"우리가 찾은 DNA가 누구 것인지 알아보려고요." 요나스가 말했다. "아프진 않아요."

벵트가 격렬하게 고개를 저었다. "싫어요."

"꼭 응할 필요는 없지만 거절하면 별로 좋아 보이지 않는다는 건 이해하셔야 합니다."

"아뇨." 벵트가 말했다. "난 아무 잘못도 안 했어요. 그냥 내 DNA가 당신들 데이터베이스에 등록되는 게 싫은 겁니다. 당신들이 그걸로 뭘 할지 못 믿겠으니까."

"수사용으로 보관할 뿐이에요." 세실리아가 말했다.

"내가 그걸 어떻게 믿어요?"

요나스가 세실리아의 어깨에 손을 얹고 말했다. "오 분 쉴까요?"

세실리아가 고개를 끄덕였다. 그들은 복도로 나갔다.

"강요할 순 없어요." 요나스가 말했다. "정당한 근거가 없어요. 어쨌거나 과학수사팀이 신원미상의 DNA를 발견한 곳은 주방이고요. 벵트가 거짓말을 한 것이라 해도 그가 지하실에 있었다고 볼 근거는 전혀 없습니다. 이걸로는 부족해요."

세실리아가 고개를 저었다. "이게 말도 안 되는 것 같지만, 어쨌든 네 말이 맞아. 강요할 순 없지. 지금은 말이야. 다른 사람들한테 벵트의 얘기를 확인해볼까?"

"그러죠." 요나스가 말했다. "오늘 오후에 새로 신문하겠다고 불러들였거든요. 모두의 DNA를 채취하고 그중 하나가 일치하기를 바라죠."

"좋아." 세실리아는 한숨을 쉬었다. "그렇게 하자. 그런데 벵트가 뭔가 숨기고 있다는 느낌이 들어. 벵트한테 좀더 기대를 걸어봐야겠어."

"글쎄요." 요나스가 말했다. "수상하긴 하지만 지금도 벵트가 사실을 말한다는 생각이 들어요."

"제기랄." 세실리아가 말을 짓씹어 뱉었다. "좋아. DNA 채취는 하지 말고 보내주자. 하지만 벵트의 동료 중 한 명이라도 저 사랑스러운 파이 얘기를 뒷받침해주지 않으면 합리적 의심을 근거로 벵트를 다시 불러들일 거야."

20

내가 쓴 모든 글을 출판사와 단편소설 공모전,
온갖 종류의 신문사에 보냈다.
하지만 누구도 내 작품을 원하지 않았다.

12월 12일 일요일

안니카는 소파에 앉아 핸드폰을 들여다보고 있었다. 집 찾기 앱에 매물이 올라오고 또 올라왔다. 어디에도 관심이 가지 않았다. 너무 비싸고. 너무 멀고. 너무 낡았고. 너무 작고.

지하실이 있고.

그녀는 창밖으로 옆 건물의 잿빛 외관을 바라보았다. 이웃 발코니의 난간에 달린 크리스마스 조명을 받아 싸락눈이 반짝였다. 올겨울에는 그 진눈깨비가 흰 눈에 가장 가까웠다. 그리고 그 진눈깨비는 오염된 녹은 얼음과 차가운 안개로 이뤄져 있었다.

에클룬드 프레스에서는 하나의 소란이 다른 소란으로 이어졌다. 처음에는 프레드리크가 『나는 오소리다』를 출간하기로 했다는 점과 그 결정에 잇따르는 모든 사항을 듣고는 완전히 당황했다. 안니카가 인정사망선고의 의미에 관해 설명해주자 그는 진정했다가 이런저런 가능성을 생각하며 완전히 불타올랐다. 작가에게 로열티를 지불할 필요가 없어서 회사가 모든 크로나를 싹쓸이할 수 있다는 걸 깨닫자 프레드리크에게서 모든 윤리가 사라졌다. 그에 따라 작업이 진행되기 시작했고, 많은 사람이 각자 상당한 몫을 감당해야 했다. 표지가 마련될 것이고 원고도 편집될 것이다. 조판과 교정도 해야 했다. 인쇄와 판매, 마케팅 과정은 차치하더라도. 양장본 주문량을 검토할 때까지 오디오북은 진행하지 않기로 했다. 불필요한 경비를 아끼기 위해서였다. 모든 일이 굳게 닫힌 문 뒤에서 벌어졌다. 마케팅팀에서 도서 론칭 전략을 결정할 때까지 정보가 새어나가서는 안 되었다.

안니카는 매일 저녁 완전히 지친 채 집으로 돌아와 주말을 침대 위에서 보냈다. 그런데도 평소보다 잠을 못 잤다. 그녀는 이불 사이에서 이리 구르고 저리 굴렀다. 자기가 한 일에 대한 괴로움으로 가슴이 쿵쾅거렸다. 그녀의 꿈은 긁는 소리와 지하세계로부터 들려오는 속삭이는 소리로 가득했다.

눈송이가 이따금 창문의 먼지에 달라붙어 녹았다. 안니카는 유리를 따라 흘러내리는 그 눈송이를 시선으로 좇았다. 담요 밑으로 다리를 집어넣은 채 소파에 앉아 있으니 따뜻한 안도감이 들었다. 주방에서는 마르틴이 저녁식사를 준비하고 있어서 프라이팬 지글거리는 소리와 팬이 휙휙 돌아가는 소리가 났다. 녹은 버터와 양념의 냄새에 따뜻한 느낌이 더욱 커졌다.

그러나 더이상 볼 집이 없다는 조바심에 다리를 가만히 놔둘 수 없었다. 안니카는 한숨을 쉬며 핸드폰을 소파 옆에 툭 떨어뜨렸다. "오늘도 아무것도 없네!" 그녀가 손바닥에 턱을 괴며 주방 쪽으로 소리쳤다.

"나올 거야, 자기야." 마르틴이 말했다.

"아닐 것 같은데. 으웩, 기다리는 거 너무 싫다."

"크리스마스가 코앞이라 다들 바빠서 그래. 집을 팔아야겠다고 생각할 시간조차 없을걸. 명절 끝나고 이혼율이 치솟는 봄까지 기다려봐." 마르틴이 김 나는 숟가락을 들고 소파로 왔다. "맛 좀 봐."

마르틴이 음식을 먹여주자 안니카가 미소 지었다. 크림 맛이 강한 소스가 혀를 감쌌다. 간이 딱 맞았고 매운 맛이 살짝 있었다. "맛있다."

"나도 알아." 마르틴이 말했다. 그는 가스레인지로 돌아가며 기분좋게 콧노래를 불렀다. "그래서, 회사 일은 어때?"

안니카가 허리를 폈다. "무슨 말을 해야 할지 모르겠어. 다들 낙관적이지만 진짜로 희망을 품은 사람은 아무도 없어. 내가 책 제목 말했던가?"

"응. 『나는 오소리다』." 마르틴이 말했다. "베스트셀러가 될 거야. 안 될 리 없잖아. 바로 그 이름을 쓰는 진짜 살인자가 돌아다니는데."

안니카가 미소 지으며 뒤통수를 긁었다. "정말 그러면 좋겠다. 회사 전체가 죽느냐 사느냐 하는 문제라서."

마르틴이 소스 냄비를 저었다. "괜찮을 거야."

안니카가 다시 창밖을 내다보았다. 발코니의 색색 조명 너머는 무덤처럼 캄캄했다. 더이상 눈조차 내리지 않았다. 그녀의 얼굴이 겨울밤의 유령처럼 창문에 나타났다. 거의 알아보기 힘들었다. 그녀는 마르틴에게 회사를 살리겠다고 얀 아펠그렌의 생명을 위험에 빠뜨린 사람이 자신이라는 말을 하지 않았다. 정말 이렇게까지 할 가치가 있을까? 얀이 살아 있거나, 다른 누군가가 작품을 쓴 거라면? 하지만 후회하기에는 너무 늦었다. 지금 얀 아펠그렌이 죽은 자들 가운데서 살아난다면?

"잘 모르겠어." 안니카가 낮은 소리로 웅얼거렸다. 그녀는 자리에서 일어나 주방의 마르틴에게로 갔다. "내일 마케팅팀이랑 회의를 할 거야."

"잘됐네. 당신 그거 좋아하잖아."

안니카가 어깨를 으쓱했다. "좋아하긴 하지만 이번에는 긴장돼 죽겠어. 작가 본인이 없으니 인터뷰를 대신해줄 누군가가 필요해. 사람들이 나한테 그 역할을 맡기고 싶어할 것 같아."

"안 될 게 뭐야? 당신이 담당자인데. 더 나은 사람이 있겠어?"

"난 그런 거 잘 못한단 말이야. 그냥 당황스럽기만 할걸. 내가 스포트라이트 받기 싫어하는 거 알잖아."

"바보같이 굴지 마. 당신이 하는 게 최선이야. 마케팅팀에서 당신이 해주길 바란다면 당신은 잘해낼 거야. 내가 장담할게." 마르틴이 뒤에서 그녀를 끌어안으며 입을 맞췄다. 작은 벌새가 안에 갇힌 것처럼 가슴이 파닥거렸다.

안니카는 주방 아일랜드에 몸을 기댔다. "두고 봐야지. 모두가 정말로 이 일에 온 마음과 영혼을 쏟아부었어. 전에 경험해본 적

없는 강도로 이 책에 노력을 기울이고 있어."

"나도 알 것 같아." 마르틴이 프라이팬을 흔들며 말했다. 번들거리는 양송이가 옆으로 튀어나와 가스레인지 판에 떨어졌다. "최근엔 당신도 나만큼 늦게 들어왔잖아."

"그러게 말이야. 정말 미쳤다니까. 그래도 이젠 마케팅팀이 이어받을 차례야. 내 선에서는 거의 기다리는 것만 남았어."

마르틴이 도망친 버섯을 집어 입에 넣었다. "뭘 기다려?"

문제를 회피해봐야 아무 의미가 없었다. "인정사망선고." 안니카가 말했다. "그래서 이렇게까지 조용조용 구는 거야. 얀 아펠그렌이 정식으로 사망하기 전까지 우리한테는 출판권이 없거든. 생각해보면 참 괴상한 일이지. 하지만 지금 우리를 막을 수 있는 건 딱 하나뿐이야."

"그게 뭔데?"

안니카가 불안한 듯 고개를 저었다. "얀이 나타나서 프로젝트를 중지시키는 것."

"하지만 정말 그런 일이 벌어질 거라고 생각하는 사람은 아무도 없잖아?" 마르틴이 말했다. "너무 오래전에 실종됐으니까. 아무도 진심으로 그가 아직 살아 있을 거라고 생각하지 못할 만큼."

안니카가 시선을 떨궜다. 누그러지지 않는 고통이 뱃속 깊은 데서 번져갔다. 얀 아펠그렌이 아직 살아 있으면?

그 문제는 생각하고 싶지 않았다.

21

내 글은 내 꿈에 못 미쳤고
나는 점점 더 앙심을 품었다.
더는 애쓰지 않는 나 자신을 경멸하면서
글 쓰는 양을 줄이고 일은 늘렸다.

12월 12일 일요일

조깅로는 숲을 따라 구불구불 이어졌다. 숲은 가로등이 켜진 곳 사이사이로 도저히 앞이 보이지 않을 만큼 어두웠다. 빛을 받아 반짝이는 축축한 눈 때문에 나뭇가지가 묵직하게 늘어져 있었다. 최악의 눈은 그쳤지만 때로 차가운 물방울이 하늘에서 떨어져 세실리아의 얼굴에 내려앉았다.

눈은 대부분 녹아 질척거리는 흙탕이 되거나 조깅로를 따라 서 있는 나무들에 흡수되었다. 세실리아는 그 점이 다행스러웠다. 차가운 공기도 감당하기 쉽지 않았으니까. 지금껏 흙탕물 속에서 달리는 걸 피해왔지만 집에 도착할 때쯤에는 어차피 춥고 젖어 있을 게 분명했다. 아무튼 세실리아는 저녁 달리기를 하러 나온 것이 기뻤다.

날숨을 쉴 때마다 얼굴 주변에서 공기가 너울거렸다. 들숨을 쉬면 목구멍이 타는 듯했다. 하지만 세실리아는 이런 느낌에 익숙했고, 요즘은 이 감각이 거의 상쾌하게 느껴졌다. 공기가 차가웠지만 몸은 따뜻하고 유연했다. 긴 내의와 그녀 자신의 움직임이 온기를 유지해줬다. 그저 두 뺨과 손가락 끝만 차갑게 느껴졌다.

달리는 발걸음이 몸속에서 리듬을 따라 쿵쿵 울렸다. 그녀는 불이 밝혀진 8킬로미터의 조깅로를 따라 빛과 그림자 사이를 들락거리고 있었다. 어둠 속에 혼자 있는 것만 같았다. 조깅을 하는 사람 몇 명과 커다란 푸들을 산책시키는 여자 두 명밖에 만나지 못했다. 한 해 중 이때, 특히 저녁에는 인적이 많은 경우가 거의 없었다. 아마 숲속 엘크의 수가 달리는 사람의 수보다 많을 터였다. 그게 세실리아에게는 딱 좋았다. 그녀가 이곳에 나오는 건 누군가와 함께하기 위해서가 아니라 훈련을 하고 생각을 정리하기 위해서였다. 때로 음악을 들으며 달렸지만 뭔가를 생각할 필요가 있을 때는 자신이 내는 소리에 귀기울였다. 땅에 닿는 발걸음, 심장박동, 호흡. 그러다보면 집중하게 되고 일 생각을 흘려보내는 데도 도움이 되었다.

절반 지점을 표시한 표지판을 지나서 경사로가 나오자 좀더 힘을 써야 했다. 경사가 점점 완만해지니 다리에 저항감이 느껴졌다. 동시에 벵트 요한손의 얼굴이 머릿속에 문득 떠오르자 세실리아는 이를 악물었다. 그가 DNA 채취를 거부했다는 점이 거슬렸다. 벵트가 뭔가를 숨기는 걸까? 아니면 그저 겉으로 보이는 것처럼 '경찰은 다 개자식'이라고 여기는 사람 중 한 명인 걸까? 세실리아는 속도를 높여 다시 걸음에 집중했고 그 노력 덕에 벵트가 머릿속에서 밀려났다. 그녀는 미소 지으며 스마트워치의 심박수를 확인했다. 바람직한 수준이었다. 심장을 핑계로 속도를 늦출 이유는 없었다.

그녀는 점점 다가오는 한 쌍의 발소리를 들었다. 얼마나 오랫동안 따라온 걸까? 조깅로에 나와 있을 때 주변이 이토록 조용하면 보통은 꽤 이른 지점부터 빠르게 달려오는 사람들의 발소리가 들렸다. 어쩌면 벵트 요한손에 대해 생각하느라 알아차리지 못한 걸지도 몰랐다. 그녀는 어깨 너머를 보았다.

달리는 사람은 온통 검은 옷 차림이었고 방한모로 얼굴을 감췄다. 세실리아는 신체적 불편감이 점점 커지는 것을 느꼈다. 오늘 저녁은 저렇게까지 방한구를 갖출 만큼 춥지 않았다.

길 왼쪽으로 나무들이 사라지고 조깅로는 델셰 호수의 물가를 따라 이어졌다. 왼쪽에서 물이 반짝거렸다. 공기는 점점 차가워졌고 호수 위로 얼음장 같은 바람이 훅 불어왔다. 세실리아는 거리를 유지하려고 속도를 높였다. 남자도 똑같이 속도를 높여 가까워졌다. 무슨 일이 있더라도 세실리아를 앞지르기로 작정한 걸까. 때로 세실리아도 달리던 중에 누군가를 고르고는 상대에게 알리지 않은 채로 경쟁하곤 했다. 하지만 확실하지는 않았다.

심장이 더욱 빠르게 뛰었다. 세실리아는 스마트워치로 심박수가 190에 가까워진 것을 보았다. 그런데도 다시 속도를 높여봤지만 남자의 발소리는 계속 가까워질 뿐이었다. 어깨 너머로 남자가 겨우 몇 미터 떨어진 곳까지 다가온 것이 보였다. 그가 세실리아와 경쟁하는 중이라면 곧 그녀를 지나칠 터였다. 세실리아는 조깅로를 따라 오른쪽으로, 물가와 먼 쪽으로 달렸다. 그곳의 땅이 더 단단했다. 사람들이 많이 다녀서 굳어 있었다. 정강이와 무릎을 통해 그 감촉이 느껴졌다. 남자도 똑같이 했다. 그가 세실리아를 따라잡고는 팔을 잡아챘다. 세실리아는 팔을 뺐다.

"대체 무슨 짓이야?" 세실리아가 한 걸음 옆으로 빠르게 비키며 남자를 빤히 보았다. 남자는 대답하지 않은 채 팔을 뻗어 다시 그녀를 잡으려 했다.

세실리아는 비틀거렸으나 그의 손을 간신히 피했다. 남자는 기회를 최대한으로 활용해 한쪽 발을 세실리아의 발 앞에 두었다. 세실리아는 손을 뻗어 남자를 쳐내려 했다. 그녀의 꽉 쥔 주먹이 남자의 머리에 닿으며 충격이 전해졌다.

세게 때렸지만 남자의 속도가 느려질 정도는 아니었다. 세실리아는 억지로 밀고 나가 남자와의 거리를 벌리는 데 성공했다. 도움을 요청할 사람을 찾아 조깅로를 살폈지만 아무도 없었다. 그들뿐이었다. 주변에는 집도, 사람도 없었다. 아무도 그녀의 소리를 듣지 못할 것이다. 세실리아가 할 수 있는 유일한 행동은 스키 점프대까지 이어지는 긴 오르막을 계속해서 올라가는 것뿐이었다.

위협적인 남자에게서 도망쳐 경사로를 달려올라간다는 생각만으로도 심장이 더욱 세차게 두근거렸다. 하지만 성공만 하면 안전해질 것이다. 세실리아는 이를 악물고 발을 딛는 빈도를 높이는 한편 보폭을 줄이고 계속해서 앞으로 나아갔다. 그가 자신을 따라온다는 사실을 줄곧 의식했다. 맥박이 200에 가까워지자 스마트워치에서 경고음이 울렸고, 갈비뼈를 후려치는 심박이 느껴졌다. 차가운 공기를 들이쉬는 것이 고통스러웠다. 뒤에서는 다시 한번 세실리아를 따라잡으려는 남자의 단호한 발소리가 들렸다. 세실리아는 태연한 척하며 경사로 끝을 힘겹게 딛고 올라갔다.

몸이 얼어붙을 것만 같았다. 때로 발이 미끄러졌다. 몇 번은 추락할 뻔했다. 그래도 세실리아는 속도를 유지했다. 심지어 순전히 의지만으로 속도를 높이는 데 성공했다. 등뒤에서 점점 거칠어지는 남자의 숨소리가 들렸다. 남자의 발걸음이 점점 느려지고 있었다.

세실리아는 재빨리 어깨 너머를 보았다. 남자가 멈췄다. 추격을 포기했다. 반면 세실리아는 멈추지 않았다. 그녀는 입에 고인 진득한 침을 삼키고 남자가 따라잡을 수 없다는 확신이 들 때까지 계속 밀어붙였다. 스키 점프대를 지나자 현기증이 나기 시작했고 입에서 피맛이 났다. 그녀는 제대로 보기 위해 뒤로 돌았다. 근처에 아무도 보이지 않아 속도를 늦추고 스포츠 센터까지 돌아가는 마지막 구역을 천천히 달렸다.

더 많은 사람이 보이자마자 그녀는 멈춰 서서 숨을 골랐다. 무릎에 양손을 짚고 온 힘을 다 쓴 뒤 치미는 욕지기를 억누르려고 애썼다. 간신히 빠져나올 수 있었지만 몸이 이렇게까지 튼튼하지 않았다면 어떤 일이 일어났을지 생각하지 않을 수 없었다.

심박수가 내려가자 생각이 감정을 따라잡았다. 잠깐 동안은 남자가 오소리 수사와 조금이라도 관련이 있을지 궁금했다. 심지어 오소리 본인일 수도 있었다. 아니. 세실리아는 그 생각을 머릿속에서 치워버렸다. 방금 일어난 일은 오소리의 범행 수법과 전혀 맞지 않았다. 그냥 평범한 양아치였을 것이다. 그것도 충분히 나쁜 일이지만 세실리아는 그 편이 좀더 낫다고 어찌어찌 자신을 설득할 수 있었다. 수사 때문에 그녀가 더 위험해지진 않았다는 뜻이니까. 세실리아는 이 일 때문에 보호받고 싶지 않았다. 그건 그녀가 일하는 방식이 아니었다. 그러기에 그녀는 너무 강했다.

세실리아는 방금 일어난 일을 누구에게도 말하지 않기로 했다. 어쨌든 그 누구도 조치를 취할 수 없을 것이다. 수사를 진행할 만한 증거가 충분하지 않았다. 신고해봐야 놀랄 만큼 많이 쌓인 독신 여성 대상 범죄에 한 건이 더해질 뿐이었다. 그녀는 그 통계의 일부가 되기를 거부했다.

아무튼 세실리아는 저녁에 더이상 조깅하러 나가지 않기로 했다. 그게 안전하고 이성적인 선택으로 느껴졌다. 이제부터는 헬스장 러닝머신 위에서 뛰어야 할 것이다. 그런 식으로 자신의 자유를 제약하는 것이 마음에 들지는 않았지만.

집 복도에 들어서서 문을 잠근 뒤에야 세실리아는 다시 자유롭게 숨을 쉴 수 있었다. 온몸이 떨렸고 다리가 풀렸다. 그녀는 바닥에 주저앉아 양손으로 얼굴을 감쌌다. 눈물이 고였다.

22

그러던 어느 날 그녀가,
내가 살면서 절대 만날 일이 없을 거라고
생각했던 여자가 내 곁에 왔다.
그녀에게선 빛이 뿜어져나왔다. 이전의 누구와도 달랐다.
우리는 부부가 되었고 작은 집을 샀다.
그녀가 이것저것 기를 수 있는 온실과
내가 책상을 둘 지하실이 있는 집이었다.

12월 13일 월요일

흰 프로젝터가 회의실 테이블 위에 쌓인 투고작들 위에 얹혀 있었다. 팬이 돌아가는 나지막한 웡웡 소리가 라일락 산울타리에 들끓는 호박벌 소리처럼 들렸다. 프로젝터는 크고 흰 글자로 벽을 밝혔다. 나는 오소리다. 그 옆에 서 있는 사람은 마케팅팀의 린다였다. 모두 그녀를 그렇게 불렀다. 현실적으로 말하면, 린다는 마케팅팀 자체였다. 회사는 정규직 직원을 더 둘 만큼 크지 않았고 딱히 더 많은 직원이 필요하지도 않았다. 린다는 필요할 때마다 마케팅 업체의 도움을 받으며 혼자서 잘해나가고 있었다.

프로젝터 불빛이 린다의 커다란 빨간색 플라스틱 안경을 비췄다. 립스틱과 매니큐어, 블라우스도 모두 같은 색조였다. 심지어 그녀가 머리칼을 묶는 데 사용한 스카프도 색이 같았다. 안니카는 늘 린다의 멋부림이 마음에 들지 않았지만 자신의 그런 점이 조금은 부끄럽게 느껴졌다. 자신도 지금보다 외모에 더 관심을 가져야겠다는 생각이 들었다. 안니카는 모든 것을 저런 식으로 조화시켜야겠다는 발상을 한 번도 해보지 못했다.

"모두 환영합니다." 린다가 안니카와 토비아스, 프레드리크를 제외한 회의실의 모든 사람을 보며 말했다. 사장은 출간 문제에 끼어드는 일이 거의 없었지만 마케팅에 관해서는 늘 의견을 냈다. "오늘은 흥미진진할 뿐 아니라 약간 무리한 프로젝트에 관해 얘기할 겁니다. 몇 주 만에 『나는 오소리다』를 베스트셀러로 만들 방법에 대해서요."

"그래요, 나도 그 방법이 알고 싶습니다." 프레드리크가 말했다. "아무 문제 없이 진행하려면 아주 빠르게 일 처리를 해야 할 테니까요. 게다가 빌어먹을 출판권도 아직 확보하지 못했고요."

안니카가 움찔했다. 얀 아펠그렌이 나타나 이 프로젝트에 반대하기라도 한다면 그들의 모든 작업과 희망이 카드로 쌓은 탑처럼 무너져내릴 수 있었다.

린다가 작은 리모컨을 달칵 누르자 벽에 떠 있던 단어들이 일정표로 대체되었다. 맨 앞에 점을 찍어 표시한 여러 항목이 있고, 읽을 수 없을 만큼 작은 글자들로 가득찬 일정표였다.

"보통 우리 일정표는 이런 모습인데요." 그녀가 말했다. "이 시점에, 그러니까 홍보를 시작할 수 있을 만큼 원고 상태가 좋을 때

카탈로그에 작품을 포함시키죠. 그런 다음 출간 약 육 개월 전부터 주요 서점과 판매 회의를 열고, 책 광고를 하고, 도서전 계획을 세우는 등의 일을 합니다."

린다는 말을 하다 말고 멈추더니 프레드리크를 보았다. 그녀는 태평하게, 마치 담배처럼 리모컨을 손에 들고 있었다. 프레드리크가 눈썹을 치켜올리는 순간 안니카가 그에게로 고개를 돌렸다.

"하지만 이런 식으로 진행하면 첫번째 판매 회의를 열기 한참 전에 파산할 거예요." 린다가 말했다. "제가 어려운 도전을 좋아하는 게 다행이죠."

안니카는 눈알을 굴려대고 싶은 충동을 참았다. 대신 가만히 앉아서 앞으로 나올 말을 기다렸다.

"전략을 뒤집어야 해요." 린다가 말했다. "책이 존재하기 전에 시장에서 책에 대한 수요가 늘어날 시간을 더 만들어내는 한편 비용은 절감해야죠."

"그건 불가능해요." 토비아스가 말했다. "출판할 수 있는지 없는지도 모르는데 마케팅을 할 순 없습니다."

"아뇨, 우리가 하자는 게 아니에요." 린다가 말했다. "다른 사람들이 해줄 수 있습니다. 가장 좋은 경우라면 공짜로 해줄 테고요."

"감이 안 잡히는데." 프레드리크가 말했다. "대체 누가 해준다는 거예요?"

린다는 다음 슬라이드로 넘어갔다. 벽이 세 글자로 가득찼다. "입소문." 린다가 의기양양하게 말했다. 그녀가 미소를 짓자 치아가 여느 치약 광고에 어울릴 것처럼 하얗게 빛났다.

"실례지만, 그렇게 하려면 시간이 더 걸려요." 안니카가 말했다. "조금이라도 성공을 거둔 책들은 이미 시중에 나와 있어서 관계자가 추천할 수 있었죠. 어떻게 입소문이 전통적인 방식보다 더 빠르게 통할 거라고 생각하는 거죠?"

"질문 감사해요." 린다가 말했다. "이 방법이 통할 거라고 보는 이유는, 우리한테 다른 누구에게도 없는 카드가 있기 때문이에요. 우리는 책을 파는 데 사용할 수 있는, 이야기에 관한 이야기가 있죠. 우리가 들고 있는 건 살아 있는 연쇄살인범에 대한 책이자 죽은 것으로 알려진 사람이 쓴 작품이에요. 우리가 해야 할 일은 그 이야기를 내보내는 것뿐입니다. 그러면 미디어가 꿀을 핥듯이 그 이야기를 핥아댈 거예요."

프레드리크가 웃었다. "틀린 말은 아니네요."

"하지만!" 린다가 손가락을 들어올리며 말했다. "어떤 식인지 아시잖아요. 비밀은 흥미진진합니다. 미디어는 폭로를 좋아해요. 우린 바로 그런 방식으로 실제 가진 것보다 많은 시간을 버는 거예요."

"어떻게 그 방법을 사용한다는 겁니까?" 토비아스가 물으며 슬라이드 쇼를 향해 독서용 안경을 흔들어댔다. "사람들한테 이 이야기를 다루라고 말해야 하는데."

"네, 그게 주어진 조건이죠." 린다가 말했다. "그런데 꼭 있는 그대로 말해야 한다는 법이 있나요?"

"거짓말을 하자는 거예요?" 토비아스가 물었다.

"모든 마케팅은 진실의 강화예요." 린다가 말했다. "하지만 아닙니다. 거짓말을 하진 않을 거예요. 그저 실수로 정보가 흘러나간 것처럼 보이게 하는 거죠."

프레드리크는 만족스러워하며 고개를 끄덕였다. "어디로 끌고 가려는지 알겠네."

린다가 슬라이드를 달력으로 바꾸었다. 수많은 날짜에 동그라미가 쳐져 있었다. 그녀는 손가락으로 1월의 끝을 가리켰다. 그녀가 화면을 가리키면서 왜곡된 숫자들이 아래팔에 문신처럼 그려졌다. "이 시점 즈음에, 신중하게 선택된 기자 몇 명이 오소리에 관한 책의 정보를 우회적으로 접하게 될 거예요. 그들이 저한테 전화를 걸면 저는 기자들이 계속 파고들 만한 정도로만 부정할 거고요." 그녀는 잠시 멈추고 누군가 반응을 보이는지 살피려고 사람들을 번갈아 바라보았다. "오소리만 뭘 파고드는 건 아니니까요."

이번에 안니카는 실제로 눈알을 굴려댔다.

린다가 말을 이었다. "그 기자들은 제가 다양한 인터넷 게시판과 소셜 미디어를 통해 몰래 흘려둔 정보를 접하게 되겠죠. 결국 다시 우리를 찾아와 한마디 해달라고 할 거예요. 그러면 그 수준까지 파헤친 첫번째 기자에게만 진실을 알릴 거예요." 그녀는 '진실'이라고 말할 때 손가락으로 허공에 따옴표를 그렸다.

"그 방법이 통할 거라고 봐요?" 프레드리크가 물었다.

린다가 자신감 있게 미소 지었다. "당연하죠. 다만 이 방법이 통하지 않으면 언제라도 제가 가장 먼저 정보를 주고 싶은 기자에게 전화를 걸어 누구보다도 일찍 소식을 알려줄 수 있어요. 좋은 방법은 아니지만 플랜B는 될 수 있죠."

"오소리에 관한 책이라는 정보만으로 충분하지 않을까요?" 안니카가 말했다.

"그럴 수도 있죠. 하지만 이 방법의 요점은 우리가 직접 이야기를 꺼낼 수 없을 때 다른 사람들이 말하도록 만드는 거예요. 아닌가요? 일단 공이 굴러가게 하고 우리가 좀더 전통적인 방법으로 뒤쫓아가는 거죠. 낮시간 TV 프로그램이나 그 비슷한 것들로요. 안니카, 그때 당신이 들어오는 거예요."

"제가요?" 안니카가 반문했다. 이런 일이 닥치리라는 걸 알고 있었지만 놀란 표정을 지으려 애썼다. 구역질이 날 것처럼 목구멍이 조여들었다. 그녀는 그 느낌을 억누르려고 몇 번 침을 삼켰지만 꽉 뭉친 덩어리는 움직이지 않았다. "제가 적임자인지 모르겠는데요."

"아니면 누굴 보내겠어요?" 프레드리크가 말했다. "아니, 안니카는 그저 쑥스러워하는 것뿐입니다. 엄청난 성공을 거둘 거예요."

"걱정할 필요 없어요." 린다가 말했다. 그녀는 안니카를 안심시키려는 의도로 미소를 지었지만 실제로는 정반대의 효과를 냈다. "안니카가 정확히 무슨 말을 해야 할지 제가 알려드릴게요."

안니카는 양팔을 쫙 펼쳤다. "저한테 선택의 여지가 있긴 한가요?"

"아뇨." 프레드리크가 일어서며 말했다. "좋습니다. 그럼 계획은 섰네요. 언제 시작합니까?"

"처음으로 정보를 흘리는 건 1월 말이에요. 제 생각에 언론에서는 2월 초에 미끼를 물 것 같지만, 그러지 않는다면 직접 전화를 걸겠습니다."

　"좋습니다. 전속력으로 달려야겠네요."

23

오랫동안 나는 그녀와 지내며 행복했다.
목을 조르는 듯한 불안이 느슨해지다 사라졌고,
나는 자유롭게 숨쉴 수 있었다.
함께하는 우리의 삶을 태양이 따뜻하게 덥혔고
한동안 나는 이것이야말로 운명이었나보다고 생각했다.
그러다 내 안의 검은 씨앗이 다시 발아하기 시작했다.

2월 2일 수요일

세실리아 브리데는 쿵쾅거리며 요나스 안드렌의 책상으로 다가가 그의 키보드 위에 신문을 집어던졌다.

"무슨 짓이에요?" 요나스는 화난 표정으로 그녀를 보며 양팔을 벌렸다.

"이거 봤어?" 세실리아가 신문을 가리키며 말했다. 금발 머리칼이 뒤통수의 고무밴드에서 삐져나와 오른쪽 눈앞에 달랑거렸다. 그래서 평소보다 더 화가 나 보였다. 그녀는 굳이 탈의실에 들렀다 오지 않기에 아직도 자전거용 복장을 하고 있었다. 옷 갈아입는 건 나중에 해도 되는 일이었다. 하지만 신문에 실린 기사 얘기는 나중으로 미룰 수 없었다.

요나스는 젖은 신문을 집어들고 헤드라인을 읽으려고 이마에 주름을 잡았다.

"책을 낸대!" 요나스의 검은 눈동자가 앞뒤로 단어들을 훑는 동안 세실리아가 말했다. "씨발, 치욕적이야."

요나스가 신문을 덮고 눈썹을 치켜올렸다. "이런 세상에."

"할말이 그게 다야? 이런 세상에라니! 오늘 아침에는 TV에까지 나오더라."

요나스가 웃었다. "솔직한 느낌이에요, 세실리아."

"누군가가 수사 내용을 흘린 거라면 내가 직접 죽여버릴 거야."

"그럴 필요는 없을걸요. 들어보세요. 이건 스릴러 소설이잖아요. 싸구려 명성을 쌓으려는, 언론계의 창녀 같은 작가가 틀림없어요."

"저 기사가 사실이라면 죽은 사람의 공상소설이지." 세실리아가 신문을 가리키며 말했다. "출판사에서 작가의 사후 작품을 출간할 수 있도록 실종된 작가에 대한 사망선고를 신청했대. 사람들이 대체 왜 이러지?"

"얀 아펠그렌이라." 요나스가 말했다. "그 사람이 실종됐을 때가 기억나네요. 며칠 동안 뉴스에 나왔잖아요. 부부가 어느 날 갑자기 아무 설명도 없이 떠났다고. 몇 주 동안 수색했지만 아무도 두 사람을 찾지 못했고요. 꼭 지구상에서 사라진 것 같다니까요. 사실 저는 오래전에 얀 아펠그렌이 사망한 것으로 결론이 났을 거라고 생각했어요."

세실리아가 의자를 가져와 요나스 옆에 앉았다.

"누가 썼든 무슨 상관이야?" 그녀가 삐져나온 머리칼을 귀 뒤로 넘기며 말했다. "신문에서 우리 사건에 대해 이런저런 추측을 하면 엿같이 화가 나. 이런 건 전혀 도움되지 않는다고."

"네, 저도 같은 의견입니다." 요나스가 신문에서 고개를 들어 세실리아를 보았다. "하지만 경위님이 열내시는 것도 별 도움은 안 돼요."

세실리아는 등받이에 기대앉아 천장을 쳐다보았다. "그건 그렇지. 난 그냥 언론이 싫어. 우리가 뭔가 숨기고 있다고 생각하는 오지랖 넓은 기자들이라니. 세상에, 이젠 더 많은 질문을 받게 생겼네."

"진정하세요. 그렇게 마이크를 들이대는데 경위님처럼 침착하게 대처하는 사람도 없잖아요. 경위님도 알겠지만요."

"고맙다, 요나스." 세실리아가 요나스를 보며 잠깐 따뜻하게 미소를 지었다. "다정하네. 그런데 저 책은 어쩌지? 저 망할 걸 출간하게 놔둘 순 없잖아."

요나스가 심호흡했다. "아뇨, 할 수 있어요. 그거야말로 우리가 할 수 있는 일이죠. 그냥 저 쓰레기를 출간하게 놔두는 거예요. 아무것도 하지 않고." 요나스는 침착하고 꼼꼼하게 신문을 접어 한쪽으로 치웠다.

세실리아의 눈에서 불길이 솟았다. "장난하는 거야?"

"아뇨. 경위님한테 다시 일깨워드려 죄송하지만, 이 나라에는 언론의 자유가 있어요. 사람들이 이야기를 지어내는 걸 막을 수도 없고, 막을 시도도 하면 안 돼요."

"저것 때문에 우리 수사를 망치면?"

요나스가 웃었다. "장담하는데 저들이 절대로 할 수 없는 일이 하나 있다면 바로 수사를 망치는 걸 거예요. 지금 상태로도 수사를 진행할 만한 거리가 많은 건 아니잖아요."

"그건 그렇지." 세실리아가 대꾸하고는 한숨을 쉬었다. "나도 알아. 가망이 없어. 그건 그렇고, 커피 내려놨어?"

"커피는 셀프입니다." 그가 복도를 가리켰다. 탕비실의 검은색 커피머신이 바로 보였다.

"뭔가 놓친 게 있어. 확실해." 세실리아는 낙담해서 고개를 저었다. "우리한테 보이지 않는 게 뭘까, 요나스?"

"혹시 책을 읽어봐야 할까요?" 요나스가 웃으며 말했다. "뭔가 드러날지도 모르죠."

세실리아는 요나스에게 중지를 내민 뒤 커피를 가지러 갔다. 화가 부글부글 끓었다. 개 같은 작가가 그녀보다 먼저 사건을 해결하게 할 순 없었다! 이 사건이 세상에 처음 알려지기 한참 전에 실종된 사람이라면 더더욱.

이제야말로 그의 사망이 선고될 시간이었다. 죽은 자들이 땅속에 머물려 하지 않으면 산 자들이 잘 지낼 수 없으니까.

죽은 자들은 철저한 검시 대상이 되도록 가만히 누워 있어야 한다.

24

그녀는 다시 글을 써보라고 나를 격려했다.
시간이 지날수록 나는 점점 더 많은 시간을
지하실에서 보내게 되었다.
나와 함께한 건 노트북과 창작의 노력뿐이었다.
동시에 그녀는 점점 더 많은 시간을 직장에서,
혹은 친구들과 보내기 시작했다. 나 없이.

4월 19일 화요일

안니카의 손가락이 콘크리트에 끌렸다. 손끝이 차가웠고 손톱 밑이 긁혔다. 등골을 따라 몸이 떨렸다. 축축한 어둠 속에서 그녀는 벽을 따라 나아가는 수밖에 없었다. 심장이 입속에 달라붙어 고무공처럼 그녀를 질식시키는 기분이었다.

"엄마." 촘촘한 어둠 속 더 깊은 곳에서 작은 목소리가 울먹였다.

안니카는 앞으로 한 발짝 나아가며 양손을 바꿔 짚고 또 한 걸음을 걸었다. 천천히, 꾸준하게.

"가." 그녀가 말했다.

벽을 따라 번지는 진동이 느껴졌다. 뭔가가 반대편에서 박자에 맞춰 쿵쿵 울리고 있었다. 두드리는 소리에 콘크리트 너머로 진동이 번지며 그녀 자신의 심박과 공명했다. 안니카는 손을 떼며 움찔했다. 벽과 닿지 않으니 주변에 있는 것은 텅 빈 어둠뿐이었다. 꼭 숲속의 검은 호수에서 헤엄치는 것 같았다. 그녀는 잠시 망설이다 다시 벽에 손을 댔다. 천천히 길을 더듬으며 나아갔다. 콘크리트 반대편에서 쿵쿵대는 소리가 계속 들려왔지만.

끊기지 않고 헐떡거리는 소리가 그녀를 관통했다. 그 소리에 목덜미 털이 삐죽 섰다. 반대편에서 들리는 소리였다. 그녀는 그 소리의 정체를 알았다. 칼로 벽을 긁는 소리였다. 발톱 소리. 사악한 소리. 작은 목소리가 비명을 질렀다. 안니카는 헐거운 널빤지 바닥을 재빠르게 가로지르는 발소리를 들었다. 뭔가가 쿵 하고 떨어지는 소리와 또 한번의 비명.

"기다려." 안니카가 소리쳤다. "가고 있어." 그녀는 도망치고 싶었지만 답답할 만큼 천천히 계속 나아갈 수밖에 없었다. 그러지 않으면 곧장 벽을 들이박을 수 있었으니까.

사위가 조용해졌다. 안니카의 손이 다른 벽에, 그다음에는 문에 닿았다. 그녀는 절망적으로 문고리를 찾아 더듬거렸다. 오른손 중지의 손톱이 깨졌다. 손가락에서 욱신거리는 통증이 느껴졌다. 문 뒤에서 흐느끼는 소리가 났다. 그 소리에 가슴이 아팠다. 누군지는 모르지만 반대편에 있는 사람에게는 안니카의 도움이 필요했다.

그녀는 문을 열고 거대한 방을 들여다보았다. 꿰뚫어보는 듯한 단 하나의 붉은 눈이 발 앞의 갈라진 콘크리트를 비추고 있었다. 작은 소녀가 전기로 지직거리는 초록색 금속 보일러 앞 바닥에 쓰러져 있었다. 붉은 눈은 보일러 조명이었다. 아이가 울고 있었다.

보일러의 노려보는 듯한 눈길에 안니카의 피부는 먼지와 흙으로 뒤덮이지 않은 부분마다 창백하게 질렸다. 견디기 힘든 열기에 땀이 났다. 보일러 뒤는 온통 칠흑 같은 어둠이었다. 그녀의 시선이 닿는 곳에는 벽이 없었다. 바닥이 어둠 속으로 사라졌다.

안니카는 웅크리고 아이를 양팔로 안았다. "자, 자." 그녀가 아이를 흔들며 말했다. "여기 왔어."

"그것들이 오고 있어요." 아이가 말했다.

"쉿, 쉿. 아무도 오지 않아. 나랑 있으니까 안전해."

긁는 소리가 더 들렸다. 길게 이어지며 찢기는 듯한 소리에 소름이 돋았다. 그 순간 안니카는 얼어붙었다. 소리는 더이상 밖에서 들려오지 않았다. 문에서 나고 있었다. 그리고 점점 가까워졌다. 속삭임이 그녀의 귀를 간지럽혔다. 뭔가가 어둠 속에서 숨을 쉬었다. 기도보다 좁은 튜브를 꽉 짜서 나오는 듯한, 길고 쌕쌕대는 소리.

"그것들은 내가 당신을 죽이기를 원해요." 아이가 흐느끼며 양손을 드러냈다. 아이의 손톱은 길고 검었다. 더러웠고 생생한 피로 끈적거렸다. 안니카는 비명을 지르며 기듯이 아이에게서 물러났다. 아이의 눈이 보일러 불빛처럼 빨갛게 빛났다. 그녀의 두 뺨으로 흘러내리는 눈물은 선명하게 붉은 핏줄기였다. 안니카는 계속 물러나다가 뒤로, 바닥에 난 깊은 구멍 속으로 넘어졌다. 흙덩이가 얼굴 위로 비오듯 쏟아졌고 진흙이 입속으로 들어왔다. 침을 뱉고 투레질을 했다. 소녀의 얼굴이 구멍에 그늘을 드리웠다. 딱정벌레들이 시커멓게 무리를 이뤄 솟구치더니 구멍 가장자리를 지나 안니카에게 쏟아져내려왔다.

바로 다음 순간, 안니카는 두 개의 강한 손이 그녀의 위팔을 끌어안는 것을 느꼈다. 그녀는 어렵사리 숨을 쉬며 몸을 틀어 풀려나려 했다.

"진정해." 어떤 목소리가 들려왔다. 안니카의 호흡은 불규칙했다. 그녀는 잠깐 더 저항하다가 자신이 잠을 깼다는 걸 알았다.

그녀는 집에, 침실에 있었다. 이불이 두 다리에 감겨 있었고 몸에 땀이 흥건했다. 어두웠지만 뜰에서 들어오는 빛만으로도 마르틴의 얼굴을 알아볼 수 있었다. 그의 붉은 머리칼이 사방으로 뻗쳐 있었다.

"그냥 악몽이야. 당신은 안전해." 마르틴이 말했다. 그는 마치 안니카가 갑자기 뛰쳐나가진 않을지 확인하려는 것처럼 천천히 손을 놓았다.

안니카가 매트리스에 털썩 주저앉았다. "세상에." 그녀는 길게 한숨을 쉬며 말했다.

"무슨 일이야? 잠꼬대하던데."

"뭐라고 했어?"

"못 알아들을 말이었어. 그러다 비명을 지르기 시작했고."

"너무 끔찍했어." 안니카가 마르틴과 시선을 마주치며 말했다. 그의 눈이 어둠 속에서 반짝였다.

"얘기하고 싶어?" 안니카는 마르틴의 목소리를 듣고 그가 피곤해한다는 걸 알 수 있었다. 마르틴은 절대로 인정하지 않겠지만.

"괜찮아." 안니카가 말했다. "그냥 뭘 좀 마셔야겠어. 당신은 더

자."

마르틴이 돌아누웠다. 이불이 부스럭거렸고 마르틴은 숨을 내쉬었다. 안니카는 침대에서 일어나 앉았다. 심박이 원래대로 돌아오길 기다렸다. 그런 다음 까치발을 하고 주방으로 갔다. 마르틴은 이미 다시 잠들어 조용히 코를 골았다.

안니카는 유리잔을 꺼내 들고 냉장고를 열어 차가운 물주전자를 꺼냈다. 그 빛 속에서 오른손 중지의 손톱이 부러진 게 보였다. 꿈에서와 똑같았다. 그녀는 놀란 마음에 유리잔을 떨어뜨렸다. 유리잔은 쨍그랑 소리와 함께 산산이 부서져 수천 개의 반짝이는 파편을 온 주방 바닥에 흩뿌렸다.

25

그럴 줄 알았다. 우리는 점점 멀어졌다.

그러면서도 둘 다 아무런 조치를 취하지 않았다.

그녀는 점점 경력을 쌓아나갔다.

내 경력은 제자리였다.

내 글은 열정의 대상이라기보다

탈출구에 점점 더 가까워졌다.

투고에 실패할 때마다

그 사실을 알리는 편지가 나를 후려쳤다.

4월 20일 수요일

안니카가 깨진 유리를 치우고 다시 잠들기까지는 몇 시간이 걸렸다. 알람이 울렸을 때는 그냥 이불 속에 파묻히고 싶었다. 졸린 눈이 뻑뻑하게 느껴졌고, 손은 알람 소리를 죽이려고 더듬더듬 핸드폰을 찾았다. 하지만 찾을 수 없었다. 대신 그녀는 침대 옆 테이블에 놓여 있던 책을 쳐서 떨어뜨렸다. 결국 마르틴이 대신 알람을 꺼주었다.

"자기야, 이제 일어나야 해." 마르틴이 옆에 앉으며 말했다. 그는 이미 옷을 다 입고 있었다. 그건 그렇고, 몇시지?

"딱 오 분만 더." 안니카가 돌아누우며 말했다.

"벌써 몇 번 그렇게 했잖아." 마르틴이 말했다. "이제 일어나. 아침 차려놨어."

안니카는 이불을 걷어내고 눈을 가늘게 뜨며 천장등을 보았다. 마르틴이 손을 내밀자 안니카는 그 손을 잡고 침대 가장자리에 일어나 앉았다. 몸이 펴지자마자 현기증이 심해지는 게 느껴졌다. 상태가 좋지 않았다. 잠옷 상의가 돌아가 가슴을 쓰릴 정도로 압박하고 있었다.

"엿같은 아침이네." 그녀는 휘청휘청 샤워를 하러 들어가며 말했다. 등뒤에서 마르틴이 히죽대는 소리가 들렸지만 뭐라 한마디 해줄 힘도 없었다. 그녀는 가만히 서서 샤워기 물줄기를 맞으며 잠을 깨려 했다. 밝은 흰색 타일에 어깨를 기대고 두 발로 서 있었다.

아침의 나머지 시간은 안갯속에 있는 것처럼 흘러갔다. 머리가 마치 목 위에 얹어놓은 볼링공처럼 느껴졌고, 바람이 옷을 훑으며 관통했고 뼛속까지 한기가 들었다. 트램에서 그녀의 옆자리에 있던 남자에게서는 상한 커피 냄새가 났고, 앞의 여자는 향수 냄새를 풀풀 풍겼다. 비틀거리며 트램에서 내렸을 때는 토하고 싶었다. 그녀는 몇 걸음 걷다가 멈춘 채 눈을 감고 균형을 되찾았다. 숨을 쉬었다. 곧 질리긴 했지만 요가를 할 때 배운 방법을 써봤다. 신선한 공기가 그녀를 구해줬지만 사무실에 도착했을 때도 피곤하고 짜증스러운 건 마찬가지였다.

그녀는 탕비실에서 얘기를 나누는 레베카와 카트린에게 뭐라 웅얼거린 뒤 커피를 한 잔 따라 자기 사무실로 들어갔다. 그곳에서 일로 가득찬 하루가 그녀를 기다리고 있었다. 인쇄소와 교정자들이 보내온 이메일, 결정해야 할 문제들, 신경써야 할 회의 여러 건. 그 모든 것에 불안감이 어려 있었다. 기억나는 꿈의 파편들 때문에 거의 눈물이 날 것 같았다.

생리주기 추적 앱에 기분 상태를 입력하려는데 문득 생각났다. 예정일이 오 일 지나 있었다. 오 일이라니! 두 뺨이 붉어졌다. 보통 그녀의 생리주기는 시계처럼 정확했다. 혹시 임신한 거야? 그 생각이 이제야 떠오르다니 놀라웠다. 그녀는 앱을 닫았다. 가슴속에서 심장이 파닥거렸다. 구역질은 전부 잊었다. 그토록 많은 시도를 해왔는데, 정말일까? 이제야 우리 둘 모두가 사랑할 작은 사람이 존재하게 되는 걸까?

그녀는 남은 모닝커피를 식기 전에 모두 삼키려 했지만 평소처럼 맛있게 느껴지지 않았다. 그녀는 자신을 비웃었다. 벌써 그렇게까지 영향을 받기에는 너무 초기였다. 그러니 아마 상상이리라. 하지만 확인해야 했다. 오 분 뒤, 그녀는 코트를 입고 카트린과 함께 사무실 안에 서 있었다. "내가 볼일이 좀 있어서."

"네." 카트린이 대꾸했다. "점심식사 뒤에 『트랜스포터』 표지 시안을 살펴봐야 한다는 것만 잊지 마세요." 『트랜스포터』는 청소년 시리즈 3부작 중 첫 권으로, 신인 작가가 보내온 원고였다. 카트린은 그 작품에 완전히 흥분한 상태였지만 안니카는 그렇게까지 확신이 들지 않았다. 안니카는 원래 어번 판타지*를 별로 좋아하지

---

* 현대 및 근미래를 배경으로 하는 판타지물.

않았다. 다만 원고가 흥미진진하게 읽혔고 그 책에 대한 카트린의 열정에도 설득된 것이다. 또 내용이 지나치게 비약되지 않아 현실감이 느껴졌다. 상당히 얇아지긴 했지만 대중 홍보용으로 그런대로 완성된 스프링 노트 카탈로그를 갖추려면 『나는 오소리다』말고도 뭔가를 출간해야 했다.

그녀는 목에 숄을 감았다. "오래 걸리진 않을 거야. 삼십 분 뒤에 돌아올게."

안니카는 달릴 수 있는 만큼 빠르게 계단을 내려가 상쾌한 봄날의 바깥으로 나갔다. 태양에는 온기가 있었지만 공기는 맑은 물처럼 가볍고 차갑고 산뜻했다. 밝은 빛이 눈을 찔러왔다. 제설도구로 자전거길을 밀어 치워놓은 회색 눈더미가 남아 있을 뿐 눈은 대부분 사라졌다. 안니카는 쌓인 눈 옆 덤불에서 피어나려는 아주 작은 풀잎들을 보았다. 자연이 겨울잠과 봄의 열기 사이에서 떨리고 있었다. 좋아서 펄쩍펄쩍 뛰고 싶은 마음과 불안감에 절룩거리는 마음 사이에서 갈피를 잡지 못하는 그녀의 감정과도 같았다.

이제 안니카와 마르틴의 운명이 변하려는 걸까? 동시에 안니카는 회사가 살아남지 못할 경우의 생계가 걱정되었다. 어차피 육아휴직으로 당분간 집에 머물러야 하니 알아서 일이 해결될 거라는 이성적인 조언을 하는 마르틴의 목소리가 들리는 듯했다. 하지만 생각하면 여전히 스트레스를 받았다. 머릿속에 생각이 휘몰아치며 발걸음에 힘을 실렸다. 결국 그녀는 사실상 뛰다시피 린네가탄을 달려올라가 약국으로 향했다. 누가 봤으면? 안니카는 아무에게도 알리고 싶지 않았다. 아직은. 잘못될 수 있는 게 너무 많았다. 선반에서 테스트기를 내리는 양손이 떨렸다. 계산할 때는 카드번호를 두 번이나 잘못 입력했다. 가게를 나설 때는 어깨 너머를 불안하게 돌아보았다.

회사 화장실에 안전하게 들어온 그녀는 결과를 살펴보았다. 순수하고 단순한 기쁨에 눈물이 고였다. 꿈이 이뤄지려 했다.

임신이 맞았다. 이제야 그들에게도 아이가 생길 터였다.

26

그녀의 삶이 부러웠다. 내 부러움은 질투로 변했고,

그녀가 나를 배신할 거라는 깨달음으로 이어졌다.

질투와 함께 긁는 소리도 돌아왔다.

그들이 다시 나를 찾았다. 내 핵심으로 파고들어,

더는 아무것도 쓸 수 없을 때까지 내 슬럼프를 가속시켰다.

4월 29일 금요일

세실리아의 책상에서 전화가 울렸다.

"민원실에 크리스토페르 올손이라는 사람이 와서 경위님을 만나고 싶다는데요." 세실리아가 전화를 받자 민원실 직원이 말했다. 그리고 전화를 끊었다. 마치 지지대가 필요한 것처럼 손은 그대로 수화기에 올려둔 채.

"무슨 일이에요?" 책상 맞은편에서 요나스가 물었다.

"맞혀봐. 내가 한동안 피해오던 사람들이야."

"아, 그렇구나. 그 사람들요. 행운을 빕니다."

오소리가 세번째 피해자를 낸 뒤 유족들은 작지만 활동적인 유족연합을 결성했다. 그들이 하는 일은 대체로 수사 방식을 문제삼으며 사법 절차상 현 단계에서 지켜야 하는 기밀조항을 어기고 정보를 얻어내려고 지속적으로 노력하는 것이었다. 세실리아는 언론에 말할 수 있는 것 이상의 정보를 내주지 않을 작정이었지만 그들은 포기하지 않았다. 심지어 사설탐정에게 돈을 주고 독립적으로 수사하게 만들기도 했다. 별 진전은 없었던 게 분명했다. 뭔가 진전이 있었다면 유족연합의 공개적 행보를 통해 세실리아도 분명히 알게 되었을 테니까. 세실리아는 그들을 극도로 불편한 존재라고 생각했지만 동시에 적으로 두고 싶지도 않았다. 방법은 다를지라도 어쨌든 그들은 세실리아와 같은 목표, 즉 오소리를 잡는다는 목표를 갖고 있었다.

유족연합 회장인 크리스토페르 올손은 책이 나왔다는 소식을 들은 후 점점 더 자주 세실리아와 접촉하려 했다. 세실리아는 그를 영원히 피할 수 없다는 걸 알았다. 그러니 그가 민원실에 서 있는 지금 정면 승부를 보는 것도 나쁘지 않을 터였다.

세실리아는 보일 수 있는 가장 환한 미소를 지으며 크리스토페르에게 손을 내밀었다. "크리스토페르, 만나서 반갑습니다."

"저도요. 하지만 당신이 완전히 정직하게 말하고 있다는 생각은 안 드네요, 경찰관님." 그는 세실리아의 손을 조금은 지나치게 꽉 잡았다. 근육량이 허리둘레만큼 두드러지지는 않았지만 체격 하나는 인상적이었다. 손아귀 힘도 셌다. 세실리아가 반지를 거의 끼지 않는다는 게 다행이었다. 크리스토페르의 악력이면 반지가 손가락 뼈를 아플 만큼 눌러댔을 것이다.

"오소리팀 수사 책임자입니다. 경위이고요." 세실리아가 그의 말을 고쳐줬다. 계급을 강조해서 말하다보니 어깨에 힘이 들어갔다. "그런데 왜 그렇게 생각하시죠?"

"그냥 직감입니다. 지금까지 거의 삼 개월간 내 전화를 피해왔으니까요. 내가 말뫼에서 여기까지 왜 왔다고 생각합니까?"

"죄송하지만 오소리를 잡느라 바빴습니다."

크리스토페르의 표정은 읽기 어려웠다. "그런 거면 좋겠지만 물어볼 게 아주 많네요. 우리 회원들은 내게 답을 요구하고 있습니다. 난 당신에게 답을 요구하고요. 상황은 아실 텐데요."

세실리아가 고개를 끄덕였다. "네, 하지만 동료분들이 알고 계시듯, 제가 어떤 정보도 넘겨드릴 수 없다는 걸 잘 아실 텐데요. 예비 수사가 진행중인 동안에는 기밀을 엄격하게 유지해야 합니다."

"벌써 몇 년째 그 소리 아닙니까. 언젠가 우리한테 답을 줄 수 있긴 한 거예요?"

"오소리가 확실하게 감옥에 들어가고 나면요." 세실리아가 말했다. "평소 하던 얘기는 이쯤에서 정리하고 요점으로 들어갈까요?"

"아, 그래야죠. 곧 출간된다는 그 엿같은 책 얘기를 할까요?"

"그래도 되고요." 세실리아는 심호흡을 하며 말했다.

"그런 책이 나오게 놔둘 순 없습니다, 안 그래요? 내 말은 출간을 막을 방법이 뭐든 있을 거라는 거예요. 책이 나와봤자 우리의 상처만 벌어지고 엄청나게 많은 비극과 고통이 생겨날 뿐입니다."

세실리아가 크리스토페르의 눈을 들여다보았다. 그는 진심으로 괴로워하는 듯했다. 평소처럼 광범위하게 기분이 나쁜 게 아니었다. "아시겠지만 이번만은 저도 크리스토페르 씨의 의견에 완전히 동의합니다. 동시에 책을 내는 일이야 빌어먹을 자유라는 생각도

해요. 그 책의 출간은 금지되어야 합니다. 그런데 금지가 안 돼요."

"그래도 무슨 방법이 있을 거 아닙니까? 오소리는 내 누이를 데려갔습니다. 이해가 돼요? 내 누이는 영영 돌아오지 않을 겁니다. 똑같은 슬픔에 대해 말할 수 있는 회원이 오십 명도 넘어요. 그런데 이제 그 사건을 오락거리로 삼아요?"

"제가 무슨 말을 하겠어요? 이 나라에는 언론의 자유가 있는데요. 제가 아무리 하고 싶어도 경찰은 아무것도 할 수 없어요. 대신 변호사와 얘기해보실 순 있겠습니다."

크리스토페르는 절망적이라는 듯 양팔을 활짝 벌렸다. "이미 얘기해봤어요. 책에 명예훼손이나 불법적인 폭력 묘사가 있을 경우 언론법 위반으로 제소해볼 가능성이 있을지도 모른다는군요. 하지만 그런 내용이 있는지는 아직 모르잖아요. 일단 책이 나오면 피해는 이미 발생한 뒤일 테고."

"정말 유감이에요." 세실리아가 크리스토페르의 위팔에 손을 얹으며 말했다. "할 수만 있으면 제가 그 책의 출간을 막았을 겁니다. 정말이에요."

크리스토페르가 고개를 끄덕였다. "고맙습니다." 그가 말했다. "이해해요. 하지만 저도 뭔가 해봐야 했습니다. 그것도 이해하시죠?"

"그럼요. 정말 이런 말은 하면 안 되지만, 제가 크리스토페르 씨라면 언론과 얘기를 해봤을 거예요. 당연히 언론사에서는 유족이 하려는 말을 듣고 싶어할 테니까요."

"해봤습니다. 하지만 언론에서조차 일단 기다리면서 책 내용을 보자고 하네요." 크리스토페르가 시선을 내렸다. 세실리아는 어느 정도 애정을 느낄 수밖에 없었다. 그녀가 범인을 잡지 못한 채 한 해가 지날수록 유족연합은 점점 커졌다. 점점 더 많은 사람이 가장 가까운 사람, 가장 사랑하는 사람을 빼앗기게 될 것이다. 그런 책임은 차마 질 수 없을 만큼 무거운 십자가였다.

"그렇지만 경위님이 확실히 해주실 수 있는 일이 하나 있어요." 그가 결국 말했다. "책을 출간하겠다는 그 회사를 확인해보세요. 거기에 뭔가 아는 사람이 있을지도 모릅니다."

"그러죠." 세실리아가 대답했다.

27

처음에 나는 그들이 무엇을 원하는지,

왜 하필 수많은 사람 중 나를 선택했는지 몰랐다.

나는 그들을 무시하려고 했다.

그들이 진짜가 아닌 양 굴려고 했다. 당신이 평소에 하듯이.

하지만 그들은 떠나지 않았다.

그게 어떤 기분인지는 당신도 알 것이다.

당신도 그 소리를 들어봤을 테니까.

5월 20일 금요일

『나는 오소리다』는 5월 20일에 출간되었다. 언론에 서평이 올라오는 날짜는 5월 24일로 예정되어 있었다. 적절하게도 월급날 직전으로 날짜가 잡혔다. 린다의 마케팅 계획은 모든 예상을 능가할 정도로 큰 성공을 거두었다. 그들이 일부러 흘린 정보가 열매를 맺었고, 결국 책을 둘러싼 잡음은 막을 수 없는 수준이 되었다. 2월에 TV 뉴스 〈라포르트〉와 타블로이드 신문 〈엑스프레센〉을 통해 처음으로 언론에서 다뤄진 이후 책에 대한 관심은 하루가 갈수록 높아졌다. 소셜 미디어가 이런저런 추측들로 끓어올랐다. 얀 아펠그렌이 정말 그 책을 쓴 걸까? 그에게는 대체 무슨 일이 일어났을까? 몇몇 사람들은 얀 아펠그렌이 오소리와 면담하기 위해 지하세계로 내려갔다고 말했다. 그리고 어떤 이들은 심지어 오소리 자신이 글을 썼다고 믿었다.

언론의 이런 광기 속에 초판본 예약주문은 배송을 위해 책이 포장되기도 전에 마감되었다. 2쇄는 지금껏 에클룬드 프레스가 의뢰했던 그 어떤 인쇄 작업보다 규모가 컸다. 포스트호텔에서 화려하게 출간 파티를 열었다. 파티는 지하 금고 몇 구역을 빌려서 진행했고, 유명인들이 샴페인을 마시고 책을 받아 집으로 돌아갔다. 책에는 작가의 사인 대신 표지 안쪽에 축축한 흙 한 덩이가 묻어 있었다. 대성공이었다. 그리고 그 성공은 시작에 불과했다.

서평에 적힌 대로라면, 이 책은 손톱을 물어뜯게 하는 중독성이 있으며 초자연적 공포의 요소가 담겼으면서도 무시무시하게 현실적이었다. 비평가들이 애석해한 것은 얀 아펠그렌이 다시는 글을 쓸 수 없다는 게 명백해졌다는 사실뿐이었다. 투르발 시리즈도 읽을 만한 작품이지만 얀에게 그 이상의 뭔가가 있다는 것이 증명된 지금, 비평가들은 더 많은 작품에 갈증을 느꼈다. 독자들도 마찬가지였다. 『나는 오소리다』가 불타나게 팔리면서 작가의 전작 스릴러 두 권에 대한 수요도 폭증했고 그 덕분에 에클룬드 프레스는 양장본을 낼 수 있었다.

동시에 안니카는 존재하는지도 몰랐던 수많은 낮시간 TV 프로그램의 스튜디오에 앉아 인터뷰를 했다. 그녀는 TV4 네트워크의 초대 손님이었고, 전국 단위 아침 라디오와 저녁 TV 이슈 프로그램, 문학 토크쇼와 끝도 없이 많은 팟캐스트며 웹 인터뷰에 출연했다. 심지어 회사가 인정사망 처리된 작가의 원고를 출간할 수 있게 된 법적 근거에 관해 〈더 로이어〉 저널과도 인터뷰를 했다.

하룻밤 사이에 에클룬드 프레스는 새로운 문제와 씨름하게 되었다. 어떻게 해야 늦지 않게 더 많은 책을 찍어낼 수 있을까? 한편, 잘 알려진 배우 몇 명이 오디오북을 녹음하겠다고 줄을 섰다. 스웨덴 국내에서 거둔 성공은 외국 출판사들이 출판권을 놓고 경쟁적으로 높은 값을 부르는 결과로 이어졌다. 파산 직전이던 에클룬드 프레스는 빛나는 별처럼 솟아올랐다. 안니카 그란룬드가 말 그대로 죽은 자에게서 되찾아온 책 덕분이었다.

회사 이사진은 더없이 고마워했다. 그들은 보너스와 상당한 봉급 인상으로 안니카에게 보답했고, 안니카와 마르틴의 주택 구입 예산은 상당히 커졌다. 안니카에게는 예테보리를 뒤덮고 있던 구름이 걷히고 따뜻한 황금빛 태양이 얼굴을 비추는 것처럼 느껴졌다. 돈맛을 조금도 보지 못한 사람은 작가뿐이었다. 회계사의 조언에 따라 회사에서는 작가가 실제로 나타날 경우에 대비해 장부에 명목상 엄청난 로열티를 빼두었다. 하지만 뭐라도 지불해야 한다고 생각하는 사람은 아무도 없었다.

안니카는 얀 아펠그렌 생각을 하지 않으려고 최선을 다했다. 다만 그 화제를 피하는 것이 늘 가능한 일은 아니었다. 인터뷰를 할 때마다 얀에 관한 질문을 받았다. 물론 모든 공은 얀 아펠그렌의 것입니다. 작품은 얀 아펠그렌의 것이고, 출판사에서는 그의 사망이 선고되기 전까지 출간을 할 수 없었을 뿐입니다. 아뇨, 얀이 살아 있을 가능성은 전혀 없었습니다. 매우 슬픈 일이지만 그래도 이 모든 사태에서 좋은 점은 얀의 상속인이 없고 회사가 그의 유언장을 입수했다는 것뿐입니다…… 이런 좋은 기사에서는 오직 승자들만 조명을 받았다.

달달 외운 이런 말을 내뱉는 순간에, 안니카는 자신이 하는 말이 사실이라고 믿었다. 언론의 훈련이 그녀를 너무도 성공적으로 설득했다. 이건 그야말로 옳고 적절한 말이었다.

그럼에도 안니카는 매일 밤을 땀에 젖어 뜬눈으로 새웠다. 입과 목이 바짝 탔다. 눈을 감자마자 뭔가를 긁는 소리가 들리기 시작해 알람이 울릴 때까지 그녀를 잠들지 못하게 했다. 화살을 쏘기 직전의 활시위처럼 팽팽하게 긴장한 채로 누워 천장을 쳐다보고 있으면 머릿속에서 같은 질문이 맴돌았다.

얀 아펠그렌이 정말 죽었다면 회사 문 앞에 원고를 놓고 간 사람은 누구지?

2막

집

28

그 소리 때문에 나는 밤에도 잠들지 못했다.

어쩌면 그들이 내가 잠드는 걸 바라지 않았을지도 모른다.

덕분에 내 평생의 동반자로 선택했던 여자가

점점 더 집에 늦게 온다는 걸 알게 되었으니까.

육 년 전, 10월 18일 일요일

"지금까지 일주일째 손가락 하나 까딱하지 않고 있어."

얀 아펠그렌은 저녁 식탁 너머로 아내를 똑바로 보려 노력했다. 그녀의 강철 같은 푸른 눈이 평소보다 차가웠다. 동공은 핀 머리 크기밖에 되지 않았다. 빛이라고는 테이블에 놓인 촛불에서 나오는 빛밖에 없는데도. 이 집이라는 엄청난 문제를 그에게 몰고 온 이후 아내는 계속 손톱을 다듬었다. 얀은 그 긁어대는 소리에 몸서리가 쳐졌다. 아내의 접시에 남은 소스가 곱고 흰 먼지에 덮여가고 있었다. 얀은 아내의 손톱 강화제에서 나오는 아크릴 잔여물을 들이쉬다가 질식하고 말 것 같았다.

"그 사람들 상사한테 전화를 걸든지 해야 돼. 이대로 놔둘 순 없어. 지금쯤은 완성됐어야 한다고."

테레세 아펠그렌이 말하는 그 사람들은 장비와 건축자재를 실어 놓은 팰릿으로 집 앞을 점거하고 있는 토목 작업자들이었다. 층고가 다른 그들의 1970년대 주택에 하수도를 재설치할 때 쓴다며 굴삭기를 가져온, 형광 노란색 작업복을 입은 세 남자 말이다. 공사는 마지막 순간까지 미뤄졌고, 습기가 스며들기 시작한 지하실 벽에는 이미 거뭇거뭇한 곰팡이 자국이 있었다. 하지만 당장은 아무 일도 일어나지 않았다. 그리고 어느 날 아침, 작업자들은 일을 멈추더니 돌아오지 않았다.

처음에 얀 아펠그렌은 나쁜 일이 아니라고 생각했다. 밖에서 굴삭기의 디젤 엔진이 기계로 된 선사시대의 괴물처럼 애를 쓰며 고함을 질러대는 동안에는 원고 작업에 집중하기가 어려웠다. 굴삭기의 삽 부분으로 콘크리트를 긁을 때면 종종 긁히는 소리와 심하게 쿵쿵대는 소리가 났다. 때로는 작업자들의 목소리가 그에게까지 들려오기도 했다. 하지만 지금은 얀도 아내와 같은 의견이었다. 바깥 정원은 1차대전 당시에 판 참호와 비슷해 보였다. 파낸 것들이 쇠똥처럼 잔디밭에 온통 흩뿌려져 있었다. 하수관을 깔기 위한 도랑이 경사로 위쪽의 현관과 같은 면에서 콘크리트 토대를 빙 둘러 지나갔다. 건설업자들은 널빤지 몇 개를 못으로 이어붙여 현관까지 가는 통로라도 되는 양 구덩이 위에 걸쳐놓았다.

오랫동안 이런 식으로 놔둘 순 없었다.

얀은 목구멍에 덩어리가 맺히는 것을 느끼고 와인을 마셔 그 덩어리를 삼켰다. 알코올과 함께 테레세의 손톱에서 나온 아주 작은 분자들을 흡수한다고 상상했다. 그 불쾌한 혼합물이 번민이 자리

잠은 그의 텅 빈 내면으로 가라앉았다. 고통은 얀이 출판사에 원고를 보낸 후에 찾아왔다. 의구심이 나날이 심해졌다. 안니카는 그가 보낸 이메일에 짧게 '감사합니다'라는 말만 적어 답장했다. 그게 벌써 몇 주 전이었다. 얀은 한편으로 더 많은 투르발 시리즈를 써달라는 기대로부터 자신을 자유롭게 해줄 거절의 메일을 기다렸지만, 그건 오로지 자신의 재정 상황을 고려하지 않아도 되는 경우에서의 바람이었다.

동시에 다른 걱정거리도 끓어올랐다. 테레세는 법률고문으로서 대부분의 사람들보다 오래 일했다. 얀은 그녀가 늦게 퇴근하는 데 익숙해져 있었다. 테레세는 둘이 함께한 세월 내내 그렇게 해왔다. 얀은 테레세가 마음속 깊은 곳에서는 그렇게 일할 필요가 없으면 좋겠다고 생각하는 걸 알고 있었다. 하지만 그녀가 생계를 대부분 책임지고 있는 한, 그녀가 늦게까지 사무실에서 근무하는 건 두 사람이 안고 살아야 하는 문제였다.

테레세가 대는 핑계는 점점 성의가 없어졌다. 때로는 노골적인 거짓말이었다. 의심이 덫에 걸린 쥐처럼 얀의 핵심을 갉아먹었다. 그 의심 때문에, 늦게까지 약속이 있은 뒤 다음날 아침이면 얀이 빨래 바구니에 있는 그녀의 블라우스 냄새를 맡게 되었다. 블라우스에서는 땀과 애프터셰이브로션 냄새가 났다. 얀은 다른 옷과 함께 그 블라우스를 세탁기에 집어넣고 물과 세제가 모든 증거를 씻어낼 때까지 가만히 서 있었다. 수치심으로 가슴이 두근거렸다. 어떻게 자기 아내에 대해 그런 생각을 할 수 있단 말인가?

얀은 용기를 내느라 몇 차례 천천히 숨을 쉬었다. "테레세," 그는 아내가 자기를 바라보기를 기다리며 입을 열었다.

"난 시간이 없어. 당신이 처리해야 할 거야." 테레세는 와인을 한 모금 마시며 말했다. "어쨌든 당신은 그냥 집에서 빈둥거리고 있잖아."

"실은 나도 일을 해." 그가 한숨을 쉬며 말했다. "하지만 알겠어. 내가 얘기해볼게." 결심이 쉬익 소리를 내며 빠져나갔다. 함께 끌어모았던 용기도 빠져나갔다.

"그래." 테레세가 말했다. "출판사에서는 아직 원고를 사 가지 않았어? 시간이 거의 다 됐는데." 그녀는 와인잔을 내려놓으며 얀과 눈을 마주쳤다.

"아직은." 얀이 대답했다. "기다리는 동안 다른 것도 쓰고 있어."

"팔 수 있는 것이어야지."

얀은 한숨을 쉬었다. "내가 할 수 있는 일을 하는 중이야."

테레세는 손톱 줄을 탁 하며 테이블에 내려놓았다. "난 그냥 내 생각을 말하는 거야. 이 집에는 사람이 당신이랑 나랑 둘인데, 내가 아는 한 지금 돈 내는 사람은 나 혼자잖아. 하수도 일 하는 사람들이 완전히 조용해진 게 조금은 행운일지도 몰라. 덕분에 당분간은 청구서 걱정을 피할 수 있으니까."

"안니카가 연락하기를 기다리는 중이야."

테레세가 눈알을 굴려댔다. "당신이 하는 일은 기다리는 것밖에 없는 것 같아. 그건 그렇고, 난 그 안니카라는 여자가 싫어. 눈이 꼭 암소처럼 생겼다니까. 그런 생각 안 해봤어?"

"아니, 안 해봤어. 당신이 안니카에 대해 어떻게 생각하든 상관

184

없어. 안니카는 내 출판 담당자야. 지금까지 안니카가 내 책을 두 권이나 내줬다는 걸 잊지 마." 얀은 뱃속 깊은 곳에서 다시 끓어오르는 의구심을 대체하고자 와인잔을 비웠다. "세번째 책이라고 마다할 이유가 있겠어?"

"좋을 대로 생각해." 테레세는 미소 지으며 얀을 보았다. 눈에 즐거워하는 기색은 전혀 없었다. "그럼 곧 해결되겠네, 안 그래?" 그녀는 접시를 치우고 계단 아래로 사라졌다. 얀은 계단을 타고 올라오는 리얼리티 TV쇼의 소리를 들으며 나머지 그릇들을 식기세척기에 넣었다.

"씨발." 그는 나직하게 말하며 식기세척기 문을 쾅 닫았다. 식기세척기가 꾸르륵대며 물로 채워지는 동안 그의 자기혐오도 차올랐다. 그에게는 가망이 없었다. 지금까지 인생에서 겪어온 다른 모든 여자들처럼 아내도 그를 배신하고 있었다. 그런데 뭐가 문제냐고 물을 만한 힘조차 없다니.

그는 상자에 든 와인을 새로 꺼내 와인잔을 다시 채우고 계단을 내려갔다. 취미방의 높은 창문 너머로 보이는 정원은 새까맸다. 숲 가장자리의 가문비나무들이 달빛을 받아 흔들리는 그림자처럼 하늘을 배경으로 두드러졌다. TV 화면이 창문에 비쳐 풀밭에 창백한 빛을 드리우고 테레세의 멍한 눈에서도 빛났다. 얀은 계단 아래에 몇 초 멈춰 서서 그녀에게 다시 다가가볼까 고민했지만 생각을 바꿔 서재 문을 열었다.

서재는 창고까지 이어지는 짧은 복도를 통해 연결된 거실 뒤의 작은 방이었다. 실은 사우나로 쓰도록 설치된 공간이지만 물건을 넣어두는 여분의 공간 이상으로 쓰인 적은 한 번도 없었다. 그러다가 얀이 그곳을 서재로 바꾼 것이다. 창고와 다용도실, 서재는 지면과 이어진 아래층의 가장 깊은 구역에 위치했으며 창문이 없었다. 여름별장 같은 냄새가 희미하게 났고, 벽은 하수관 작업을 해서 개선해야 하는 습기 문제 때문에 생긴 얼룩으로 뒤덮여 있었다. 불을 피우면 난로에서 풍기는 연기에 곰팡이 냄새가 가려졌지만 잠깐뿐이었다.

얀은 와인잔을 내려놓고 노트북의 절전모드를 해제했다. 노트북 옆에는 데뷔작 『성령강림절의 남자』가 출간되었을 때 테레세가 선물로 준 낡은 휴대용 타자기가 있었다. 테레세는 중고 서점에서 그 타자기를 발견하고 재미있는 선물이 될 거라고 생각했다. 타자기는 1980년대의 유물로, 덮개가 딱딱한 플라스틱으로 되어 있고 손잡이가 달린 간단한 물건이었다. 오래된 타자기의 금속 키는 베이지색 파우더를 뿌려 마감했는데 세월이 흐르면서 파우더 색깔이 노랗게 바랬다. 그렇게 모든 일이 시작된 것이다. 테레세와 처음 만났을 때 얀은 원고를 쓰고 있었고, 테레세는 그를 격려해 계속 글을 쓰게 했다. 얀 자신을 위한 일이었다. 덕분에 얀이 작가가 되겠다는 꿈을 이룰 수 있었으니까. 둘 모두에게 도움이 되는 일이기도 했다. 그의 글이 결실을 이루면 많은 로열티를 받아 함께 살아갈 수 있을 테니까. 과거에 그들은 서로를 응원했다. 서로를 사랑했다.

하지만 지금 우리를 봐. 얀은 와인을 크게 한 모금 삼키며 생각했다.

노트북 화면이 눈앞에서 하얗게 빛났다. 화면은 그의 머릿속만큼이나 텅 비어 있었다. 시간이 슬금슬금 기어갔다. 그의 와인잔도 천천히 비워졌다. 화면에는 아무것도 없었다. 수첩도 마찬가지였다. 점점 커지는 것은 뱃속의 뭉친 느낌뿐이었다. 걱정거리를 제쳐두고 집중하려고 노력할수록 그 걱정거리가 더욱 더 생각났다.

『성령강림절의 남자』는 잘 팔렸다. 엄청나게 잘 팔렸다. 그 후속편인 『한여름의 여자』도 똑같은 성공을 거두었다. 얀 아펠그렌은 장래가 촉망되는 스웨덴의 새로운 스릴러 작가 중 한 사람으로 자리잡았다. 그리고 전업작가가 되기 위해 직장에 사표를 냈다. 그와 테레세는 주로 그가 받은 많은 로열티로 집을 샀다. 인생이 즐거웠다. 그러다가 그 모든 것이 멈추더니 무너져내렸다. 지난번 두 차례의 로열티 지급액은 말 그대로 얄팍했다. 투르발 시리즈의 다음 권을 완성하라는 압력이 거셌지만, 그는 그 책을 쓰고 싶지 않다는 걸 깨달았다. 그냥 더이상은 스릴러를 쓰고 싶지 않았다. 그 말을 꺼내자 테레세는 돈을 벌어야 하니 투르발 시리즈를 계속 쓰라고 그를 압박했다. 그래서 그렇게 했다. 그 와중에 테레세는 점점 멀어졌다. 심지어 차가워졌다. 얀의 손길을 피해 움츠러들었다. 둘이 함께 잔 게 한 달도 더 전이었다. 이따금 하던 입맞춤은 말할 것도 없었다.

지금 그는 와인에 취한 채 앉아서 텅 빈 노트북 화면을 보고 있었다. 옆방에서는 끝없이 웅얼대는 TV 소리가 소파에서 코를 고는 테레세의 소리와 섞여서 들려왔다. 술이 그의 감정을 흔들어놓았다. 구역감이 다시 치솟는 것을 느꼈다. 잠을 자러 갈까 고민하다 막 일어나려는 참에 길게 이어지는 긁는 소리가 들렸다. 누군가가 날카로운 물체로 콘크리트를 긁는 것 같았다. 그 소리는 시작될 때처럼 갑작스럽게 멈췄지만 몇 초 뒤에 다시 들려왔다. 밖에서 나는 소리였다. 얀은 심장이 마구 뛰는 것을 느끼고 지하실 벽에 덮인 낡은 세로줄 무늬 벽지에 손을 얹었다.

다음번 긁는 소리는 손바닥을 통해 진동으로 느껴졌다. 바깥에 누군가 있었다. 얀은 숨을 참으며 귀기울였다. 귓속에서 맥박 뛰는 소리가 들렸기에 확신할 순 없었지만, 누군가가 그의 귀에 대고 속삭인다고 장담할 수 있었다. 그는 벽에서 한 걸음 물러나다가 의자에 부딪히며 하마터면 균형을 잃을 뻔했다. 속삭임과 긁는 소리가 당장 멈췄다.

"뭐해?" 테레세가 문 앞에서 물었다.

얀은 휙 돌아보았다. "그게……" 이렇게 말했다가 바로 멈췄다. "무슨 소리가 들린 것 같아."

테레세가 하품했다. "난 자러 갈게. 너무 늦게까지 깨어 있지 마. 일하다 지치기나 하지."

이번만은 얀도 테레세와 같은 생각이었다. 그렇지만 얀은 그 소리를 정말로 들었다. 그건 확실했다.

29

그들이 콘크리트에 대고

발톱을 가는 소리가 내 눈을 뜨게 했다.

그들의 속삭임이 내게 진실을 보도록 했다.

그녀가 나를 속이고 있었다. 나를 배신했다.

그래서 나는 그녀를 죽였다.

5월 28일 토요일

침대 옆 테이블에서 핸드폰이 진동했다. 또 한번 불면의 밤을 겪었기에 안니카는 머리가 당밀이 든 유리병처럼 느껴졌다. 그녀의 손이 몇 분이라도 더 자겠다는 희망으로 핸드폰을 끄려고 더듬거렸다. 그러나 대신 핸드폰을 쳐서 바닥에 떨어뜨렸다.

"그냥 받아." 마르틴이 옆에서 꿍얼댔다.

안니카는 이불을 치우고 바닥을 살폈다. 마르틴 말이 맞았다. 알람이 아니었다.

"대체 누가 토요일 아침에 전화를 거는 거야?" 그녀는 바닥 깔개에서 핸드폰을 집어들며 말했다.

"안니카 그란룬드 씨?" 핸드폰 저편에서 여자의 목소리가 들려왔다.

"네?"

"엠마 시에베르츠예요. 이렇게 이른 시각에 전화를 걸어서 죄송해요."

안니카의 머리가 탈수기처럼 돌기 시작했다. 그녀는 침대 가장자리에 앉아 현기증이 가라앉기를 기다렸다.

"누구요?"

"엠마 시에베르츠요. 얀 아펠그렌 씨의 변호사입니다. 지난가을에 제 사무실에 오셨죠."

안니카는 억지로 일어서서 까치발을 들고 침실을 나섰다. 발밑의 목재 바닥이 차갑게 느껴졌다. "네, 기억나요. 무슨 문제라도 있나요?" 그녀는 이웃들이 주방을 훤히 들여다볼 수 있다는 걸 잊고 있다가 뜰 건너편에 이웃 한 명이 있는 걸 보고 몸을 숙였다.

"남편분이랑 집을 찾고 계시는 걸로 아는데, 맞나요?"

"네, 맞아요. 찾고 있어요. 왜요?" 햇빛 때문에 주방 조리대 위의 빵 부스러기가 보였다. 완연한 봄이었다. 초여름이 시작되려는 참이기도 했다. 바깥 뜰의 덤불에서 새로운 봉오리와 나뭇잎이 피어나고 있었다.

"아시다시피 저는 얀 아펠그렌 씨의 재산에 관한 유언 집행인이에요. 얼마 안 되는 그 재산 중에 집이 있습니다. 몇 년 동안 비어있었고요. 낡고 무너지려는 흔적이 여기저기 보여서 손상이 심한 부분은 제가 고쳐야 했습니다. 월요일에 부동산 중개소에 연락해 매도할 생각이에요."

"네." 안니카가 말했다. 가장 큰 이유는 할말이 없는 것처럼 보이지 않기 위해서였다.

"혹시 안니카 씨가 보고 싶어하실지 모른다고 생각했어요." 엠마가 말했다. "그 집을 살 만한 자격을 갖춘 매수인이 있다면 안니카씨니까요. 물론 두 분이 아직 집을 구하지 못하셨다면 말이지만요."

"네, 좋아요. 어디에 있는 집인데요?" 가슴이 꽉 조여왔다. 매물로 나온 집을 고르는 일이 최근에는 그리 잘 진행되지 않았다. 그래서 그녀는 모든 제안에 귀기울일 준비가 되어 있었다.

엠마가 주소를 불러줬고 안니카는 그 주소를 종이 봉투에 받아 적었다. 그동안 엠마가 말을 이어나갔다.

"사진을 몇 장 보내드릴 수 있어요. 오늘은 제가 일을 해야 하지만, 두 분이 관심이 있으시다면 내일 오후에 그 집에서 만날 수 있는데요. 사실 서두를 건 전혀 없지만 가능한 한 빨리 재산 처분을 완료하고 싶어서요. 이해해주신다면요."

"네, 그럼요. 사진 보내주세요. 연락드릴게요." 안니카가 말했다.

몇 분 뒤 엠마 시에베르츠가 이메일을 보내왔고, 안니카는 핸드폰으로 사진을 열어봤다. 집은 현관에서 도로까지 이어지는 잔디밭을 갖춘, 단순한 직사각형 벽돌집으로 보였다. 방치된 수많은 덤불이 집을 둘러싸고 있었고 나무가 지붕보다 높이 자랐다. 집 뒤쪽의 가장 가까운 이웃이 숲이라는 뜻이었다. 안니카는 뜰에 사각형을 이루듯 심긴 사과나무 네 그루를 보고 미소 지었다. 사진은 엠마가 핸드폰으로 직접 찍은 것이었다. 보통 부동산 중개인들이 보내주는 것처럼 잘 보정한 사진이 아니었다. 어쨌든 그 사진을 보자 마음이 따뜻해졌다. 진정성이 느껴졌다. 사진을 한 장 한 장 열다

보니 더 많은 사진이 보고 싶어졌다.

집 안쪽 공간은 텅 비어 있었고, 벽지는 그림이 걸려 있던 흔적으로 뒤덮여 있었다. 창문 너머로 빛이 아늑하게 들어왔다. 인테리어 업체에서 빌려온 가구로부터 탈출하니 해방감이 느껴졌다. 안니카는 얀 아펠그렌 부부가 그 집에서 어떻게 생활했을지 상상하지 않을 수 없었다. 소파에서 TV를 보거나 주방에서 요리를 했을까.

다음 사진이 복도에 있는 어두운 계단을 보여주는 순간, 따뜻한 느낌은 사라졌다. 그녀는 본능적으로 화면을 껐다. 지하실 계단의 모습이 눈 뒤쪽을 두드리는 것만 같았다. 그 집에서 살 순 없었다.

그렇더라도 다른 모든 것이 좋게 느껴졌다. 안니카는 배꼽 밑에 손을 대고 다시 핸드폰을 힐끗 보았다. 그들은 곧 아이가 있는 가족이 될 것이다. 자동차가 오지는 않는지 늘 지켜보지 않아도 아이들이 잔디밭으로 나가 뛰놀 수 있는 곳이 필요했다.

따지고 보면 지하실이 뭐가 그렇게 나빠? 어쨌거나 안니카는 더이상 소녀가 아니었다. 그때도 불이 나가면서 겁을 먹는 바람에 상상을 했을 뿐이다. 그게 전부였다. 이제는 그 모든 것을 떠나 보내야 했다. 조금 있으면 자식들에게 어두운 지하실에 무서워할 건 아무것도 없다고 가르쳐야 할 테니까.

안니카는 심호흡을 하고 다음 사진으로 스크롤을 내렸다. 이번 사진은 놀라웠다. 계단 밑에는 어두운 지하실이 있는 게 아니었다. 검은 무쇠로 만든 화목 난로까지 갖춘, 최근에 완성한 새 취미방이 있었다. 긴 측면은 잔디밭이 내다보이는 전망용 창문으로 트여 있었다. 햇빛이 숲 가장자리의 나뭇가지 사이로 아름답게 반짝거리며 그 방을 황금빛으로 적셨다.

안니카의 얼굴에 미소가 번졌다. 마음으로 상상해보니 난로에 타닥거리며 빛나는 불이 보였다. 편안한 안락의자에 앉아 마지막 남은 저녁 햇빛에 책을 읽는 그녀의 발을 그 불이 덥혀줬다.

집은 경사진 땅에 있었다. 층고가 달라서 주 출입구가 위층에 있는 형태였는데, 엄밀히 따지면 집의 많은 부분이 지하에 있는 셈이었다. 하지만 이 집의 지하실은 차갑고 축축한 지하실과는 딴판이었다. 안니카는 온몸에서 온기가 뿜어져나오는 것을 느꼈다. 이 집을 보고 싶었다. 잃을 게 없지 않을까? 잠시 그녀는 오래전 그녀를 꾀어내리던 속삭임을 떠올렸다. 하지만 몸을 떨며 그 생각을 머릿속에서 밀어냈다. 그 소리에는 귀기울이지 않을 것이다. 실은 정반대로 그 소리를 무찌를 생각이었다.

이제는 옛 두려움을 내려놓고 삶을 살아갈 시간이었다.

30

그녀의 죽음이 내 인생에 짐승들을 풀어놓았다.

그들이 다가왔고, 나는 그녀의 시신을 주었다.

그 대가로 그들은 검은 땅을 열고

나를 그들의 땅굴로 데려갔다.

내게 새집을 보여줬다.

5월 28일 토요일

예테보리의 다른 쪽에 있는 한 아파트에서는 세실리아 브리데가 소파에 앉아 메모를 비교하고 있었다. 그녀의 『나는 오소리다』는 밝은 색깔의 포스트잇과 귀퉁이를 접어 표시한 페이지, 여기저기 붙여놓은 메모들로 가득했다. 그녀는 한 페이지를 펼쳐 이미 노란색 형광펜으로 표시해둔 문장에 동그라미를 쳤다. 여느 살인사건 수사의 한 부분처럼 읽혔다.

처음에 세실리아는 이 책에 혐오감을 느껴 사지 않으려 했다. 웬역겨운 인간이 해결되지도 않은 실제 사건에서 영감을 끌어와 냉혹하게도 그 사건을 오락거리로 바꿔놓는단 말인가? 실화에 바탕을둔 책이 존중하는 마음 없이 쓰였다면 나쁜 책이었다. 하지만 이건? 세실리아는 지금도 진짜 오소리가 매년 살인을 하고 있다는 사실에서 벗어날 수 없었다. 크리스토페르를 수장으로 하는 유족 연합은 책에 대한 공식적 항의를 시작했지만, 아마 그 항의는 더 많은 사람이 이 쓸데없는 책을 사는 결과로 이어졌을 것이다.

어쨌든 세실리아도 한 권 살 수밖에 없었다. 그것이 바로 지금 그녀의 눈앞에 놓인 책이었다. 얼룩덜룩한 메모와 떨어지기 직전의 페이지들로 가득한 책. 전반부는 별로 인상적이지 않았다. 상당히 평범한 스릴러 같았다. 평범하게도 알코올에 의존하고 유부남들과 묘한 관계를 맺고 있는 경찰관이 아무 가망 없는 사건을 포기하지 않겠다며 경찰서 사람 절반의 화를 돋운다(세실리아 자신의 사건, 혹은 그 사건의 판타지 버전과 비슷했다). 잘 쓰이긴 했지만 전에 본 적 있는 이야기였다. 그중에는 실제 경찰의 업무와 비슷한 내용조차 없었다.

하지만 그게 전부가 아니었다. 책 속의 행위가 일종의 자서전과 교차되어 있었다. 이야기는 한 남자가 살인자가 되는 과정에 관한 것이었고, 세실리아는 바로 그 지점에서 있어서는 안 될 연결고리들을 보기 시작했다. 책 중간쯤에서 경감이 살인자가 남긴 패턴을 알아보았을 때, 그녀는 무슨 일이 벌어지는지 감을 잡기 시작했다.

세실리아는 침대에 앉아 책을 읽고 있었다. 새로 페이지를 넘길 때마다 책은 스릴러에서 초자연적 공포소설로 넘어갔다. 책에 나오는 오소리는 초자연적 괴물들과 함께 땅속에서 살아가는, 일종의 신적 인간이었다. 그는 진짜 오소리가 그랬듯 아래쪽에서부터 피해자들의 집으로 들어갔다. 첫 피해자는 신의를 지키지 않고 사랑을 배신한, 오소리의 아내였다.

세실리아가 보기에 무서운 건 공포스러운 이야기가 아니라 소재가 되는 사건이 현실과 무척 비슷하다는 점이었다. 글을 쓴 사람이 정말 얀 아펠그렌이라면, 진짜 오소리와 관련된 상황은 그가 절대 알 수 없는 것들이었다. 경찰 수사에 전부 기밀조항이 적용되었으니 말이다. 그러나 이 이야기는 불안할 정도로 수사 내용을 충실히 반영하고 있었다.

책은 점점 기괴해져갔으나 책에 대한 세실리아의 관심은 커져만 갔다. 이제는 지금까지 읽은 내용을 해부할 시간이었다. 그녀는 커피를 한 모금 마시고 노트의 새로운 페이지에 표를 그렸다. 왼쪽에는 사실, 오른쪽에는 픽션이라고 적었다.

작업을 마친 그녀는 자신의 작품을 바라보았다. 모든 세부사항이 기록되었다. 물론 땅속의 괴물들에 대한 내용은 빠졌는데, 그런 건 불필요하게 느껴졌기 때문이다. 그저 겁을 주려고 고안한 듯했다. 오소리 자체만으로는 충분히 끔찍하지 않다는 듯이.

그녀는 빨간 장미가 그려진 흰색 잠옷을 걸친 채 거실을 이쪽 끝에서 저쪽 끝까지 오가며 생각을 정리하려 애썼다. 작가는 경찰이 아는 만큼 아는 게 분명했다. 어떻게 그럴 수가 있지? 꺼림칙했지만 설명할 방법이 한 가지밖에 없다는 걸 깨달았다. 수사에 접근할 수 있는 누군가가 얀 아펠그렌에게 정보를 흘린 것이다. 하지만 그건 가능성의 영역을 벗어난 일이었다. 얀은 몇 년째 누구에게도 목격되지 않았으니까. 세실리아는 소파에 앉아 천장을 쳐다보았다. 누군가가 수사 내용을, 계속해서 진화해가는 수천 페이지의 자료를 죽은 사람에게 흘린 걸까? 그렇다고 생각하는 건 해괴한 일이었다.

내부자가 책을 썼을 수도 있을까? 수사팀에서 일하는 사람 중 작가가 되겠다는 야심을 품은 이가 있을까? 요나스? 그럴 가능성은 희박했다. 생각해보니 그녀의 동료 중 세부 정보들을 이렇게까지 근접하게 일치시킬 만큼 멍청한 사람은 없었다. 기밀자료를 자기에게 유리한 방식으로 오용하면 직권 남용으로 기소될 위험이 있다는 걸 알 테니까. 게다가 얀 아펠그렌의 이름으로 글을 쓴다는 건 비합리적인 일로 보였다. 그래봐야 출판 절차만 복잡해질 뿐이었다. 당연히 다른 필명으로 글을 쓰는 게 더 나았을 텐데?

세실리아는 책을 빤히 바라보았다. 표지가 그야말로 신중하게 구성되어 있었다. 흡사 갈라진 콘크리트처럼 보이게 만들어놓았다. 벽 자체가 피를 흘리는 것처럼 그 균열에서 피가 흘러나왔다. 금색으로 인쇄된 표지의 글자가 그녀의 눈을 향해 반짝이며 도전장을 내밀었다. 『나는 오소리다』. 얀 아펠그렌.

세실리아의 시선이 아래쪽 구석에 있는 출판사 로고에 닿았다. 출판사에 연락해보라던 크리스토페르의 제안이 떠올랐다. 이제는 결말을 지어야 할 때가 온 것 같다고 머릿속에 메모를 남겼다.

그녀는 핸드폰에서 충전기 선을 빼며 주방에서 나왔다. 요나스의 번호가 즐겨찾기에 저장되어 있었다. 요즘에 세실리아가 전화를 거는 사람은 별로 많지 않았다. 시간이 지날수록 친구가 적어졌고, 온라인이 아닌 곳에서 일상적인 데이트 상대와 대화하려는 시도도 거의 하지 않았다. 신호음이 울리는 동안 그녀는 책 몇몇 군데에 특별히 형광펜으로 표시를 했다.

결국 그들은 아무것도 남기지 못한다. 그러나 한때 그들의 것이던 물건은 기념품이 되어 내게 남는다. 나는 모든 기념품을 똑같이 조심스럽게 대한다.

"책 읽어봤어?" 요나스가 전화를 받자마자 세실리아가 물었다. 평소 그렇듯 요나스에게 뭐라고 대꾸할 겨를도 주지 않았다.

"안녕하세요, 세실리아." 그가 말했다. 방금 잠에서 깬 듯 목소리가 거칠었다. "주말은 잘 보내고 있어요?"

"내가 수다 떨기 싫어하는 거 알 텐데."

"안 읽었어요. 한 권 사긴 했는데, 읽는 데까진 손이 안 나가더라고요. 알겠지만 전 판타지를 더 좋아해요. 이런 탐정소설은 죄다 일 생각을 하게 만든다고요."

"책을 읽어야 얘기할 수 있어. 눈에 보이는 게 전부가 아니야."

세실리아는 전화를 끊고 창밖의 햇빛에 눈을 깜빡였다. 다리를 가만히 놔둘 수 없었다. 움직여야 했다. 아드레날린으로 생각을 묻어버려야 했지만 추격당한 기억에 지금도 불안했다. 작년 겨울, 세실리아는 너무도 아슬아슬하게 피해자 신세를 면했으니까.

세실리아는 조깅 코스를 헬스장의 러닝머신으로 바꾸면서 그 이유가 추위를 피하기 위해서라고 말했다. 그러나 공기가 따뜻해지고 저녁시간이 더 밝아진 지금은 실내에서 달리기를 하는 것이 실패처럼 느껴졌다. 밖에 있고 싶었다. 하지만 스카토스 주변을 다시 달린다는 생각만 해도 두려움이 그 못난 머리를 쳐들었다. 두려움이 발목을 잡게 놔두는 자신이 싫었지만, 빌어먹게도 두려움에 발목이 잡히는 게 사실이었다.

그녀의 시선이 경찰관용 권총을 보관해둔 서랍장에 가닿았다.

조깅하러 가면서 총을 가져간다면 어떨까? 세실리아는 그게 허가되지 않는 행동이라는 걸 알았다. 하지만 누가 안다고? 권총을 꺼내 경찰 신분증과 함께 힙색에 집어넣는 그녀의 손이 떨렸다. 그냥 예방책일 뿐이었다. 권총은 엉덩이에 걸쳐지며 불편한 느낌을 주었지만 제 역할을 했다. 다시 추격당할지 모른다는 걱정이 사라졌다.

세실리아는 깊이 안도의 한숨을 쉬고 밖으로 향했다.

31

내가 그 짐승들을 이빨에 흙과 곤충이 잔뜩 낀,

발톱 달린 그림자로밖에 보지 못하면서도

그들 사이로, 땅속으로

사라지기로 한 이유는 무엇일까?

5월 29일 일요일

집 앞으로 다가가는 안니카와 마르틴의 자동차가 군데군데 파인 아스팔트를 따라 덜컹거렸다. 마르틴이 시동을 끄고 안니카의 어깨 너머로 한때 얀 아펠그렌의 집이던 곳을 바라보았다. 바깥의 벽돌은 사진에서보다 실물로 볼 때 더 빨갛게 보였다. 창문은 검은색의 텅 빈 네모난 눈구멍처럼 건물 정면에서 밖을 내다보고 있었다.

"여기야?" 마르틴이 당황해서 안니카를 보며 물었다.

"응." 안니카가 대답했다.

"진심으로? 정원이 마치 정글 같은데. 아무도 돌보지 않은 거야?"

"그런 것 같아. 정원 일 시킬까봐 무서운 건 아니지?"

"내가 할 수 있는 일이라면야."

안니카가 한숨을 쉬었다. "난 기꺼이 할 거야. 들어갈까? 엠마가 기다리고 있어."

현관까지 가는 통로에는 조약돌이 깔려 있었다. 세월이 흐르며 땅이 다져진 곳마다 그 자갈들이 울퉁불퉁하게 튀어나와 있었고 몇 개는 발밑에서 흔들렸다. 안니카는 문을 두드린 뒤 문고리로 손을 뻗었다. 잠겨 있지 않아서 둘은 안으로 들어갔다.

"안녕하세요?" 안니카가 소리쳤다.

엠마 시에베르츠가 복도로 나와 둘을 맞았다. 그녀는 미소 지으며 두 사람과 악수하고 마르틴에게 자신을 소개했다.

"어서 와요, 어서 오세요." 엠마가 말했다. "원하신다면 잠깐 구경을 시켜드릴게요."

마르틴은 복도 벽을 쭉 덮고 있는 나무 널빤지를 두드렸다. 소리가 울리지 않았다. 그 뒤의 벽이 돌로 되어 있다는 뜻이었다. "원래이런 거예요?" 그가 물었다.

엠마가 웃었다. "네, 그럼요. 나중에 덧붙인 침실 구역을 빼면 집은 1970년대에 지어졌어요. 아펠그렌 부부는 실종되기 겨우 몇 년 전에 이 집을 매수했죠. 집에 별다른 공사를 할 만한 시간이 없었어요."

마르틴이 깜짝 놀랐다. "아펠그렌이라뇨?" 그가 안니카를 보았다. "여기가 얀 아펠그렌의 집이야?"

안니카가 시선을 내렸다.

"네. 안니카가 말씀 안 드렸나요?" 엠마가 말했다.

"네." 마르틴이 대답했다. 그는 의문스럽다는 듯 안니카를 바라보았다.

"그렇군요." 어색한 침묵의 몇 초가 흐른 뒤 엠마가 대꾸하며 잠시 안니카를 힐끔거렸다. "자, 아무튼 그래요. 이젠 두 분 다 아시네요."

그녀는 텅 빈 거실로 향하는 넓은 문을 가리켰다. 바닥에는 헤링본 무늬의 참나무 마루가 깔려 있었다. 엠마의 목소리가 텅 빈 벽 사이에서 울렸다.

"이쪽이 거실이에요. 이 문을 지나가면 주방이 나오죠. 주방도 1970년대부터 있던 곳이에요. 원하신다면 주방과 거실 사이의 벽은 헐어버릴 수도 있어요. 계단을 지나면 침실과 욕실이 나와요."

마르틴이 고개를 저었다. "죄송합니다. 나머지는 볼 필요가 없겠네요."

엠마가 말을 멈췄다. "이해가 안 되네요. 왜 그러시죠?"

"난 봐야겠어." 안니카가 말했다.

마르틴이 계단으로 향하는 실내의 격자 구조물 너머를 가리켰다. "안니카, 난 보이는데 당신은 안 보여? 지하실이 있는 집은 싫다며."

그 아래에 두려워할 만한 것이 아무것도 없다는 걸 알았지만 어쨌든 안니카의 심박수가 치솟았다. 겨드랑이가 땀으로 축축해졌다. 그녀는 마르틴을 보며 딱딱하게 미소 지었다. "저기, 내가 사진을 봤어. 저건 평범한 지하실이 아니야." 이렇게 말하니 기분이 좋았다. 말로 두려움을 정복한 것만 같았다.

"무슨 말인지 모르겠어. 우리는 지하실이 있다는 이유만으로 그 많은 집들을 제외했……" 마르틴이 말을 하다 말고 양팔을 펼쳤다. "그래, 뭐. 한번 보자."

엠마가 미소 지었다. "우리가 보게 될, 지금 얘기하시는 공간은 취미방이에요. 원하신다면 그 아래서부터 구경하실 수도 있어요. 아래층은 최근에 아주 여러 공사를 했거든요."

엠마를 따라 내려가자 계단이 삐걱거렸다. 뒤뜰로 향하는 전망용 창에서 햇빛이 들어와 새로 깐 돌바닥을 덮혔다. 나무들이 바람에 흔들리며 빛을 반짝이게 만들고 모든 것에 황금빛으로 아른거리는 느낌을 더했다. 하얗게 칠한 벽에서 나는 희미한 페인트 냄새로 공사가 최근에야 완료되었다는 걸 알 수 있었다.

안니카는 바닥을 향해 몇 발짝 나갔다가 휙 돌아섰다. 그리고 마르틴의 눈을 들여다보았다. 그녀의 얼굴 전체에 미소가 번졌다. "봤지? 여긴 소름 끼치고 꽉 막힌 지하실이 아니야."

마르틴이 미소 지으며 주위를 둘러보고는 고개를 끄덕였다. "당신 말이 맞네. 당신이 말하는 보통의 지하실이 아니야."

"멋지죠?" 엠마가 말했다. 그녀는 계단을 지나 이어지는 짧은 복도를 가리켰다. 복도는 집안 깊숙한 곳으로 이어졌다. "저기에 보다 전통적인 형태의 지하방이 몇 개 있어요. 다용도실이랑 작은 창고도 있고요."

"습기 문제는 없을까요?" 마르틴이 씩 웃어 보이며 엠마에게 물었다.

"없어요." 엠마가 말했다. "아펠그렌 부부가 실종되기 직전에 하수관 공사를 새로 했거든요. 그렇긴 해도 제가 집을 맡았을 때 지하실은 상태가 끔찍했죠. 벽도, 천장도, 바닥도. 지금은 완전히 새것이지만요. 전부 겨우 몇 주 전에 완공됐어요."

그들은 짧은 복도로 들어갔다. "지열 난방이 돼요." 엠마가 다용도실에서 윙윙거리는 보일러를 가리키며 말했다. 다용도실은 새 세탁기와 건조기, 손빨래용 통이 딸린 싱크대까지 완전히 갖춰져 있었다. 페인트칠을 한 콘크리트 벽은 보일러에서부터 벽을 기어올라 집 더 깊숙한 곳으로 이어지는 미로 같은 동파이프로 덮여 있었다.

"집 면적이 얼마나 되나요?" 마르틴이 물었다.

"다 합치면 200평방미터예요." 엠마가 말했다. "위층 생활 공간이 125평방미터인데, 아래층은 75평방미터정도예요."

"꽤 놀라운데요." 마르틴이 말했다. "그러니까 위층보다 여기가 좁다는 거죠?"

"네." 엠마가 대답했다. "위층 침실 부분은 확장한 거예요. 지하실 공간을 포함한 아래층은 집 전체 길이의 절반을 조금 넘는 정도죠."

"뭐, 별 상관은 없어요." 안니카가 말했다. "어쨌든 대부분 위층을 쓸 테니까요. 물론 취미방도 쓰겠지만."

"두 분이서 둘러보시겠어요?" 엠마가 말했다. "전 위에서 기다리면 돼요."

엠마가 둘을 남겨놓고 떠나자마자 안니카가 마르틴의 양손을 잡았다. "인정해, 아주 바보 같은 생각은 아니었지!"

"그러게." 마르틴이 취미방을 둘러보며 말했다. 천장의 스포트라이트가 난로 유리창에 반짝였다. "사실 이해는 안 돼. 얼마 전만해도 지하실은 큰 결격사유였잖아. 그런데 이제는 우리가 지하실에 서 있다니. 어쩌다 이렇게 된 거지?"

"내 말이 그 말이야." 안니카가 말했다. "그런데 솔직히, 여긴 다르잖아." 그녀는 전망창으로 다가가 잔디밭 너머 숲 가장자리 쪽을 바라보았다.

"얀 아펠그렌이 살았던 집에 사는 게 불편하게 느껴지진 않아?"

안니카가 돌아보았다. "왜? 얀은 죽었는걸."

"인정사망선고를 받은 거지." 마르틴이 말했다. "어느 날 갑자기 나타나서 집을 돌려받고 싶어할지 어떻게 알아?"

"얀 아펠그렌은 죽었어." 안니카가 몸을 앞으로 숙이며 말했다. "사실 이 집을 살 돈을 마련하게 된 것도 그한테 고마워해야 해."

마르틴이 고개를 저었다. "현실이라기엔 너무 좋은데, 뭔가 잘못된 게 틀림없어. 다른 집을 계속 찾아보면 안 될까?"

안니카가 마르틴의 손을 가져다 자기 배에 댔다. "좀 있으면 돌봐야 할 아이가 생겨, 마르틴. 아파트에 머물 순 없어. 이 집이 완벽해. 기회가 생긴 지금 이 집을 잃는 위험을 무릅쓰고 싶진 않아."

마르틴이 고개를 끄덕였다. "알았어, 난 여기 살아도 돼. 그런 문제는 아니야."

"분명 마음에 들 거야."

"나한테 남자의 동굴만 준다면 말이지." 마르틴이 말하고는 안니카의 눈을 들여다보았다. 그의 입술이 말려올라가며 미소를 지었고 눈가에는 작은 웃음 주름이 흩뿌려졌다. 안니카의 심장이 사랑으로 부풀어올랐다. 그들은 곧 둘만의 집이 될 이곳에서 새로운 인생을 함께 살아나갈 것이다. 안니카는 기억할 수 없을 만큼 오래전부터 이 순간을 열망해왔다. 곧 모든 의구심이 사라질 것이다. 꿈이 실현될 순간이 너무도 가까워져서 거의 손에 닿을 듯했다.

"당연히 남자의 동굴이 있어야지." 안니카는 마르틴에게 입맞 추며 말했다. "당신이 원하는 건 다 가져."

32

답은 두려운 만큼 간단하다.

내가 선택한 것이 아니다.

그들이 나를 선택했다.

이제 내게는 지속하는 것 말고 다른 선택안이 없다.

땅 위에는 내게 남은 것이 아무것도 없다.

5월 31일 화요일

탕비실 앞 복도에 웃음소리가 울렸다. 안니카가 오후 커피를 마시러 들어가자 카트린이 우박설탕을 얹은 작은 타원형 비스킷을 들고 돌아보았다. 그녀의 두 뺨이 빛나고 있었다. "어떻게 생각해요?" 그녀는 낄낄대지 않으려고 애쓰며 말했다.

"쇼트브레드 쿠키 맛이려나?" 안니카가 미소 지으며 말했다. "그게 그렇게 웃겨?"

"우리는 모두 조금씩 다른 관점을 갖고 있는 것 같네요." 카트린이 킥킥대며 말했다. "쇼트브레드 쿠키가 맞을까요, 아닐까요?"

안니카가 커피를 조금 따랐다. "모르겠는데. 좀 노부부 맛이려나?"

카트린이 웃느라 킥킥댔다. 안니카는 그녀가 숨을 쉬지 못할까봐 걱정되었다.

"아니, 잠깐." 토비아스 뢴이 양손을 활짝 펼치며 말했다. "노부부 맞요?"

"네, 안 그래요?" 안니카가 말했다. "거의 밀가루 맛만 나는 건조한 비스킷에 미지근한 커피를 곁들여 먹는 거잖아요. 노부부 맛이죠."

"맞네요." 카트린이 한 손으로 눈물을 훔치며 말했다. 마스카라가 눈가에 조금 뭉쳤다.

안니카가 카트린의 손에서 비스킷을 가져가 한입 먹었다. "그래도 맛있네."

"그럴 줄 알았어요." 토비아스가 말했다. "건조 비스킷이 언제나 쉽게 이기죠."

"아니, 그렇진 않아요." 안니카가 고개를 저으며 말했다. "가벼운 스펀지 케이크를 이기는 건 아무것도 없다고요."

"누가 누구더러 노부부래요?" 토비아스가 말했다. "스펀지 케이크만큼 노부부 맛이 나는 것도 없는데."

안니카는 마지막 비스킷 조각을 커피 한 모금과 함께 삼켰다. 음료에서 신맛이 났다. 쌉쌀한 아몬드 맛이 뢰프베리 미디엄 로스트와 만난 결과였다. 그녀는 인상을 찌푸리며 카트린 맞은편에 앉았다. 이제부터는 차만 마시기로 했다.

"두 사람 정말 이것 말고 할 얘기가 없어요?" 그녀는 토비아스의 반응을 지켜보고 있었다. 토비아스가 스너프킨이 인쇄된 흰 무민 머그잔을 입에 가져다대며 고개를 저었다. 그 머그잔은 안니카가 토비아스의 성격에 관해 농담할 겸 생일선물로 사준 것이었다. 그때 이후로 토비아스가 다른 머그잔을 쓰지 않는 걸 보면 확실히 잘 먹힌 농담이었다.

"전 너덜너덜해졌어요." 카트린이 말했다. "선배가 좋다고 한 청소년 시리즈 원고를 절반쯤 읽었거든요."

"아." 안니카가 말했다. "그래서, 어떻게 생각해?"

"솔직하게요? 뭔가 있는 것 같긴 한데, 편집에 시간이 얼마나 많이 필요할지 감도 안 잡혀요."

"아, 나는 감이 잡히던데. 신인 작가잖아. 뭘 기대했어?"

『나는 오소리다』와 앞선 투르발 시리즈가 베스트셀러 목록을 다시 석권한 덕에 그들은 위기를 버텨냈고 매출을 늘렸으며 미래 성장의 기반을 닦았다. 하지만 새로운 소재가 없으면 곧 무너지기 일보 직전의 상태로 돌아갈 터였다. 다행히 회사의 이름이 사람들의 머릿속에 새겨진 덕에 더 많은 원고가 들어왔다. 평소처럼 대부분은 출간할 만한 원고가 아니었지만 전반적으로 질이 높아졌다.

"예스페르 소식 들은 사람은 없어요?" 안니카가 물었다.

그들은 조용히 서로를 보았다. 예스페르는 『나는 오소리다』 원고가 회사에 들어온 이후 만성피로증후군으로 병가를 낸 상태였다.

"곧 회복했으면 좋겠는데요." 카트린이 말했다.

문득 안니카는 『나는 오소리다』를 출간하기 직전에 예스페르가 병가를 낸 것이 단순한 우연이 아니라는 생각이 들었다. 뱃속에 뭔가가 뭉친 느낌이 커져갔다. 최근 그녀는 상당한 스트레스를 받고 있었으며, 마르틴을 제외하고 다른 사람들은 그녀의 임신에 대해 아무것도 몰랐다. 안니카는 자신도 모르는 사이에 예스페르와 같은 신세가 되지 않도록 주의해야만 했다. 어쩌면 기회를 봐서 예스페르와 얘기해봐야 할지도 몰랐다.

"오늘 아침에 누가 나한테 흥미로운 질문을 하더라고요." 토비아스가 화제를 돌려 말했다. "유명 작가 몇 명을 대리하는 에이전트인데, 자기네 작가한테 관심이 있는지 궁금하대요."

"지금 함께하는 출판사에 불만이라도 있대요?" 레베카가 물었다.

"그런가봐요. 지금 우리한테 좋은 일이 엄청나게 많이 일어나고 있기도 하고."

"그건 그렇죠." 안니카가 대꾸하고는 커피잔을 한쪽으로 치웠다. 마음속 깊은 곳에서는 그녀를 더 큰 출판사로 스카웃해갈 누군가가 언제쯤 핸드폰을 울릴지 남몰래 궁금해했다. 따지고 보면 상상하기 어려운 일도 아니었다. 지금 상황을 생각해보면 특히 그랬다. 안니카는 그런 상황이 오면 뭐라고 답해야 할지 곰곰이 생각해봤다.

토비아스가 카트린을 쏘아보았다. "아직도 노부부 맛이라는 표현이 머릿속을 떠나지 않네."

카트린이 다시 웃었다. 그녀의 웃음에는 전염성이 있었다. 안니카도 웃을 수밖에 없었다.

프레드리크 아스크가 문 앞에 나타나 안니카를 쳐다보았다. "안니카 씨 잠깐 빌려가도 돼요?"

"네, 그럼요. 무슨 일인데요?"

"내 방으로 오세요." 그는 이렇게 말하고 떠났다.

"심각한 얘기 같은데요." 카트린이 말했다.

"그럼 난 가봐야겠네요." 안니카는 프레드리크의 축 늘어진 심각한 얼굴을 흉내내려고 우스꽝스러운 표정을 지어 보이며 말했다.

안니카가 도착해보니 프레드리크는 자기 컴퓨터 앞에 앉아 있었다. "아, 잘됐네요. 즉시 답을 원한다니까."

"죄송한데, 누가 답을 원한다는 거예요?" 안니카가 물었다.

프레드리크는 스트레스를 받는 듯했다. 방안에 마음에 들지 않는 불안한 기운이 떠다녔다.

"〈TV 토론 포인트〉에서 오소리 피해자 유족연합 회장을 스튜디오로 초청했어요. 에클룬드 사람도 한 명 나와줬으면 한다네요. 안니카 씨가 주간 TV 프로그램에서 훌륭하게 해줬으니 다른 적임자를 떠올리기가 어렵고요."

아드레날린이 솟구쳤다. 그녀는 간신히 문을 닫고 아무도 들어오지 못하게 문고리에 몸을 기댔다.

"안 돼요. 죄송해요, 프레드리크. 하지만 전 여기서 선을 그을게요."

안니카는 자신을 잘 몰랐지만 이 일을 할 수 없다는 것만큼은 분명했다.

프레드리크가 입을 꾹 다물었다. 안니카는 그의 못마땅해하는 표정을 자주 봐왔기에 그가 자신의 대답에 만족하지 못한다는 걸 알았다.

"이해가 안 되는데요. 이게 다른 인터뷰보다 나쁠 게 뭡니까?"

"〈TV 토론 포인트〉잖아요. 전국 단위 방송이요. 완전히 다른 문제예요. 저를 그 회장과 맞서게 한다뇨. 우리가 바로바로 한마디씩 주고받기를 원하겠죠."

프레드리크가 천천히 고개를 끄덕였다. "그렇겠죠?" 그는 공감하지 못하겠다는 듯 어깨를 으쓱하며 말했다.

안니카의 몸에서 모든 신경이 반대하고 나섰다.

"오소리 피해자 유족과 함께 출연하는 TV 프로그램이라니." 그녀는 프레드리크의 강철 같은 시선을 마주보며 말했다. "그 말을 듣고 불편함이 조금도 느껴지지 않는단 말이에요?"

"네, 안 느껴지는데요." 프레드리크가 말하고는 허리를 펴고 눈썹을 치켜올렸다. "그리고 솔직히 당신이 그렇게까지 강하게 반응하는 이유도 모르겠습니다. 이 책을 내자고 우리에게 맞서 설득한 사람이 당신이었다는 걸 잊지 마세요."

이 말에 안니카는 숨을 쉴 수 없었다. 어떻게 그녀의 확신이 가진 힘을 그녀와 싸우는 무기로 쓸 수 있단 말인가? 이제껏 프레드리크는 그녀를 지원해주고 그녀의 의견에 귀기울이곤 했다. 그녀를 늑대들에게 던져주는 게 아니라.

"그건 다 회사를 살리자고 한 일이죠. 하지만 사랑하는 사람을 오소리에게 잃은 사람들과 얼굴을 마주보라고요? 저더러 그런 일을 어떻게 견디라는 거예요?" 저는 임신했다고요. 안니카는 이렇게 생각했지만 소리 내서 말하지는 않았다. 아직 초기였으니까.

"그 생각은 예전에 했어야죠." 프레드리크가 말했다. "이젠 이게 우리의 입장입니다. 책이 나왔어요. 독자들은 그 책을 아주 좋아하고요. 하지만 오소리가 저지른 범죄 때문에 괴로워해온 사람들에게는 분노할 권리가 있죠." 그는 안니카가 말을 끊지 못하도록 손을 내밀었다. "세상에, 안니카. 우린 이 책이 사람들에게 영향을 줄 거라는 강점에 기대서 책을 팔았습니다. 그러니 그 결과에도 전문적으로 대처해야죠."

안니카는 손목시계를 보았다. 다음 약속에 늦지 않으려면 곧 회사를 나서야 했다. 마르틴과 함께 엠마 시에베르츠의 사무실로 가서 주택 매수 계약서에 서명하기로 했다.

얀 아펠그렌의 책이 벌어다준 돈으로 살 집.

마음속 깊은 곳에서 그녀는 TV 토론 프로그램에 참여하기 싫어하는 자신에게 부끄러움을 느꼈다. 하지만 그 사실을 인정할 힘이 없었다. 『나는 오소리다』를 출간하겠다는 자신의 선택 때문에 상처를 입은 사람들과 정면으로 맞서고 싶지 않았다. 어떤 의미에서 그녀는 얀 아펠그렌을 죽여버린 셈이었다. 그녀는 침착하고 차분하게 대답하기 위해 심호흡을 했다. "당연히 그래야죠." 그녀가 말했다. "하지만 제가 아닌 다른 사람이 이 프로그램에 나가는 게 더 낫지 않겠느냐는 생각이 들었을 뿐이에요."

"당신 말고 다른 사람이 어떻게 이 일을 할 수 있을지 모르겠는데요." 프레드리크가 말했다. 그는 책상에 팔꿈치를 괴고 깍지를 끼더니 손마디 너머로 그녀를 보았다. "어쨌든 책임 편집자는 당신이잖아요."

"직접 나가지 그러세요?" 그녀가 프레드리크에게 손을 내밀며 말했다. "회사의 평판을 보호하는 게 그렇게 중요하다면 사장님이 직접 하시지 않고요?"

프레드리크는 의자에서 떨어질 뻔했다. 진심으로 모욕당한 표정이었다. "에클룬드 프레스에서 출간한 책을 지키는 건 담당자인 당신의 일입니다."

"제가 거절하면요?"

프레드리크는 입을 꽉 다물고 고개를 저었다. "당연히 강요할 순 없습니다. 하지만 이 회사에 당신의 미래가 있기를 바란다면 그 의지를 보여주는 게 좋을 겁니다."

안니카는 프레드리크가 방금 한 말의 숨겨진 의미를 이해하려고 애쓰며 바닥을 내려다보았다. 도시의 강변 북쪽인 노라 엘브스트란덴에 있는 TV 방송국에 가지 않으면 그녀가 싸워온 모든 명분이 허사로 돌아갈 터였다.

"알겠습니다."

33

땅속에는 빛이 없다.
모든 소리가 잦아들고 가로막힌다.
나는 증오당하고 사냥당한다.
하지만 절대 혼자가 아니다.

5월 31일 화요일

엠마 시에베르츠의 사무실로 가는 길에 얀토르예트를 가로지르
며 안니카는 점점 심해지는 스트레스로 몸을 떨었다. 하가 뉘가타
거리에 깔린 울퉁불퉁한 자갈길에서 필요 이상으로 속도가 느려졌
는데, 동시에 그 시간은 안니카가 긴장을 풀고 생각할 여유를 주었
다. 그녀는 때때로 멈춰 서서 매력적인 가게 진열창을 들여다보곤
했다. 거의 일 분을 꽉 채워 중고서점에 있는 아름다운 장정의 책
들을 자세히 살펴보기도 했다. 그런데도 TV 출연 생각을 멈출 수
없었다. 스웨덴 전 국민이 지켜보는 가운데 그 자리에 선 자신의
모습, 아무 말도 하지 못하고 당황하는 모습이 상상되었다. 한편
아이에 대한 걱정도 점점 커졌다. 스트레스와 불안이 태아에게는
어떤 영향을 미칠까?

안니카는 속도를 높여 하가 공원을 지났다. 그녀는 종교를 믿지 않았지만 하가 교회의 높은 첨탑 그늘 속을 걸으며 자신의 죄책감을 의식할 수밖에 없었다. 얀 아펠그렌의 목숨을 주고 산 성공의 대가를 곧 치르게 될까? 그녀는 눈물을 억눌러 삼키며 스토르가탄 거리를 따라 걸었다. 마르틴이 엠마 시에베르츠의 사무실 건물 입구에서 기다리고 있었다.

"기진맥진한 모습이네." 그가 말했다.

"고마워, 내가 딱 원하던 모습이야." 안니카는 미소 지으려 했다. 미소라기보다는 인상을 찡그리는 것처럼 느껴졌지만.

"미안."

"괜찮아. 그냥 피곤해서 그래. 엄청나게 골치 아픈 하루였거든. 임신을 한다고 발걸음이 가벼워지는 것도 아니고."

마르틴은 돌아서서 묵직한 나무문을 보더니 재빨리 화제를 돌렸다. "그래서, 여기가 그 여자 사무실이야?"

"응. 여기가 엠마 시에베르츠의 호화로운 사무실로 들어가는 입구야. 고양이까지 있다니까."

"고양이?"

그들은 벨을 눌렀고 잠금장치에서 버저 소리가 나자 문을 열었다. 계단실에 둘의 발소리가 메아리쳤다. 잠시 후, 안니카는 어느새 응접실 같은 손님맞이 공간에 다시 들어와 있었다. 엠마 시에베르츠가 두 사람을 반기며 악수했다. 그녀의 손은 따뜻했고 핸드크림을 발라 촉촉했다.

엠마가 앞장서서 작은 주방으로 들어가더니 차를 끓일 물을 올렸다. "물이 끓는 동안 소파에 편안히 계세요. 양도증서가 테이블에 있으니 원한다면 읽어보시고요. 꽤 간단한 내용이에요."

안니카는 마르틴이 양도증서를 살펴보는 동안 소파 등받이에 기대앉아 있었다. 지금 당장은 어떤 법적 문제도 이해할 여력이 없었다.

마르틴이 한 부분을 읽더니 말했다. "정말로 간단하네요. 제 아파트를 팔 때 썼던 계약서는 두 배쯤 길었거든요. 이 계약서는 집 한 채를 통째로 거래하는 건데."

엠마가 쟁반을 가지고 돌아왔다. 쟁반 가운데에는 구식 꽃무늬 찻주전자와 커다란 접시에 받친, 어울리지 않는 찻잔 세 개가 놓여 있었다. "저는 부동산 중개인들이 사용하는 아무 의미 없고 형식적인 언어를 똑같이 쓸 필요가 없다고 생각해요." 그녀가 붉은빛이 도는 갈색 차를 안니카에게 따라주며 말했다. "당연한 얘기지만 필요한 내용은 그 안에 전부 담겼습니다. 나머지는 생략했고요."

마르틴이 엠마에게 서류를 내밀었다. "보증사항이 없는데, 이렇게 해도 될까요?"

"유감이지만 그렇게 해야만 해요." 엠마가 말했다. "2페이지를 보시면 알겠지만 보증사항이 없다는 말도 엄밀히 말해 사실이 아니지만요."

"무슨 말인지 모르겠는데요." 마르틴이 말했다.

"전 그 집에 관해 아무것도 몰라요." 엠마가 말했다. "그저 재산과 관련된 유언의 집행자일 뿐이죠. 제가 하는 일은 얀 아펠그렌의 유언장에 표시된 대로 자산을 매각하는 것뿐이에요. 물론 그에 따라 저는 자산에 그 집이 포함되어 있다는 것 외에 아무것도 보증할 수 없습니다. 소유권을 양도받기 전에 얼마든지 주택평가사에게 일반 검사를 받아보실 수 있어요. 역으로 두 분께서는 어느 순간에든 소유권을 양도받으실 수 있고, 저 역시 계약금을 요구하지 않습니다."

"2페이지에 뭐라고 적혀 있는데요?" 안니카가 말했다.

"아, 아래층 생활 공간에 관한 내용이에요. 하청 업체에서 한 공사에 대한 보증사항을 인도한다는 내용이죠. 그 공사와 관련해 무슨 문제가 발생하면 하청 업체에 시정을 요구하실 수 있어요."

"합리적이네요." 마르틴이 말했다.

"주택평가사가 마음에 들지 않는 뭔가를 발견하면 거래를 아예 취소하실 수도 있습니다." 엠마 시에베르츠가 덧붙였다.

마르틴이 어깨를 으쓱했다. "저는 괜찮은 것 같네요."

"자, 그럼." 엠마 시에베르츠가 말했다. "두 분이 하실 일은 서명뿐이에요."

그녀가 마르틴에게 만년필을 내밀었고, 마르틴은 망설이며 만년필을 살펴보았다.

"그냥 그렇게 잡고 쓰세요." 엠마가 손가락 끝으로 펜을 비틀며 말했다. "익숙해져서 적당한 각도를 찾으면 볼펜으로 쓰는 것보다 훨씬 좋거든요."

마르틴은 만년필 끝을 계약서에 대고 천천히 서명하기 시작했다. 날카로운 펜촉의 소리가 안니카의 귀에 거슬렸다. 그녀는 소파에 앉은 채 꼼지락대며 마르틴에게서 펜을 건네받았다. 그녀가 서명할 차례가 되자 손이 떨렸다. 펜촉을 보니 발톱이 떠올랐다. 펜촉은 푸른 잉크로 가볍게 얼룩져 있었지만 그 잉크가 붉은 피일 수도 있었다. 솟구치는 감각이 전기 충격처럼 손가락 전체에 번지면서 그녀는 만년필을 놓쳤다. 결국 바닥에 만년필이 떨어졌고 펜촉에서 잉크가 튀어 카펫에 얼룩이 졌다.

"죄송해요." 그냥 반사적으로 말이 튀어나왔다. "뭐가 문제인지 모르겠네요. 그냥 손에서 떨어졌어요."

"자기야, 괜찮아?" 마르틴이 허리를 굽혀 만년필을 집으며 말했다.

안니카의 눈이 설탕이의 초록색 눈과 마주쳤다. 고양이는 소파 밑에 엎드려 그녀를 관찰하면서 발톱으로 천천히 카펫을 긁고 있었다. 날카로운 발톱이 지나가며 마루를 긁었다. 그 짐승이 이빨을 드러내며 하악 소리를 냈다.

"설탕아." 엠마가 불렀다. "거기서 뭐해?"

"저 때문에 겁먹었나봐요."

고양이가 마지막으로 한 번 그녀를 쏘아보더니 숨어 있던 곳에서 쏜살같이 나와 주방으로 사라졌다. 안니카는 재빨리 서명한 뒤 테이블 위의 만년필 옆에 계약서를 두었다.

"됐네요." 엠마가 말했다. "두 분이 집을 매수하셨습니다."

34

나 자신의 심장이 뛰는 소리 너머로
그 짐승들이 지하의 디젤 엔진처럼 꾸르륵대며
포효하는 소리가 들린다.
그 소리는 진동으로서 전달된다.

6월 2일 목요일

밤 10시가 조금 지난 시간이었다. 세실리아 브리데는 화장실에서 이제 막 칫솔을 집어들려는 참이었다. 그때 옆방에서 핸드폰이 진동했다. 그녀는 고개를 저으며 못 들은 척하려 했지만 진동은 그칠 기미가 보이지 않았다. 그녀는 칫솔을 반짝이는 사기 세면대에 올려놓았다가 전화를 건 사람이 요나스인 것을 보고 깜짝 놀랐다. 요나스가 이 시간에 무슨 용건으로 전화한 걸까? 수사에서 뭔가 나온 걸까?

"〈TV 토론 포인트〉 보고 있어요?" 요나스가 말했다. 평소보다 말이 빨랐다.

"아니, 그런 헛소리는 도저히 못 참아주겠던데." 세실리아가 말했다.

"이번 회차는 놓치면 안 돼요."

세실리아가 TV를 켰다. "왜 그러는데?" 그렇게 말하는 순간, TV 영상이 그녀의 어두운 거실을 밝혔다.

"경위님의 친구 크리스토페르 올손이 출현해서 출판기획자랑 오소리 책 얘기를 하고 있어요."

"설마?" 세실리아가 말했다. "잠깐, 가만히 있어봐."

화면을 꽉 채우는 영상에 스튜디오의 타원형 입식 테이블이 보였다. 그 테이블을 둘러싸고 사방에 관객들이 앉아 있었고, 테이블 한쪽에는 크리스토페르 올손이 있었다. 그는 거인처럼 보였는데, 버건디색 테이블 상판이 벨트의 버클과 같은 높이였다. 그는 한 손을 펼쳐 평균 키의 한 여자를 가리키고 있었다. 여자는 짙은 붉은색 머리칼을 헤어클립으로 정돈했고 선명한 빨간색 블레이저 차림이었다. 방송진행용 카드 한 뭉치를 든 진행자가 둘 사이에서 매우 활기차게 고개를 끄덕였다.

세실리아는 중간에 방송을 켰으므로 크리스토페르가 무슨 말을 하는 건지 이해해보려 해봐야 별 소용이 없었다. 하지만 그가 진정하려고 애쓴다는 건 분명했다. 전에도 저런 모습을 본 적이 있었다. 그는 목이 붉어져 있었고 베이지색으로 화장을 했는데도 관자놀이의 혈관이 피부 너머로 파랗게 두드러졌다.

진행자가 손목을 까딱하며 말을 끊자 크리스토페르는 진정하며 마지못해 말을 멈췄다. 세실리아는 진행자가 그와 관객에게 동시에게 말하는 동안 크리스토페르의 턱근육이 움직거리는 것을 보았다. "여기 계신 모든 분이 크리스토페르 씨의 감정을 이해하리라 생각합니다만, 이제는 출판사에서 그 비판에 응답할 차례입니다."

진행자가 안니카를 돌아보았다. "안니카 그란룬드 씨, 에클룬드 프레스의 출판 담당자이시죠. 안니카 씨의 회사에서 『나는 오소리 다』를 출간했는데요. 크리스토페르의 주장에 대해 뭐라고 답하시 겠습니까?"

버건디색 테이블과 부드러운 조명. 스튜디오 조명이 어울릴 법 도 한데 안니카는 창백해 보였다. 안니카의 눈이 겁먹은 동물의 눈 처럼 움직였다. "일단 무엇보다도 저희 에클룬드 프레스에서는 누 구에게도 상처를 줄 의도가 없었다는 점을 말씀드리고 싶습니다." 목소리가 가늘게 들렸다.

크리스토페르가 고개를 저으며 그녀의 말을 끊었다. "당신들은 돈만 벌 수 있으면 누구에게 상처를 주든 전혀 신경쓰지 않아요."

진행자가 엄격한 눈으로 크리스토페르를 보았다. "안니카가 답 변할 차례인데요."

"말씀드렸다시피," 안니카가 말을 이었다. "누군가에게 상처를 주는 건 저희의 의도가 아니었습니다. 하지만 얀 아펠그렌의 마지 막 원고에 담긴 잠재력을 깨닫고는 원고를 그냥 서랍에서 묵힐 순 없었어요. 저희는 책을 출간해야 하는 빚을 작가에게 지고 있었고, 대중에게 그 책을 읽을 기회를 줄 의무가 있었습니다."

진행자가 안니카 쪽으로 몸을 숙였다. "하지만 오소리에게 살해 된 사람들의 유족에 대해 생각해보신 적은 없나요? 어쨌거나 책은 아직 잡히지 않은 범죄자를 다루고 있는데요."

"그야 말할 필요도 없죠. 그래서 출간은 오랜 토론을 거쳐 이뤄

졌습니다. 동시에 우리는 이 책이 대중을 위한 허구의 작품이라는 점도 놓쳐선 안 됩니다. 책에서 일어나는 일은 진짜 살인자와 아무 관련이 없어요."

"그래서 상황이 더 나빠진다는 생각은 안 합니까?" 크리스토페르가 손마디로 테이블을 짚고 몸을 앞으로 기울이며 말했다. 그가 안니카에게 시선을 고정하자 카메라가 돌아가며 그의 얼굴을 화면에 꽉 차게 잡았다. "이건 그 미친놈에게 목숨을 잃은 실제 사람들에 관한 이야기입니다. 변태적인 유희 때문에 강제로 슬픔을 겪게 된 사람들의 문제요. 내 누이는……"

크리스토페르는 목소리가 흔들렸지만 이내 고개를 저었다. "내 누이는 떠났습니다. 절대 돌아오지 못해요. 그런데 당신은 여기 서서 그 사건이 그저 창작물일 뿐이라고 말하는군요."

관객 몇몇이 손뼉을 쳤다.

진행자는 갈채가 점점 잦아들게 놔두었다. "자, 지금까지 안니카는 오소리의 실제 범죄가 그저 창작물이라는 주장을 하진 않았습니다. 그렇지만 이 책을 펴내기로 한 회사의 결정은 어떻게 변호할 수 있을까요?"

세실리아는 안니카를 살펴보며 조금 연민을 느꼈다. 저 출판기획자가 홀로 스포트라이트를 받으며 이 모든 압력에도 무너져내리지 않으려고 애쓰고 있다는 걸 알 수 있었다. "몸이 별로 좋지 않은가본데." 그녀가 핸드폰 너머의 요나스에게 말했다.

"에클룬드 프레스는 모든 형태의 문학 분야에서 양질의 출판을 계속해나가고자 노력합니다." 안니카가 TV 화면을 향해 말했다.

세실리아는 그녀가 몸에 밴 대로 생각없이 말하고 있다는 걸 알 수 있었다. 상황이 달아오르기 시작할 때 조사실에서 수많은 피의자들이 보인 것과 똑같은 모습이었다.

"그건 이곳의 모든 분이 알고 계실 텐데요." 진행자가 말했다. "대중이 알고 싶어하는 것은 왜 하필 『나는 오소리다』를 출간했느냐는 겁니다."

"저는…… 이 나라에는 언론의 자유가 있습니다." 안니카가 말을 더듬었다. "말씀드렸다시피 원고가 매우 뛰어났기에 회사에서는 출간하지 않을 수 없다고 판단했어요. 이 작품은 불행하게도 더 이상 우리 곁에 없지만 대중의 마음속에서 사랑받는 작가의 마지막 유산입니다. 그냥 지나칠 순 없었습니다."

"당신이 직접 그 작가의 인정사망선고를 받아냈죠?" 진행자가 물었다. 안니카는 물이 담긴 유리잔을 집어들었지만 조금도 삼키지 못했다. 그저 입이 가려지도록 물잔을 얼굴 앞에 들고 있을 뿐이었다. 세실리아는 유리잔이 떨리는 것을 보았다. "〈TV 토론 포인트〉에서는 사망 추정자의 인정사망선고 신청서 열람을 요청했습니다. 당신이 디지털 서명을 했더군요, 안니카. 이에 관해 더 하고 싶은 말씀이 있나요?"

"저는 저 출판사가 보이는 자기방종의 여러 층위에도 한계가 있어야 한다고 생각합니다." 크리스토페르가 말했다. "어떻게 상처를 주고 파괴를 초래할 뿐인 책을 출간하겠다고 당신네 작가의 죽음을 확정하는 무정한 짓을 할 수가 있습니까? 내가 보기에 이건 뻔뻔한……"

세실리아는 TV를 끄고는 고개를 저었다. "저걸 보니 내가 왜 이런 프로그램을 못 견뎠는지 기억나네."

"무슨 말인지 알겠네요." 요나스가 말했다. "크리스토페르는 지금 저 여자한테 그야말로 도끼를 휘둘렀어요. 저도 모르게 그 여자가 가엾어지던데요. 다 자기가 자초한 일이지만. 잠깐만요!"

"뭔데?"

요나스는 아무 말도 하지 않았다. 세실리아는 전화기 너머로 요나스의 TV에서 나오는 목소리를 들을 수 있었다. 잠시 후 요나스가 말을 이었다. "뭐, 이제 거의 끝나갑니다. 크리스토페르가 방금 설명하기로는 유족연합에서 변호사들에게 출간과 관련해 회사에 소송을 걸 수 있는지 확인해달라고 요청했다네요. 어떻게 진행하는지 두고 보죠."

"아마 어려울 거야." 세실리아가 말했다. "어쨌든 안니카 그란룬드와는 얘기를 좀 해봐야겠네."

"정말 그럴 가치가 있을까요?" 요나스가 한숨을 쉬었다. "이젠 책을 거의 다 읽었는데요. 정확한 내용이 상당히 많다고 말할 수 있겠어요. 하지만 작가가 오소리의 정체를 알았다면 왜 책을 냈겠어요? 경찰한테 가지 않고?"

"모르겠어." 세실리아가 말했다. "직감이라고 해두자. 경찰들은 보통 직감에 따라 움직이는 것 아냐? 안니카 그란룬드는 뭔가 알고 있고, 그걸 탐탁지 않게 여기고 있어. 표정 못 봤어? 난 그게 뭔지 알아야겠어."

35

그 짐승들은 끔찍하지만 절대 나를 해치지 않는다.
땅을 뚫고 뿌리와 돌을 비켜 돌아가는 안전한 길을 가리킨다.
내 손가락으로 파헤치기에 땅이 너무 단단할 때면
그들이 흙을 헐겁게 만들어준다.

육 년 전, 10월 21일 수요일

얀이 린네가탄에 있는 작은 카페의 문을 열자 문 위에 달린 종이 딸랑거렸다. 새로 간 커피 향이 따뜻한 공기 중에 어려 있었다. 그의 눈이 안니카 그란룬드를 찾았다.

특별히 이곳에서 만나는 건 일종의 전통이 되었다. 하지만 그는 안니카와 단둘이 이곳에 올 때마다 똑같이 긴장했다. 오늘은 특히 그랬는데 얀의 입장에서는 많은 것이 걸려 있었기 때문이다. 카페의 가정적인 분위기는 심박수를 정상적인 수준으로 유지하는 데 도움이 되었지만 그래도 두 뺨이 붉어졌을 게 분명했다. 그는 몰래 양손을 주머니에 집어넣어 손바닥의 땀을 닦아냈다. 안니카는 평소에도 이메일을 길게 쓰지 않았지만 얀은 그 주 월요일에 받은 짧은 이메일에서 최악의 상황을 읽어낼 수밖에 없었다. 그 이메일에는 오늘 만나서 얀이 '부활절의 남자'라는 제목을 붙인 투르발 미스터리에 관해 얘기하자는 제안만 적혀 있었다. 안니카는 원고에 대해 어떻게 생각하는지 말하지 않았다. 그래서 걱정스러웠다.

"안녕하세요, 얀!" 안니카가 얀이 자신을 볼 수 있도록 테이블에서 일어서며 말했다. 그녀는 평소처럼 머리를 틀어올려 검은색 플라스틱 클립으로 집어놓았다. 귀 뒤로 넘어가 돌돌 말리는 머리칼은 잡지 못했다.

"안녕하세요." 얀은 가슴속에서 초조하게 두방망이질하는 심장을 의식하지 않으려고 애쓰며 말했다. 안니카의 밝은 갈색 눈이 그의 시선과 마주쳤다. 안니카의 눈이 암소 같다는 테레세의 말이 머릿속을 빠르게 스쳐갔다. 아마 안니카의 눈이 커서 한 말이었을 것이다. 하지만 그렇게까지 크다고 하기는 어려웠다.

안니카는 양팔을 활짝 벌리며 얀을 따뜻하게 끌어안았다. "뭐 드실래요? 저는 이미 커피가 있어요. 작가님을 기다리면서 한 잔 주문했거든요."

"더블 에스프레소요." 얀이 바리스타에게 고개를 끄덕이며 말했다. 주머니로 손을 뻗었지만 안니카의 손이 그를 막았다.

"제가 낼게요." 안니카가 말했다. 협상의 여지가 없다는 목소리였다.

그들은 자리에 앉았고 얀은 커피를 맛봤다. 살짝 날카로운 맛이 감도는 풍부한 커피였다. 그가 좋아하는 그대로였다. 집에는 낡은 커피메이커밖에 없었다. 그 기계도 그럭저럭 역할을 하긴 했지만, 얀은 자기만의 에스프레소 머신을 사는 꿈을 꾸었다. 그러나 지금 그들은 집 개조가 끝날 때까지 모든 면에서 지출을 줄이는 중이었으므로 에스프레소 머신을 사기까지는 좀더 기다려야 할 터였다.

"집은 어떻게 되어가세요?" 안니카가 카푸치노 잔을 양손으로 잡으며 말했다.

"천천히 진행되고 있습니다. 물어봐줘서 고마워요. 작업할 게 너무 많아서요. 어쨌든 진행은 되고 있죠. 지금은 하수관을 새로 설치하고 있습니다."

안니카가 고개를 저었다. "하수관이라는 단어조차 따분하게 들리네요."

"그러게 말입니다. 그것 때문에 돈깨나 쓰고 있어요. 하지만 완공되겠죠. 하수관이 곰팡이와 습기 피해보다는 훨씬 재미있을 겁니다."

"맞는 말씀이네요. 저야 그런 문제를 피하게 돼서 기쁘지만요. 당연한 얘기지만, 마르틴이랑 저는 아이가 생기기 전까진 집 생각을 하기엔 일러요."

얀이 고개를 끄덕였다. 미소를 짓느라 뺨의 근육이 당겨졌는데 그 정도가 지나치게 느껴졌다. 뺨에 빨간색 동그라미가 그려진, 구식 연극용 하얀색 가면이 된 느낌이었다. 얀은 수다에 아무 관심이 없었다. 출판사에서 그의 원고를 어떻게 생각하는지 알고 싶었다. 그래도 둘은 거의 십오 분 동안 온갖 얘기를 나누었고, 얀은 이 말 저 말 지껄이면서도 무슨 얘기를 했는지 기억나지 않았다. 그저 관심을 보이듯 고개를 끄덕이고 예의바르게 대답했다. 그러다 커피를 다 마시자 둘의 대화도 잦아들었다. 얀은 커피잔과 접시를 만지작거리며 용기를 냈다.

"그래서," 얀은 숨을 들이쉬느라 잠시 말을 멈췄다가 물었다. "원고는 어땠습니까?"

그는 안니카가 꿈지럭대지 않으려고 최선을 다하는 모습을 보았다. 그녀의 얼굴은 계속 부드러운 미소를 짓고 있었지만 몸은 눈에 띄게 긴장한 상태였다. 안니카도 이 상황이 마음에 들지 않는 것이었다.

"글쎄요. 도입부는 좋아요. 작가님은 늘 도입부를 잘 쓰시죠. 이야기도 콘셉트상으로는 정말 좋아요." 그녀가 웃었다. "아무도 살인사건의 배후에 누가 있는지 짐작하지 못할걸요. 하지만."

"하지만 뭡니까?"

"모르겠어요. 밋밋하게 느껴져요. 무슨 뜻인지 아시겠어요? 이번에는 전작과 달리 지쳐 있는 게 투르발만이 아니에요. 마치 작품 전체가 지쳐 있는 것 같아요." 안니카는 걱정스러운 듯 인상을 찌푸리며 사과라도 하듯 얀을 보았다. "딱히 하나를 짚을 순 없어요. 그냥 총체적으로 존재하는 문제예요. 뭔가 한 방이 없네요."

얀은 무슨 말을 해야 할지 알 수 없다가 결국 짧게 대꾸했다. "그렇군요."

"작가님이 하실 수 있는 일이 있을지 회사에서도 의논해봤어요." 안니카가 말했다. "하지만 그냥 솔직히 말씀드리는 게 가장 좋을 것 같아서요. 안됐지만, 저희는 이번 작품이 통하지 않을 것 같다고 생각해요."

얀은 자기 몸에서 벗어난 기분이었다. 제대로 들은 게 맞긴 할까? 베스트셀러를 두 권이나 낸 출판사에서 지금 그의 작품을 거절하는 걸까? 피가 화학반응이라도 일으키듯 끓어올랐다. 이제 와서 나를 배신하는 거야? 그는 이를 악다물고 어떻게든 초연함을 유지했다.

"그러니까, 고맙지만 사양하겠다는 거지요?" 그가 물었다.

"맞아요. 유감이지만요." 안니카는 대답하고서 진지하게 얀을 보았다.

"내가 뭘 해야 한다고 생각합니까?"

안니카가 한숨을 쉬었다. "이렇게 잘 받아들이시니 다행이네요. 작가님은 늘 프로다운 모습을 보이셨죠. 어떤 작가님들처럼 지나치게 까다롭지 않으시고요."

"고맙습니다." 얀이 말했다. "이 일을 하면서 감상적으로 구는 건 도움이 되지 않죠. 그렇지만 말은 안 해도 내가 실망했다는 건 알겠지요." 자신의 목소리가 낯설게 느껴졌다. 얀은 최대한 목소리를 무감정하게 유지했으나 마음속 깊은 곳에서는 절망으로 부르짖고 싶었다. 심지어 어린아이처럼 울고 싶었다. 하지만 안니카에게 그런 모습을 보이고 싶지는 않았다. 그는 감정적인 작가 지망생이 아니라 프로였다.

"실망하신 건 이해해요. 진심으로 저희가 더 좋은 소식을 가져다드릴 수 있었으면 좋겠다고 생각하고요. 하지만 저희 모두는 작가님께서 원고의 기본적인 설정을 가져다 처음부터 다시 쓰시는 게 최선이라고 생각합니다." 안니카는 자기 말을 강조하려고 몸을 앞으로 숙였다. "작가님은 에클룬드 프레스의 작가이십니다. 회사는 작가님도, 투르발 경감도 포기하지 않았어요. 다만 이 원고에 대해서만 그런 거죠. 아시죠?"

얀은 몸에서 공기가 빠져나가는 기분이었다. 전체를 다시 쓰라고? 머리가 멍해졌다. 이번 원고를 쓰는 데 거의 일 년이 걸렸다. 두뇌가 모든 문장에 반대 의견을 내는 가운데 완전히 음울한 한 해가 흘렀다. "글쎄요." 그는 자기도 모르게 말하고 한숨을 쉬었다. "완전히 다른 걸 써야 하지 않나 싶습니다."

"예를 들면요?" 안니카가 물으며 흥미로운 표정으로 얀을 보았지만 얀은 모든 눈맞춤을 피했다.

"난 예전부터 공포소설을 쓰고 싶었습니다." 얀이 말했다. 누구에게도 밝혀서는 안 되는 더러운 비밀이라도 얘기하듯이. "최근에 어떤 아이디어를 구상하고 있었거든요. 그 아이디어가 어떤 모습이 될지 말하기에는 너무 이릅니다. 다만 투르발 시리즈를 더 쓰기 전에 그 아이디어에 관해 알아보고 싶어요."

팔짱을 끼는 안니카의 표정에 회의감이 드러났다. "저희는 공포소설을 출간하지 않아요." 그녀는 고개를 젓더니 다시 미소 지었다. "하지만 작가님이 포기하셔야 한다고 생각하진 않아요. 다시 해보세요. 대중은 더 많은 투르발 경감 이야기를 원하니까요. 투르발 경감에게 한번 더 기회를 주세요, 아시겠죠?"

얀은 아무 말도 할 수 없었다. 그저 고개를 끄덕였다.

"좋습니다." 안니카가 말하고는 손목시계를 힐끗 보았다. "유감이지만 전 그만 가봐야 해요. 그래도 가을 파티에서 뵐 수 있겠죠?"

"그럼요." 얀이 말했다. 지금까지 그는 가을 파티를 고대해왔다. 이제는 가고 싶지 않았지만 가야 한다는 걸 깨달았다. 출판사 사람들에게 그가 아직 발을 빼지 않았다는 걸 보여줘야 했다.

돌아와보니 집은 어둡고 텅 비어 있었다. 얀은 테레세가 아직 직장에 있다고, 그가 있는 집으로 돌아오기만을 열망하고 있을 거라고 자신을 설득해봤다. 그러나 아내가 다른 남자와 함께 있는 상상을 몰아낼 수 없었다. 그들이 섹스를 할 때 테레세가 내는 허스키한 신음이 머릿속을 떠나지 않았다. 얀이 하고 싶어서 하는 상상이 아니었다.

얀은 망치를 휘두르듯 주먹으로 벽을 쳤다. "씨발!" 그가 큰 소리로 말했다. 나를 배신하고 있어. 늘 그랬듯이. 모두가 날 배신하고 있어.

요리할 힘이 없었다. 대신 그는 바삭바삭한 빵에 치즈를 얹어 먹고 그 건조한 음식을 와인으로 씻어내렸다. 한입 먹을 때마다 음식이 치아에 꼈고, 와인에서는 쓴맛이 났다. 하지만 그에게 단단히 달라붙는 음침한 기분만큼 씁쓸하지는 않았다. 얀은 테레세가 바람을 피우고 있다고 믿었지만 확신할 순 없었다. 동시에 그 의심이 그를 부끄럽게 했다.

그는 와인잔을 가지고 다시 노트북 앞에 앉았다. 그가 자신의 생각과 내면의 싸움을 벌이는 동안 커서가 『부활절의 남자』 원고 위에서 깜빡거렸다. 다른 출판사에 보내야 할까? 하지만 누가 이 책을 원할까? 이 책은 시리즈였다. 1권과 2권에 대한 출판권까지 가지는 게 아니라면 중간에 시리즈를 맡을 출판사는 없었다. 아닐까? 그는 파일을 휴지통으로 드래그한 뒤 남은 와인을 몇 차례 깊게 꿀꺽꿀꺽 마셔버렸다. 이제 어쩌지? 안니카가 원하는 대로 다시 시작할까, 아니면 완전히 다른 뭔가를 써볼까?

노트북 배경화면이 그를 비웃었다. 하얀색 영어 텍스트로 크게 '글을 써라'라고 적혀 있는, 유명 작가들의 초상화를 모아놓은 화면이었다.

와인 때문에 졸렸지만 얀은 긁는 소리에 눈을 떴다. 어제와 똑같은 소리였다. 그는 자리에서 일어나 노트북을 탁 닫은 뒤 주의깊게 귀기울였다. 하지만 아무것도 없었다. 조그만 서재는 칠흑처럼 어두웠다. 그는 눈을 꼭 감고 하품을 한 다음 계단을 올라 침실로 갔다. 그리고 바지를 벗는데 다시 그 소리가 났다. 바깥쪽 벽에서 들리는, 느리고 귀에 거슬리는 소리. 얀은 걷다 말고 멈췄다. 소리가 반복되면서 이제는 방의 반대편에서 들려왔다. 꼭 소리가 집의 외벽을 따라 움직이는 것만 같았다.

그는 바지를 다시 입고 침대 옆 테이블 서랍에서 손전등을 꺼낸 뒤 밖으로 나갔다. 자기가 무엇을 찾는지도 모르는 채로 건물 토대 주변의 구덩이 속에 불빛을 비췄다. 광선이 덩어리진 콘크리트에 닿았고, 노란 하수관이 한쪽 구석에 말려 있었다.

저녁 공기의 한기에 정신이 번쩍 들었다. 그는 모든 구석을 살피며 문에서 이어지는 널빤지를 통해 구덩이를 건넌 뒤 집 옆으로 돌아갔다. 서재가 있는 곳이었다. 굴착 업체는 아직 집의 그쪽 부분을 파는 데까지 나아가지 못했다. 손전등 불빛이 잔디밭 표면을 훑자 풀밭의 습기가 번들거렸다. 그는 오랫동안 그 자리에 선 채로 어떻게 뭔가가 땅속에서 바깥쪽 벽을 긁을 수 있는지 의아해했다.

얀은 몸을 떨었다. 그리고 이건 걱정할 문제가 아니라고 생각하기로 했다.

36

땅굴이 안쪽으로 무너져 머리 위로 쏟아지면서
나를 생매장할 듯 위협했을 때, 그들은 속삭임으로
나를 꾀어내고 나를 파내 풀어줬다.
그들은 어둠 속의 내 형제이자 자매다.
나의 수호천사다.

6월 3일 금요일

"좀 어떠세요?" 카트린이 손님용 의자에 앉아 안니카를 걱정스러운 듯 보며 물었다.

안니카는 고개를 저었다. "봤잖아. 재앙이었어." 그녀는 잠시 이마에 손을 얹었다. 그런 다음 손으로 머리칼을 쓸어넘기며 눈물을 흘리지 않으려고 날카롭게 숨을 들이쉬었다. 밤새 한숨도 못 잤다. 화장도 하지 못했고 출근길에 나서기 전 샤워조차 하지 못했다.

카트린은 앞으로 몸을 숙이며 안니카의 허벅지에 손을 올렸다. "어쨌든 전 선배가 잘했다고 생각해요. 그 회장이라는 사람, 완전히 개자식이던데요."

안니카가 미소 지었다. "고마워, 다정하게 말해줘서. 내가 무슨 말을 했는지도 거의 기억이 안 나. 어쨌든 절반쯤은 그 사람 말이 맞을지 모른다고 생각했어."

"왜요?"

"모르겠어. 우리가 생각한 건 회사를 구하는 것뿐이었잖아." 내 집 생각이랑. 안니카는 수치심 속에 뒹굴고 있었다.

"그래도 봐요." 카트린이 말했다. "선배가 한 말이 맞아요. 그건 그냥 책이에요. 진짜가 아니라고요."

"그건 그렇지." 안니카가 말했다. "그래도. 오소리한테 누군가를 잃은 사람들은 고통을 겪고 있잖아. 그 사람들한테는 그냥 책이 아닐 수도 있지."

"그럼 그분들한테 우리가 뭔가 해드릴 수 없을까요?" 카트린이 생각에 잠겨 말했다. "사과문을 낸다거나, 유족협회에 기부를 한다거나 하는 식으로요. 우리가 진짜로 관심을 기울인다는 걸 보여주는 거죠."

안니카가 카트린의 눈을 마주보았다. "글쎄. 어쩌면 그럴 수 있을지도 모르겠네. 하지만 그런다고 나아지진 않아. 책을 출간할 수 있도록 내가 실제로 얀 아펠그렌을 죽였으니까."

"안니카⋯⋯" 카트린이 말했지만 안니카는 그녀의 말을 끊었다.

"아무튼 난 정말 그렇게 했어, 카트린. 만약 얀이 살아 있으면?"

카트린은 고개를 저으며 안니카의 손을 잡았다. "당연히 돌아가셨죠."

"나도 알아. 하지만 얀이 사망했다면 책을 쓴 건 다른 사람이야. 그게 누굴까?" 예스페르 올손? 쏘는 듯한 고통이 안니카의 몸을 휩쓸었다. 예스페르일 수도 있었다. 그에게는 나름의 야망이 있었다.

안니카로서는 그가 설득력 있는 소설을 만들어낼 수 있는지 알 수 없었지만 말이다. 하긴, 그게 아니라면 원고가 들어왔을 때 예스페르가 그런 반응을 보인 이유가 무엇이겠는가? 건강도 안 좋아지고?

예스페르랑 얘기해봐야겠어. 안니카는 생각했다.

"방해했다면 미안해요." 레베카 콜린이 문 앞에서 말했다. "그런데 손님이 왔어요, 안니카."

안니카는 고개를 들어 그녀를 보았다. "아니, 그럴 리가요. 오늘은 약속이 없는데요. 누구예요?"

"경찰요."

안니카는 얼어붙었다. "경찰요?"

카트린이 입을 쩍 벌린 채 레베카를 보았다.

"『나는 오소리다』에 관해 당신과 얘기하고 싶대요."

"설마요." 안니카가 말했다.

"설마가 아니에요."

안니카는 일어서서 윗옷을 바로잡았다. 방을 나서는데 다리가 후들거렸다. 복도에는 엄격한 표정의 날씬한 여자가 있었다. 금발이 말려올라가 머리 위에 잘 어울리게 묶여 있었다. 그녀와 함께 있는 남자는 검고 헝클어진 머리에 플라스틱 안경을 쓰고 있었다. 그들의 태도 전체에서 심각함이 배어나왔다. 동시에 여자가 한 작은 동작에서는 조바심이 드러났다.

"절 찾으셨나요?" 안니카가 물었다.

"안니카 그란룬드 씨?" 여자가 안니카의 손을 단단한 손길로 잡으며 말했다. "세실리아 브리데 경위입니다. 이쪽은 제 동료인 과학수사팀 소속 요나스 안드렌 경사고요."

"안녕하세요." 요나스가 말했다.

"아, 그렇군요. 어서 오세요." 안니카는 머릿속이 의문으로 빙빙 돌았다. 경찰이라니? 경찰이 여기에? 왜? "무얼 도와드릴까요?"

"조용히 얘기를 나눌 만한 곳이 있나요?" 세실리아가 말하며 안니카의 어깨 너머로 탁 트인 사무실을 살펴보았다.

안니카는 잠시 그들을 자기 사무실로 데려갈까 생각했지만 그곳은 너무 사적인 공간으로 느껴졌으므로 대신 회의실로 안내했다. 테이블에 놓인 인쇄물 몇 가지를 치운 뒤 그들은 자리에 앉았다.

"본론만 얘기하죠." 세실리아가 안니카의 시선에서 눈을 떼지 않고 말했다. "오소리에 대해 뭘 아십니까?"

안니카는 고개를 저었다. "무슨 말인지 모르겠는데요. 좀더 설명해주시면 좋겠어요."

세실리아는 자기가 가져온 『나는 오소리다』를 테이블에 올려놓았다. "당신이 이 헛소리를 책으로 냈죠. 할말이 아무것도 없습니까?"

"이건 대중소설이에요." 안니카는 자신의 목소리가 그녀의 몸이 아닌 다른 데서 나는 것만 같았다. 회의실 안이 너무 더운 것 같은데? 에어컨을 손봐야 할 것 같았다. 언제나 너무 덥거나 너무 추웠다. 알맞은 적이 없었다. "제가 쓴 것도 아니고요. 저는 책에 적혀 있는 것 말고는 아무것도 몰라요."

세실리아가 동료를 재빨리 힐끗 보았다. "질문을 다시 하죠. 안니카 씨는 이 책이 실제 사건에서 영감을 얻었다는 걸 아실 겁니다. 아닌가요?"

"네, 당연히 알아요. 서론에 그렇게 쓰여 있는걸요."

요나스가 목을 가다듬었다.

"그럼 우리 둘은 같은 의견인 겁니다." 세실리아가 말했다. "저는 오소리 수사팀의 책임자입니다. 놈을 잡으려는 사람이에요. 그런데 별안간 이런 게 튀어나왔네요." 세실리아가 책 표지를 검지로 톡톡 두드렸다.

"다시 말씀해주시겠어요?"

"자세한 내용을 말할 순 없지만, 이 말만은 할 수 있습니다. 이 책에는 공개되지 않은 사실과 연관된 내용이 너무 많아요. 오직 경찰만 알 수 있는 사실 말이죠."

세실리아가 말을 멈췄다. 안니카는 의자에서 불편하게 몸을 움직였다.

"그러니까 여기서 일어난 일을 확인해야 해요." 세실리아가 말했다. "예를 들면, 누가 이 책을 썼는지부터 시작하죠."

안니카는 언론 대응 훈련 때 배운 대로 대답했다. "얀 아펠그렌이에요. 표지에 적혀 있듯이."

"그럴 리 없어요." 요나스가 말했다. "얀 아펠그렌은 몇 년째 실종 상태입니다. 잘 아시다시피 공식적으로 사망 상태고요."

"그건 그렇죠." 안니카는 얼굴을 붉히지 않으려고 애썼다. 그녀는 모든 인터뷰에서 한 것과 똑같은 내용을 고수해야 했다. 늘 그렇듯 신경이 거슬렸으나 다른 때에 비해 지금 더 심하게 거슬릴 이유는 없었다. "저희는 작가님의 미출간작을 살펴보다가 이 원고를 발견했어요. 얀 아펠그렌의 유언장에 적힌 대로 회사가 저작권을 상속받았고요." 너무 여러 번 반복한 나머지 이 말이 사실처럼 느껴졌다.

예스페르가 비밀리에 작품을 썼다면 모르지만. 하지만 예스페르가 왜 그런 짓을 하겠어?

세실리아는 고개를 저었다. "안 믿기는데요." 그녀가 책을 다시 톡톡 두드렸다. 이번에는 손마디로. "이 책을 쓴 사람은 돈을 받고 글을 파는 실종된 늙은이가 절대 꿈꿀 수 없을 만큼 사건에 관해 많은 정보를 알고 있어요. 제 생각엔 안니카 씨가 우리한테 말하지 않은 뭔가를 알고 있는 것 같은데요."

한 가지 생각이 겨울바람처럼 안니카의 머릿속에 소용돌이쳤다. 경찰한테 거짓말을 하는 건 불법일까? "이거 취조인가요?" 안니카가 물었다.

"아뇨." 세실리아가 말했다. "취조로 전환하는 일을 피할 수 있으면 좋겠습니다."

"저한테 무슨 혐의가 걸린 거예요?"

요나스가 세실리아를 본 뒤 대답했다. "아뇨. 그건 아닙니다. 하지만 당신과 에클룬드 프레스가 이번 수사의 이해관계자이긴 하죠."

"그게 무슨 뜻이에요?"

"우리가 연락할 수 있다는 뜻이요." 세실리아가 자기 말을 강조하기 위해 천천히 말했다. "우리한테 말하고 싶은 게 생각났을 때 연락해주시면 좋겠네요."

세실리아가 안니카에게 자기 명함을 미끄러뜨렸다.

경찰이 떠난 뒤에도 안니카는 회의실에 계속 앉아 있었다. 맥박이 도저히 가라앉지 않았고, 등줄기를 따라 식은땀이 흐르는 게 느껴졌다. 그녀는 벽에 걸린 액자 속 표지를 보았다. 피가 끼얹어진 잿빛 콘크리트. 그 아래에 걸려 있는 건 '베스트셀러 1위'라고 적힌 명판이었다.

그녀가 출간한 건 정말 무엇일까?

37

그들은 내게 가르쳤다.
먹을 것을 직접 사냥하는 방법을.
적당한 사냥감을 찾아
그 고기를 먹고 사는 방법을.

6월 3일 금요일

"뭔가 숨기고 있어." 세실리아가 요나스와 함께 거리로 나오며
말했다. 바람이 불어오는 쪽을 마주보자 얼굴에 흘러내린 머리칼
이 흩날렸다.

저 아래 항구에서는 덴마크에서 온 커다란 흰색 여객선이 터미
널 건물의 정박지로 천천히 들어오고 있었다.

요나스가 고개를 끄덕였다. "저도 같은 생각이에요. 경찰서로
부를까요?"

세실리아가 고개를 저었다. "아니. 아직은 아니야. 지금 우리가
건드리기엔 책에 대한 관심이 너무 뜨거워. 언론이 냄새를 맡으면
너무 큰 관심을 끌 거야."

"그러네요. 당분간은 멀리서 그 여자에 대해 자세히 조사해봐야

겠어요. 11월까지는 시간이 많이 남았으니까요."

"그렇게 진행해. 하지만 그것 때문에 다른 일들을 전부 방치해 선 안 돼. 알고 보니 그 여자가 한 짓은 책을 출간한 것밖에 없을 수도 있으니까."

"네, 뭐. 그럴 수도 있죠."

세실리아는 재킷 지퍼를 내렸다. 햇볕 아래 서면 슬슬 본격적인 여름 날씨를 실감했다. "또 그 여자가 특별히 뭘 더 아는지도 확실 하지 않아. 문제는 작가가 뭘 아느냐는 거야, 작가가 누구든 간에. 당연히 얀 아펠그렌은 아니니까."

요나스가 고개를 끄덕였다. 트램이 덜컹거리며 얀토르예트에서 철로를 따라 스텐피렌으로 다가왔다. "그렇죠. 그러니까 얀 아펠 그렌이 정말로 죽었다면요."

세실리아가 휙 돌아보았다. "그게 무슨 뜻이야?"

"뭐, 아무도 모르잖아요. 그냥 엿같이 영리한 광고 전략일 수도 있어요."

"책 한 권 팔아먹자고 자기 사망선고를 가만히 놔두는 미친놈이 어디 있어?" 세실리아가 고개를 저었다.

"오소리 자신일지도 모르죠."

"그러니까 넌, 우리가 사람을 죽이지 않을 때는 책을 쓰는 문학 적 살인자를 상대하고 있다고 생각하는 거야? 아, 쫌!" 세실리아 는 주머니에 손을 찔러넣었고 손에 장갑이 만져졌다. 주머니 밑바 닥에 쑤셔박혀 있던 것이었다. 이제는 바깥이 더워지기 시작했으 니 당분간 그 장갑이 필요하지 않을 터였다. 그녀는 핸드폰을 꺼내 메시지를 확인하다가 우뚝 멈춰 섰다.

"왜요? 출판사에 뭐 두고 왔어요?"

"빌어먹을, 네 말이 맞을지도 몰라."

"이젠 제가 못 알아듣겠는데요."

"우리의 살인자가 실제로 그 책을 썼다면? 얀 아펠그렌이 아니고 말이야. 살인자가 얀의 이름을 빌린 걸 수도 있잖아. 얀은 무명작가가 아니었고, 편하게도 같은 시기에 실종됐으니까."

요나스는 뭔가 생각할 때 보통 그러듯 입술을 꾹 다물었다. "그럴 수도 있겠네요. 하지만 경위님이 직접 말했잖아요. 좀 못 믿을 소리 아니에요?"

"연쇄살인범이 대중의 관심을 끌려 한 건 지금이 처음이 아니야." 세실리아가 말했다. "책을 출간하는 것보다 더 쉬운 방법들이 있긴 하지만."

"네. 그 가설대로라면, 우리의 출판기획자 친구랑은 연결고리가 뭘까요?"

"모르겠어." 세실리아가 대꾸했다.

그녀는 틴더를 열었다. 현재 채팅창은 세 개가 열려 있었다. 그중 아무거나 하나 골라 사실상 모든 이모지를 사용해 답장했다.

38

뼛속의 골수까지 먹어치운
첫번째 대상은 내가 사랑했던 여자였다.
나는 한입 먹을 때마다 울부짖었지만
그 짐승들이 나를 위로하며
내가 하는 일이 옳다고 안심시켰다.

6월 3일 금요일

사무실에 돌아갔을 때 세실리아의 눈에 처음 들어온 것은 책상에 걸쳐져 있는 단화 한 켤레의 닳아빠진 밑창이었다. 그 신발의 주인은 다리가 길었으며 사실상 상체가 늘어난 것처럼 보였다. 그는 세실리아의 의자에 누워 『나는 오소리다』를 읽고 있었다. 벗어져가는 정수리만 페이지 위로 삐죽 나올 만큼 책을 얼굴 앞으로 높이 든 채로. 세실리아가 들어가자 그는 책을 내리고 코끝에 걸쳐놓은 납작한 독서경 너머로 그녀를 살펴보았다.

"실례지만 누구시죠?" 세실리아가 물었다.

남자는 뼈가 두드러지는 검지를 허공으로 들어올렸다. "잠깐. 난 이 부분이 특히 마음에 들어요. 그냥 들어보란 말입니다." 그가 목을 가다듬고 읽기 시작했다.

"땅굴이 안쪽으로 무너져 머리 위로 쏟아지면서 나를 생매장할 듯 위협했을 때, 그들은 속삭임으로 나를 꾀어내고 나를 파내 풀어줬다. 그들은 어둠 속의 내 형제이자 자매다. 나의 수호천사다. 망할, 한 편의 시잖아!"

"그거 제 의잔데요."

남자는 이해가 안 된다는 듯 세실리아를 쳐다보았다. 그러더니 책을 덮고 벌떡 일어나 허리를 쭉 폈다. "크누트 레르예달입니다." 악수를 청해오는 그의 손길은 축축하고 온기가 없었다.

세실리아는 고개를 살짝 뒤로 젖히고 미간이 좁은 그의 잿빛 눈을 마주보았다. "아." 그녀가 무관심하게 말했다. "그런데 내 사무실에서 뭘 하는 거죠? 여기 있는 모든 자료는 기밀인데."

"그렇죠. 그래서 내가 온 겁니다." 그가 미소 짓고는 눈썹을 치켜올렸다. "난 내사과 소속이에요." 그는 말을 하면서도 세실리아의 손을 잡고 있었다. 불편하게 느껴지기 시작했다.

"그래도 당신이 여기서 뭘 하는 건지는 설명되지 않는데요." 세실리아가 말하면서 손을 빼려 했지만 남자는 잠깐 더 잡고 있다가 놓아줬다.

"뭐, 설명이 되죠." 크누트는 대꾸하면서 벽에 고정된 테이블에 쌓인 서류들과 그녀의 자전거용 헬멧, 요나스의 배낭을 지나 세실리아가 이것저것 적어둔 화이트보드에 눈길을 주었다. "네, 정말 설명이 됩니다. 수사에 참여하는 사람이 몇 명이죠?"

"때에 따라 다릅니다." 세실리아가 말했다. "지금은 저랑 요나스 안드렌뿐입니다. 오소리가 공격을 하면 일 년에 한 번은 수사팀이 대여섯 명까지 늘어났다가, 그 시기가 다시 돌아올 때까지 점차 축소되죠."

크누트가 고개를 끄덕였다. "어쨌든 그 이상은 아니라는 거네. 잘됐네요. 그럼 일이 쉬워지겠습니다."

"그래서 하시는 일이?"

"아, 말 안 했던가요? 뭐, 뻔하지 않아요?" 그는 다시 한번 책을 집어들었다. "나는 오소리 수사팀을 조사하도록 임명됐습니다. 이 이야기의 출처를 찾을 수 있는지 알아보려고요."

"상부에서 정보 유출을 의심한다는 뜻인가요?" 세실리아는 단호하게 고개를 저었다. "제가 지켜보는 한 그런 일은 없었습니다." 당연히 그녀의 수사팀에 속한 사람일 리는 없겠지?

크누트가 혀를 차며 어깨를 으쓱했다. "기밀조항을 어기는 건 직권 남용에 해당합니다, 세실리아 양. 그건 당연히 알죠?"

세실리아는 턱이 바닥에 떨어지는 줄 알았다. 방금 양이라고 했나? 그녀는 몇 차례 눈을 깜빡인 뒤에야 대답했다. "그게 무슨 뜻이죠? 당연히 압니다."

"그럼 이게 왜 중요한 일인지도 이해하겠군요. 절대 있어서는 안 될 일이지만, 이곳의 누군가가 정보를 흘린 것으로 밝혀지면 죄지은 사람을 찾아내 새는 구멍을 막는 임무가 대단히 중요해진다는 것도 알 겁니다. 누군지 몰라도, 그자가 이런 거지 같은 작품을 더 써야겠다는 생각을 하기 전에 말이죠." 크누트는 잠시 말을 멈추고 사태의 심각성을 강조하듯 세실리아를 바라보았다. "안 그래요?"

"맞습니다. 당연히 그렇죠. 하지만 그럴 리 없다고 생각합니다."

"아직 결론을 내리진 말죠." 크누트가 빠르게 말했다. "오소리 사건 수사는 세실리아 양의 소관일지 몰라도, 나한텐 내 소관의 수사가 있으니까요. 그 수사는 내 방식대로 진행할 겁니다. 그야말로 전면적인 협조를 기대합니다."

세실리아가 고개를 끄덕였다. "당연하죠. 다만 여기서 알아내신 걸 보고 싶은데요. 혹시 반대하실 이유가 있나요?"

크누트는 블레이저 주머니에서 봉투를 꺼냈다. "난 이미 서버에 올라와 있는 당신의 파일들에 대한 접근권을 가지고 있습니다. 그러니 그것들을 읽는 데서부터 시작해야겠다고 생각했죠. 차츰 다시 방문해 수사에 참여한 모든 사람을 신문하겠습니다. 즐거운 저녁 보내세요."

그가 떠날 때 세실리아가 그의 등뒤에 대고 말했다. "저는 이 건물에 있는 거의 모든 사람을 압니다. 그런데 어떻게 전엔 당신을 한 번도 못 본 거죠?"

크누트가 걸음을 멈췄다. "그야 난 여기서 일하지 않으니까요." 그는 얼굴 가득 미소 지으며 말했다. "어제 스톡홀름에서 나를 기차에 태워 보낸 겁니다."

그는 양손에 커피잔을 하나씩 들고 들어오던 요나스를 지나쳤다. 요나스에게는 아무 관심을 기울이지 않는 것처럼 보였다.

"누구예요?" 요나스가 세실리아에게 잔을 건네며 물었다.

세실리아가 고개를 저었다. "웬 얼간이야. 우릴 수사해야 한대. 이젠 살인범을 감옥에 처넣는 것보다 정보가 새는 구멍을 찾는 게 더 중요한가봐."

39

그 짐승들이 얼마 동안 땅속에서
잠을 잤는지는 모르겠다.
하지만 인간의 무자비한 땅 파기에
그들은 잠을 깼다.
휴식을 빼앗기면 그들은 복수를 추구한다.

6월 4일 토요일

아침햇살이 주방 창문을 통해 쏟아져들어왔다. 공중에 떠다니는 먼지가 빛을 받아 반짝였다. 안니카는 새 주방의 문 앞에 서 있었다. 아주 작고 반짝이는 그 입자들을 요정의 가루라고 생각할 수밖에 없었다. 그녀의 삶을 더 나아지게 할 마법의 가루라고.

입가의 작은 근육들이 천천히 말려올라가 미소가 되었고 뱃속에서는 따뜻한 기분이 느껴졌다. 아직 눈치챌 만한 건 아니었지만 그녀의 몸에는 빛 속으로 나오기만 기다리는 새 생명이 있었다. 모든 것이 완벽했다. 그녀는 안심했으며 차분하고 행복했다. 지난 몇 달간 쌓인 스트레스가 숨을 쉴 때마다 몸밖으로 흘러나왔다. 그리고 허리에 닿는 양손이 느껴졌다. 마르틴의 몸이 그녀의 등을 덮쳤다.

"자기야, 잘 다녀왔어?"

그 말을 듣자 안니카는 자신이 아플 만큼 그를 사랑한다는 걸 알았다. 대답할 수 없었다. 감정이 흘러넘쳐 목소리가 목에 걸렸다. 눈에 기쁨의 눈물이 차올랐다. 그녀는 고개를 뒤로 젖혀 그의 어깨에 기댔다.

"이게 진짜야?" 그녀는 호흡을 고르고는 말했다. "지금 여기 사는 게 우리 맞아?" 영원히 함께, 행복하게?

"우리집 맞아." 마르틴이 말하고는 혼자 키득거렸다. 조금 영리하다고 생각되는 말을 하려 할 때마다 그는 보통 그렇게 웃었다. "아직 가구를 하나도 들여놓지 않았으니까 엄밀하게 말하면 하룻밤 더 아파트에서 살아야 하지만."

안니카는 팔꿈치로 마르틴의 배를 쳤다. 그가 손을 놓을 정도로만 세게.

"아야!" 마르틴이 웃었다. "매맞는 남편일세."

"인정해, 그렇게 사는 거 좋아하잖아." 안니카가 돌아서서 그에게 입을 맞췄다. "아니면 경찰을 부르든지."

마르틴의 시선이 집중력을 잃으며 그녀의 어깨 너머를 향했다. "저걸 봐!"

"뭔데?" 안니카가 물으며 돌아서서 창가로 한 발짝 다가갔다.

커다란 점박이 고양이가 제멋대로 자란 산울타리를 따라 이웃집을 향해 가고 있었다. 녀석은 멈춰 서더니 가시가 점점이 박힌 나뭇가지 아래서 밖을 엿보았다.

"너무 예쁘다." 안니카가 창문을 톡톡 두드리자 고양이가 고개를 돌려 그녀를 보았다.

"누구네 고양이일까?" 마르틴이 말했다.

안니카가 베란다 문을 열었다. "가서 만져볼래."

고양이는 꼬리를 치켜든 채 전혀 움직이지 않고 서 있었다. 안니카는 베란다로 나가 웅크리고는 나지막한 목소리로 말했다. "이리 온, 야옹, 야옹아."

고양이는 잠시 그녀를 보더니 아무 일도 없었다는 듯 산울타리를 따라 계속 움직였다.

"관심 없대?" 마르틴이 물었다.

"응. 그래도 나한테 하악거리진 않았어. 변호사의 짜증스러운 고양이와는 다르게."

마르틴이 다시 일어서는 그녀에게 손을 내밀었다. "가자. 오늘이 가기 전에 내려야 할 짐이 두어 가지 있어."

"임산부의 근력이 필요하단 말이야?"

"응, 맞아. 아직 임신이 그렇게 많이 진행되진 않았잖아. 그래도 무거운 건 내가 들게."

안니카가 일어서는데 머리가 약간 핑 돌았다. 이내 그녀는 고개를 끄덕이고 마르틴과 함께 진입로에 후진 주차해둔 트레일러로 갔다. 그들은 스냅식 자물쇠를 풀고 덮개를 들어올렸다. 트레일러 안에서는 그들의 인생 전체가 마커로 이름을 적은 상자에 담겨 그들을 기다리고 있었다. 주방. 거실. 침실. 욕실. 테이블 다리 같은 작은 가구들이 여기저기서 삐죽 고개를 내밀었다. 트레일러는 너무 꽉 차서 터지기 직전이었지만 마르틴은 만족했다. 필요 이상으로 왔다갔다 운전하는 걸 싫어했으니까. 침대만 빼고 아파트에 있는 모든 물건이 트레일러에 들어갔다. 옷과 세면도구를 넣은 커다란 여행가방 세 개가 아파트의 텅 빈 거실 바닥에 아직 있었지만.

"이제 힘 좀 쓸 시간이네." 마르틴이 용기 있게 미소 짓더니 상자를 하나 꺼냈다.

상자를 들고 왔다갔다하자 집이 그들의 물건들로 채워지기 시작했다. 상자 하나가 들어올 때마다, 안니카가 즉시 꺼내 창틀이나 바닥에 놓아야 한다고 우긴 잡동사니들이 하나씩 놓일 때마다, 헐벗은 방들이 변해갔다. 텅 빈 껍데기에서 집으로 천천히 변해갔다.

그들의 집으로. 그들이 둥지를 틀고, 가족을 이루고, 남은 평생 행복하게 살아갈 곳으로. 안니카는 기다리기 힘들었다.

그녀는 창고라는 이름표를 붙인 상자를 들고 계단을 지나 아래층으로 내려갔다. 취미방은 완전히 비어 있었다. 나무들 사이로 빛이 깜빡이며 들어와 그림자며 춤추는 황금빛 태양의 얼룩으로 바닥과 흰 벽에 생기를 주었다. 아래층은 공기가 더 차가웠기에 짧은 복도를 지나 창고로 들어가자 땀이 식었다. 그리고 상자를 내려놓을 때, 그녀는 판지 아래서 뭔가를 긁는 소리를 들었다. 그 소리가 그대로 안니카를 꿰뚫었다. 소름이 돋아 그녀는 양팔로 몸을 감쌌다.

안니카는 온기를 유지하느라 팔 윗부분을 문지르면서 창고를 둘러보았다. 바로 거기에, 짙은 색의 뭔가가 상자에 반쯤 가려진 채 엷은 베이지색의 지하실 바닥을 배경으로 놓여 있었다. 그녀는 웅크리고 그것을 자세히 살펴보았다. 흙이었다. 잿빛이고 먼지처럼 건조한 흙. 안니카는 더 자세히 살펴보려고 상자를 치웠고, 튼튼한 장화가 남긴 발자국을 보자 가슴이 쿵쾅거리기 시작했다. 더 많은 발자국을 찾아 주위를 살폈지만 여기에 하나밖에 없는 듯했다. 마지막 청소 단계에서 못 보고 지나친 발자국인 듯했다.

"마르틴!" 안니카가 소리쳤지만 답은 들려오지 않았다.

이제 계단으로 돌아가려 하는데 어떤 소리가 들린 것 같아 안니카는 걸음을 멈췄다. 뭔가가 바깥쪽 벽을 긁는 것 같았다. 온몸의 근육에 힘이 들어갔다. 안니카는 천천히 고개를 한쪽으로 숙이고 어디서 그 소리가 들리는지 귀기울였다. 하지만 이제는 정적이 흘렀다. 유일하게 들리는 건 환기 시스템에서 나는 휙휙 소리와 마르틴이 위층에서 걸어다니는 발소리뿐이었다.

상상이 틀림없었다. 안니카는 숨을 내쉬며 고개를 저었다. 여기에 겁낼 건 아무것도 없었다.

40

왜 그 많은 사람 중 하필 나를 선택했는지는 모르겠다.
어쩌면 그들에게는 자신들을 도와줄
누군가가 필요했던 건지도 모른다.
땅 위에서 그들의 눈이 되어줄 누군가가.

육 년 전, 10월 22일 목요일

얀은 선잠을 자고 있었다. 탈수기에 넣은 양말처럼 생각이 머릿속을 빙빙 돌았다. 마침내 어느 정도 평정심을 되찾고 나니 테레세가 집에 도착하는 소리가 들렸다. 그녀는 몰래 들어오려 했지만 현관 자물쇠에 열쇠를 꽂고 달그락거리며 신발을 더듬더듬 벗은 뒤 까치발로 침실에 들어오는 동안 얀은 이미 깨어 있었다.

"깨어 있어?" 얀이 자기를 지켜보는 걸 알고 테레세가 말했다.

"지금 몇시야?" 얀이 물었다. 밤새 어디 있었느냐고 물을 용기가 있으면 좋겠다고 생각했다.

"좀 자." 테레세가 이불 속으로 들어오며 말했다.

그녀가 숨을 내쉬자 알코올 향이 훅 끼쳤다. 톡 쏘는 땀냄새도 함께였다. 의심은 점점 심해졌고, 얀은 뒤로 돌았다. 억지로라도 생각하지 않으려고 눈을 꾹 감았지만 그 와중에도 머릿속은 그를 속이는 아내의 모습을 쏟아내고 또 쏟아냈다.

귓속에서 뭔가 거슬리는 소리가 났다. 종이가 천천히 찢기는 소리가 연상되었다. 얀은 침대에 꼼짝 않고 누워 귀를 기울였다. 근육에 힘이 들어갔지만 아무 일도 일어나지 않았다. 그러다 소리가 멈췄다. 피로 때문에 머릿속이 혼미했지만 여전히 잠들 수 없었다. 그때 다시 소리가 났다. 침실 벽 바깥쪽을 따라 뭔가 날카로운 것이 끌리는 소리였다. 그는 베개로 머리를 가리며 그 소리는 상상이라고 생각하기로 했다. 이미 확인했다. 그곳에는 아무것도 없었다. 그런데도 소리가 들렸다. 다시, 또다시. 들릴 때마다 소리는 조금씩 가까워졌다. 겨우 잠들었다고 생각한 순간 그 소리가 돌아왔고, 테레세가 그날 입을 옷을 고르느라 천장등을 켤 때까지 반복되었다. 수면 부족으로 머리가 윙윙거렸으므로 그녀가 아무 말 없이 욕실로 사라졌을 때 얀은 고마운 마음이 들었다.

다음에는 초인종 소리에 잠을 깼다. 테레세는 이미 출근하고 없었다. 그는 비틀거리며 침대에서 나와 체크무늬 잠옷을 몸에 두르며 욕을 해댔다. 문 너머에는 튼튼한 장화를 신고 형광 노란색 작업복을 입은 남자가 있었다. 그는 얀의 모습을 보더니 눈썹을 치켜올렸다가 손을 내밀었다.

"안녕하세요, 군나르손 굴착 업체의 요니입니다."

얀은 그 말을 이해하기 힘들었지만 일단 말했다. "얀 아펠그렌입니다." 기억이 천천히 돌아왔다. 그래, 월요일에 굴착 업체의 요니와 얘기를 했었지?

"이걸 어떻게 처리할지 봐야 하는데요." 요니는 집과 가장 가까운 하수관을 묻을 자리를 가리키며 말했다. "제가 날을 잘못 알았나요?" 그는 얀을 다시 한번 보며 미소 지었다. 이 상황이 무척 웃기다고 생각하는 티가 났다.

얀은 고개를 저으며 헝클어진 머리를 긁었다. "음, 아뇨. 오늘이 맞습니다." 그는 제대로 알고 말하는 것처럼 보이려고 애썼다. "제가 늦잠을 잤나보네요. 죄송합니다."

"저야 상관없어요." 요니가 말했다. "그런데 날씨가 좀 추워지는 것 같지 않나요? 집밖을 한번 살펴봐야 할 것 같은데."

"좋습니다." 얀은 신발에 발을 집어넣고 그를 따라 밖으로 나갔다.

요니는 천천히 구덩이 가장자리를 따라 걸으며 아래를 보았다. 때때로 멈춰 서서 고개를 저었다. "어려울 수도 있겠는데요." 그가 한숨을 쉬며 말했다.

"땅 파기만 마치면 되는 것 아닌가요? 작업을 거의 다 하신 것 같은데." 한기가 맨다리를 물어뜯었다. 잠옷은 확실히 따뜻했지만 차가운 공기가 옷자락 밑으로 불어들어왔다. 아침안개가 남긴 투명한 구슬들이 잠옷 바깥쪽 가장자리에 달라붙었다.

요니가 뒤통수를 긁적였다. "그건 그렇죠. 그런데 여길 보세요." 그가 팔을 위아래로 휙휙 휘둘러 구덩이를 가리키며 말했다. "이게 좋지 않습니다."

"무슨 말인지 모르겠는데요. 문제가 있나요?" 얀은 허리를 숙여 들여다보았다. 특별한 건 보이지 않았다.

"그렇다고 할 수 있죠." 얀이 드러난 외관을 계속해서 살펴보는 동안 요니가 말했다. 습기가 스며들기 시작한 지점의 콘크리트가 짙은 잿빛으로 변한 채 흙으로 고르지 않게 덮여 있었다.

"우리가 보통 외부 문제라고 부르는 것이 있네요." 요니가 말을 이었지만 얀은 듣지 않았다. 전에는 분명히 없었던 연한 회색 흔적이 바깥 부분에서 곧장 뻗어나가고 있었다. 다섯 개의 평행선 네 쌍이 약 30센티미터의 호선을 그렸다. 때로는 서로 겹쳐지고, 때로는 나란히 그어져 있었다. 마치 날카로운 못으로 외벽을 긁은 것처럼 보였다. 아니면 날카로운 짐승의 발톱으로.

"그래서 전문가를 불러야 합니다. 평범한 인부들은 무슨 일이 일어날지 몰라서 작업을 계속하는 위험을 무릅쓰지 않을 거예요." 요니가 말을 이었다. "전문가들을 부르려면 시간이 좀 걸릴 수 있고요. 그냥 알려드리는 겁니다."

얀은 고개를 저으며 억지로 다시 집중했다.

"비용이 좀더 들어갈 텐데, 괜찮으세요?" 요니가 코담뱃갑을 꺼내며 말했다.

"네, 괜찮습니다." 얀은 토할 것 같았다. 돈이 더 들어간다고 하면 테레세가 어떻게 생각할지 뻔했다. "언제 올 수 있나요?"

요니는 코담배를 윗입술 밑에 밀어넣었다. "이 주쯤 걸릴걸요. 제가 전화 드릴게요." 그는 얀의 손을 다시 잡은 뒤에 돌아서서 자기 자동차로 향했다.

얀은 콘크리트에 남은 자국을 다시 살펴보았다. 그게 뭔지 알아내야 했다. "잠깐만요." 그가 요니에게 소리쳤다.

요니가 멈춰 서서 돌아보았다.

"그냥 여쭤보는 건데요." 얀이 구덩이를 가리키며 말했다. "밤에 바깥에서 소리가 들린 것 같거든요. 무슨 소리였을지 아세요?"

요니가 어깨를 으쓱했다. "아뇨. 무슨 소리였는데요?"

얀이 망설였다. "잘 모르겠습니다. 긁는 소리였어요. 뭔가가 벽을 긁어대는 것 같은 소리요."

"오소리일지도 모르죠."

"그런 일이 흔한가요?"

요니는 고개를 저었다. "아뇨. 우리 형이 한번 본 적이 있어요. 녀석이 둥지 튼 곳에서 땅을 파다가 우연히 벌어진 일이었죠. 가끔 쥐가 나오기도 해요. 다시 흙을 채우면 사라집니다."

"그런 것들이 보통 벽을 긁어요?"

요니의 표정이 굳어졌다. "이걸 완공할 수 있는 사람을 데려올 때까지 기다리세요. 그러면 확실히 해결될 겁니다. 아셨죠?"

얀은 아무 말도 하지 않고 고개를 끄덕였다. 요니의 시선이 얀에게로 흘러오더니 그를 위아래로 훑어보았다. 그러더니 요니는 인사도 하지 않고 떠났다.

41

그렇게 우리는, 땅속의 원초적 짐승들과 나는
생산적인 공생관계를 이루고 살아간다.
그들은 최근에 흙이 파헤쳐진 곳으로,
내가 음식으로 삼을 생명체와 가까운 곳으로
나를 데려가 선택하게 해준다.
그들이 내게 주는 특권이 고맙다.

6월 5일 일요일

예스페르 올손은 불꽃 색깔로 외벽을 칠한 아파트 건물에 살았
다. 에릭스베리스토르예트와 그리 멀지 않은 곳이었다. 안니카는
예스페르의 집 인터폰을 눌렀다. 차가운 바람이 골목 모퉁이를 돌
아 불어오며 희미한 바다 냄새를 실어날랐다. 저멀리 햇빛에 반짝
이는 물이 보였고, 돛단배가 건너편 부두에 정박한 흰색 스테나 연
락선을 지나 둥실둥실 떠갔다. 이 지역이 왜 인기 있는지 알 것 같
았다. 건물들이 신축이었고 사방에 유아차를 끌고 돌아다니는 부
부들이 있었다. 미래에 대한 낙관이 가득했다.

인터폰에서 지직거리는 소리가 났다. "네?"

안니카는 예스페르의 목소리를 거의 알아듣지 못했다. 이제 막

잠에서 깬 것 같았다. 오전 11시 정각이 거의 다 되었는데도. "안녕하세요, 예스페르." 그녀가 말했다. "회사의 안니카 그란룬드예요."

"안녕하세요." 예스페르가 대답했다. 안니카가 왜 이곳을 찾아온 건지 모르겠다는 목소리였다.

"잠깐 들어가도 될까요? 그냥 잘 지내는지 확인하고 싶어서요."

"네." 예스페르의 목소리에는 약간 머뭇거리는 기색이 배어 있었다. "올라오세요. 삼층입니다."

잠금장치에서 찰칵 소리가 났고, 안니카는 계단실로 들어갔다. 상쾌한 세제 냄새가 났다. 그녀는 엘리베이터를 타는 대신 계단을 올라갔고 얼마 지나지 않아 예스페르와 마주쳤다. 그는 팔짱을 낀 채 현관문 앞에 서 있었다.

"안녕하세요." 안니카가 숨을 헐떡이며 미소 지었다.

예스페르는 트레이닝복 바지에 스타워즈가 인쇄된 구겨진 티셔츠를 입고 있었다. 면도도 하지 않았고 머리도 엉망이었다. "죄송한데 무슨 일이에요?" 그가 인상을 찌푸리며 말했다.

"얘기 좀 하고 싶어서요."

예스페르는 그녀를 집안으로 들였다. "프레드리크가 당신을 보낸 건 아니면 좋겠네요. 의사 말로는 당분간 직장과 접촉하지 말아야 한다는데."

"아니에요, 걱정할 필요 없어요." 안니카가 말했다. "프레드리크가 보낸 게 아니니까요."

"그럼 무슨 일입니까?" 예스페르는 이렇게 물으며 터덜터덜 거실로 들어갔다.

안니카는 닫힌 침실 문과 열린 화장실 문을 지나 큰 다목적실로 들어갔다. 거대한 벽걸이 TV 앞에 놓인 소파가 방 전체를 차지했다. TV 화면에 경기장 모습이 떠 있었고, 꽉 끼는 옷을 입은 운동선수들이 트랙을 돌고 있었다. 소리는 꺼져 있었다. 소파 한쪽에는 담요가 뒤엉켜 있고 사방에 쿠션이 흩어져 있었다. 온갖 테이블과 의자에는 에클룬드의 교정지가 놓여 있었다. 책과 만화책 더미도 함께였다. 닫힌 노트북이 남은 아침식사와 함께 커피테이블 위에 비좁게 놓여 있었다. 긴 커튼이 작은 발코니로 통하는 열린 문에서 너울거렸다. 문이 열려 있는데도 퀴퀴한 냄새가 났다. 예스페르는 며칠 동안 아파트 밖으로 나가지 않은 것 같았다.

"집이 좋네요." 안니카가 주위를 둘러보며 말했다.

예스페르는 코웃음을 치더니 소파에 앉아 팔꿈치를 무릎에 괴었다. "네. 그렇게 말하신다면야."

"어떻게 지내요?"

예스페르가 한숨을 쉬었다. "지금은 모두가 내 걱정을 하는 게 신물이 날 지경입니다. 엄청나게 피곤하고요. 한 번에 며칠씩 쭉 자요."

"그렇군요. 무척 골치가 아프겠어요."

"맞아요. 하지만 최근에는 어쨌든 TV를 볼 수 있었죠. 글도 좀 쓰고." 예스페르가 잠깐 미소 지었다.

안니카는 문득 그가 미소 짓는 모습을 본 적이 거의 없다는 걸 떠올렸다. 그가 병가를 내기 전에도 말이다. 그녀는 마주 미소 지었다.

"그냥 내가 어떻게 지내는지 보고 싶어서 왔다는 겁니까?" 예스페르가 양팔을 벌리며 말했다. "실례인 건 알지만, 그게 전부는 아닐 것 같다는 느낌이 드는데요."

"정말 다른 건 없어요. 하지만 궁금한 게 있긴 하죠."

"뭔데요?" 예스페르가 팔짱을 끼며 물었다.

"제가 최근에 어떤 문제를 많이 생각하고 있는데요." 안니카가 말했다. "예스페르 씨가 병가를 내기 전에, 누군가를 섭외해서 투르발 시리즈를 계속 쓰게 한다는 아이디어 때문에 무척 동요했잖아요. 그러다가 원고가 들어왔을 때는 정말로 화를 냈고요. 예스페르 씨가 그렇게까지 화내는 건 본 적이 없어요. 마치 개인적인 문제로 받아들이는 것 같던데."

예스페르는 입을 꽉 다물고 창밖을 내다보았다. "기억 안 나는데요."

"당연한 얘기지만, 말하기 싫다면 하지 않아도 괜찮아요." 안니카가 그의 옆에 앉았다. "그냥 내 문제 때문에 알 필요가 있어서 그래요. 알겠지만 그 책을 펴낼 수 있도록 얀 아펠그렌의 사망선고를 받아낸 사람이 나예요. 내가 안고 살아야 하는 문제죠. 다만 얀 아펠그렌이 그 책을 쓰지 않았다면 누가 쓴 건지 알고 싶어요."

예스페르가 코웃음을 치며 기관총처럼 쏘아댔다. "어쨌든 난 아닙니다."

"예스페르 씨가 쓴 거라면 좋았을 텐데요, 아닌가요?"

"내가 글쓰기 수업을 듣는다는 거 알죠?" 예스페르가 말했다. "난 직장에서 엄청나게 많은 양의 원고를 읽었습니다. 그중 대부분이 그야말로 엉망이라고 생각하면서도 그것들을 팔았죠. 그래서 씨발, 이 정도는 나도 하겠다 싶었어요."

"이상할 것 없어요. 카트린도 글을 쓰고 싶어하는걸요. 나도 한때는 그랬고요. 다만 난 재능이 없어요. 예스페르 씨가 글을 쓰는 건 멋진 일이라고 생각해요."

"그러시겠죠. 하지만 투르발 시리즈를 더 써야 한다는 헛소리가 나오기 시작하면서부터는…… 모르겠네요. 이미 일 때문에 엄청난 스트레스를 받고 있었는데 남자친구한테까지 차였어요. 나한테는 글밖에 없었는데 그것마저 시간이 걸렸고요. 그러다가 스릴러 수업에서 다른 작가의 캐릭터를 활용해 단편소설을 쓰는 과제를 받았습니다. 난 투르발을 선택했죠."

그는 잠시 말을 멈추고 고개를 저었다. "강사가 나에게 엄청나게 화를 냈어요. 내가 뭔가 있어 보이려고 안 아펠그렌이 우리한테 보내준 단편소설 원고를 가져온 줄 알더군요."

안니카가 예스페르를 빤히 쳐다보았다. 자신이 뭘 들은 건지 믿기지 않았다.

"무슨 말인지 알겠어요?" 예스페르가 말했다. "강사는 그 글을 내가 아니라 진짜 안이 썼다고 여겼습니다. 처음에는 좌절했지만 내게 재능이 있을지도 모른다는 생각이 들었죠. 그래서 자리에 앉아 나만의 투르발 장편을 써봤어요. 무슨 생각이었는진 모르겠네요. 그냥 어딘가에 팬픽으로 낼 작정이었는지." 그는 어깨를 으쓱했다. "그렇지만 완성하진 못했어요."

"그러니까 대필 작가를 데려오겠다는 말이 나왔을 때 실제로 한

번 써보고 싶었다는 거예요?"

예스페르는 고개를 끄덕였다. "네. 하지만 뭔가 의견을 내는 위험을 무릅쓰진 않았죠. 너무 허세 떠는 것처럼 느껴져서. 아무도 내 말을 진지하게 듣지 않았을 겁니다."

"이해해요. 그렇다면……" 안니카가 혼란스러워하며 말했다. "당신이 『나는 오소리다』를 썼나요?"

예스페르가 고개를 저었다. "알겠지만, 그 원고가 나타났을 때는 꼭 터널 시야에 갇히는 기분이었어요. 그 자리에 남아 있을 수가 없었습니다. 다음날에는 침대에서 일어나지도 못하겠더군요." 그가 한숨을 쉬더니 안니카와 눈을 마주쳤다. "나도 내가 쓴 거면 좋겠어요. 그런데 아닙니다."

42

사냥할 때 나는 나 자신만이 아니라
그들을 위해서도 복수하는 것이다.
그러나 땅속의 내 수호자들을 방해하는
모든 이가 그 대가로 죽어야 하는 건 아니다.

6월 6일 월요일

세실리아 브리데는 일정한 속도로 움직이며 주택개발단지의 아스팔트 길을 가로질러 스카토스 실외 레크리에이션 구역으로 향했다. 그녀는 달리는 속도를 높이며 얼굴에 와닿는 산들바람을 느꼈다. 이게 필요했다. 달리기를 통해 그녀는 중심을 지킬 수 있었다.

지금은 특히 그랬다.

왜 아무도 말해주지 않은 걸까? 간부들이 내사를 시작했다는 점에서 그녀가 지난 한 해 동안 두려워해온 바가 사실임이 확인되었다. 상사들은 오소리 수사를 어떻게 처리해야 할지 몰랐다. 아무 결과도 없이 수사를 무한정 계속할 수도 없고, 그렇다고 포기할 수도 없었다. 다들 오소리가 다시 공격하리라는 걸 알았으니까.

물론 세실리아를 다른 사람으로 교체할 수도 있을 것이다. 하지만 누구로? 세실리아만큼 속도에 신경쓰는 사람이 없었고, 그녀만큼 이 일을 원하는 사람도 없었다. 오소리 수사는 그녀의 경력에서 막다른 길이나 마찬가지였고 스스로도 그 사실을 알았다. 살인범을 잡지 못하는 한, 그녀와 요나스는 둘이 함께 쓰는 방에서 그들을 그리워하는 사람 하나 없이 자기 무덤을 파는 것이나 마찬가지였다.

세실리아는 스포츠센터까지 언덕을 올라가며 속도를 높였다. 때때로 자동차가 휭 하며 그녀를 지나쳐 주차장으로 향했다. 해가 숲 너머로 떨어지며 그림자 속으로 온기까지 함께 가져가버린 뒤의 차가운 공기는 호흡하기 힘들었다. 10킬로미터를 달릴 때까지는 빛이 남아 있을 테지만 그리 밝지는 않을 것이다. 경계심이 그녀를 휘감았으나 핸드폰과 함께 힙색에 감춰둔 총을 떠올리자 빠르게 사그라들었다. 허리에서 위아래로 흔들리는 총의 무게는 불편하지만 안도감을 주었다.

겨울의 그 사건 이후 세실리아는 온라인으로 호신용 불법 스프레이를 구매하는 사람들을 이해했다. 모두가 달리기를 하러 나갈 때 반자동 권총을 몰래 가져갈 순 없었다. 그리고 세실리아 브리데는 겁먹을 시간이 없었다. 힙색에 손을 얹자 천 아래로 권총 손잡이의 모서리가 느껴졌다. 어디 덤벼봐, 날 따라잡아보라고! 오늘이라면 망설이지 않고 그 개자식에게 총알을 박아넣었을 것이다. 그녀는 딱 억눌린 분노만큼 속도를 높였고, 달리기 코스가 오랜만에 더 힘들게 느껴졌다. 내사 생각이 머릿속을 떠나지 않았다. 개인적인 수사, 그녀를 겨냥한 수사였으니까. 그녀에게는 내사에 대한 통제력이 전혀 없었다. 그래서 불안했다.

세실리아는 뒷조사를 해봤다. 크누트 레르예달이라는 남자는 뭔가 발견될 때까지 돌멩이 하나도 몇 번씩 뒤집어봐야 직성이 풀리는 사람으로 유명했다. 흙과 쥐며느리들 사이에 잊힌 채로 있는, 혹은 숨겨져 있는 것들을 발견할 때까지. 한편으로는 좋은 일이었다. 정보가 새고 있다면 그 출처가 드러나는 게 모두에게 좋은 일이니까. 그러나 한편으로는 정말로 나쁜 일이었다. 그녀에게 책임이 돌아올 테니까. 상황을 더 유심히 지켜봐야 했다. 그보다 나쁠 수도 있었다. 크누트는 다름 아닌 세실리아 브리데가 정보를 유출하고 있다고 생각할지도 몰랐다.

기자회견마다, 수사에 참여한 이후로 한 인터뷰마다 자신이 정확히 뭐라고 했는지 떠올리려 애썼다. 모든 언론 발표와 이메일에 쓴 모든 단어, 브라우저에 남은 검색 기록 하나하나를 생각해봤다. 그녀에게 불리한 쪽으로 해석될 수 있는 모든 것, 그녀가 수사를 통해 얻은 정보를 업무 외 용도로 활용했다는 의미를 띨 수 있는 모든 것을.

세실리아는 길에 난 구멍에 발을 잘못 디뎌 휘청거렸고, 발목이 당겨지며 날카로운 통증이 느껴져 걸음을 멈췄다. 그제야 자신이 감당할 수 없을 정도로 스스로를 밀어붙이고 있었다는 걸 깨달았다. 그녀는 제자리에 서서 몸을 지탱하느라 양손으로 무릎을 짚고 몸을 앞으로 숙인 채 숨을 골랐다.

지금 그녀의 직업이 경각에 달려 있었다. 어쩌면 시간이 다한 건지도 몰랐다. 세실리아가 경찰에서 쌓은 경력은 한 번도 빛을 발한 적이 없었다. 그나마 이제는 영영 끝나버리기 직전인지도 몰랐다. 이게 다 그 엿같은 책 때문이었다. 그렇다면 할일은 하나뿐. 그 출판기획자를 불러다 취조해야 했다. 사건에 대해 뭔가 아는 사람이 있다면 바로 그 여자였다. 최소한 책에 쓰인 정보가 어디서 나왔는지 알아내는 데 도움이 될 수 있었다. 살인범은 찾지 못하더라도 크누트보다 먼저 정보 누설자를 찾을 수 있을지도 몰랐다. 그러면 세실리아 본인에게 쏠린 시선이 분산될 것이다.

해볼 만한 일이었다.

43

평범한 삶을 살아가는 이들은 그냥 내버려둔다.
나는 거짓말하는 자들을 원한다. 충실하지 않은 자들,
배신하고 자기가 사랑하는 사람을 해치는 자들.
그들에게 나의 분노는 처벌이자
그들이 이 세상에 저지른 잘못에 대한 응징이다.

6월 7일 화요일

마르틴이 거실 벽에 TV를 대보는 동안 안니카는 그를 가까이서 지켜보았다. 인테리어를 새로 하지 못했기에 처음부터 그 자리에 있던, 갈색과 흐려진 황금색 무늬가 들어간 오래된 벽지가 그대로 남아 있었다. 안니카는 그 벽지가 거의 마음에 들 지경이었다. 오래된 집의 나머지 스타일과 잘 어울리는 것 같았다.

"더 큰 TV가 필요하겠어." 마르틴이 말하며 한숨을 쉬었다.

"이 TV도 괜찮아, 안 그래?" 안니카가 말하며 검은 화면을 바라보았다. 반짝이는 회색 모서리가 저녁 빛을 받아 빛났다.

"겨우 42인치짜리잖아. 아파트에서는 괜찮았지만 여기서는?" 마르틴은 신음하며 TV를 다시 소파에 내려놓았다. "게다가 무거워. 신형은 더 가볍대."

"방금 집을 통째로 샀잖아. 새 전자제품을 사는 건 좀 기다려야 하지 않을까?"

"난 이걸 걸고 싶지 않아. 어울리지도 않고 나중에 바꾸려면 골치 아프다고."

"그럼 스탠드에 올려놓으면 되지." 안니카가 고개를 저었다. "불만이 많네?"

"그냥 피곤해서 그래. 회사 일이 너무 많아. 해야 할 일이 너무 많아서 집에서도 딱히 쉬지 못하고."

"난 어떨 것 같은데? TV 토론에 나간 뒤로 내 기분이 어떤지 잊었어?" 안니카가 팔짱을 꼈다.

초인종이 울렸다. 안니카는 그 날카롭고 귀에 거슬리는 소리를 들을 때마다 움찔했다. 얀의 청력에 문제가 있었던 것 같지 않은데, 아내 문제였을까? 그게 아니라면 대체 왜 이렇게까지 날카롭고 귀에 꽂히는 소리를 나게 한 거지?

"당신이 좀 가볼래?" 안니카는 이렇게 말하며 엉덩이에 양손을 얹었다.

마르틴이 복도로 갔다. 안니카는 주방 문틀에 기대어 누군지 보았다. 금발의 작은 여자가 바깥 계단에 서 있었다. 놀라움, 어쩌면 혼란스러움을 그려놓은 것 같은 표정이었다.

안니카는 그녀를 알아보았다. 직장에 찾아와 그녀에게 질문을 던졌던 그 경찰관이었다. 저 여자가 여기서 뭘 하는 거지?

"마르틴?"

"세실리아?" 마르틴이 대답했다. "오랜만이다. 여긴 어쩐 일이야?"

세실리아가 미소 지었다. "미안한데, 너 여기 살아?"

"응. 방금 이사왔어." 마르틴이 돌아서서 안니카를 손짓해 불렀다. 마르틴의 두 뺨이 붉어졌고, 안니카는 그것이 마음에 들지 않았다. 그녀는 걱정스레 인상을 찌푸리며 세실리아를 찬찬히 뜯어보았다.

"내 와이프야, 안니카." 마르틴이 말했다.

"아, 그렇구나." 세실리아가 대꾸했다. "유감이지만 만나본 적이 있어. 이쪽은 내 직장 동료 요나스 안드렌." 그녀는 옆으로 한 걸음 비키며 요나스가 마르틴과 악수하게 했다.

"만나서 반갑습니다." 요나스는 잠시 세실리아를 힐끗 보며 말했다. "두 분이 서로 아세요?"

마르틴이 목을 가다듬었다. "네, 그렇다고 할 수 있죠. 오래전에, 고등학교에서 알던 사이예요. 그런데 여긴 어떻게 왔어?"

세실리아와 안니카가 시선을 주고받았다. 안니카의 귓속에서 맥박이 뛰었다. 세실리아는 두 뺨이 붉어졌다. 안니카도 자신의 뺨이 정지 신호등처럼 빛나는 걸 느낄 수 있었다. 경찰이 여기에 찾아왔을 뿐 아니라, 세실리아와 마르틴이 그냥 친구 사이는 아니었을 거라는 고약한 느낌까지 들었다. 그 생각을 하자 안니카의 눈빛이 어두워졌다.

"미안한데 마르틴, 난 사교 목적으로 들른 게 아니야." 세실리아가 말했다. "우린 경찰에서 나왔어. 네 아내를 데려가서 신문하려고."

"이해가 안 가는데. 내 아내가 무슨 짓을 하진 않았잖아, 안 그래?"

"그걸 조사하려는 겁니다." 이제는 요나스가 안니카에게 직접 말했다. "서로 동행해주셔야겠습니다."

"무슨 실수가 있었던 게 틀림없어." 마르틴은 세실리아에게 부탁했다. "달리 해결할 방법이 있을 거야. 안니카, 당신 아무 짓도 안 한 거 맞지?"

세실리아가 고개를 저었다. "미안, 마르틴. 세월이 많이 지났는데 이런 식으로 만나게 되다니 참 고약하네. 아무튼 지금 안니카를 데려가야 해."

마르틴은 자기도 함께 가겠다고 설득하려 했다. 한편 안니카는 최면이라도 걸린 사람처럼 옷장으로 향했다. 신발을 신고 계절이 바뀌면서 말 그대로 치워두었던 빨간색 코트를 입었다. 사실 지금 너무 더웠지만 제대로 생각할 수 없었다. 그녀의 주변에서 먹먹하게 대화 소리가 이어졌지만 무슨 말이 오가는 건지 알아들을 수 없었다. 꼭 벽 반대편에서 들리는 소리 같았다. 세실리아의 목소리가 그 안개를 엄격하게 가로지르기 직전까지.

"준비되셨습니까?"

안니카는 고개를 끄덕이고 그들을 따라 아무 말 없이 문을 지나서 밖으로 나갔다.

다행히 경찰차가 기다리고 있지는 않았다. 평범한 볼보였다. 이웃들은 그녀가 경찰에 잡혀간다는 걸 알 필요가 없었다. 마르틴이 당황한 표정으로 문 앞에 서서 그녀의 뒷모습을 지켜보는 것만으로도 나쁜 일이었다. 안니카는 돌아서서 그의 눈을 들여다보며 힘을 얻으려 했지만 마르틴은 소리 없는 그녀의 간청에 응답하지 않았다. 그는 안니카 너머를 보고 있었다.

그가 바라본 사람은 세실리아 브리데였을까?

44

확신이 설 때까지 인내심 있게 기다린다.
오랫동안 사냥감을 관찰하며
배신의 징후를 찾는다.

6월 7일 화요일

안니카가 세실리아, 그리고 그녀의 동료와 함께 떠난 뒤 마르틴은 오랫동안 문 앞에 서 있었다. 시간이 멈춘 것만 같았다. 그가 세실리아와 사귄 그때는, 고등학교를 졸업한 뒤 그 여름은 오래전이었다. 하지만 그는 잊지 않았다. 그런 식으로 끝났으니 더더욱. 그런데 지금은 집 앞에 서서 무슨 일이 일어난 건지 이해하려 애쓰고 있다니.

그는 살면서 연애를 몇 번 해보지 않았고, 사귀어본 여자는 한 손에 꼽았다. 그중 두 사람이 그의 영혼에 영원한 흔적을 남겼다. 처음이자 가장 큰 흔적을 남긴 사람은 안니카였다. 두 사람이 세상에서 가장 금슬 좋은 부부는 아닐지 모르지만, 그녀는 마르틴에게 인생의 여자였다. 그녀 없는 삶은 상상할 수 없었다.

두번째가 세실리아 브리데였다.

세실리아는 그의 어린 시절의 사랑, 모든 것을 가리던 열정이었다. 그들은 서로의 불을 밝혀줬고 마그네슘처럼 뜨겁게 타올랐다. 하지만 그 불길이 너무 강렬했기에 언젠가 꺼지리라는 걸 알았어야 했다. 그녀는 마르틴의 삶에 찾아왔던 것처럼 빠르게 사라졌고, 그 생각을 하면 지금도 가슴에 통증이 느껴졌다. 때로는 둘이서 함께한 일들에 관한 몽상에 빠져들었다. 부끄러웠지만 멈출 수 없었다. 그는 상관없는 일이라고, 이제 서로를 다시 볼 일은 없을 거라고 자신을 설득했다. 그런데 방금 어린 시절의 사랑이 그의 인생의 동반자를 차에 태우고 떠나버렸다.

문을 닫는 마르틴의 손이 떨렸다. 걱정해야 마땅하다는 건 알고 있었다. 어쨌거나 방금 아내가 경찰에 잡혀갔으니까. 하지만 그의 심장이 빠르고 거세게 뛰는 이유는 그래서가 아니었다. 세실리아 때문이었다. 세실리아가 이곳에, 예테보리에 있었다. 손닿는 거리에.

마르틴은 부끄러운 마음을 누르느라 침을 꿀꺽 삼켰다. 자신의 생각이 비합리적이라는 걸 알았다. 그 일은 안니카를 만나기 한참 전에 벌어졌고, 안니카가 그 일에 관해 알 리는 없었다. 안니카는 그 일과 아무 상관도 없었다. 그런데도 꼭 바람을 피운 것 같은 느낌이 들었다. 그가 세실리아와 가장 가까이 한 접촉은 악수 정도였지만 아직 그녀의 향수 냄새가 났다. 고개를 저었으나 생각이 거머리처럼 달라붙었다. 그는 휘청거리며 소파에 주저앉았다.

마르틴의 시선이 거실에 놓인 상자들 중 하나에 기대어 있던 결혼사진에 가닿았다. 그가 활짝 핀 라일락 덤불 옆에 안니카와 함께 서 있었다. 둘은 서로의 눈을 깊이 들여다보고 있었다. 안니카의 환하고 하얀 드레스가 꽃과 경쟁하듯 빛났다. 검붉은 머리칼이 드러난 어깨 위로 흘러내렸고, 미소는 아무리 단단한 심장이라도 녹일 법했다.

마르틴이 미소 지었다. 안니카는 정말 아름다웠다. 안니카를 차지하다니 그는 매우 운이 좋은 남자였다. 그런데도 세실리아와 함께 다시 수면 위로 드러난 감정의 해류로부터 자신을 지키지 못했다. 그는 소파에 앉아 TV를 보았다. 수동적인 오락거리로 생각을 떨쳐버려야 할 때가 있다면 바로 지금이었다. 상자 안 어딘가에 TV를 살 때 딸려온 스탠드가 있을 터였다.

마르틴은 신음하며 자리에서 일어나 그와 안니카가 상자에 넣은 물건들 속에서 그 스탠드를 찾기 시작했다.

45

내가 피해자를 선택하면
짐승들이 나를 위해 길을 마련했다.
우리는 함께 그 일을 수행할
적당한 시간을 기다렸다.

6월 7일 화요일

"변호사도 안 불러주나요?" 안니카가 묻자 세실리아 브리데는
그녀의 굳은 시선을 읽어보려 했다. 그 눈에서는 걱정과 경멸이 섞
여나왔다. 세실리아를 향한 감정일까? 아마 그럴 것이다. 어쨌든
안니카는 지금 용의자니까.

"네." 세실리아가 말했다. "변호사는 불필요합니다. 아직 무슨
혐의를 받는 게 아니니까요."

"그럼 내가 여기 왜 온 거죠?" 안니카가 양옆으로 손을 활짝 벌
리며 조사실을 둘러보았다. 세실리아는 참지 못하고 안니카의 동
작을 눈으로 좇았다. 그녀는 이 방에 셀 수 없을 만큼 많이 들어와
봤다. 그래서 이 차갑고도 메마른 방에, 연노란색 실크 벽지에 익
숙했다. 끈적거리는 막처럼 방의 모든 표면을 뒤덮고 있는 불안이

느껴졌다. 그 불안은 담배 연기처럼 벽지에 배어서 문질러 닦을 수도 없었다.

세실리아는 몸을 앞으로 숙이고 테이블에 팔꿈치를 괴며 양손을 맞잡았다. "비밀이 보장되는 공간에서 당신과 얘기를 나누는 게 중요하니까요. 그래서 여기 오신 겁니다. 아시겠지만, 우리에게는 당신이 오소리에 관한 정보를 가지고 있을 거라고 판단할 만한 근거가 있습니다."

"아무것도 모른다고 이미 말했잖아요." 안니카는 성질이 뻗치는 걸 느끼며 말했다. 그녀는 세실리아의 철저한 시선을 마주치지 않으려 했다.

"난 그 말이 사실이 아니라고 생각해요." 세실리아가 대꾸하고는 요나스를 보며 책을 테이블에 올려놓았다. 밝은색 목재를 배경으로 표지가 두드러졌다. 피의 빨간색, 그리고 검은색과 회색. 선명한 대조와 짙은 그림자.

"아, 그렇군요." 안니카가 말했다. "나가서 진짜 살인범이나 찾으시죠."

세실리아는 노란색 포스트잇을 붙여놓은 페이지 중 하나를 펼쳤다. "들어보세요." 그러고는 큰 소리로 읽었다. "당신은 당신 자신을 지킬 수 없다. 나는 안으로 들어가는 땅굴을 판다. 당신에게 들리는 긁는 소리는 내 발톱이 인내심 있게 당신 집의 흙을 파내는 소리다. 그러다가 나는 바닥을 뚫고 침입할 수 있게 된다."

세실리아가 긁는 소리라는 말을 했을 때 안니카가 불편한 듯 움찔거리는 모습이 곁눈으로 보였다. 왜지? 세실리아는 이렇게 생각하며 책을 덮었다.

"마음에 안 들어요?" 세실리아가 물었다.

"네." 안니카가 대답했다. "마음에 안 드네요."

"당신이 출간한 거잖아요?"

"그건 그렇죠. 사실 독자들을 소름 끼치게 하려는 부분이에요." 안니카는 어깨를 으쓱했다. "그런 걸 좋아하는 사람이 많아요. 돈을 뽑아내는 장치라고요. 오소리가 지하실 바닥을 통해 피해자의 집에 들어간다는 건 모두가 알고 있고요."

"그렇죠." 세실리아가 말했다. "맞는 말씀입니다. 이 책에는 신문에서 읽은 내용을 토대로, 그야말로 누구나 쓸 수 있는 내용이 아주 많이 포함되어 있어요." 그녀는 테이블 너머로 몸을 숙였다. "그런데 책에 다른 내용도 있어서 문제죠. 우리가 언론에 공유하지 않은 내용요."

"예를 들자면요?"

"예를 들면, 오소리가 피해자들을 어떻게 처리하는지에 관한 내용이 있습니다. 현 수사 단계에선 엄밀히 말해 기밀입니다만……" 세실리아는 요나스를 보았다. "오소리는 피해자를 땅굴로 데려갑니다. 우린 땅굴이 존재한다는 사실조차 공개한 적이 없고요."

세실리아는 안니카를 살펴보며 반응이 있는지 확인했다. 안니카는 얼굴이 창백해지더니 긴장하며 대답했다. "그건 그냥 허구예요. 지어낸 거라고요. 아닌가요?"

세실리아가 고개를 저었다. "불행히도 아닙니다."

안니카의 두 뺨에서 혈색이 사라져갔다. "물 한 잔 마셔도 될까요?"

"그럼요." 요나스가 조사실을 나섰다. 세실리아는 그가 종이컵을 가져와 안니카 앞에 내려놓을 때까지 조용히 기다렸다. 안니카는 물을 한 모금 마시다가 잘못 삼켜 기침을 했다.

"그게 말이죠." 세실리아가 말했다. "우린 시신을 발견한 적이한 번도 없습니다. 피해자 중 단 한 명도요. 누군가가 땅굴로 끌려내려가고 난 뒤에 남은 흔적뿐이었어요. 혈액의 양만 아니었으면살인이 아니라 납치로 분류했을 겁니다."

안니카는 눈이 휘둥그레졌고, 세실리아가 말을 이었다. "이건언론이 모르는 사실이에요. 그럼 얀 아펠그렌이 그걸 어떻게 알았을까요? 정말로 그가 이 책을 썼다면 말이죠. 누가 얀에게 말해줬을까요? 뭔가 안다면 우리 조사에 도움을 주세요. 아시겠죠?"

"전……" 안니카는 말하다가 물을 한 모금 더 마셨다. "무슨 말을 해야 할지 모르겠어요."

"처음부터 시작하세요." 요나스가 말하고는 표지가 딱딱한 노트를 펼치고 기록하기 시작했다.

안니카가 고개를 저었다. "저는 정말 아무것도 몰라요. 원고가그냥 그 자리에 놓여 있었어요."

"무슨 말입니까, 그냥 그 자리에 놓여 있었다뇨? 누군가가 당신한테 보냈을 거 아니에요."

"평소 저희가 원고를 받는 방식대로 들어온 게 아니었어요." 안니카가 의자에 앉은 채 꿈지럭댔다. "누군가가 원고를 사무실 문앞에 놓고 갔어요. 어느 날 밤, 주변에 아무도 없을 때."

"누가요?"

"당연히 얀 아펠그렌이죠. 아니면 누구겠어요?"

"그걸 어떻게 알죠?"

"전 얀 아펠그렌과 여러 해 일했어요. 그의 스타일을 잘 알아요. 다른 사람이 이걸 썼을 리는 없습니다."

요나스가 노트에서 고개를 들었다. "이젠 이해가 안 가는데요. 얀 아펠그렌은 죽은 것 아닌가요?"

"저희가 사망선고를 받은 거죠. 그래야 책을 낼 수 있으니까요." 안니카는 시선을 떨구며 고개를 저었다. "제가 한 짓이에요. 제가 직접 신청서를 넣었어요." 그녀는 다시 고개를 저으며 손으로 이마를 짚었다. "세상에, 내가 무슨 짓을 한 거지?"

세실리아가 등받이에 기대앉았다. "그러니까 실종된 작가가 당신 사무실 문 앞에 원고를 두고 갔다는 거예요? 그 경우엔 작가가 죽었을 리 없죠."

안니카가 훌쩍였다. "그건 모르겠어요."

"당신이 우리한테 하는 얘기가 어떻게 들리는지는 알아요?"

"어떻게 들릴지 알아요. 하지만 사실이에요. 제가 실수했다는 건 알지만 불법을 저지른 건 아니에요. 아무도 우리가 원고를 어떻게 손에 넣었는지 모르죠. 얀 아펠그렌이 어디에 있는지 아는 사람도 없고요. 그러니 그는 죽은 거나 마찬가지예요."

"거짓말 같은데요." 세실리아가 말했다. "당신은 얀 아펠그렌이 어디에 있는지 알 겁니다."

"죄송해요." 안니카가 부정했다. "전 몰라요. 나머지는 어떻게 생각하셔도 좋아요. 제가 원한 건 회사를 살리는 것뿐이었어요."

"자, 들어보세요." 세실리아가 말했다. "얀 아펠그렌이 정말 죽었다면, 다른 누군가가 이 책을 썼다고 봐야 하지 않을까요?"

안니카는 고개를 끄덕이고는 훌쩍이며 손등으로 눈물을 닦았다. "네. 하지만 그게 누군지 감을 못 잡겠어요."

"아닐 것 같은데요. 왜 말을 안 하는 거죠?"

안니카는 양팔을 활짝 벌렸다. "믿어주세요. 진짜 몰라요. 출판 계약을 하고 싶어서 얀의 스타일을 흉내내려는 사람은 많아요. 심지어 우리 회사 사람도 한번 시도해봤대요."

세실리아가 눈썹을 치켜올렸다. "그게 누군데요?"

"예를 들면, 예스페르 올손요. 하지만 누군가 책을 썼다는 이유로 그 사람을 살인자라고 할 순 없죠."

세실리아는 요나스와 시선을 주고받았다. 요나스가 고개를 저었다.

"부탁인데, 이제 그만 가도 될까요?" 안니카는 이렇게 말하며 의자에 축 늘어졌다. 누군가가 밸브를 열어 공기를 모두 빼버린 듯한 모습이었다.

"네. 그런데 잘 들어보세요. 난 지금도 당신이 우리한테 말하지 않은 게 있다고 생각해요. 그래서 하는 조언인데, 예테보리를 떠나지 마십시오. 당신이 이곳을 떠나려 한다고 판단할 만한 근거가 생기면 도주 혐의, 살인에 대한 공범 혐의, 혹은 살인 혐의로 당신을 구류할 테니까. 알겠습니까?"

46

나는 늘 같은 밤을,
궁극적 배신을 상징하는 밤을 선택한다.
모든 맹세가 이뤄진 날 밤을.

6월 7일 화요일

마르틴은 경찰서 앞에 가서 안니카를 데려왔다. 오랫동안 그녀를 안고 있다가 차에 타도록 했다. 엔진이 공회전하고 있었지만 안니카는 그 소리를 거의 듣지 못했다.

마침내 입을 열 수 있게 되었을 때 그녀가 말했다. "내가 살인범인 줄 알아. 대놓고 말하지는 않았지만 그렇게들 생각해."

"하지만 당신은 살인자가 아니잖아."

"아니, 맞아." 안니카는 말했다. 옆자리에서 마르틴이 긴장하는 게 느껴졌다. "내가 얀 아펠그렌을 죽였어." 울음이 터져서 더는 말할 수 없었다. 집으로 가는 내내 그 이상의 대화는 없었다.

마침내 침대에 누운 안니카는 몇 초 만에 잠들었다. 스트레스와 후회로 완전히 녹초가 되었다. 그러나 밤새 반복적으로 잠을 깼다.

숨이 가빴고, 반쯤은 잠결이었다. 그녀의 손가락이 진흙 같은 땅을 파내고 있었다. 땅에서 피가 뿜어져나올 때까지.

"자기야?" 마르틴이었다.

안니카는 눈을 떴다. 눈을 깜빡이자 눈꺼풀이 마치 사포처럼 느껴졌다. 아침햇살에 방이 환했다. 마르틴이 침대 가장자리에 앉아 그녀의 기름기 낀 머리칼을 쓰다듬고 있었다.

"괜찮아?"

"그냥 너무 피곤해." 안니카는 다시 눈을 감았지만 잠들 수 없으리라는 걸 알았다. 몸이 더 자라고 비명을 질러댔지만 머리는 다른 뭔가를 원했다. 그러나 그게 뭔지 알 수 없었기에 답답했다. 어쨌든 그녀는 침대에서 나오지 않았다. 온몸에서 힘이 쭉 빠졌다.

"오늘 회사 결근해야 하는 것 아냐?"

그녀가 고개를 끄덕였다. "몸이 별로 안 좋아."

"병원에 데려다줄게."

"아냐." 안니카는 다시 눈을 떴지만 고개를 들 수 없었다. 애쓰는 것만으로도 머리가 핑핑 돌았다. "싫어."

마르틴이 일어서서 걱정스러운 듯 그녀를 내려다보았다. "예비산모 클리닉에 전화해서 가보지 않아도 되는지 알아볼게. 혹시 모르니까 확인하는 게 낫지."

안니카는 고개를 끄덕이고 다시 눈을 감았다.

몇 시간 뒤 그녀는 병원 검사대에 앉아 있었다. 더는 아까처럼 진이 빠지는 기분은 아니었지만 여전히 지친 느낌이 들기는 했다. 의사가 혈압계의 밴드를 부풀리며 청진기로 소리를 들었다. 압박 밴드가 팔을 조이자 아팠다. 안니카는 천장의 방음 타일을 올려다 보며 긴장을 풀려고 애썼다.

"으음." 의사가 고리로 된 체결부를 풀며 말했다. "병가를 낼 수 있도록 해드릴게요, 안니카."

"네?"

"혈압이 안 좋아요. 155에 100이네요. 임신한 상태가 아니더라도 안니카 씨가 말한 현기증이나 피로감은 전혀 좋지 않아요."

"하지만 지금은 훨씬 나아졌는데요."

의사가 미소 지었다. "뭐, 그건 잘됐네요. 어쨌든 집으로 돌아가 안정을 취하세요. 그러지 않으면 심각한 합병증이 생길 수 있습니다."

안니카는 침을 삼키며 의사의 명찰을 확인했다. 레나 아마란트. 왠지 가짜 이름 같다는 느낌이 들었다. 얀 아펠그렌처럼. 그녀는 한숨을 쉬었다. 다른 날이었다면 항의하면서 다 괜찮을 거라고 우겼을 것이다. 하지만 오늘은 그런 날이 아니었다.

"얼마 동안요?"

"따로 알려드릴 때까지요. 쉬면서 편하게 지내셔야 해요. 증상이 또 나타나면 바로 병원에 오세요. 병원이 문을 닫았으면 응급실로 가시고요. 수치가 정상으로 돌아올 때까지 매주 검진을 잡아드릴게요."

안니카는 고개를 끄덕였다. 해야 할 여러 가지 일로 머리가 핑

펑 돌았다. 읽지 않은 원고 더미, 수신함에 넘쳐흐르는 이메일.

"집에서 일하는 건 괜찮을까요?"

"무슨 일을 하시는데요?"

"출판기획자예요."

"흥미롭네요." 레나가 말했다. "저도 늘 글을 쓰고 싶었는데. 아마 이뤄지지 않을 꿈이겠죠. 아무튼 일은 아예 하지 말고 완전히 다른 걸 하시는 게 좋겠어요. 정원이 있다면 꽃을 키워보세요. 연구에 따르면 그것으로 스트레스가 풀리거든요."

집 앞에서 기다리는 가시덤불 정글과 웃자란 화단이 안니카의 머릿속에 떠올랐다. 그녀는 오래전부터 정원을 갖고 싶었고, 이제 정원이 생겼다. 그녀의 사랑과 관심을 기다리는 정원이. 그리고 그걸로는 충분하지 않다는 듯 이제는 일 대신 정원에 시간을 쏟을 핑계까지 생겼다. 따지고 보면 당분간 병가를 내는 게 그리 바보 같은 생각은 아닐지도 몰랐다.

"혈압이 떨어질 때까지는 직장과 관련해 너무 부담되는 일은 하지 마세요." 레나가 일어서서 손을 내밀었다. "자, 그럼. 접수대에 말해서 다음 진료를 잡아드리라고 할게요. 그때까지 몸조심하시고요." 그녀는 안니카와 힘차게 악수하며 프로답게 미소 지었다.

바깥의 대기실은 밝았다. 창문으로 햇살이 쏟아져들어오며 윤을 낸 리놀륨 바닥에서 반짝였다. 마르틴이 차를 직장에 가져갔지만 상관없었다. 지금 이 순간 안니카는 버스를 타고 집으로 천천히 돌아가기를 고대하고 있었다. 아니면 산책을 가든지. 조금 걸으면 몸에도 좋을 것이다. 약간 운동이 될 테니까. 그녀는 숨을 깊이 들이쉬었고 긴장이 조금 풀리는 걸 느꼈다.

누군가가 접수대 뒤에서 종이를 찢었다. 종이 섬유가 찢기는 소리에 몸서리가 쳐졌다. 안니카는 걷다 말고 우뚝 멈춰 섰다. 하지만 모든 것이 다시 조용해졌다. 환풍기 돌아가는 소리 말고는 새환자가 들어올 때 나는 차임벨 소리밖에 들리지 않았다. 병원의 작은 치료실 안에서 쾌활하게 대화를 나누는 소리가 났다. 안니카는 천천히 숨을 쉬었다. 맥박이 다시 빨라지는 것이 지나치게 의식되었다. 서두를 건 없었다. 어쨌든 병가를 낸 상태니까. 삶의 리듬을 되찾는 게 좋을 것이다.

그들에게는 집이 있고, 곧 첫아이가 태어날 것이다. 안니카가 해야 할 일은 기다리며 쉬는 것뿐이었다. 그러면 모든 게 괜찮아질 것이다.

47

당신은 나를 괴물로 본다.

그렇지 않은가?

살인자로. 광인으로.

당신 생각이 맞다.

나는 그 모든 존재다.

6월 9일 목요일

안니카는 뮤즐리*를 너무 오래 씹고 있었다. 천연 요거트는 맛이 간 것 같았고 구운 귀리는 파삭파삭했다. 마르틴은 샌드위치를 우적거리며 커피를 마셨다. 주방 창밖으로 아침햇살이 밝게 빛났고, 그 너머에서 새들이 지저귀는 소리가 났다.

"나 때문에 일어날 필요 없는 건 알지?" 마르틴이 미소 지으며 말했다.

"계속 누워 있을 순 없어." 안니카가 대꾸했다. "그러다간 하루 종일 누워 있게 될걸." 사실이었다. 혈압 문제만이 아니었다. 아기를 잃을까봐 두려운 마음, 경찰이 다시 그녀를 잡아갈지 모른다는

---

* 곡류와 견과류를 섞어서 만든 아침식사용 시리얼.

걱정, 일을 하지 못하는 데서 오는 뱃속의 구토감이 뒤섞여 있었다. 그렇게 안니카는 부정적인 생각에 서서히 잠겨갔다. 겉으로 드러나지는 않았지만 그녀는 물 위로 고개를 들고 있으려고 애쓰는 중이었다.

"당신, 밤새 계속 누워 있지 않았다는 건 알지?"

"무슨 말이야?" 안니카는 뮤즐리와 요거트가 섞인 걸쭉한 혼합물에 숟가락을 떨어뜨리고 그대로 놔두었다. 그녀의 눈이 마르틴과 마주쳤다.

"당신 자면서 걸어다녔어. 기억 안 나?"

안니카는 고개를 저었다. 뱃속이 또 한번 꼬이는 것 같았다. 어린 시절 이후로는 자다가 걸어다닌 적이 없었다. "안 나. 내가 뭘 했는데?"

마르틴이 미소 지었다. "걱정할 것 없어. 내가 일어나보니까 당신이 품에 옷을 한 꾸러미 안고 저기 서서 옷 위에 옷을 쌓아야 한다고 하더라."

"아, 이런. 그런 다음에는?"

"잠깐 거실에 갔다가 돌아오더니 다시 잠자리에 들었어. 내가 지켜보고 있었지. 옷을 깔끔하게 개서 소파 위에 쌓아두던데. 내가 아침에 그걸 다시 옷장에 넣었고."

"왜 안 깨웠어? 내가 밖으로 나가기라도 하면 어쩌려고?"

"아니야, 몽유병 상태인 사람을 깨우면 안 돼. 그리고 걱정할 일도 아니어서……" 마르틴은 손목시계를 확인하더니 벌떡 일어났다. "세상에, 이러다 지각하겠다. 오늘 시스템 통합 문제를 해결해야 하거든. 집에서 할 수 있는 일이 없어. 당신 괜찮겠어?"

"응." 안니카는 고개를 끄덕였다. 그녀의 내면 깊은 곳에서 몽유병에 대한 두려움의 씨앗이 또하나 자라났다. 이사할 때나 초등학교 전학을 가야 했을 때 한동안 하던 짓이었다. 그녀는 새로운 친구들을 사귀고 상황에 적응할 때까지 무척 힘들어했다. 스트레스가 옛 문제들을 다시 표면으로 끌어올리는 건 아닌지, 아니면 이번엔 뭔가 다른 일이 벌어지는 건지 궁금해질 수밖에 없었다.

"점심은 냉장고에 넣어뒀어." 마르틴이 말하고는 서둘러 가방을 가지러 갔다가 돌아와 그녀의 뺨에 가볍게 입맞췄다. "푹 쉬어. 베란다에 나가서 앉아 있어도 돼. 오늘은 날이 화창하고 맑을 거래."

"가, 그럼." 안니카는 스스로 이렇게 말하고도 불쾌하고 거슬렸다. 무례하게 말하고 싶지는 않았다. 마르틴은 정말 좋은 사람이었다. 하지만 안니카는 너무 피곤한 상태였다. 게다가 이제는 몽유병까지. 그녀는 양손으로 턱을 괴고 앉아 눈을 감았다.

뭔가가 바깥쪽 창틀을 화난 듯 긁어댔다. 안니카는 깜짝 놀라 창틀에 앉아 있던 까치를 쫓아보내고 고개를 저었다. 뮤즐리 그릇을 가지고 싱크대로 가는데 발밑에서 주방 바닥이 서늘하게 느껴졌다. 아침햇살이 아직 클링커 타일을 덥히지 못했다. 그녀는 김이 날 정도로 뜨거운 물로 남은 아침식사를 헹구며 요거트가 흰 줄기로 갈라졌다가 수챗구멍으로 사라지는 모습을 지켜보았다. 수도를 잠그자 마르틴이 무척 좋아하는 커피메이커에 시선이 닿았다. 유리포트에 아직 커피가 들어 있었다. 마르틴은 커피를 마시지 않고는 몇 시간도 버티지 못했다. 그녀로서는 마르틴이 어떻게 저녁까지 커피를 연달아 마시고도 통나무처럼 꼼짝 않고 잘 수 있는지 알수 없었다. 반대로 그녀는 오후 4시 이후로 커피를 반 잔만 마셔도 이불을 덮은 채 몇 시간씩 엎치락뒤치락했다. 어쨌든 잠을 푹 자지 못하는 편이었고 커피가 도움이 되지 않는 건 확실했다.

지금은 전혀 마시고 싶지 않았다. 커피 향만 맡아도 몸이 움찔했다. 그녀는 남은 커피를 싱크대에 쏟아버린 다음 창가에 서서 정원 건너편을 내다보았다. 마르틴 말이 맞았다. 멋진 하루가 될 것같았다. 덤불과 나무의 연녹색 잎사귀 사이로 햇살이 반짝였고 얼마 뒤면 저 바깥의 나무들이 드리운 캐노피 아래가 정말로 따뜻해질 터였다. 아직 정원용 가구가 없었으므로 주방 의자를 가지고 나가야겠지만 얼굴에 따뜻한 햇빛을 받으며 앉아 있으면 참 좋을 것같았다.

하지만 그러지 않기로 했다. 안니카는 소파 위에 자기 다리를 깔고 앉아 TV를 켰다. 이따금 책장 옆 벽에 기대어 쌓아놓은 상자들을 보았다. 아직 책 상자를 풀지 못했는데 안니카 생각에는 잘못된 일이었다. 책이 없으면 집은 절대 집이 되지 않는다. 그 상자들을 보자 짐을 풀고 싶어서 손가락이 근질거렸다. 그냥 앉아서 멍하니 지켜보는 것 말고 뭔가 할 일이 필요했다.

안니카는 맨 위의 상자를 열어 책들을 테이블 위에 쌓아놓으며 어떻게 정리할지 궁리했다. 아파트에 살 때는 작가 이름별로 알파벳 순서에 따라 정리했다. 그녀는 뭔가 다른 방법을 시도해보고 싶다고 생각하며 책장을 힐끗 보았다. 어떤 사람들은 색깔별로 책을 정리하지만 안니카의 취향은 아니었다. 그보다 나쁜 방법은 책등이 아니라 표지가 앞을 향하게 정리하는 것이었다. 상상조차 할 수 없는 일이었다. 그쪽 시류에 편승하는 사람들은 책에 아무 관심이 없는 게 분명했다. 안니카는 책을 사랑했다.

안니카는 장르별로, 그다음에는 작가별로 책을 정리하기로 하고 행동에 착수했다. 그러나 날이 어두워졌을 때도 정리를 마치지 못했다. 마르틴이 집에 도착했을 때에야 안니카는 하루가 통째로 흘러가버렸다는 걸 깨달았다.

마르틴은 늦었다. 저녁 8시가 지났다. "안녕." 그녀가 복도에서 마르틴을 마중하며 말했다. 아직 잠옷 차림이었다.

"늦어서 미안해." 마르틴이 그녀를 끌어안으며 말했다. 밖에서 들어온 그의 뺨이 차가웠다. 하지만 품은 여느 때처럼 따뜻했다. "미리 전화했어야 했는데 런던에 있는 팀원들이랑 화상회의를 하느라 붙잡혀 있었어."

"괜찮은 거야?"

마르틴은 고개를 저으며 재킷을 걸었다. "괜찮아, 그냥 피곤해서. 프로젝트는 완전히 엉망이야. 얘기하기도 싫어."

"난 지금도 당신 일이 하나도 이해가 안 가. 그냥 우리 회사 컴퓨터가 켜지기라도 하는 게 다행일 뿐이야."

"나도 그렇게 말할 수 있으면 좋겠다. 가끔은 왜 이딴 쓰레기 같은 일을 하고 싶어했는지조차 모르겠다니까. 어플리케이션 서버라니, 참 나."

안니카는 고개를 저으며 코에 주름을 잡았다. "내가 뭘 했는지 좀 봐." 그녀는 마르틴을 데리고 거실로 들어가 접어놓은 이사용 상자 더미를 지났다. 그리고 책장을 가리켰다. "좋아 보이지?"

마르틴은 선반을 보며 고개를 갸웃했다. "좋아 보이네. 그런데 집이랑 똑같지 않아? 그러니까 아파트랑 말이야."

"아냐, 바보야. 다르게 정리했어."

"그럼 이제 난 아무것도 못 찾겠네." 마르틴이 웃으며 그녀를 보았다. 그의 눈이 기쁨으로 반짝였다.

안니카는 이렇게 좋은 남자를 찾다니 운이 좋았다고 생각하며 미소 지었다. 마르틴은 곧 그녀 아이의 아버지가 될 남자였다.

48

내가 하는 모든 일은

그 짐승들이 내게 요구하는 것이자

내가 생존하기 위해 해야만 하는 것이다.

동시에 나는 내 운명을 깊이,

격렬히 후회한다.

6월 13일 월요일

"들어오세요." 크누트 레르예달이 말했다.

세실리아는 크누트가 예테보리에 있는 동안 쓸 작은 회의실에 들어섰다. 그는 여봐란듯이 의자에서 일어나지도 않은 채, 눈을 휘둥그레 뜨고 주위를 둘러보는 세실리아를 살펴보았다. 세실리아는 그가 어떻게 이토록 빨리 너저분한 서류와 반쯤 빈 커피잔들로 이 공간을 채웠는지 이해할 수 없었다. 밤샘 근무를 한 냄새가 났다. 땀과 말라붙은 커피 냄새.

"네, 딱히 자랑할 건 없네요. 그래도 이 정도면 됩니다. 여기에 영원히 머물 것도 아니고."

"그러셔야죠." 세실리아는 목소리에 담긴 쓸쓸함을 제대로 감추지 못한 채 말했다.

크누트가 고개를 젓고는 말했다. "당신이 나를 정말 어떻게 생각하는지는 모릅니다. 하지만 내가 당신 적이 아니라는 건 알아야죠. 실은 그 반대로, 나야말로 이 경찰서에 마지막으로 남은 우호적 인물일 수 있습니다."

"그게 무슨 뜻이죠?" 세실리아는 의자에 놓여 있던 메모장을 치우고 앉았다.

"글쎄요, 당신도 잘 알 거라 생각하는데. 당신은 아무런 결과도 내지 못하는 수사에 발목이 잡혀버린 지적인 여성입니다. 최소한 그 점에는 동의할 수 있죠?"

세실리아는 대답하지 않았다. 크누트가 잠시 그녀의 눈을 들여다보더니 독서경을 끼고 검지에 침을 발라 메모장을 넘겼다.

"오래 걸릴까요?" 세실리아가 물었다.

"아니면 좋겠네요. 그래서 뭘 좀 묻자면…… 수사에는 얼마나 오래 참여했습니까?"

"두번째 피해자가 나온 이후부터입니다. 아니, 실은 그보다 좀 더 전이네요. 이 모든 사건이 시작됐을 때 저는 언론대응팀에 있었습니다. 하지만 진짜 경찰 일을 다시 하고 싶었어요. 언론에서 오소리에 대해 써제끼기 시작했을 때, 저한테 두 가지 일을 다 맡기자는 얘기가 나오더군요. 아니면 수사만이라도." 그녀는 어깨를 으쓱했다. "저는 제안을 받아들였습니다. 나머지는 아시는 대로고요."

"그렇군요." 크누트가 말했다. "일도 꽤 잘하셨다고 말할 수밖에 없네요. 공식 성명서를 모두 읽어봤습니다. 아주 프로답던데요, 다른 사람들처럼 건조하지도 않고. 당신, 이쪽에 재능이 있어요."

"뭐에 말입니까?"

"글쓰기에요." 크누트가 메모장을 다시 넘겼다.

세실리아는 의자에 엉덩이 근육이 눌리는 것을 느꼈다. 왜 여기에만 앉으면 엉덩이가 이토록 얼얼해지는 걸까? 아마 그녀의 뺨이 붉어지고 겨드랑이에 땀이 고이는 것과 같은 이유일 것이다. 그녀는 크누트 레르예달의 관심의 대상이 되는 모든 순간이 싫었다.

"당신 독신이죠?"

"그게 무슨 상관입니까?" 채찍을 후려치듯 대답이 빠르게 나왔다.

크누트가 안경 너머로 그녀를 보았다. "글쎄요. 당신이 밤시간을 어떻게 보내는지 알 만한 사람이 집에 아무도 없죠?"

"네."

"뭘 합니까?"

"운동요. 대개 달리기를 합니다. TV도 보고, 요리도 하고, 책도 읽고요. 당신은요?"

"굳이 알아야겠다면." 크누트가 미소 지으며 말했다. "난 글을 씁니다. 경찰소설을 쓰죠. 알지 모르겠는데, 난 투르발 경감을 꽤 좋아했거든요. 그 책 압니까?"

"들어는 봤습니다. 읽어보진 않았고요."

"읽어봐야지, 같은 작가가 쓴 건데. 얀 아펠그렌 말입니다."

"그렇군요."

"좋아요." 크누트가 비꼬듯 미소 지었다. "매혹적인 이야기죠. 한 남자가 두 권의 베스트셀러를 쓰고 나서 꽤 오랜 세월을 잠잠하게 보냅니다. 그런 다음에는 작가와 그의 아내가 지구상에서 사라지고. 그러다가 이게 나타나는 거죠." 크누트가 강조하려는 듯 자기가 가진 『나는 오소리다』를 들어올렸다. "단, 책이 나타난 건 출판 담당자들이 저작권을 획득하려고 작가의 사망선고를 신청한 다음입니다. 그런데 대체 어떤 인간이 출판 담당자한테 자기 책을 상속하나요?"

"얀 아펠그렌?" 세실리아가 되물었다. 자신이 한 비꼬는 말에 웃지 않으려고 애써야 했다.

"그렇죠. 하지만 당신도 나도 이 책을 쓴 사람이 그가 아니라는 걸 압니다."

"글쎄요." 세실리아는 허벅지 근육에 무게를 실으려고 몸을 앞으로 숙였다. 좀 나았다. "그럼 누가 쓴 건가요?"

"누굴 것 같아요?"

"출판사 자체가 배후라고 봅니다." 세실리아가 말했다. "안니카 그란룬드가 썼다고 생각해요. 안니카는 부정하지만, 그 여자가 직접 썼거나 아니면 그 여자가 아는 다른 작가가 썼을 겁니다."

"그 여자를 불러다 조사했어요?"

세실리아는 고갯짓으로 서류 더미를 가리켰다. "추적하고 계신 것 같은데요. 제가 안니카를 불러들였다는 걸 알고 계시죠. 별다른 실마리는 나오지 않았지만, 그 여자가 우리한테 털어놓지 않은 뭔가가 있다고 생각합니다." 세실리아는 예스페르 올손 얘기를 꺼내야 할지 잠시 고민했으나 그러지 않기로 했다. 자신이 먼저 예스페르와 직접 얘기를 나눠보고 싶었다. 예스페르는 안니카가 한 말을 확인해주거나 부정할 것이다.

"그렇겠죠. 그런데 다시 당신 얘기로 돌아가면, 마르틴 그란룬드와 당신은 대체 무슨 사이입니까? 안니카의 남편 말입니다."

부당한 언급이었다. 세실리아는 입을 쩍 벌린 채 몇 초 동안 가만히 앉아 있다가 마침내 대꾸했다. "아무 사이 아닙니다."

"그건 당신 얘기고." 크누트가 말했다. "둘이 고등학교 동창이잖아요."

"동창이 한두 명도 아닌데요."

"그건 그렇습니다만, 당신과 에클룬드 프레스, 오소리를 연결하는 공통의 실마리를 가진 사람은 많지 않죠."

세실리아가 눈을 가늘게 떴다. "그게 무슨 뜻입니까?"

"말했다시피 당신은 지적인 여자입니다. 난 당신 집에 대한 수색 영장을 신청할 수도 있어요. 하지만 아무것도 발견되지 않으리라는 걸 알죠. 당신은 자취를 숨기는 방법을 아니까."

세실리아는 등받이에 털썩 몸을 기댔다. 등받이 아래쪽에 등뼈가 부딪히면서 의자가 획 넘어가는 바람에 본의 아니게 몸이 휘청거렸다. "제가 그 책을 썼다고 생각하는 겁니까? 말도 안 되네요. 제가 왜 그런 짓을 합니까?"

"난 아무 생각도 안 합니다, 세실리아 양." 크누트가 메모장 위에 안경을 내려놓고 다시 미소 지었다. "그 이론을 제시한 사람은 당신이에요. 하지만 그 말이 맞겠어요. 완전히 비합리적인 얘기는 아니네요. 글에 대한 야망도 있고 재능도 있는 형사가 어떤 결론도 나지 않지만 대중소설로서는 잠재력이 있는 지지부진한 수사에 매여 있는 겁니다. 그때 어린 시절의 친구가 등장하죠. 우연히도 출판기획자와 결혼한 친구 말입니다. 그린 조건이라면 작가가 되겠다는 꿈을 품지 않을 사람이 누가 있을까요?"

세실리아는 이를 꽉 다물었다. 코로 숨을 뿜어내며 몸을 앞으로 숙였다. "그럴 수도 있죠. 하지만 그 이론에는 큰 문제가 있습니다."

"말해보세요."

"틀렸다는 거죠." 세실리아가 일어섰다. "실례합니다만, 이딴 짓을 할 시간이 더는 없네요. 잡아야 할 연쇄살인범이 있어서."

49

나는 내가 죽인 모든 이를 애도한다.
그들에게 속했던 뭔가를 간직해서 그들의 기억을 기린다.
작지만 소중한, 내가 그들을 기억할 만한 뭔가를.

육 년 전, 10월 22일 목요일

얀은 주방 조리대 위에 놓인 커피메이커 위로 허리를 숙였다. 피어오르는 증기에 잠이 깨기를 기대하며 새로 끓인 커피 향을 들이마셨다. 주방 창문 밖에는 정원의 검은 흙바닥에 찢긴 상처처럼 구덩이가 벌어져 있었다.

"오소리야." 커피메이커가 꾸르륵대며 뜨거운 물을 필터로 쏟아내는 동안 그는 혼잣말을 했다. 커피가 준비되자 커다란 머그잔에 커피를 따르고 터덜터덜 계단을 내려가 책상으로 향했다. 잠시 키보드에 손을 대고 있다가 억지로 몇 줄을 썼다. 반려당한 투르발 스릴러의 새로운 버전, 새로운 첫 장면이었다.

겨우 반 페이지를 쓰고 나자 글이 얼마나 엉망인지 보였다. 활용할 수 없는 지경이었고, 아무 영감도 깃들어 있지 않았다. 최소한 안니카가 반려한 원고만큼 밋밋했다. 단어들이 갈라진 널빤지에 얇게 칠한 페인트처럼 페이지 전체에 펼쳐져 있었다. 멀리서 보면 괜찮을지도 모르지만 가까이에서 보면 끔찍했다.

그는 작업한 내용을 지우고 거실로 나갔다. 이른 오후의 태양이 안쪽 벽의 타일을 따라 늘어지자 그라우팅*이 실제보다 더 깊어 보였다. 처음에 그는 잠깐 동안 그 자리에 서서 뒤쪽의 작은 잔디밭을 바라보았다. 그곳이 파낸 흙 따위로 망가지지 않은 유일한 풀밭이고 풀이 듬성듬성 들쭉날쭉하게 자라고 있었다. 가을이 오기 전에 한번 더 깎아야 할 것이다. 얀은 고개를 젓고 〈샤이닝〉 블루레이판을 책장에서 꺼낸 뒤 영화가 시작되는 사이 소파에 앉았다. 그리고 몇 분 지나지 않아 잠들었다.

위층에서 현관문이 쾅 닫히는 소리에 그는 잠을 깼다.

"아무도 없어?" 테레세가 소리쳤다. 얀은 그녀의 구두굽이 복도 바닥을 밟는 소리를 들었다. 주위를 둘러보며 최대한 빠르게 머릿속 안개를 흩어보려 했다. 방은 어두웠고 영화는 끝났다. TV가 알아서 꺼져 있었는데 언제 꺼졌는지는 알 수 없었다. 급하게 자리에서 일어나는 바람에 방이 불편하게 흔들렸고 그는 위층으로 올라가기 시작했다.

"나 여기 있어." 얀은 목소리가 목구멍에 걸리는 걸 느끼며 말했다.

"그 밑에서 뭐해?" 테레세는 계단을 올라오는 그를 짜증스러운

---

* 건축물의 갈라진 틈을 메운 시멘트나 모르타르.

듯 바라보며 말했다.

"일하지." 얀은 거짓말을 했다.

"그래." 테레세가 엉덩이에 양손을 얹으며 말했다. "일한 보람
이 있으면 좋겠네. 저녁도 안 차려놓고 한 일인데."

"미안."

사실이었다. 얀은 뭔가를 준비해두기로 약속했었다. "서둘러 올
라가서 빨리 뭔가 만들면 돼."

"그럴 필요 없어. 티나가 오늘 저녁에 한잔하겠느냐고 물어보더
라. 티나 만나서 식사할게. 그냥 옷만 갈아입고 갈 거야."

티나라고? 얀은 뭔가 음침한 것이 그의 영혼을 휘감는 게 느껴졌
다. 테레세가 만난다는 사람이 정말 티나인지 어떻게 확신할 수 있
을까? 뭔가 말할 겨를도 없이 테레세가 침실로 사라졌고 얀은 복
도에 홀로 선 채 남겨졌다. 의심과 허기가 마음을 찢어발겼다. 아
침식사 이후로 그는 아무것도 먹지 않았기에 긴장과 저혈당으로
양손이 떨렸다.

"나 오믈렛 만들 건데, 정말 안 먹을래?" 그가 테레세의 등뒤에
서 소리쳤다.

답이 없었다. 옷장 레일을 따라 옷걸이들이 이리저리 움직이고
덜컹거리는 소리가 들렸다. 주방으로 들어가는 얀은 두 주먹을 번
갈아가며 꽉 쥐었다가 폈다. 달걀을 그릇 가장자리에 너무 세게 깨
뜨리는 바람에 뾰족한 껍데기 조각이 반죽에 들어갔다. 그는 욕설
을 내뱉으며 엉망진창이 된 그 끈적끈적한 혼합물에서 껍데기를
꺼내고 덜 마른 흰자를 싱크대에 떨어냈다. 그러다 마지막 달걀이

깨지면서 주방 조리대에 내용물이 쏟아졌다. 그는 가장 심하게 쏟아진 부분을 닦아내고 와인잔을 가져왔다. 어느새 테레세가 광택이 있는 블라우스를 입고 주방으로 들어왔다. 블러셔를 칠하고 립스틱을 덧발라 화장을 고친 뒤였다.

"잘돼가?" 그녀의 눈이 조리대 위의 깨진 달걀과 얀 사이를 오갔다.

"뭐가?" 얀은 와인을 한 모금 마시며 물었다. "그냥 좀 흘린 거야."

"그래 보이네."

"그 티나라는 사람은 누구야?" 그냥 친구를 만나러 가는데 왜 그렇게 옷을 차려입었느냐고 묻고 싶었지만 얀은 평소처럼 그 말을 꺼내지 못했다. 대신 달군 팬에 반죽을 붓자 심하게 지글거렸다. 달걀 프라이 냄새가 주방을 가득 채웠다.

"그냥 회사 친구야." 테레세가 말했다. "당신도 만난 적 있어. 별로 인상적이진 않았겠지만."

"그래, 그런 것 같네."

그 순간 뭔가가 지하실 벽을 맹렬히 긁는 소리가 얀의 귀에 들렸다. 몸이 얼어붙고 목덜미 털이 삐죽 섰다.

"왜 그래?" 테레세가 물었다.

"쉿!" 얀은 허공으로 손가락을 들어올리며 말하고는 주의를 기울여 다시 들었다. "저 소리 들었어?"

"아니, 무슨……"

또 한번 벽을 긁는 소리. "저거." 얀이 끼어들어 말했다.

테레세는 의문스럽다는 듯 그를 보며 고개를 저었다. 얀은 속삭이는 소리를 들었다고 맹세라도 할 수 있었다. 그다음에는 또 한번 긁는 소리가 났다. 그는 조리대 위로 허리를 숙이고 창문에서 구덩이를 내려다보았다. 바깥에서 뭔가가 움직이고 있었다. 집밖의 긴 구덩이 바닥 속 형체 없는 그림자. 커다란 눈 두 개가 반짝이며 물러났다가 어둠 속으로 사라졌다. "저거 봤어?"

테레세가 고개를 저었다. "당신이 상상한 거야."

얀은 쿵쿵대며 그녀를 지나쳐 현관문을 열었다. 실외등을 켜고 집 주변의 하수관 구덩이를 내려다보았다. 방금 두 눈이 보였던 구역을 살피는데 심장이 쿵쾅거렸다. 그게 뭐였는지는 알 수 없지만 아무튼 오소리는 아니었다. 그건 확실했다.

"그럼 난 가볼게." 테레세가 어깨에 코트를 걸치고 얀을 지나쳐 널빤지에 올라섰다.

"진짜 아무것도 못 들었어?" 얀이 등뒤에 대고 물었지만 그녀는 대답하지 않았다. 얀은 테레세가 집 모퉁이를 돌아서 사라질 때까지 계속 구덩이를 내려다보다 문을 닫았다.

주방에서는 오믈렛이 프라이팬에 달라붙어 있었다. 그는 음식을 쓰레기통에 던져넣고 타버린 부분을 닦아냈다. 수돗물이 프라이팬에 닿아 증발하면서 지글거렸다. 남은 달걀 부스러기를 제거하느라 프라이팬 가장자리를 솔로 긁을 때마다 뭔가가 그에 대한 응답으로 벽을 발톱으로 긁는 것만 같았다. 잠시 귀를 기울이지 않자 모든 것이 조용해졌다.

얀은 바보였다. 테레세에게 바람을 피우느냐고 묻는 위험을 감수한다 해도 달라질 건 아무것도 없었다. 테레세는 절대 인정하지 않을 테니까.

하수관 구덩이 속 두 눈이 어둠 속 등대처럼 그를 향해 반짝였다. 속삭임은 들리다 말다 했지만 거듭 와인을 삼킬 때마다 점점 또렷해졌다. 그 속삭임이 얀에게 똑바로 생각하라고 격려했다. 문제에 맞서 뭐라도 해보라고.

얀은 와인잔을 비우고 혼자 고개를 끄덕였다. 다음에는 테레세를 미행할 것이다. 자신이 곁에 없을 때 테레세가 누구를 만나는지 두 눈으로 직접 볼 것이다. 그러면 알게 될 것이다. 그러면 테레세가 더이상 거짓말할 수 없을 것이다.

얀은 위스키를 보관하는 냉장고 위 찬장을 열고 술을 많이 따른 다음, 주방 창문에 비친 자기 모습을 향해 만족스러운 표정으로 잔을 들었다.

50

결국 그들은 아무것도 남기지 못한다.
그러나 한때 그들의 것이던 물건은
기념품이 되어 내게 남는다.
나는 모든 기념품을 똑같이 조심스럽게 대한다.

6월 14일 화요일

세실리아는 예스페르 올손이 사는 골목 입구 맞은편의 적갈색 벽돌 건물에 어깨를 기댔다. 그 근처에 한 시간 넘게 머물렀지만 아무런 낌새도 보이지 않았다. 사람들이 유아차를 밀거나 개를 끌고 지나갔다. 그중 일부는 작은 놀이터에 잠시 들렀다가 다시 움직였다. 버스가 조금 떨어진 도로를 오갔고 택시가 보행 보조기를 짚은 할머니 한 명을 태워갔다. 그것 말고는 죽은 듯한 공간이었다. 인내심이 다 닳아가고 있었기에 세실리아는 뭐라도 얼른 시작하고 싶어 몸이 근질거렸다.

여기에 오는 게 과연 그럴 만한 가치가 있는 일인지 궁금해졌다. 예스페르는 용의자 명단에서 그 누구보다 아래쪽에 있는 사람이었다. 안니카 그란룬드한테서 그가 얀 아펠그렌의 글 스타일을 흉내내려 했다는 말을 듣지 않았다면 예스페르 올손에 대해 생각 조차 해보지 않았을 것이다.

처음에 그녀는 예스페르 올손에 관해 물어보려고 그의 직장에 전화를 걸었다. 그리고 그가 병가를 냈다는 걸 알고서는 직접 와서 그가 비는 시간에 무엇을 하는지 알아보기로 했다. 사람들에겐 아무 말도 흘리지 않았다. 요나스에게도.

기다리는 동안 조바심이 나서 그녀는 수많은 틴더 프로필들을 왼쪽으로 밀어 여러 명에게 뜨뜻미지근한 메시지를 보냈다. 그만 포기하고 버스를 타고 집에 가려는 참에 예스페르가 사는 건물의 문이 열렸다. 머리가 헝클어지고 회색 티셔츠를 입었으며 최신 유행의 배낭을 멘 한 남자가 밖으로 나와 유람선 부두 쪽으로 걷기 시작했다. 그녀는 그가 예스페르 올손임을 알아보고 짜릿한 흥분을 느꼈다.

세실리아는 둘 사이에 어느 정도 거리가 벌어지기를 기다렸다가 빠르게 쫓아가, 그를 따라 도시 중심부로 향하는 연락선에 올랐다. 예스페르가 상갑판으로 올라갔다. 세실리아는 의심을 사지 않으려고 앞 갑판에 남아 있었다. 바람이 그녀의 머리칼을 헝클어뜨렸고, 때로 차가운 물방울이 얼굴에 흩뿌려졌다. 특이한 연락선 한 대를 빼면 강에는 교통량이 별로 없었다. 저멀리에서 위쪽이 트인 관광용 파단 보트가 관광객을 가득 싣고 프리함넨으로 향하는 모습이 눈에 들어왔다. 스텐피렌의 환승 터미널에 도착하자 예스페르는 그녀를 지나쳐 배에서 내렸다.

그는 빠른 발걸음으로 얀토르예트로 향했다. 세실리아는 거리를 지키며 그를 따라 에스페란토플라첸을 가로지른 뒤 푸스테르비크 극장 모퉁이에서 왼쪽으로 방향을 틀었다. 그녀는 길거리 카페에서 잠시 걸음을 멈췄다. 예스페르가 평생교육대학의 빨간색 간판을 지나 그 안으로 들어가는 동안 그녀는 행사 시간표를 읽는 척했다.

세실리아가 그곳으로 가보니 문이 열려 있었다. 누군가가 파란색 노끈 같은 것으로 문고리를 위쪽으로 묶어놓았다. 세실리아는 한때 이곳에서 프랑스어를 배운 적이 있지만 계속 공부하지는 않았다. 도저히 숙제를 할 수 없었고 같이 수업을 듣는 남자들에게도 별로 관심이 가지 않았다. 접수대에는 사람이 없었고 카운터와 벽의 선반에는 브로슈어가 쌓여 있었다. 계단 옆 받침대에 놓인 화이트보드에는 저녁 프로그램이 까만색 단추 모양의 자석으로 붙어 있었다.

'여름 살인: 휴가 동안 스릴러를 쓰세요!'라는 제목의 수업이 있었다. 그녀는 교실 호수를 확인한 뒤 계단을 올랐다. 그녀의 발소리가 빈 복도에 울렸다. 어딘가에서 정수기가 보글거렸다. 가느다란 포니테일을 하고 세실리아 쪽으로 등을 돌린 건장한 남자가 찬물로 플라스틱 컵을 채우고 있었다. 세실리아는 그를 지나쳐 글쓰기 수업이 열리는 교실의 닫힌 문으로 향했다. 문에 난 둥근 창문을 들여다보려는데 어깨에 닿는 손길이 느껴졌다. 세실리아는 뒤를 휙 돌아보았다가 벵트 요한손의 노려보는 얼굴을 마주보게 되었다.

"날 미행하는 겁니까?" 그가 물었다. 그는 두 뺨이 붉었으며 눈이 분노로 타오르고 있었다.

이 사람이 여기서 뭘 하는 거지?

"대답해요, 염병할." 세실리아가 입을 열기도 전에 벵트가 재촉했다.

세실리아는 그에게 이유를 알려줄 수 없었다. 예스페르를 미행한 거라고 말이다. 세실리아는 허리를 폈다.

"교실을 찾는 중인데요." 그녀가 거짓말했다. 세실리아가 무슨 말을 하든 벵트는 믿지 않을 것이다. "꼭 알아야겠다면, 난 프랑스어 수업을 들으러 갑니다."

벵트가 코웃음치며 물을 조금 마셨다. "아, 그래요? 그러니까 당신도 직접 스릴러를 쓰는 건 아니다?"

"네. 왜요?"

"그럼 스릴러를 쓰는 건 나뿐이네. 그럴 줄은 몰랐죠? 나처럼 평범한 기술자는 그런 일을 하지 않으니까, 안 그래요?" 그는 돌아서서 복도 반대편에 있는 종이용 휴지통에 컵을 던져넣었다.

세실리아는 벵트가 교실 문을 열 수 있도록 옆으로 한 걸음 비켜줬다. 벵트는 경찰에 대해 뭐라고 투덜거리더니 들어갔다. 세실리아는 재빨리 벵트의 어깨 너머로 안에 있는 예스페르를 보았다. 예스페르는 수첩에 코를 박고 뭔가 쓰고 있었다.

결국 예스페르를 끌어들인 데는 그만한 가치가 있는지도 몰랐다. 세실리아는 떠나려 했다. 몇 걸음 걷던 그녀는 멈춰 서서 휴지통을 돌아보았다. 검은 봉투 맨 위에, 눈에 띄는 투명한 플라스틱 컵이 있었다. 앞으로 허리를 숙여 그 컵을 집어들었다. 손이 떨렸다. 그녀는 컵을 보며 침을 삼켰다. 밑바닥에 물 몇 방울이 여전히 번들거렸고, 컵 테두리에는 벵트가 입을 댄 자리에 코담배 자국이 남아 있었다. 컵에 남은 벵트의 타액이 그가 바로 린다 산스트룀의 집안에 있던 신원미상의 남자라는 점을 입증한다 하더라도, 사실 세실리아는 그런 식으로 증거를 획득하면 안 되었다. 직권 남용 혐의를 받게 될 것이다. 크누트 레르예달의 내사가 탐조등이라도 된 것처럼 그녀에게 의심의 초점을 맞출 터였다.

세실리아는 손을 내려 다시 컵을 던져버리려다가 우뚝 멈춰 섰다. 사실 그녀는 오소리 사건의 수수께끼를 푸는 열쇠가 자신의 손에 들려 있는 건지, 또한 살인자가 더 많은 피해자를 해치지 못하게 막을 수만 있다면 직권 남용 판결이라도 받을 가치가 있는건지 알 수 없었다.

감정이 솟구쳤다. 그녀는 눈을 꽉 감고 정신력을 분산시키는 모든 것을 차단했다. 다시 눈을 떴을 때, 그녀는 떨리는 손으로 할 수 있는 만큼 조심스럽게 컵을 힙색에 집어넣고 있었다. 세실리아가 지퍼를 잠그자 플라스틱에서 눈 밟는 것 같은 소리가 났다.

그녀는 좀도둑처럼 그 현장에서 도망쳤다.

51

당신의 집에서는 무엇을 가져갈까?

6월 16일 목요일

안니카의 하루가 끈적거리는 시간의 당밀처럼 하나로 합쳐지는 데는 얼마 걸리지 않았다. 마르틴은 그녀가 잠을 깨기 전에 출근했고, 그녀는 마르틴과 함께 아침을 먹으려고 일찍 일어나는 노력을 그만두었다. 조금이라도 에너지가 남아 있으면 깨어 있는 시간 대부분을 인테리어 디자인에 바쳤다. 인터넷에서 침실 조명을 찾는 데 이틀을 썼고, 비어 있는 여러 창틀에 올려놓을 장식품을 검색하느라 하루를 더 썼다. 멋진 무쇠 장작 받침대가 독일에서 배송되고 있었다. 그 받침대라면 난로와 꽤 잘 어울릴 터였다.

하지만 대부분의 하루는 그녀가 침대에 누워 천장을 쳐다보거나 소파에 누워 멍하니 TV를 보는 가운데 사라졌다. 밤이면 잠을 잘 수 없었고 머릿속에서 여러 생각이 빙빙 돌았다. 어떻게 해야 생각을 멈출 수 있는지 알 수 없었다. 그녀의 밤은 이미 낮으로 상당 부분 바뀌어 있었다.

그 와중에 일주일에 한 번씩 혈압이 안정되었으리라는 희망으로 가득차 예비 산모 클리닉에 갔다가 더 많은 병가를 받아 돌아왔다. 혈압은 떨어질 기미를 보이지 않았으나 입원할 정도로 높지도 않았다. 집에 올 때마다 그녀는 눈물을, 가슴에 맺힌 불안을 삼켰고, 그 불안이 아기와 똑같은 속도로 자라고 있었다. 안니카는 배가 커지는 걸 옷을 입다가 알아차렸다. 최근까지만 해도 완벽하게 맞던 바지가 꽉 끼었다. 그녀는 점점 더 자주 옆으로 누워 자기 시작했다.

때때로 그녀는 집에 머물더라도 쓸모 있는 일을 해봐야겠다고 생각했다. 카트린이 원고를 보내주고 있었기에 이북 리더기로 그것들을 읽어보려 노력했다. 대단한 원고는 아니었고, 읽고 나면 더 큰 환멸이 느껴졌다. 그래도 차기 얀 아펠그렌을 놓칠지 모른다는 걱정이 들었기에 그런 원고들을 반려하는 위험은 무릅쓰고 싶지 않았다.

날이 갈수록 마르틴이 퇴근하는 시간이 늦어졌다. 안니카는 마르틴이 현관문을 열 때까지 주방 테이블 옆에서 기다리곤 했다. 복도에서 그를 안으며 마중하는 일은 그만두었다. 하루하루 저녁이 지날수록 마음은 점점 답답해지다가 결국 억울함이 되었고 그녀는 무너져내렸다. 하루의 가장 밝았던 순간, 마침내 남편과 함께 보내던 시간이 절대 그 자리에 있어주지 않는 남편에 대한 짜증으로 상해버렸다.

"또 늦었네." 마르틴이 옷을 걸어놓고 주방으로 들어오자 그녀가 무감정하게 말했다.

마르틴이 한숨을 쉬며 콧등을 찡그렸다. "그러게."

"예비 산모 클리닉에 갔었어. 이번에는 이달 말까지 병가를 내래."

"그렇구나." 마르틴이 발을 흔들어 신발을 벗었다. "덥다. 밖에 나가보긴 했어?"

"클리닉에 다녀왔다고. 내 말 안 듣는 거야?"

"미안. 피곤해서. 프로젝트가 온통 엉망진창이야. 개선하려는 사람이 나밖에 없는 것 같아."

"그거 유감이네. 하지만 나도 당신이 필요해. 알아?"

마르틴은 의자를 빼 안니카 맞은편에 앉았다. "나도 알아. 그렇지만 말처럼 쉬운 일이 아니야. 일단 다른 프로젝트에서 사람을 빼와야 하거든. 그러려면 시간이 좀 걸려. 그동안에는 내가 다 붙들고 있어야 해."

"그럼 나는? 난 여기서, 나름대로 매일, 우리 아기를 잃을지 모른다는 걱정을 하지 않으려고 노력하고 있다고."

"알아."

안니카가 고개를 저었다. "의사가 한여름에 아무데도 가지 말고 집에 있으라고 권하더라. 알겠어? 분명히 말하는데, 내가 여기 있다가 미쳐버리기를 바라는 거야. 주방 수도꼭지가 샌다는 건 알아?"

"아니, 몰랐어. 새?"

"응. 그 소리가 집안 어디에 있든 들려. 샤워실 배수구는 또 막혔고. 벌써 세 번이나 뚫었는데."

"미안. 사람을 불러서 뚫어달라고 하자. 하지만 여름휴가는 어쩄든 꽝이야. 난 일해야 돼."

"한여름에?" 턱을 괴고 있던 안니카의 손이 툭 떨어졌다. 그녀는 마르틴을 보며 눈을 깜빡였다. "그때 휴가를 쓸 거라고 했잖아."

"그러게." 마르틴은 말하며 한숨을 쉬었다. "미뤄야겠어. 상사가 나중에 보상 차원에서 휴가를 더 주겠다고 약속했어."

"그게 나랑 무슨 상관인데. 난 지금 당신이 필요하다고! 엿같지만 난 임신중이고 병가를 낸 상태야. 내가 한여름에도 직접 배수구를 뚫어야 한다고 생각해?"

"아니, 당연히 아니지. 하지만 지금 당장은 내가 할 수 있는 일이 없어." 마르틴이 고개를 저었다. "그놈의 변호사가 아래층 문제만 해결해준다고 했다니 그야말로 놀랍다. 수리가 필요한 건 주방이랑 욕실인데 말이야, 안 그래?" 마르틴이 양손을 번쩍 들었다.

아래층. 지하실. 안니카는 이사올 때 창고에서 들었던, 바깥쪽 벽을 긁는 소리를 떠올리고 몸을 떨었다. 그 생각에 양쪽 팔에 소름이 돋았다.

"있잖아." 마르틴이 말했다. "미안해. 난 퇴근이 늦고, 우리가 하는 건 말다툼밖에 없고. 이런 건 바라지 않아. 다시 시작해볼까?"

안니카의 눈이 눈물로 가득찼다. 참을 수가 없었다. 그녀는 흐느끼며 간신히 "응"이라고 대답했다. 마르틴이 일어서서 다가오더니 그녀를 양팔로 끌어안았고, 안니카는 그의 따뜻한 배에 기댄 채 눈물이 멈출 때까지 울었다. 마르틴은 더이상 아무 말도 하지 않고 그저 그녀를 달래며 머리를 쓰다듬어줬다.

"자고 싶어." 안니카가 말했다. "피곤해."

그들은 함께 침실로 갔다. 안니카는 자신을 감싼 마르틴의 양팔이 없다는 걸 느끼자마자 몸을 떨었다. 마르틴이 부드러운 손길로 이불을 덮어주고 그 위에 또 담요를 덮어주자 기분이 조금 나아졌다. 마르틴이 옆에 앉아 이불 너머로 사랑스럽게 그녀를 쓰다듬어 주는 동안 안니카는 잠들었다.

52

그 짐승들에게는 내가 필요하지 않다.

그들은 나를 사나운 사냥개처럼,

일종의 반려동물처럼 대한다.

피해자들을 지켜보거나 음식을 사냥하러 나가지 않을 때면,

나는 내 땅굴에 숨어 글을 쓴다.

당신이 지금 읽고 있는 이 책을 나는 그렇게 썼다.

6월 17일 금요일

안니카는 열이 나서 오한으로 몸을 떨며 눈을 떴다. 이불이 축축하게 젖은 채 오징어 다리처럼 그녀를 휘감고 있었기에 안니카는 팔다리로 이불을 떨쳐내고 풀려났다. 결국 이불이 바닥에 떨어졌고, 그러다 안니카는 간신히 선잠에 들었다. 잠결에 그녀는 어떤 소리를 듣고는 태아처럼 몸을 웅크리고 양손으로 귀를 틀어막았다. 날카로운 발톱이, 어쩌면 칼이 집안 어딘가의 콘크리트에 끌리는 것 같았다. 벽에 손을 대보니 그 소리와 함께 벽이 진동하는 것이 느껴졌다. 밖에 있는 누군가가 그러는지도 몰랐다. 바닥 아래서 들려오는 소리인지도 몰랐다. 그 밑에는 흙과 돌밖에 없었지만.

안니카는 거슬리는 긁는 소리를 막으려고 손바닥으로 양쪽 귀

를 눌렀다. 그러나 그 소리는 치과 의사의 드릴처럼 그녀의 치아를 긴장시켰다. 그녀는 아플 정도로 눈을 꽉 감았다.

마침내 정적이 뒤따랐다. 안니카는 바닥으로 떨어진 이불을 찾아 더듬거렸지만 힘이 너무 없었다. 근육이 말을 듣지 않았고 열 때문에 다시 몸이 떨렸다. 처음에는 마르틴을 깨우지 않으려고 떨림을 멈춰보려 했으나 더 심해질 뿐이었다. 결국 돌아누워 마르틴의 어깨를 흔들었다.

"마르틴." 그녀가 속삭였다.

마르틴이 뭐라 꿍얼대더니 그녀를 보았다. 그러다 그녀를 완전히 알아보고는 움찔하더니 팔꿈치로 몸을 받치고 일어났다.

"왜 그래?" 마르틴이 물으면서 눈을 깜빡여 잠을 쫓아냈다. "몸이 안 좋아?"

"응." 눈물이 차오르자 안니카는 양손으로 얼굴을 가렸다. "무서워."

마르틴은 그녀에게 한쪽 팔을 두르고 다른 손으로 그녀의 이마를 짚었다. "불덩이네. 응급실에 가야겠다."

"가기 싫어." 안니카가 흐느끼며 띄엄띄엄 말했다. 그녀를 나무라며 걱정할 건 아무것도 없다고 말할 야간 당직 의사에게 가고 싶지 않았다. 동시에 죽을 만큼 무서웠다. 얼음처럼 차가운 동시에 끓듯이 뜨거웠다. 현기증과 걱정으로 머리가 핑핑 돌았다.

"가야 해." 마르틴이 말했다. "말대꾸하지 마."

안니카는 마르틴이 침대에서 벌떡 일어나 바지와 상의를 입는 소리를 들었다.

마르틴은 그녀를 부축해 일으키며 몸에 두꺼운 잠옷을 둘러줬다. "가자. 곧 사람들이 도와줄 거야, 여보."

안니카는 흐느끼며 고개를 끄덕였다. 콧물이 흘렀고 눈이 부었다. 다리 사이에 뭔가 따뜻한 게 느껴졌지만 차마 그게 피일까봐 두려워 감히 보지 못했다. 온몸의 근육이 두려움으로 긴장하며 바이올린의 현처럼 팽팽하게 당겨졌다. 무엇이 잘못될지 생각하고 싶지 않았다. 두려움이 집밖의 땅속에서 형체를 갖추는 게 느껴졌다. 면도칼처럼 날카로운 발톱을 가진, 설명할 수 없는 괴물이 잔디밭 아래서 몸부림치고 있었다. 얀 아펠그렌의 오소리, 그녀의 긁는 괴물. 안니카가 그 오랜 세월 동안 피하려고 노력하던 모든 것. 그 괴물이 마침내 그녀를 찾아냈다. 어쩌면 그녀가 한 모든 짓에 대한 처벌인지도 몰랐다.

이 집을 사서는 안 되었다.

마르틴이 그녀를 데리고 나가 자동차에 태운 뒤 모든 교통 법규를 어겨가며 빠르게 차를 몰았다. 응급실 문이 슬로모션처럼 열렸고, 그곳의 조명에는 그림자가 드리워질 부분이 없었다. 안니카를 맞이한 의료진은 그녀를 바퀴 달린 단단한 병원 침대에 태워서 갔다. 그들은 무표정했다. 안니카는 극도로 비참한 두려움으로 가득찼지만 그들이 안니카를 돌봐줬다. 그녀에게 필요한 도움을 주었다.

이틀 뒤, 안니카는 다시 의사 레나 아마란트를 만났다. 안니카는 화장을 하고 장미와 섬세한 잎사귀 무늬가 프린트된 매끄럽고 세련된 블라우스를 입고 있었다. 립스틱에서 희미한 코코아 냄새가 났고, 머리칼은 뒤로 넘겨 두피가 당겨질 만큼 꽉 묶었다. 신체적으로는 나아진 기분이었다. 열이 내렸고 근육도 풀렸다. 손톱이 손바닥을 파고드는 것만 느껴졌다. 허벅지에 둔 손을 너무 꽉 쥐었기 때문이다. 모든 게 괜찮았다. 모든 게 좆같았다.

뭔가 느껴져야 했지만 느껴지지 않았다. 아무것도. 유산이 그녀를 안에서부터 죽여버린 것 같았다. 그녀는 인간의 형상을 한 빈 껍데기였다. 그녀 안에는 더이상 생명이 없었다. 그녀의 생명도, 그녀가 너무도 오랫동안 세상으로 꺼내놓고 싶어했던 생명도.

레나가 가엾다는 듯 그녀를 보다가 고개를 기울이며 말했다. "정말 유감입니다." 안니카는 고개를 끄덕였다. 아무 말도 할 수 없었다. 그저 지금 레나가 하는 모든 말이 누군가를 잃은 환자를 상대하는 방법에 관해 수업에서 배운 내용일 거라는 생각을 하지 않으려고 노력할 뿐이었다.

"네. 저도요." 안니카의 목소리는 힘이 없지만 안정적이었다. 그 목소리가 그녀의 머릿속에서 무감정하게 들렸다.

"좀 어떠세요? 그러니까 상황을 고려했을 때요."

"좋아요."

레나가 고개를 끄덕였다. "알겠습니다. 수치는 괜찮아요. 그러니 걱정하실 건 없어요. 하지만 안니카 씨 자신을 위한 시간이 필요해요. 일어난 일을 받아들일 시간이요." 레나는 안니카가 이해하고 시간을 들여 실감할 수 있도록 모든 단어를 신중하고 천천히 발음했다.

"네."

"이 주 더 병가 진단서를 내드릴게요. 그런 다음에 다시 뵙겠습니다. 괜찮으실 것 같지만요."

"그러면 좋겠네요."

"당장 상황이 아무리 끔찍하더라도 안니카 씨는 분명 해내실 수 있어요. 강한 분이시니까요. 그래도 정신과 선생님 전화번호를 드릴게요. 상담이 필요하실 수도 있거든요."

"감사합니다."

"안니카 씨 자신에게 집중하세요. 쉬면서 햇빛도 즐기시고요. 도움이 돼요. 산책도 하시고요."

안니카는 고개를 끄덕였다.

"남편분도 잊지 마세요." 레나가 진지한 목소리로 말했다. "당연히 안니카 씨에게 가장 끔찍한 일이지만, 남편분도 안니카 씨만큼 속상하실 거라는 점을 기억하세요. 남편분도 아이를 잃었습니다. 애도할 시간을 주세요."

안니카는 여러 색조의 회색으로 이뤄진 리놀륨 바닥을 내려다보았다. 그 생각을 한 번도 해보지 않았다니 부끄러웠다. 마르틴은 딱히 감정을 자주 드러내는 사람이 아니었지만 안니카는 그 역시 자기만큼 상심했다는 걸 깨달았다. 그에게 잘해주기로 다짐했다. 둘은 함께 이 일을 헤쳐나갈 것이다. 어쨌든 둘에게는 서로가 있고 집도 있었다. 지금 당장은 보이지 않더라도 꿈을 꿀 희망이 아직 남아 있었다.

안니카는 클리닉을 나서 집으로 차를 몰았다. 주변 모든 사람들, 그녀가 아는 사람과 모르는 사람들이 전부 각자의 할일을 하고 있었다. 그들은 저마다의 삶을 살아가며 핸드폰을 들여다보고 친구들과 얘기를 나누었다. 누군가가 빨간불을 어겼다. 아무도 반응하지 않았고 아무 일도 일어나지 않았다. 아무것도 중요하지 않았다. 그들에게는 모든 일이 평소처럼 이어졌다. 안니카만 영영 바뀌었다.

안니카는 집에 도착해 진입로에 비스듬히 차를 댔다. 그런 뒤문을 열고 정적이 흐르는 집안으로 들어갔다. 거실에서 아기가 깔깔 웃는 소리가 들린다고 상상하자 슬픔이 휘몰아쳤다. 손에 들고있던 열쇠가 바닥에 떨어졌다. 안니카는 열쇠를 내버려둔 채 벽에 어깨를 기대고는 두 뺨으로 눈물이 흘러내리는 동안 숨을 쉬려 애썼다. 그러다가 두 다리가 꺾이면서 벽을 따라 미끄러져 바닥에 주저앉고 말았다.

밖에서는 태양이 빛나며 세상을 덮혔다. 그 햇빛에는 행운이, 친밀함과 사랑이 있었지만 안니카를 위한 것은 아니었다. 안니카에게는 가슴에 뚫린 게걸스러운 검은 구멍뿐이었다.

53

내가 쓴 글을 읽으면서

당신은 무엇이 진짜이고

무엇이 내가 지어낸 이야기인지 자문해봐야 한다.

그저 당신의 재미를 위해서 말이다.

6월 22일 수요일

"안녕하세요, 예스페르." 세실리아가 예스페르 올손과 악수하며 말했다. "저는 세실리아 브리데 경위입니다. 이쪽은 요나스 안드렌이고요."

"안녕하세요." 예스페르가 말했다.

"앉으시죠." 요나스가 말했다. 그들은 앞서 사용했던 조사실의 테이블 주위에 둘러앉았다. 세실리아는 테이블 상판에 물든 커피 자국을 알아보았다.

예스페르의 동작이 뻣뻣했다. "뭘 도와드리면 될까요?"

"그걸 같이 알아내면 좋겠네요." 세실리아가 말했다. "에클룬드 프레스에서 일하신다는 게 사실인가요?"

"네, 지금은 병가중입니다만."

세실리아가 미소 지었다. "그건 압니다. 이런 문제로 귀찮게 해드려 죄송합니다. 그리 오래 걸리진 않을 거예요."

"네."

세실리아는 테이블 위에서 깍지를 끼었다. "『나는 오소리다』에 관해 어떤 말씀을 해주실 수 있을지 궁금하네요."

예스페르가 깊이 숨을 들이마셨다. "유감이지만 별로 없는데요. 그 책 일은 안 했어요."

"누가 썼는지 아세요?" 세실리아가 물었다.

"아뇨, 모릅니다. 뭐, 다들 얀 아펠그렌이 썼다고 생각하지만 이상한 것 같아서요. 얀은, 뭐랄까, 죽었잖아요."

"그럼 얀 아펠그렌이 쓴 게 아니라고 생각하세요?"

"모르겠네요. 얀일 수도 있지만, 모르겠어요."

"원고를 회사에 전달한 사람이 누군지도 모르시고요?" 요나스가 수첩을 보다가 고개를 들어 말했다.

예스페르는 고개를 저었다. 이제는 긴장이 좀 풀린 듯했다. "네. 안니카 그란룬드라고, 그 책 담당자 말로는 어느 날 아침에 사무실 앞에 놓여 있었대요."

세실리아가 고개를 끄덕이며 말했다. "우리도 그렇게 들었습니다. 예스페르 씨는 어떻게 생각하시는지 알고 싶은데요."

"사실이라고 봐요." 예스페르가 말했다. "좀 이상하긴 하지만 따지고 보면 안니카는 이야기를 지어내진 않거든요. 그런 성격이 아니에요."

"그렇군요. 다만 잘 모르는 문제에 관한 추측은 조심해주세요."

세실리아가 말했다. "얀 아펠그렌이 정말 그 책을 쓴 게 아니라면 누가 썼다고 생각하나요?"

예스페르가 어깨를 으쓱했다. "정말 모르겠어요. 그야말로 누구든 될 수 있죠. 그의 스타일을 베끼는 게 그렇게 어렵진 않거든요."

"어떻게 확신하시죠?" 요나스가 물었다.

"저는 업계에 오래 있었습니다. 원고를 많이 봤어요. 재주 좋은 작가라면 원할 경우 남의 스타일을 흉내낼 수 있습니다."

"당신도 시도해본 적 있나요?" 세실리아가 예스페르의 표정을 살피며 물었다.

예스페르가 움찔했다. "예?"

"그러니까 얀 아펠그렌을 흉내내려 한 적이 있습니까?"

"네, 그럼요. 해봤어요. 그냥 글쓰기 숙제 때문에요. 회사에 보내려던 게 아니고요. 제가 듣는 수업이 있어서……" 예스페르는 그 이상 말해야 하는지 망설이는 듯 의자를 까딱거렸다. "그런데 그게 무슨 상관이죠?"

세실리아가 그에게 허리를 숙였다. "당신이 그 책을 썼나요?"

예스페르는 웃었지만 금방 멈췄다. "아뇨. 절대 아닙니다. 왜 그렇게 생각하는 거예요?"

"우린 아무 생각도 하지 않아요." 세실리아가 말했다. "그냥 물어보는 겁니다."

예스페르가 고개를 저었다.

세실리아는 다시 등받이에 기대앉으며 말했다. "네. 그럼 더이상 질문은 없습니다. 괜찮으시면 예스페르 씨 DNA 샘플을 채취하고 싶은데요."

"그건 왜요?" 예스페르가 인상을 찌푸리며 물었다.

"의무는 아닙니다." 요나스가 말했다. "예스페르 씨는 아무 혐의도 받고 있지 않습니다. 다만 이번 수사에서 얘기를 나눈 모든 사람의 DNA 샘플을 수집했으면 해서요. 유감이지만 수사의 기밀 사항이라 이유는 말씀드릴 수 없습니다."

"아픈가요?"

세실리아가 미소 지었다. "아뇨. 그냥 면봉으로 입 안쪽을 문지르는 거예요."

예스페르가 고개를 끄덕였다. "네, 좋아요. 난 숨길 게 없습니다."

54

오소리는 진짜다.

나는 일 년에 한 명씩 피해자를 데려간다.

그게 사실이라는 건 당신도 안다.

육 년 전, 11월 4일 수요일

얀 아펠그렌은 상자에 든 레드와인으로 플라스틱 컵을 채웠다. 플라스틱 와인 꼭지 밑에 깔아놓은 흰 테이블보에 짙은 보라색 얼룩이 튀어 있었다. 그는 에클룬드 프레스의 가을 파티에 참석한 다른 사람들을 확인하며 술을 홀짝거렸다.

와인에서는 과일 향이 많이 나서 마시기 좋았다. 그는 이미 여러 잔을 마신 터였다. 최근 잠자리로 굴러들어갈 때까지 매일 저녁 점점 더 많이 마셔대던 위스키와 비교하면 그리 많은 양도 아니었다. 그렇게 잠자리에 든 뒤에도 얀은 거의 잠을 이루지 못했다. 계속 생각이 빙빙 돌았고, 생각이 멈출 때는 대신 긁는 소리가 시작되었다. 그리고 긁는 소리와 함께 속삭임이 들려왔다. 얀은 계속해서 그 소리가 단지 머릿속에서 들리는 거라고, 고집스러운 상상력의 소산일 뿐이라고 자신을 타일렀다. 아니면 굴착 업체의 요니가 말한 것처럼 결국은 오소리일 거라고.

오소리들은 속삭이지 않지만.

"한 권 더 쓰는 게 정말 좋은 생각이라고 봐?" 테레세가 눈에 감도는 냉기를 감추려고 이를 악문 채 미소를 지으며 말했다.

"음." 얀이 와인을 한 잔 더 마시며 말했다. "다른 사람들을 봐. 난 잘나가는 사람들 중 최상위라고 하긴 어렵다고."

사실이었다. 표면적으로 보면 파티는 차분했다. 책장은 밝은 빛깔의 색 테이프로 장식되어 있었고, 탁 트인 사무실의 한쪽 구석에서는 작은 스피커가 차트 인기곡을 시끄럽게 흘려보내고 있었다. 그러나 음악소리가 대화를 눌러버릴 정도로 강하지는 않았다. 더 많은 와인이 들어갈수록 대화는 점점 더 시끄러워지고 즐거워졌다. 표면 아래서는 소심한 음모들이 부글거렸다. 엄밀히 따지면, 누가 가장 큰 매출을 올리고 있을까? 누구의 이름이 떠오르고 있으며 누구의 이름이 사라져가고 있을까? 손님들은 와인으로 각자의 부족함에 대한 감각을 무디게 하고 있었다. 저녁이 끝나기도 전에 주량 이상을 마신 사람이 얀만은 아닐 터였다.

"그러지 말고 내 동료들한테 인사하지 않을래?" 얀이 와인잔으로 다른 사람들이 있는 쪽을 가리키며 말했다. 그의 술이 잔 안에서 찰랑거렸지만 흘러넘치지는 않았다.

거기에 대부분의 사람들이 박스 와인이 놓인 곳과 똑같은 종이 테이블보를 깔아놓은 책상 주변에 모여 있거나 회사에서 낸 책들의 무게로 신음하는 책장에 기대어 있었다. 그들은 대화를 나누고 웃었다. 몇몇은 속삭이고 몇몇은 어색하게나마 어울려보려고 돌아다니는 중이었다. 스티나 본 그뤼닝이 레베카 콜린과 함께 한쪽으로 비켜서서 매우 심각한 얘기를 나누는 것 같았다. 앞으로 내민 스티나의 고개와 집중한 표정이야 어디에나 어울리겠지만. 그녀의 한 손이 한껏 고양된 감정을 강조하고 싶은 듯 허공을 움켜쥐었다.

"글쎄, 당신은 얘기 안 해?" 테레세가 말했다. 그녀는 모여 있는 작가들과 출판기획자들에게 시선을 던졌다. "여기 온 이후로 와인 잔 말고는 거의 아무와도 얘기하지 않았잖아."

"별로 당기질 않네." 얀이 솔직하게 말했다. "다들 투르발 시리즈의 다음 권에 대해서만 물어보니까."

테레세의 강철 같은 파란 눈이 그를 움켜잡았다. 식초라도 마신 것처럼 입이 비틀려 있었다. "그러니까 정신 차리고 글을 써야지. 하루종일 위스키나 퍼마시지 말고."

얀은 반항의 의미로 아내에게 건배하듯 잔을 들어올린 뒤, 그들 쪽으로 다가오던 안니카 그란룬드에게 활짝 미소 지었다.

"안녕하세요." 안니카가 인사하며 얀을 끌어안았다. 얀이 그녀의 등에 레드와인을 끼얹지 않은 게 기적이었다. "두 분 다 환영해요. 아직 얘기를 못 나눠서 죄송해요."

"아니, 괜찮습니다." 안니카와 테레세가 더 짧게, 아무런 온기도 없이 포옹하자 얀이 말했다.

"오랜만이네요." 테레세가 말했다.

"그러게요." 안니카는 다시 얀을 돌아보며 좀더 비밀리에 얘기할 수 있도록 한 걸음 다가왔다. "그때 그런 말씀을 드렸던 터라,

여기 오신 게 너무 큰 부담은 아니었으면 좋겠어요."

얀은 고개를 저었다. "아니, 괜찮습니다. 다들 투르발 시리즈 다음 권에 대해 물어보는 게 골치 아플 뿐이죠."

"오늘 저녁에는 일 얘기를 하지 않으려고 했어요." 안니카가 말했다. "그런데 혹시 제가 말씀드린 제안에 대해 생각해보셨나요? 그러니까, 다시 집필하는 안에 대해서요."

"네." 얀이 와인을 더 삼키며 말했다. "네, 해봤죠. 실은 다시 쓰기 시작했습니다. 그런데 솔직히 말해서, 전에도 말씀드렸다시피 다른 걸 쓰고 싶네요."

"열정이 느껴지는 글을 쓰셔야 하는 건 당연하죠, 얀. 하지만 그 많은 팬들을 생각해보세요. 사람들은 다른 투르발 이야기를 기대하고 있어요. 그들을 실망시키고 싶으세요?"

"당연히 아니죠. 아닙니다." 얀이 와인잔을 다시 가득 채우며 말했다. "그렇지만 투르발에게 쉴 시간을 좀 주는 것도 그리 나쁘지만은 않을 거예요. 내가 그 시리즈에 대한 열정을 되찾을 수 있도록 말이죠. 내 공포소설에 기회를 한번 주세요. 분명 마음에 드실 겁니다."

안니카가 고개를 저었다. "시리즈를 중단하기엔 너무 일러요. 요즘 사람들은 빨리 잊거든요. 다음 권이 내년 가을 이후로 미뤄지면, 유감이지만 사람들은 다른 책을 찾아 떠날 거예요."

테레세가 심각한 눈으로 얀을 보았다. "안니카 말 들어. 정신 좀 차리라고, 얀." 그러고는 갑자기 돌아서더니 얀을 안니카와 단둘이 남겨두었다.

둘 사이에 무거운 침묵이 흘렀다. 안니카는 테레세가 떠나는 모습을 먼저 지켜본 다음 얀의 눈을 들여다보았다. 그녀의 눈썹 사이에 걱정의 주름이 잡혔다. "늘 저런 식인가요?"

얀은 별로 대답하고 싶지 않았지만 자기도 모르게 몸동작이 나왔다. 그는 뻣뻣하게 고개를 끄덕였다.

"슬프네요. 그래도 작가님은 괜찮으시죠? 평소랑 좀 달라 보이세요."

"그냥……" 얀은 사무실을 둘러보고는 침을 삼켰다. "최근에 잠을 별로 못 잤습니다. 빌어먹을 긁는 소리 때문에요. 도저히 멈추질 않네요."

안니카가 눈썹을 치켜올렸다. 꼭 얀의 말을 알아듣는 것처럼 그녀의 눈이 반짝거렸다. "긁는 소리요?"

"음, 걱정하지 마요." 얀이 말했다. 어쨌든 안니카는 이해하지 못할 것이다. 얀은 남은 와인을 입안에 털어넣었다. "그냥 웬 동물이 내가 잠을 자려 할 때 집밖을 긁어대요. 그 소리를 공포소설에 써볼까 생각하고 있었습니다." 그의 웃음에 긴장이 어려 있었다.

안니카가 미소 지으며 고개를 저었다. 눈에는 걱정스러운 기색이 감돌았다. "작가님의 상상력은 존경하지만, 그래도 잠을 자려고 좀 노력해보세요."

"올해 겨울 안에 『부활절의 남자』를 다시 써야 한다면 잘 시간이 별로 없을 겁니다." 얀이 말했다.

안니카가 그의 아래팔에 손을 얹었다. "아시겠지만, 저는 아무 것도 강요하고 싶지 않아요. 정말 작가님이 투르발 시리즈 다음

권을 잘 쓰실 수 있을 거라고 생각해요. 다른 책은 나중에 얘기해봐도 좋고요. 장담하는데, 그다음에 공포소설을 쓰고 싶으시다면 직원들을 설득해서 그걸 출간하자고 말해볼게요." 안니카가 미소 지었다. 눈썹 사이의 선명한 주름이 여전한 걱정을 드러내 보였다.

얀이 고개를 끄덕였다. "그래야 할지도 모르죠. 그냥 지금은 스릴러가 좀 질려서 그렇습니다."

"시간을 들여보세요. 그리고 아까도 말씀드렸지만 꼭 제대로 쉬시고요."

안니카는 심각한 표정으로 그에게 고개를 끄덕이고는 손님들 사이로 돌아갔다. 얀은 한숨을 쉬며 와인을 좀더 따른 뒤 스티나 본 그뢰닝에게 다가갔다. 그녀는 레베카와 대화를 마치고 조심스럽게 과자 그릇을 집어들고 있었다.

"안녕하세요, 이거 정말 반갑네요." 그녀가 활짝 미소 지으며 인사하고는 이마에서 검은색 곱슬머리를 쓸어냈다. "최근에 『한여름의 여자』를 다 읽었어요. 환상적이던걸요. 한참 전에 읽었어야 한다는 건 알지만, 작가님도 사정 아시잖아요. 그야말로 죽도록 짜릿하던데요! 꼭 좀 얘기해주세요. 새 책은 어떻게 돼가요? 틀림없이 곧 나오겠죠?"

얀은 비꼬듯 미소 지으며 어깨를 으쓱했다. 이 사무실에서는 그가 거물이었다. 다음 책이 계획대로 부활절에 나올 예정이라고 대답할 수 있어야 했다. 모두가 그럴 거라 기대하고 있었다. 얀은 마치 벌거벗고 모든 작가와 출판기획자들 사이에 선 채 다른 모든 사람에게 보이는 것을 눈치채지 못하는 척하는 기분이었다. 스티나의 새 책이 곧 나올 예정이었고, 모두가 얼마 전 책을 냈거나 곧 책을 내기로 되어 있었다. 에클룬드 프레스 스릴러의 제왕인 그만이, 얀 아펠그렌만이 원고를 반려당했다. 그는 우스갯거리였다.

"쓰는 중입니다. 이번엔 시간이 좀 오래 걸리네요. 곁가지로 다른 프로젝트도 하나 있고요. 일종의 미스터리라고 보면 됩니다."

"세상에, 너무 신-나네요!" 스티나가 눈을 휘둥그렇게 뜨자 눈이 더 커보였다. "저 미스터리 좋아해요. 미스터리를 읽을 때는 꼭 페이지가 휘리릭 넘어가는 것 같다니까요." 그녀는 평소처럼 빠르게 말을 이었다. 얀은 할 수 있는 만큼 크게 고개를 끄덕이며 미소지었다. 하지만 이내 생각은 흩어졌고, 그의 시선은 테레세를 찾았다.

앞서 안니카와 얘기를 나눌 때 그를 그렇게 무시한 것에 대해 정말로 한마디하고 싶었다. 하지만 참아야 했다. 머지않아 테레세는 배신의 대가를 치를 것이다. 얀은 마침내 사람들 사이에서 그녀의 모습을 포착했다. 그녀는 토비아스 뢴과 너무 가까이 서 있었다. 그녀의 손바닥이 그의 가슴 가운데에 가만히 닿아 있었고, 그의 귀에 대고 속삭이는 그녀의 눈이 반짝거렸다.

얀은 주먹을 쥐다가 플라스틱 컵이 딱 소리와 함께 터지는 걸 느꼈다. 미지근한 와인이 손등에 튀었다.

"이런! 이게 무슨 일이에요?" 스티나가 큰 소리로 웃으며 말했다. "혹시 와인이 묻었나요? 냅킨이라도 가져올까요?"

얀은 자기 손을 보았다. 레드와인이 손가락 사이로 흘러내려 엄지 아랫부분에 번지고 있었다. 가느다란 핏줄기 같았다.

55

당신도 내가 정말로 지하실 바닥을
파고들어간다고 생각하진 않을 것이다.
내가 어떻게 그런 일을 하겠는가?

7월 8일 금요일

세실리아는 오팔렌호텔 옥상 테라스의 쿵스포르차베뉘엔이 건너다보이는 높은 테이블 앞 의자에 앉아 있었다. 위에서 보니 대로가 달라 보였다. 나무 꼭대기는 식물로 이뤄진 둥근 공이었다. 트램의 더러운 지붕은 시간이 지나면서 회색으로 빛이 바랬고, 거리의 사람들을 보니 인형이 생각났다. 판금이나 콘크리트 기와로 만들어진 초록색과 빨간색의 지붕들이 시선이 미치는 곳까지 사방으로 멀리 뻗어 있었다.

세실리아는 앞에 놓인 차가운 맥주잔을 손가락으로 쓸면서 퇴근 후 한잔하러 온 다른 사람들을 살펴보았다. 지금까지는 사람이 그리 많지 않았다. 이른 초저녁이었지만 상관없었다. 세실리아도 이제 막 도착했다. 곧 누군가와 대화할 기회가 생길 게 분명했다.

세실리아는 맥주를 홀짝였다. 씁쓸하면서도 상쾌한 맛에 혼자 미소 지었다. 그녀는 축하하러 여기에 왔다. 휴가는 언제나 첫 하루가 가장 좋았다. 모든 일을 앞두고 있다보니 무적이 된 기분이었다. 가방에서 핸드폰이 진동해서 그녀는 허리를 숙여 핸드폰을 꺼냈다. 요나스였다. 계속 울리게 놔둘까 고민했다. 어쨌든 근무 시간이 아니니까. 하지만 그럴 수 없었다. 수사 책임자로서 그녀는 뭐라도 튀어나오면 응답해야 했다.

"여보세요?" 세실리아는 자기 목소리가 얼마나 사무적으로 들리는지 의식하며 말했다.

"안녕하세요, 관광객님." 요나스가 말했다. "즐거운 시간 보내고 있어요?"

세실리아는 다시 대로 건너편을 바라보았다. 저녁햇살이 채광창으로 비쳐들어 눈을 가늘게 떠야 했다. 내일 새 선글라스를 하나 골라봐야겠다고 생각했다. 그럴 가치가 있을 것이다. "당연하지. 너도 이리 와봐. 훌륭한 저녁이야."

"감사하지만 제시카는 제가 집에 있기를 바랄 거예요. 경위님이 예스페르 올손의 DNA 검사 결과를 궁금해할지 모른다는 생각은 들지만요."

세실리아가 허리를 조금 세워 앉았다. 가슴이 더욱 빠르게 뛰었다. "말해봐."

"예상한 그대로예요. 예스페르 올손은 우리가 찾는 신원미상의 남자가 아닙니다. 용의선상에서 배제할 수 있겠어요."

세실리아는 바람이 빠지는 기분이었다. 요나스의 말이 맞았다.

놀랍지 않은 일이었다. 그래도 어떤 진전을 기대해왔다. 그녀에게 그 정도 자격이 있다는 건 신들도 아는 일이었다.

"안됐네." 달리 할말이 없어서 세실리아는 이렇게 말했다.

"그렇죠. 하지만 예스페르 올손은 우리의 최우선 순위 용의자도 아니었잖아요."

세실리아가 고개를 끄덕였다. "그래, 그건 맞는 말이지."

그녀는 초조하게 테이블을 손가락으로 두드렸다. 망설이면서 자기가 가져온 컵에 대해, 벵트 요한손이 썼던 컵에 대해 생각했다. 그녀는 그 컵을 증거용 비닐봉투에 넣어 아무에게도 알리지 않은 채 자기 책상 서랍에 보관해두었다.

"요나스." 요나스가 전화를 끊지 않도록 그녀가 말했다.

"네?"

세실리아는 아무 말도 하지 않고 입을 꾹 다물었다. 크누트의 수사가 아직 진행중이었다. 그녀는 컵을 국과수로 보내달라고 요나스에게 부탁하고 싶었다. 동시에 그 컵을 어떻게 손에 넣었는지는 말하고 싶지 않았다. 그랬다간 끝이 좋지 않을 테니까.

그녀는 한숨을 쉬었다. "아니, 아무것도 아냐. 그냥 잠깐 스쳐가는 생각이 있어서."

"네." 요나스가 말했다. "그럼 휴가를 시작해보자고 말하는 건 어때요?"

56

내가 글을 통해 당신에게 말을 걸면

당신은 선택받은 느낌이 드는가,

위협당하는 느낌이 드는가?

9월 13일 화요일

의사 레나 아마란트의 말이 틀렸다. 안니카는 나아지지 않았다. 오히려 내면의 싱크홀이 점점 커졌다. 날이 갈수록 그녀는 점점 더 수동적이 되고 우울해졌다. 병가가 연장되었다. 눈앞에서 여름이 순식간에 지나가는 동안 진단명은 만성피로증후군으로 바뀌었다.

안니카는 더이상 시간을 인지하지 못했다. 창밖에서는 삶의 소리가 들려왔지만 그녀는 참여하지 못했다. 삶의 소리가 북적거리며 그녀에게 다가들어 관심을 요구했지만, 제대로 대처하지 못하는 그녀를 존중하지는 않았다. 지저귀는 새들, 깍깍거리는 까치들. 낮게 날아가는 프로펠러형 비행기들. 짖는 개. 지나가는 자동차. 시끄러운 기계로 잔디를 깎는 이웃.

"작동되는데 굳이 왜 바꿉니까?" 이웃이 산울타리 너머로 마르틴에게 말했었다. "로봇 잔디깎이는 도둑이나 맞죠."

집안은 답답했다. 에클룬드 프레스에서 보낸 꽃다발이 시든 채 뿌연 물이 담긴 창가의 화병에 꽂혀 있었다. 머리에 붕대를 감은 곰인형 그림이 그려진 카드는 쾌차하세요라는 구불구불한 글자와 서명들로 가득했다. 그녀는 열이 나는데도 다리에 담요를 덮은 채 소파에 누워 있었다. TV에 미국 토크쇼 영상이 휙휙 지나갔다. 관객들의 의자 밑에 깜짝 놀랄 만한 장치가 설치된 토크쇼였다. 유명한 초대 손님들이 미소 지었다. 아메리칸 드림을 믿는다면 모든 게 간단했다. 하지만 안니카는 믿지 않았다. 지금 그녀는 아무것도 믿지 않았다.

삶을 차단하고자 블라인드를 내려두었다. 유산하기 전보다도 불면증이 심해졌고 많이 울었다. 눈을 뜨는 건 그저 소파로 자리를 옮겨 남은 하루를 그곳에서 보내기 위해서였다. 마르틴은 여름 내내 늦게까지 일했고, 저녁에는 조리된 음식을 사서 집에 돌아왔다. 안니카가 먹는 얼마 안 되는 음식은 간이 짰다. 체중이 너무 많이 빠졌다.

토크쇼가 잠시 멈추고 광고가 나왔다. 안니카는 이유를 모른 채 일어나 앉아 내려진 블라인드를 보았다. 뭐라도 해야겠다는 절박한 욕구가 느껴졌다. 그게 무엇인지, 이유는 또 뭔지 알 수 없었다. 그저 꼼짝 않고 여기에 조금이라도 더 누워 있다가는 공황발작이 일어날 것 같았다. 그녀는 자리에서 일어나 눈을 깜빡이며 현기증이 가시기를 기다렸다가 창가로 가서 블라인드 틈새를 내다보았다. 눈이 빛에 익숙해지자 풀밭 일부가 나무에서 떨어진 첫 낙엽에

덮여 있는 것이 보였다. 낙엽은 초록색에 햇빛이 닿은 것처럼 노랗게 반짝였다. 풀밭은 풀밭 나름대로 웃자라고 엉켜 있었다. 정원 손질이 필요했다. 자연을 통제하려고 마르틴이 하는 얼마 안 되는 일은 별다른 차이를 만들어내지 못했다.

베란다 문고리가 뻑뻑해서 안니카가 문을 열자 끼익 소리가 났다. 얼굴에 닿는 햇살이 따뜻하게 느껴졌고 면 파자마를 통과해 들어오는 가벼운 산들바람이 상쾌했다. 안니카는 풀밭에 맨발로 한 걸음 내디뎠다. 풀잎이 발가락 사이를 간지럽히고 젖은 흙이 발뒤꿈치에 서늘하게 느껴졌다. 발바닥에서 느껴지는 습기가 번개처럼 온몸으로 번져갔다. 그 느낌은 황홀감이 솟구치듯 척추를 따라 솟아오르더니 머리에서 윙윙거리다 목덜미 털을 타고 사라졌다. 설명할 순 없었지만 안니카는 그 기분을 더 느끼고 싶었다. 마치 먹이를 쥐야 하는 신체적 허기처럼 느껴졌다. 발을 끌며 잔디밭으로 몇 걸음 더 나갔다. 얼얼한 느낌이 들었지만 땅과 처음 닿았을 때와 똑같은 황홀감은 생겨나지 않았다. 안니카는 누군가 자기를 지켜보고 있는지 주위를 둘러보았다. 아무도 없었다. 그녀 혼자였다.

안니카의 시선이 집의 벽과 가장 가까운 정원 경계에 닿았다. 정원 가장자리를 따라 꽃이 피는 다년생 식물이 자라나서 몇 년 동안 아무도 돌보지 않은 가운데 알 수 없는 뒤죽박죽 덩어리가 되었다. 얀 아펠그렌이 실종된 이후 아무도 돌보지 않은 거야. 그녀는 시들어버린 잎사귀 옆에 무릎을 꿇고 앉아 땅에 손을 얹었다. 흙의 표면은 건조하고 잿빛이었다. 태양이 흙을 덥혀놓아서 그녀의 손바닥으로 열기가 번졌다. 안니카는 코를 킁킁대며 일어선 뒤 정원 헛간의 열쇠를 가지러 가 안에 있는 공구들을 뒤졌다.

그녀는 구부러진 갈퀴와 잔디용 갈퀴 쪽으로 눈을 돌리다가 모종삽을 발견했다. 더러운 플라스틱 손잡이가 달린, 쐐기 모양의 날카로운 금속. 그녀는 모종삽을 가지고 정원 경계로 돌아왔다.

"대체 내가 뭘 하는 거야?" 안니카는 큰 소리로 말하고는 모종삽을 예리하게 땅에 꽂아넣었다. 모종삽이 지표 아래의 돌에 부딪히면서 긁히는 소리가 났다. 그 소리에 움찔하며 물러서면서 손을 데기라도 한 것처럼 모종삽을 떨어뜨렸다. 누군가 자신을 보았을지도 모른다는 생각에 다시 주위를 둘러보았고, 주위에 아무도 없다는 확신이 서자 다시 모종삽을 움켜쥐었다. 억지로 비틀고 마구 파헤치고 돌려댄 끝에 그녀는 뜯긴 뿌리들과 꽃이 핀 구근 가장자리 사이에 깊이 약 10센티미터쯤 되는 구덩이를 힘겹게 파냈다.

더이상 미룰 수 없었다. 서늘한 표토 밑에 손을 파묻고 몸에 다시 번지는 황홀감을 느꼈다. 머리가 핑핑 도는 바람에 균형을 잡느라 억지로 다시 눈을 꽉 감았다. 공을 들여 천천히 손을 더 깊이 파묻자 축축한 흙이 손가락을 식혀줬다. 그녀는 땅속에서 주먹을 쥐었다가 다시 공기 중으로 손을 꺼냈다.

그녀는 흙이 손바닥에 남긴 무늬를 자세히 살펴보며 미소 지었다. 아름다웠다. 자연의 캔버스 같았다. 다시 눈물이 차오르는 것이 느껴졌다. 울음을 참는 대신 땅을 더 파헤치며 눈물이 흐르게 놔두었다. 긁어대고 파헤친 끝에 꽃의 구근을 파낼 수 있었다. 구근을 어깨 너머로 던져버리고 계속해서 땅을 팠다. 결국 들쭉날쭉한 돌에 부딪혀 손톱이 깨져서 움찔하며 손을 뒤로 뺐다. 순전히 반사작용이었다. 아픔보다 놀라움이 먼저 찾아왔고 황홀감은 즉시 사라졌다. 현실이 다시 스며들며 무릎과 손가락 관절이 아팠다. 신선한 흙에서는 풍부한 금속성 냄새가 났다. 그녀 때문에 집 바깥면의 더러운 콘크리트가 드러나 있었다.

중지 손톱의 거의 3분의 1이 갈라져 욱신거렸다. 밝은색의 핏방울이 흙속의 루비처럼 맺혔다. 그녀는 다른 손으로 중지를 잡으며 감염되지 않으려면 손을 씻어야겠다고 생각했다. 마지막으로 파상풍 주사를 맞은 게 언제더라?

그때 뭔가가 보였다. 그 바람에 안니카는 통증을 완전히 잊었다. 집의 외벽에 아래쪽으로 비스듬하게 사라지는 밝은색의 흔적이 있었다. 그녀는 다치지 않은 손으로 모종삽을 잡고서 자세히 살펴보기 위해 그 흔적을 따라 땅을 파헤쳤다. 흔적은 다른 자국들과 평행을 이뤄 아래쪽으로 좀더 이어졌다. 안니카는 더이상 파헤치지 않고 작은 모종삽을 떨어뜨렸다. 누가 벽을 긁은 것처럼 보였다. 아닌가?

안니카는 벌떡 일어섰다. 가슴속에서 심장이 쿵쾅거렸다. 외벽에 저런 흔적을 남길 수 있는 존재는 하나뿐이었다. 그녀가 어렸을 때 지하실에서 속삭이던 존재, 긁는 괴물. 집 주변의 흙 속에서, 밤에, 발톱을 바깥 벽에 대고 긁어대는 존재.

상상이 아니었다. 안니카는 그 소리를 실제로 들었다. 둘의 아이를 잃은 그날 밤에. 아니면 뭐란 말인가? 저기에 정말로 있는데. 악의적인 시선이 뒤통수에 닿았다. 이웃의 검은 창문에서 누군가 그녀를 지켜보는 것이 느껴졌다.

호흡이 거칠어졌다. "어디 있어?" 그녀가 속삭였다. 그녀의 눈이 풀밭을 이리저리 획획 오갔다. 그녀를 잡아가려고 흙을 파헤치는 존재가 생각났다. 거리에서 획 소리가 들려와 안니카는 뱃속이 훅 꺼질 만큼 펄쩍 뛰었다. 심장이 폭동을 일으키고 있었다.

자동차 한 대가 옆을 지나갔다. 안니카는 양손을 이마에 대고 호흡을 가라앉히려 애썼다.

"그냥 자동차야. 괜찮아. 미쳐가는 게 아냐." 그녀는 웃었다. "혼잣말을 하네, 안니카. 하지만 괜찮아. 긴장 풀어."

안니카는 홀쩍이며 손으로 눈물을 닦았다. 눈꺼풀 아래로 흙이 아주 조금 들어왔지만 그건 걱정되지 않았다. 그녀는 숨을 내쉬었다. 베란다 문이 아직 조금 열려 있었다. 그녀가 열어둔 그대로였다. 문고리가 더러워지지 않도록 문을 건드리지 않은 채 안으로 슬쩍 들어가 주방에서 손을 씻었다. 비누 냄새가 콧속을 가득 채웠고, 흙이 섞인 검은 물줄기가 배수구로 흘러내렸다.

피부가 쓰리고 거칠게 느껴질 때까지 손을 문지르고 또 문질렀다. 왼쪽 검지 손마디의 피부가 갈라지며 흐른 빨간색 피가 뜨거운 물에 섞였을 때는 따가운 느낌이 들었다. 그제야 그녀는 수도꼭지를 잠그고 손 씻기를 멈췄다. 상처를 빨아보니 피에서 달콤한 금속의 맛이 났다.

괜찮아. 그냥 네 상상이 너한테 장난을 치는 거야. 이마를 문지를 때 묻은 흙이 건조되면서 가려워졌다. 시큼한 냄새가 겨드랑이에서부터 찾아들었다. 오븐 시계를 보니 오후 5시가 지났다.

마르틴이 집에 돌아왔을 때 이런 꼴을 보이고 싶지 않았다. 샤워하고 옷을 갈아입어야 했다. 안니카는 주방을 나섰지만 복도까지밖에 가지 못했다. 그곳에서 그녀는 보이지 않는 벽에 부딪히기라도 한 것처럼 멈춰 섰다. 바로 앞에 침실과 욕실 문이 있었다. 하지만 오른쪽에, 안니카와 욕실 사이에 아래층으로 내려가는 계단이 싱크홀처럼 널찍하게 입을 벌리고 있었다. 현기증 때문에 넘어질지도 모른다는 위기감에 그녀는 손을 짚었다. 계단은 취미방으로 이어졌지만, 동시에 지하실로 이어지기도 했다.

비합리적인 두려움이었다. 그 지하실이 어릴 때 갇혔던 지하실이 아니라는 걸 안니카는 알았다. 햇빛으로 방안을 적시는 취미방의 전망창이 있으니 전혀 비슷하지 않았다. 하지만 취미방을 지나면 다용도실과 지하 창고에 두려운 어둠이 도사리고 있었다. 안니카는 그 생각을 머릿속에서 떨치려고 고개를 저었다. 다리가 후들거렸지만 억지로 계단을 지나 욕실로 들어갔다.

안전히 욕실 안에 들어간 안니카는 바닥에 털썩 주저앉아 다시 눈물을 터뜨렸다.

57

당신도 그 소리를 듣는다는 걸 나는 알고 있다.

당신이야 인정하고 싶지 않겠지만.

방금 당신이 지하실에서 들은 것도

뭔가를 긁는 소리가 아니었나?

9월 13일 화요일

한 시간도 채 못 되어 안니카는 사건 전체를 머릿속에서 지워버렸다. 상식이 다시 승기를 잡았다. 터무니없을 만큼 기분이 좋아졌다. 리세베리 놀이공원에서 무서운 놀이기구를 타고 살아남은 뒤솟구치는 황홀감 같은 것이었다.

요리를 하느라 따뜻해진 주방에서는 가스레인지 위에서 코코넛 크림을 곁들인 채소들과 함께 부글부글 끓는 카레 냄새가 났다. 창문에 달아놓은 스피커에서 팝송이 흘러나왔고 배기 후드에서는 쉭쉭 소리가 났다. 모든 것이 다시 괜찮아졌다. 안니카는 닭고기 조각을 기름에 튀기며 노래를 따라 불렀다. 레드와인을 한 모금 홀짝이며 나무 숟가락으로 소스를 맛보았다. 그녀는 튀긴 고기를 소스에 넣었다.

소스 냄비를 가스레인지에서 내려 마르틴과 함께 먹을 수 있도록 테이블에 차렸다. 마르틴이 집에 돌아오면 깜짝 놀랄 수 있도록 시간에 맞춰 음식을 했다. 자신의 요리 실력이 만족스러운 그녀는 낮 동안에 일어난 다른 일에 눈을 감았다. 안니카는 와인을 가지고 소파에 앉아 마르틴에게 저녁이 준비되었다고 메시지를 보냈다. 하트를 불어 보내 입맞춤하는 이모지로 메시지를 마쳤다.

와인은 향이 풍부하고 맛있었다. 빈속이 데워졌다. 그녀는 딱히 보지 않고 이런저런 TV 프로그램들을 왔다갔다했다. 마르틴은 답장을 보내지 않고 있었다. 충분히 기다렸을 때쯤 카레는 미지근한 정도로 식어버렸고, 그녀는 전자레인지에 카레를 데워 먹기 시작했다. 거실 TV에서 들려오는 의미 없는 단어들의 연속이 그녀의 일행인 것만 같았다. 다 먹고 테이블에서 일어나려는데 문이 덜컥거리더니 마르틴이 집안으로 들어와 재킷을 걸었다.

"늦었네." 안니카의 목소리에 실망감이 선명히 드러났다.

"미안." 마르틴이 짧게 말하고는 주방으로 가 자기 접시에 음식을 쌓았다. "맛있어 보인다. 와인 있어?"

"조리대에."

그는 안니카 맞은편에 앉아 음식을 먹기 시작했다. 안니카의 치아가 천천히 갈리며 머리통 안쪽에서 딱딱거리는 소리를 냈다. 그녀는 마르틴과 눈을 마주치려 했지만 그는 계속해서 다른 볼 것을 찾아냈다. 꼭 안니카가 그 자리에 없는 것처럼.

"오늘 저녁에는 데이터 마이그레이션이 도저히 안 되더라." 그가 음식을 입안에 퍼넣으며 말했다. "다른 팀원들은 최대한 자료를 살려보려고 남아 있어."

"그런데 당신은 집에 왔네."

"응. 더는 남아 있을 수 없었어. 나 없이도 잠깐은 괜찮겠지만 저녁 먹은 다음에 원격으로 작업을 계속해야 해. 답장 못해서 미안해. 모두가 완전히 미쳐 날뛰고 있을 때 메시지가 왔어."

"나중에라도 답장할 수 있었잖아."

"응, 맞아. 잊어버렸어."

안니카는 깊이 숨을 들이쉬었다. 의사가 마르틴의 애도 과정에 대해 했던 말을 떠올리고 그에게 여유를 주기로 했다. 직장에서 그렇게 문제가 많다니 안 그래도 힘들 터였다. 집에서까지 문제를 더 안겨줄 필요는 없었다. 안니카는 미소 지으며 와인을 조금 더 마셨다. 그러나 마르틴이 뭔가 말하지 않고 있다는 느낌을 떨칠 수 없었다. 술을 좀더 마신 그녀는 자신의 상상력이 마구 내달리게 된 건 와인 때문이라고 생각했다. 그날 오후처럼.

물론 그날에는 와인을 마시지 않았지만.

그날 저녁 그들은 서로에게 다른 말을 하지 않았다. 마르틴은 취미방으로 내려가 책상 앞에 앉았고, 그가 키보드 두드리는 소리가 계단을 올라 침실까지 들려왔다. 안니카는 그 소리를 들으며 잠들었다.

58

나는 칼을 붙인 장갑을 손에 낀다.
그 칼로 당신 집의 드러난 콘크리트를 갈아댄다.
당신이 듣는 소리가 그 소리일까?

10월 10일 월요일

세실리아 브리데의 TV에서 나온 푸른빛이 그녀의 어두운 거실 전체에 스며들었다. 핸드폰에 불빛이 들어오더니 소파에 옆으로 누운 채 잠들지 않으려고 애쓰는 그녀의 관심을 얻으려고 TV와 경쟁했다. 마르틴 그란룬드가 메신저로 보낸 메시지였다. 세실리아는 눈썹을 치켜올렸다. 페이스북 친구 중에 마르틴이 있다는 걸 잊고 있었다.

안녕. 오랜만이야. 적절한 시기가 아니라면 미안하지만, 여름에 네가 여기 온 이후로 네 생각을 아주 많이 했어. 얘기를 좀 하고 싶어. 괜찮다면 말이야.

세실리아는 일어나 앉았다. 그녀가 TV로 시선을 옮기는 동안에도 메시지는 핸드폰에 떠 있었다. 소리는 꺼놨지만 광고가 TV 화면을 가득 채웠다. 자동차 한 대가 햇빛에 물든 풍경을 빠르게 가로질러 다리 너머로 사라졌다.

마르틴과의 만남은 그녀의 마음속에 여러 기억을 풀어놓았다. 예전부터 그녀의 생각을 뜯어먹고 살던 기억들을. 그러나 세실리아는 힘겹게나마 그 기억들을 저지할 수 있었다. 매일 하는 조깅과 끝없는 틴더 데이트로 가려놓았다. 그런데 이제 그 기억들이 온몸을 휩쓸었다.

두 사람은 어찌어찌 같은 지역에서 거의 십팔 년을 함께 살고 같은 학교에 다니고 비슷한 사회에 속해 있으면서 한 번도 만나지 못했다. 그리고 마침내 만났을 때는 둘 다 외스테르순드의 교외에 산다는 것 말고도 같은 열망을 공유하고 있다는 게 확실해졌다.

그들은 우연히 같은 파티에 가게 되어 베란다에서 담배를 나눠 피웠다. 안에서 그들 없이 파티가 후끈하게 달아오르는 가운데 둘은 뒤쪽으로 나와 눈 덮인 들판을 바라보며 추위로 몸이 떨릴 때까지 얘기를 나눴다. 안에 들어가는 대신 서로를 따뜻하게 해주자고 제안한 건 세실리아였다. 마르틴의 품에, 그의 지나치게 얇은 재킷 안에 그녀가 꼭 맞아들어갔다. 그들은 고등학교를 졸업하자마자 외스테르순드를 떠날 예정이었다.

세실리아는 그 특정한 기억에 미소 지었다. 얼어붙을 듯한 추위 속의 그 삼십 분은 무덤까지 가져갈 기억이었다. 그 무엇도 향기와 감정이 풍부하게 배어 있는 그 기억을 세실리아한테서 빼앗아 갈 수 없었다. 마르틴의 살짝 진한 애프터셰이브로션 냄새와 지워지지 않던 담배 냄새, 그의 재킷 안쪽에서 나던, 쿠민 향이 살짝 섞

2막 집　347

인 십대의 땀냄새. 두근거리는 심장과 연애 초기의 압도적인 감정이 가슴에서 위협적으로 터져나올 것만 같았다.

그 시절에 세실리아는 스스로에게 해가 될 정도로 조금은 지나치게 대담했다. 당시에는 온갖 나쁜 습관이 있었는데도 건강이 상하지 않았다는 게 놀랍게 느껴졌다. 일주일에 맥주 한 캔도 채 마시지 않고 스물여섯 살 이후로는 담배 한 대도 피우지 않아서 요즘은 특히 더 그렇게 느꼈다. 태국과 호주에서 몇 달을 보낸 이후로는 약도 하지 않았다. 감각을 상대로 한 그런 종류의 마법은 과거에 속한 것이었다. 더는 그녀가 맛볼 만한 게 없었다. 그 모든 것이 운동과 일로 대체되었다.

마르틴과 나누었던 친밀함은 그녀만의 온전함으로 대체되었다. 그녀는 셀 수도 없이 많은 단기적 관계를 맺었다. 그러나 아무도 마르틴만큼 가까워지지 않았고 앞으로도 그럴 가능성이 컸다. 그녀는 자신의 삶에 아무도 들이지 않았다. 마르틴을 그토록 못되게 대한 이후로는. 그 생각을 할 때마다 세실리아는 수치스러워졌다. 그러다가 다시 한번 그 기억을 간신히 잊었다.

겨울이 여름으로 바뀌었다. 그들은 봄맞이 노래를 이미 다 불렀고 학교를 떠나는 이들의 황홀경도 다했다. 여름은 무제한적 자유 속으로 사라졌다. 태양의 열기가 그들을 더 가까이 끌어당겼지만, 가을이 다가오기 시작하자 모든 것이 식었다. 그들 자신은 깨닫지 못했지만 그들은 멀어지고 있었다. 마르틴에게는 컴퓨터가 있었고 이미 대부분의 사람보다 많은 것을 알았지만 더 많은 걸 배우고 싶어했다. 그는 여러 대학교와 연구소에 지원해 결국 예테보리에 있는 샬메르스 공대에 들어갔다. 세실리아에게는 그런 장래희망이 없었다. 단지 공부가 끝나는 대로 자유를 즐기고 싶었다. 지루한 책을 엄청나게 많이 읽고 컴퓨터 화면 앞에 앉아 있기보다는 세상을 보고 싶었다. 삶을 살고, 스웨덴에서는 찾을 수 없는 모습과 소리를 경험하고 싶었다. 마르틴이 예테보리로 가기 위해 짐을 쌌을 때 그녀도 짐을 쌌다.

그녀는 필요한 모든 것으로 등산 배낭을 꽉 채웠다. 그 배낭이 마지막으로 마르틴과 사랑을 나눈 방의 바닥에 놓여 있었다. 마르틴은 그녀가 자신을 따라 예테보리로 가는 줄 알았다. 하지만 그녀의 배낭 맨 위 주머니에는 방콕으로 가는 비행기표가 들어 있었다. 그곳에서 자신만의 여행을 떠날 예정이었다. 그녀 자신도 행선지를 몰랐지만 예테보리는 계획에 없다는 것을 마르틴에게는 말할수 없었다. 마침내 마르틴이 기차에 올랐을 때 그녀는 함께하지 않았다.

그 생각을 할 때마다 세실리아는 울지 않으려고 눈을 꽉 감았다. 자신이 그렇게 나약했다니 믿을 수 없었다. 그녀는 언질 한번 주지 않았다. 그녀의 안부를 묻는 마르틴의 메시지에 답장조차 하지 않았다. 그냥 세상 속으로, 마르틴에게서 먼 곳으로 사라졌다. 그 당시 자신에 대한 부끄러움은 나중에야 찾아왔다. 하지만 그녀는 더이상 외스테르순드를 떠났던 그 소녀가 아니었다. 심지어 경찰학교에 가서 열심히 싸워 승진 사다리를 오른 여자조차 아니었다. 오늘의 그녀는 오소리 수사팀의 팀장인 세실리아 브리데 경위였다.

유능하지만 스스로도 싫을 만큼 냉소적이고 환멸에 빠진 사람.

세실리아는 두 뺨에서 눈물을 닦아내고 다시 핸드폰을 집어들었다. 그리고 빛이 들어온 화면의 키를 눌러 답장을 썼다.

정말 오래됐네. 지금은 좀 바쁘지만, 그래, 얘기하자.

세실리아에게 있는 선택안은 그것뿐이었다. 다른 모든 행동은 마르틴을 다시 실망시키는 짓이었다. 그런 후회를 안고 살아갈 순 없었다.

세실리아는 메신저를 닫았다. 손가락이 평소처럼 틴더 아이콘 위를 맴돌았다. 하지만 이번에는 적절하지 않게 느껴졌다. 그녀는 망설이다가 화면을 껐다.

59

내가 당신의 집 주변 땅속을 기어다닐 때,

나는 혼자일까, 아니면

당신이 굴삭기로 깨운 짐승들과 함께일까?

10월 11일 화요일

안니카는 쿵쿵대는 소리와 긁는 소리에 눈을 떴다. 몸을 떨며 이불을 더 꼭 두르고 그저 꿈일 뿐이라고 자신을 달래려 했다. 하지만 소리는 멈추지 않았다. 오히려 점점 더 선명하게 들려왔다. 꼭 집안에서 나는 것 같았다. 팔을 들어 귀를 막았지만 그걸로는 충분하지 않았다. 소리가 느린 발걸음처럼 점점 가까워졌다. 그러다가 동시에 뚝 멈췄다. 그녀는 목덜미 털이 쭈뼛 서는 것을 느꼈다. 누군가가 그녀를 지켜보는 듯한 그 느낌. 몸을 일으켜세워 캄캄한 침실을 둘러보았다. 아무도 없었다. 방은 평온하고 조용했다. 마르틴은 그녀에게 등을 돌린 채 침대의 자기 자리에, 가장자리에 가깝게 누워 있었다. 그가 돌아누워 눈을 반쯤 뜨고 그녀를 보았다.

"왜 그래?" 마르틴은 잠결에 몸을 제대로 가누지 못하며 말했다. "또 몽유병이야?"

안니카는 그의 팔에 손을 얹었다. "꿈을 꾼 것 같아. 당신은 자."

"알았어." 마르틴이 다시 돌아누우며 말했다.

안니카는 어둠 속에 가만히 앉아 호흡을 골랐다. 팔에 땀이 나서 더이상 이불로 덮여 있지 않은 피부가 식었다. 창문이 닫혀 있는데도 코끝이 차가웠다. 그녀가 손가락으로 잠시 코끝을 잡고 있는 동안 발가락 사이에서 간지러움이 느껴져 발가락을 움직여보는데 뭔가가 발 위로 굴러가는 것 같았다. 그게 뭔지 보려고 이불을 젖혔다.

건조하고 검은, 작은 흙덩이였다.

안니카는 눈을 부릅뜨고 침대 한쪽으로 두 발을 빼 비볐다. 발바닥이 차가웠다. 뭔가 느낌이 좋지 않았지만 이유를 알 수 없었다. 잠결에 밖에 나가 걸은 걸까. 혓바닥이 입천장에 달라붙었다. 그녀는 뭔가 마실 것을 가지러 가려고 침대 가장자리로 두 다리를 획 빼서 바닥에 발을 내디뎠다. 바닥이 아주 작은 흙 알갱이로 뒤덮인 것처럼 까끌까끌하게 느껴졌다. 안니카는 살펴보려고 핸드폰 플래시를 켰다. 무엇을 보게 될지 전혀 모른 채 빛으로 바닥을 비췄다.

바닥에 발자국이 있었다. 복도에서 침대로 이어지는, 더러운 맨발이 남긴 축축한 발자국이었다. 몇몇 군데에는 작은 흙덩이가 있었고 멀리 볼수록 더 많이 보였다. 침대와 가장 가까운 곳에서는 발자국들이 서로 바짝 붙어 모여 있었다. 꼭 누군가가 그 자리에 서서 잠든 그녀를 지켜본 것처럼.

안니카는 비명을 지르지 않으려고 손으로 입을 막았다. 마르틴을 깨우고 싶지 않았다. 그는 안니카가 다시 몽유병에 걸렸다고만 생각할 것이다. 아니면 안니카가 미쳐간다고 생각할 터였다. 하지만 안니카는 자기가 무엇을 보았는지 알고 있었다. 누군가가 침실로 들어와 그녀의 침대 옆에 서 있었다. 그렇다면 그 사람은 어디로 간 걸까?

목구멍 안쪽에서 서서히 구역질이 치솟았다. 방에서 나가는 발자국은 없었다. 들어오는 발자국뿐이었다. 그렇다면 이곳에 있었던 사람은 지금도 근처에 있을 게 틀림없었다. 안니카는 눈을 감고 몇 초 동안 숨을 쉬려고 애쓰다가 침대 밑을 보았다. 떨리는 손으로 핸드폰을 쥐고 불빛을 비춰 아래를 보려 했다. 하지만 그 아래에는 아무도 없었다. 먼지와 마르틴의 양말 한 짝이 있을 뿐. 마르틴이 찾던, 빨간색과 파란색 줄무늬가 들어간 양말이었다. 안니카는 호흡이 편안해지는 걸 느꼈다. 최소한 침대 밑에 미치광이 살인자는 없었다.

안니카는 손가락으로 엉킨 머리칼을 풀며 생각을 정돈했다. 그리고 계속 생각하면서 머리칼을 꼬아 어깨 너머로 넘겼다. 침실에 아무도 없다는 건 확인했지만 어쩌다 발자국이 생겼는지 알아야 했다. 안니카는 침대에서 일어나 그 발자국을 따라 복도로 갔다. 침대에서 멀어질수록 점점 더 많은 흙이 발자국 사이에 흩어져 있었다. 그녀는 바닥에 난 축축한 자국에서 발가락 모양을 알아보았다. 졸음으로 머리가 무거웠고 불안함에 토할 것 같았다. 거친 LED 불빛에 비춰보니 모든 것이 이상하게 느껴졌다. 핸드폰 플래시로 계단 위쪽을 비추자 계단 옆 격자 구조물이 거실 쪽으로 긴

줄무늬 그림자를 드리웠다. 책등의 도금한 제목들이 책장에서 반짝였다.

발자국은 아래층에서 계단을 타고 올라왔다.

그 의미를 깨닫자 심장이 마구 뛰었다. 아프던 머리가 욱신거렸다. 누군지 몰라도 저 발자국을 남긴 사람은 아래층에서 '위'로 올라왔어. 취미방에서, 혹은 더 나쁜 경우에는⋯⋯ 지하실에서.

방금 그녀를 깨운 긁는 소리의 메아리가 이제는 그녀의 무릎을 꺾어 바닥에 주저앉혔다. 두려움에 몸이 마비되었다.

그럴 리 없었다. 어쨌거나 이 집에는 마르틴과 안니카뿐이었다.

아니, 정말 그럴까?

60

무엇을 믿을지는 당신이 결정하라.

그들이 존재하는 걸까?

아니면 그저 내가 당신을 겁주려는 걸까?

내가 진짜라고 보장할 수 있는 건 살인사건뿐이다.

육 년 전, 11월 11일 수요일

얀 아펠그렌은 빗물이 똑똑 떨어져 두피를 간지럽히는 걸 느꼈다. 그는 세베 강가의 벤치 등받이에 기댄 채 덤불 너머로 SKF 본사 주 출입구에서 나오는 노란 불빛을 보고 있었다. 손바닥에 닿는 나무가 축축하고 미끌미끌했다. 얀도 똑같이 미끌미끌하고 비참해진 기분이었다.

가을비를 맞고 서 있는 악의적인 그림자처럼 중고로 산 방수포 코트를 걸친 채 이곳에 서 있어서는 안 되었다. 집에서 글을 쓰고 있어야 했다. 아내가 자신을 속이고 있다고 생각해선 안 되었다. 하지만 얀은 그렇게 하지 않았고, 그런 자신이 증오스러웠다. 그래서 대신 이 자리에 서서 테레세가 퇴근하고 나타나기를 기다렸다. 그녀는 친구들을 만나 저녁을 먹겠다고 했다. 얀은 그녀를 따라가 그녀가 실제로 어디에 가는지 볼 생각이었다.

지난 몇 주가 일상이라는 환상 속에 사라졌다. 여러 날이 천천히 흘러갔다. 대부분의 시간에 얀은 컴퓨터 화면을 멍하니 바라보며 아무것도 쓰지 않았다. 때로는 아무런 소통은 하지 않고 자기도 모르게 페이스북 작가 게시판의 글을 몇 시간씩 읽었다. 그러는 내내 게시판에는 똑같은 질문만 올라왔다. 대부분 똑같은 사람들이 눈에 띄어보려고 최선을 다하고 있었다. "이 광고 글 어떻게 생각해요?" "책을 출판하려면 어떻게 해야 하나요?" "제가 쓴 첫 작품의 맨 앞 부분인데, 더 읽고 싶어지나요?" 좀더 자리를 잡은 작가들은 똑같은 글을 몇몇 게시판에 올려댔다. "제 최신작 표지인데 좋아 보이지 않나요?"

얀은 그들의 낙관주의를 경멸했다. 대신 이곳에 서서 아내의 불륜을 드러낼 기회만 기다리고 있었다. 작가가 되겠다는 꿈은 음울한 악몽으로 썩어버렸다. 얀은 그렇게나 비천하게 내려앉았다.

어느 날 굴착 업체에서 찾아와 집 나머지 부분까지 빙 둘러 구덩이를 완성했다. 디젤 엔진이 달린 굴삭기가 웅웅대며 이리저리 움직였다. 얀은 굴삭기가 내는 소리를 들으면 기계 공룡의 사나운 고함이 떠올랐다. 굴삭기의 삽 부분이 벽에 끌리기 시작하면 엔진이 꺼지고 침묵이 다시 통제권을 쥘 때까지 그는 몸부림을 쳤다. 그런데도 나머지 작업을 마치러 오는 사람은 없었다. 바깥 정원은 전보다 더 나빠 보였다.

저녁이면 얀은 술을 너무 많이 마시곤 했다. 대부분은 점심때부터 술을 마시기 시작했다. 긁는 소리는 지금도 매일 밤 들려왔지만 벽지에 손바닥을 대면 소리가 줄었다. 그게 벽 너머에 있는 미지의 존재와 하는 조용한 의사소통이었다. 그러다가 속삭임이 시작되었다. 그것은 긁는 소리처럼 날이 서 있지는 않았다. 더 무시무시한 만큼 듣기 좋기도 했다. 미묘하면서도 지나칠 정도로 가까운 그 소리가 얀을 꾀어내고 부추겼으며, 그가 테레세를 볼 때마다 힘을 키워갔다. 침대에서 잠든 테레세의 몸은 갈수록 그의 옆에 누운 고깃덩이처럼 느껴졌다. 속삭임은 그에게 테레세를 인간이 아니라 그런 존재로 보라고 부추겼다.

그러나 얀은 그녀에게 마지막 한 번의 기회를 주고 싶었다. 테레세의 말이 사실이라면, 그녀가 여전히 그에게 충실하다면 속삭임에 저항할 수 있을지도 몰랐다. 최소한 그 소리에 귀기울이는 건 멈출 수 있을 터였다.

사람들이 한 명씩 건물에서 나왔다. 혼자인 사람도 있고 무리를 지은 사람도 있었다. 모두가 목적의식을 가지고 직장에서 걸어나와 다른 일을 보러 갔다. 얀은 그들을 외계인 종족처럼 바라보았다. 그때 테레세가 나왔다. 그녀를 보자 심장이 당겨지는 듯했다. 그녀는 아침과 같은 옷을 입고 있었다. 하늘색 블라우스에 수수한 회색 정장. 그녀는 트램을 향해 걸어가며 코트 단추를 채웠다. 아스팔트에 닿는 구두굽이 달각달각 소리를 냈다.

얀은 방수포 코트를 꽉 조였다. 습기와 몸에서 나는 열로 퀴퀴한 악취가 났다. 어둡기도 하고 진녹색 코트를 걸치고 있으니 테레세가 그를 알아볼 것 같지는 않았다. 그래도 얀은 몇 초간 망설인 뒤에야 그녀를 따라갔다. 시야에서 놓치지 않는 선에서 최대한 거리를 두고 그녀와 같은 칸에 탔다. 트램 안은 사람들과 젖은 개 냄새로 가득차 숨이 막힐 것 같았다. 트램이 끼익 소리를 내며 기찻길 옆의 급행 노선을 따라 덜컹덜컹 드로트닝토르에트로 향했다. 테레세가 내려서 서둘러 광장을 가로질러 포스트호텔로 가더니 바에서 식당으로 통하는 넓은 계단을 올랐다.

테레세가 웃고 반갑게 포옹하며 다른 세 여자와 인사를 나누자 얀은 가슴이 철렁했다. 여자들은 테이블에서 테레세를 기다리고 있었다. 얀은 변장을 들키지 않으려고 몇 발짝 물러났다. 다리가 거의 버티지 못했으므로 그는 휘청거리며 바로 다가가 맥주를 한 잔 달라고 했다.

그는 정말이지 아무짝에도 쓸모없는 인간이었다. 맥주를 홀짝이며 차오르는 눈물을 억지로 삼켰다. 그가 틀렸다. 테레세는 거짓말을 한 게 아니었다. 하지만 수치심에도 불구하고 모든 게 한결 나아진 느낌이 들었다. 너무 오래 품어온 의심이 조금씩 덜어졌다. 테레세와 그녀의 친구들이 얘기하고 웃는 모습을 은밀히 지켜보는 동안 그의 고통은 안도감과 뒤섞였다. 이름은 기억나지 않았지만 그중 두 명은 아는 사람이라는 걸 깨달았다. 몇 번인가 집에도 온 적이 있었다.

얀은 가슴이 부풀어오르는 걸 느끼며 미소 지었다. 처음에는 그게 무슨 느낌인지 몰랐지만, 한때 그를 테레세에게로 이끌었던 사랑의 느낌이 기억났다. 그가 맥주에 손도 대지 않고 일어나 떠나려는 순간, 또 한 사람이 그들과 합류했다. 검은 정장을 입은 남자였다. 얀은 심장이 불편하게 뛰는 걸 느끼며 바의 스툴에 다시 주저앉았다. 테레세가 일어나 그를 친밀하게 끌어안더니 사람들에게 소개했다. 저게 뭐지? 얀은 깨닫지도 못하는 사이에 맥주 절반을 삼켰다. 그 술이 마음속에서 부글거리는 분노에 불을 붙였다. 마치 휘발유에 불을 댕긴 것 같았다.

남자는 허리춤에 양손을 얹고 당당하게 서서 얀을 등지고 있었다. 테레세는 그의 코트와 가방을 받아들더니 친구들을 남겨두고 그를 따라 계단을 내려가서 접수대로 갔다. 얀은 그들이 지나갈 때까지 가만히 있었다. 들킬까봐 걱정되었다. 테이블의 세 여자가 서로 거의 머리를 붙인 채 은밀히 얘기를 나눴다. 주고받는 비밀이 상상력을 자극하는 듯, 그들의 표정은 불안과 낄낄거림 사이를 오갔다.

얀은 아내와 모르는 남자를 따라 최대한 빠르게 계단을 내려갔다. 두 사람은 한 걸음 내디딜 때마다 어깨가 부딪힐 정도로 가까이 걷고 있었다. 엉덩이 사이로 둘의 손가락이 얽혔다. 그들은 애정을 숨기려는 시도조차 하지 않았다. 얀은 그들이 세상에 자랑하고 싶어한다는 생각이 문득 들었다. 서로 손을 놓지 못하는, 사랑에 취한 십대들 같았다.

피가 증오로 끓어오르며 한 장면이 눈앞을 스쳐갔다. 얀은 달려가 남자의 턱에 주먹을 날리고 싶었다. 피투성이 치아가 돌바닥을 굴러가는 모습을 마음속으로 상상했다. 남자가 그의 주먹질 때문에 흐르는 피를 멈추느라 입을 틀어막고 있는 모습을. 하지만 얀은 보이지 않는 곳에 숨어 있었다. 속삭임을 기억하며 냉정을 유지했다. 지금은 적절한 때가 아니었다.

테레세와 남자가 엘리베이터 안으로 사라졌다. 안은 문이 닫히기도 전에 두 사람이 입맞춤을 시작하는 걸 보았다.

턱이 덜덜 떨렸다. 주먹에 잔뜩 힘이 들어가고 손바닥이 아플 정도로 손톱이 파고들었다. 호텔에서 나온 그는 비에 젖은 공기를 헐떡헐떡 들이마셨다. 머리가 핑핑 돌았고 뱃속이 뒤집혔다. 결국 맞는 생각을 한 자신이 증오스러웠다. 테레세는 짐작대로 그를 속이고 있었다. 자기 친구들한테 비밀로 하지도 않고, 그를 속이며 다른 남자들을 만나왔다. 대체 어떻게 그럴 수 있지? 그 여자들은 대체 어떻게 그 자리에 앉아서, 애인을 자랑하는 그녀에게 미소를 지을 수 있지? 왜 아무도 말해주지 않은 거지? 그의 편은 아무도 없었다.

모두가 그를 배신하고 있었다.

머지않아 대가를 치러야 할 것이다.

61

당신은 기만하고 거짓말을 했는가,

아니면 내가 찾는 사람이

당신이 아님을 알기에 안전한가?

10월 11일 화요일

"자기야, 왜 그래?"

안니카는 다리를 끌어올려 가슴에 댄 채 벽에 등을 기대고 앉아 있었다. 얼마나 오래 그렇게 앉아 있었을까. 그녀의 시선이 계단에서 마르틴에게로 옮겨갔다. 자고 일어난 그의 머리칼이 엉망이었다. 그녀는 가슴에 핸드폰을 꼭 끌어안은 채 대답하지 않았다.

마르틴이 발자국을 보고는 눈을 찌푸리며 그녀 옆에 쭈그려앉았다. "자기야, 뭐해? 안 자고."

안니카는 자신의 심장이 갈비뼈 뒤에 갇힌 새처럼 느껴졌다. "저거 누구 발자국이야?" 그녀가 낮은 목소리로 물었다. "이 집에 다른 사람이 또 있어?"

마르틴은 고개를 저었다. "아니."

"그걸 당신이 어떻게 알아? 만약 아래층으로 침입했으면?"

"침입경보도 울리지 않고 어떻게 가정경비 시스템을 통과했겠어?" 마르틴은 잠시 말을 멈추고 한숨을 쉬었다. "지금 한밤중이야. 내일 얘기하면 안 될까?"

"당신이야?" 안니카는 그 말에 마음이 아팠지만 멈출 수 없었다. "난 아니거든. 다른 사람도 아니라면 당신일 수밖에 없지."

"안니카……"

"난 당신보다 먼저 잠들었어. 내가 자고 있을 때 당신 솔직히 뭐 했어?"

"일했어." 마르틴이 대답했다. "아마 너무 오래 일했겠지. 나도 알아. 하지만 내내 저 아래 책상 앞에 앉아 있다가 자러 올라간 거야." 그는 계단을 고갯짓했다. "저기엔 아무도 없어. 있다면 내가 뭔가 봤겠지, 안 그래?"

안니카가 고개를 저었다. "내가 자는 동안 그 사람이 나를 보고 있었어."

"아, 자기야, 안니카. 꿈이 아닌 거 확실해?"

안니카는 팔을 쭉 뻗어 발자국을 가리켰다. "저게 안 보인단 말이야?"

"아니, 당연히 아니지. 나도 보여. 그런데 최근에 상황이 좀 힘들었잖아. 당신이 다시 자면서 걸어다니는 걸지도 몰라."

안니카는 눈물이 고이는 걸 느꼈다. "엿같아서 더는 못하겠어." 그녀는 손으로 이마를 짚으며 말했다.

마르틴이 그녀 옆에 앉았다. 이불 안에 있었던 그의 몸은 아직 따뜻했다. 그의 온기가 안니카에게 위로가 되어야 했지만 오히려 그녀를 좀더 무너뜨렸다. 우는 그녀의 어깨가 떨리자 마르틴은 그 어깨 위로 팔을 얹어 그녀를 달래려 했다. 그러나 안니카는 물러났다. 위로받고 싶지 않았다. 그녀가 하고 싶은 일은 지난 한 해를 되돌리는 것, 혹은 다가오는 한 해가 그녀와는 아무 관계 없이 흘러가는 것뿐이었다. 지금 이곳에 사는 것만 아니면 무엇이든 상관없었다.

현재를 견딜 수 없었다. 최대한 빨리 사라지면 좋을 것 같았다. 지금 이 순간, 그녀는 심연으로 들어가는 계단과 겨우 50센티미터 떨어진 곳에 앉아 있었으니까. 저 아래서 그녀를 기다리는 것이 무엇인지 잘 알았다. 그 존재에 굴복하고 지하실로 내려갔다간 어둠에 삼켜지리라는 걸 알았다. 가장 무서운 건 마음속 깊은 곳에서 그녀가 그 일이 일어나기를 바라고 있다는 점이었다. 뭐가 되었든 상실의 슬픔을 안고 사는 것보다, 그녀가 얀 아펠그렌에게 저지른 짓에 대한 괴로움을 안고 사는 것보다 나쁠 리는 없었다.

그녀가 세상에 괴물을 풀어놓았다. 영혼을 팔아버렸다. 악마가 상으로 그녀의 아이를 데려갔다. 이제는 그녀까지 데려가고 싶어했다. 그게 나을지도 몰랐다.

"안니카, 이건 안 돼." 마르틴이 말했다.

생각에 잠겨 있던 안니카가 정신을 차렸다. "무슨 말이야?" 그녀는 마르틴을 보지 않고 물었다.

"모르겠어." 그가 한숨을 쉬며 대꾸했다. "그냥 엿같이 피곤해. 피곤하고 미안해, 당신이랑 똑같아. 골칫거리가 하나 더 생기는 건 안 되겠어."

이번에 안니카는 고개를 돌려 그의 눈을 들여다보았다. "그게 무슨 말이야? 이젠 내가 골칫거리야?"

"아니, 그런 게 아니라. 아무튼 우리가 한밤중에 여기 내려와 있 잖아. 누군가 아래층에서 올라와 당신이 잠들어 있는 모습을 지켜 본 것 같다는 이유로."

안니카의 입이 쩍 벌어졌다. "저 빌어먹을 발자국이 당신 눈에 도 잘 보이잖아!"

"저건 당신 발자국이야, 자기야." 마르틴이 안니카를 보았다. 안 니카는 전에도 그런 시선을 본 적이 있었다. 마르틴은 고개를 앞 으로, 아주 약간만 기울였다. 그의 미간에 주름이 잡혔다. "나한테 화내지 마. 다른 설명은 있을 수 없어. 당신이 몽유병에 걸려서 걸 어다닌 거야. 그냥 그게 다야."

"그럼 흙은 어디서 난 건데?"

"난 당신이 어디 갔었는지 몰라. 그저 당신이 다치지 않은 게 기 쁠 뿐이야. 어디로 헤매고 다니거나 그랬겠지."

안니카가 고개를 저었다. 그녀는 자신이 몽유병에 걸려 걸어다 닌 게 아니라는 걸 알고 있었다. 이번만은 아니었다. 그런 문제가 아니었다.

"당신이었으면?" 안니카는 마르틴의 난처한 표정을 보지 않으 려고 똑바로 앞을 보며 말했다. 그러자 실제보다 나약해진 기분이 들었다. "당신도 최근에 스트레스가 많았잖아. 나만큼 괴로웠고. 혹시 당신이 자다가 걸어다닌 건 아닐까?"

마르틴이 고개를 저었다. "난 한 번도 그런 적 없어. 스트레스가 너무 심하면 두통이 생기지."

"글쎄. 저 아래에 아무도 없는 건 확실해?" 안니카는 계단 밑을 보지 않으려 했지만 눈길이 계속 어둠 속으로 끌려들어갔다.

"없다니까, 자기야!" 마르틴이 한숨을 쉬었다. 그러고는 일어서서 터덜터덜 아래층으로 내려갔다.

안니카가 막 마르틴을 불러 거기 서라고 하려는데 취미방에 불이 켜졌다. 어둠이 사라지고 한순간에 계단은 전혀 두려운 존재가 아니었다. 안니카는 애써 일어나서 격자무늬 난간에 기댄 채 마르틴을 찾았다.

저 아래에 굶는 괴물이 있으면 어쩌지? 마르틴이 돌아오지 않으면?

"마르틴?" 그녀는 용기가 나는 만큼 크게 외쳤다.

마르틴은 계단을 반쯤 올라오다가 멈춰 서서 그녀를 보았다.

"내가 확인했어. 당연히 저기에는 아무도 없어. 그런데 내일 청소는 해야겠다."

"뭐?"

"난로 문이 열려 있었어. 바닥 절반에 재가 뿌려져 있고. 발밑을 확인해보면 당신이 그 재를 밟고 들어왔다는 걸 알 거야."

안니카는 발바닥을 보았다. 발꿈치가 더러웠지만 빛에 비춰보니 흙 때문이 아니라는 건 알 수 있었다. 재였다. 그녀가 흙 알갱이라고 생각했던 것은 밟혀서 작은 조각이 된, 불에 타버린 장작이었다. 결국 그녀가 자면서 걸어다닌 건지도 몰랐다.

그 말의 의미를 인정하자 안니카는 자신이 의심스러워졌다. 하

지만 확실한 것이 하나 있었다. 긁는 소리를 내는 존재는 그녀가
아니었다.

62

당신은 나의 다음번 사냥감인가?

10월 12일 수요일

마르틴이 출근하면서 문이 쾅 닫히고 자물쇠에 꽂힌 열쇠가 달그락거렸다. 안니카는 다시 혼자 집에 남았다. 밤의 절반 정도를 깨어 있었더니 자는 것 말고는 더 바랄 게 없는 지경이었다. 그런데도 잠들 수 없었다. 감은 눈 뒤의 어둠 속에 긁는 괴물이 도사리고 있었다. 선잠이 들자 금속이 돌을 긁는, 귀청이 찢어질 듯한 소리가 났다. 그녀를 붙잡아 땅속으로 끌고 들어가려는 발톱의 소리. 하지만 안니카는 소리가 멈추고 묘한 매력의 속삭임으로 바뀔 때까지 맞서 싸웠다. 긁는 괴물은 사라지지 않았다. 그녀가 더이상 자신을 지킬 수 없을 때까지 인내심 있게 어둠 속에서 기다렸다. 그것이 밤에도 그녀를 잠들지 못하게 했다. 얀 아펠그렌이 실종되기 전, 회사의 가을 파티에서 설명한 그대로였다.

안니카는 일어나 침대 가장자리에 앉았다. 태양이 하늘에 반쯤 떠올라 있었고 빛이 눈 깊은 곳을 강하게 찔러왔다. 축축한 이불에 검은 얼룩이 져 있었고, 이불은 잔뜩 꼬여 바닥에 떨어졌다. 안니카는 한숨을 쉬며 일어서서 헝클어진 이불을 공들여 챙기기 시작했다. 이불에는 똑딱이 단추가 달려 있었다. 이불을 잡아당겨 단추를 뜯고 속을 꺼내서 보니 이불 아랫부분에 검은 재 얼룩이 묻어 있었다. 그녀는 침실의 베란다 문을 열고 이불을 털었다. 그녀가 흙에서 끄집어낸 잔가지투성이 덤불이 잔디밭에 제멋대로 널브러져 있었다.

그녀는 다시 문을 닫고 품안에 침대보를 안아들었다. 섬유유연제 냄새와 금속 냄새 같은 땀내가 불쾌하게 뒤섞여 있었다. 침대에 향기 좋은 시트를 새로 씌우면 좋을 것 같았다. 그녀는 복도로 갔지만 계단을 보고 멈춰 섰다.

가슴속에서 심장이 덜컥 멈췄다. 계단에 남은 검은 자국을 보니 간밤의 두려움이 떠오르며 그녀의 발이 들어올릴 수 없는 납덩이로 변했다. 다용도실은 아래층 어두운 곳에 자리잡고 있었다. 지하실에. 지금껏 그녀는 다용도실에 아무렇지 않게 여러 번 들어갔고, 그때는 그 무엇도 벽을 긁어대지 않았다. 그런 일은 처음 이사했을 때 한 번뿐이었다. 두려워할 만한 건 없었다. 그저 그녀의 상상이었다. 정신의 장난질. 상상력이 꾸며낸 것. 안니카는 그런 것에 지지 않을 작정이었다. 긁는 괴물이 이겨서는 안 되었다.

안니카는 바닥에서 천천히 한쪽 발을 뗐다. 그녀의 몸이 뒤따르며 첫번째 걸음에 무게를 싣자 바닥이 삐걱거렸다. 발밑의 나무가 서늘하게 느껴졌지만 차갑지는 않았다. 다음 발걸음은 더 쉬웠다. 그녀는 다음 발을 아래쪽 계단에 두며 신경질적으로 웃었다. 이 방법이 통할 것이다. 한 번에 한 걸음씩 계속 떼어놓기만 하면 되었다.

미처 알아차리기도 전에 안니카는 계단 맨 아래에 서 있었다. 이런 일을 해내다니 믿을 수 없었다. 지난밤에는 취미방이 무시무시한 검은 구멍이었다. 그러나 지금은 아니었다. 새로 고친 공간의 커다란 창문을 통해 햇빛이 쏟아져들어왔다. 컴퓨터 용품이 잔뜩 놓인 마르틴의 책상이 벽 끄트머리에 있고, 난로 앞에는 연회색 소파베드가 있었다. 그 이상 가구를 들여놓을 시간은 없었다. 어젯밤의 흔적이 남아 있지만 않았다면 방은 안락하게 느껴졌을 것이다. 난로 문이 활짝 열려 있고 잿더미가 바닥에 떨어져 있었다. 발자국은 그곳에서, 잿더미에서 시작되었다. 계단을 따라 올라갔다가 안니카를 따라 사라졌다.

마르틴 말이 맞았다. 정말 청소를 해야 했다.

안니카는 까치발을 들고 세탁실로 들어가 세탁기에 침대보를 넣었다. 그 자리에 서서 세탁기가 윙윙대며 뿌려댄 물에 흠뻑 젖은 침대보가 제 무게를 못 이기고 무너져내리는 모습을 지켜보았다. 그 소리에는 뭔가 위로가 되는 구석이 있었다. 드럼이 빙빙 돌고 둥근 강화유리 뒤에서 세탁물이 데굴데굴 돌고 있으니 더더욱.

그녀의 시선이 집 바로 뒤의 외벽에 생긴 가느다란 금에 가닿았다. 확장한 침실 아래쪽이었다. 전에도 그 자리에 금이 가 있었는지 궁금했다. 본 기억이 나지 않았다. 손끝으로 그 금을 만져보니 칠해놓은 석고가 매끄러웠다. 그러다 균열에 그녀의 피부가 긁혔고, 손을 대자 벽이 떨리는 것처럼 느껴졌다. 심박수가 천천히 올라가는 동안 그녀의 손가락이 균열을 따라 윤곽선을 그렸다. 결국 억지로 손을 떼내야 했다. 마치 균열을 통해 전기 충격이 쏘아져나오는 것만 같았다.

안니카는 손가락 끝을 서로 문질렀다. 전과 똑같은 느낌이었다. 아무 일도 일어나지 않았다. 그런데 그 순간 거친 소리가 들렸다. 가슴속에서 심장이 빠르게 뛰는 걸 느끼며 그녀는 반대편 벽으로 곧장 물러났다. 세탁기 속 플라스틱 공이 유리에 긁히고 또 긁히면서 끼익끼익 긁는 소리를 내고 있었다.

안니카는 훨씬 편하게 숨을 쉬며 의심스러운 눈으로 다시 균열을 바라보았다. 그런 다음 휙 돌아서서 다용도실을 나간 뒤 대걸레를 가져다 어젯밤의 잔여물을 닦아냈다. 그러고 나서 마트에 가서 맛있는 저녁거리를 살 생각이었다. 그녀가 다시 나아졌다는 걸 마르틴이 알 수 있도록. 실제로 나아졌으니까. 완전하게.

긁는 괴물은 진짜가 아니었다. 그녀의 상상력이 미쳐 날뛰는 것뿐이었다. 오래지 않아 그녀는 나아지고 다시 회사에 다닐 것이다. 그리고 다시 임신을 시도해볼 것이다. 다 괜찮아질 것이다.

63

계속 읽어나갈 용기가 있는가?

이제 어두워지는데.

10월 13일 목요일

"저기, 다른 사건을 배당받는다는 얘기 들었어요?" 요나스가 물었다.

요나스는 재킷을 입고 어깨에 배낭을 걸친 채 사무실 문 앞에서 있었다. 눈썹이 이마 위로 높이 솟아 있었다.

"아니." 세실리아가 대답했다. "어디서 그런 얘기를 들었어?"

"방금 커피머신 앞에서 폰투스랑 얘기를 좀 했거든요. 부청장님책상 위에서 수사자원 재배치 제안서를 봤대요. 거기에 내 이름이 있었다고 하고요."

"뭐? 오소리가 다시 공격하기 전에 놈을 잡으려면 네가 필요해."

"알아요. 그런데 인원을 재배치하면 내가 할 수 있는 일이 별로없어요. 내사 때문일까요?"

세실리아가 일어섰다. "내가 바로 알아볼게."

그녀는 쿵쿵대며 요나스를 지나쳐 복도로 나갔다. 누구든 그녀의 팀원을 빼가려면 그녀를 죽이고 빼가는 수밖에 없다. 당연히 스톡홀름에서 온 거만한 내사 담당자는 그럴 수 없다. 그녀는 성큼성큼 걸어 크누트 레르예달의 임시 사무실로 들어갔다. 빠르게 경찰서를 가로질러 오느라 숨쉬기가 힘들었다. 크누트가 노트를 들여다보다가 고개를 들었다.

"씨발, 뭐하는 겁니까?" 세실리아가 말했다.

"진정하시죠!" 크누트가 즐거운 듯한 미소를 감추려고 애쓰며 말했다. 제대로 감추지는 못했다. 대신 그는 평소보다 좀더 만족스러워 하는 표정이 되었다. "앉아서 숨 좀 고르세요. 그러면 교양 있게 대화할 수 있을 겁니다."

세실리아가 그에게 삿대질을 했다. "요나스가 재배치된다는 소문이 있던데요. 아는 얘깁니까?"

"소문에 귀기울일 만큼 바보는 아니실 텐데." 크누트가 말했다. 그는 이 모든 사건을 촉발한 책을 힐끗 보았다. "아닌가?"

"그게 무슨 뜻입니까?"

"앉아요."

세실리아는 마지못해 앉았다. 크누트가 시키는 대로 하기는 싫었지만 계속 서 있어봐야 말 안 듣는 어린애처럼 보일 뿐이었다. 발만 굴러대기 시작하면 안성맞춤일 테고.

"맞습니다." 그가 노트를 내려놓으며 말했다. "내가 일주일 전에 윗선에 제안을 했어요. 하지만 언제 결정을 내릴진 모르겠군요."

"이유를 물어봐도 됩니까?"

"뻔하지 않아요? 당신은 아무 진전을 가져오지 못했고, 오소리는 지금도 저 바깥 어딘가에 있습니다. 동시에 당신 수사팀에서 새어나간 정보를 바탕으로 한 듯한 책이 나왔죠. 이를 근거로 내겐 다른 선택안이 없었습니다."

세실리아는 답답한 마음에 뺨이 달아오르는 것을 느꼈다. "그 선택안이 대체 뭡니까?"

"글쎄요. 오소리 찾기를 그만둘 순 없잖아요? 내 생각에는 현재 인력이 이번 일에 적합하지 않은 것 같아서 당신들 둘 다 교체하라고 제안했습니다."

그의 말이 세실리아를 후려치는 듯했다. 상부에서 그녀의 수사를 빼앗아가려 했다. 세실리아는 아무 말 없이 입을 쩍 벌렸다.

"아무도 당신들 둘한테 말해주지 않았다니 놀랍군요." 크누트가 말하고는 다시 노트를 집어들었다. "나쁜 소식을 전하는 사람은 늘 딱한 법이죠."

"납득 못합니다." 세실리아가 말했다. "요나스와 나만큼 오소리 사건의 단서를 많이 아는 사람은 없어요."

크누트는 어깨를 으쓱하며 글을 쓰기 시작했다. "당연한 얘기지만 수사를 이어받을 수 있는 사람은 여럿 있습니다." 그가 세실리아를 힐끗 보았다. "뭐, 이건 세계 종말도 아니고 당신이 일자리를 잃는 것도 아닙니다. 당신한테 더 잘 맞는 다른 사건들이 있어요."

"하지만 내 사건이 아니죠."

"네, 아니죠. 하지만 똑같이 괜찮은 사건일 수 있습니다. 미안하

지만 지금 내가 최종 보고서를 쓰는 중이라." 그는 방에서 나가라
는 뜻으로 안경 너머로 세실리아를 쏘아보았다.

세실리아는 그의 시선에 저항했다. "질문이 하나 있습니다."

크누트가 한숨을 쉬었다. "뭔가요?"

"정보를 흘린 사람이 누구입니까?"

"아아, 그러네요. 궁금할 수 있겠습니다." 그가 미소 지었다. 이
번에는 진정한 미소였다. "어느 모로 보나 당신은 알 자격이 있다
고 생각되는군요. 그런 사람은 없었습니다. 아니, 확실히 한 명 있
긴 하죠. 다만 증거가 없으니 그런 사람은 존재하지 않는다는 의견
을 낸 겁니다."

세실리아는 가슴속에 뭉쳐 있던 뭔가가 누그러지는 것을 느꼈
다. 그런 게 있는지도 몰랐지만, 그 느낌이 풀리고 나니 숨쉬기가
얼마나 쉬워졌는지 알 수 있었다. "그런데도 수사를 다른 사람에
게 넘기라고 권하시는군요."

"네. 이 문제를 해결하려면 새로운 접근이 필요하다고 봅니다.
개인적인 감정으로 이러는 게 아니니 이해해주기 바랍니다."

세실리아는 천천히 사무실로 돌아갔다. 그녀와 마주치는 모든
사람이 불쌍하다는 눈으로 그녀를 보는 듯했다. 이미 다 안다는 투
였다. 그녀는 그들의 시선을 피하고 인사 대신 고개만 끄덕였다.
생각이 빙빙 돌았다. 그 결정이 실행될 때까지 시간이 얼마나 남았
을까? 다른 수사의 따분한 조사 업무에 압도당하기까지는? 크누
트는 보고서에 그녀에 관해 뭐라고 적었을까? 더이상 아무도 그녀

를 신뢰하지 않는 기분이었다.

경찰을 그만두고 다른 일자리를 찾아야 할 시간이 온 걸까?

세실리아는 허리춤에서 주먹을 쥐었다. 아니. 아무도 그녀를 그녀의 수사에서 빼버릴 순 없었다. 세실리아는 그들이 틀렸다는 걸 보여주기로 했다. 분노가 다리에 새로운 힘을 불어넣었고, 근육이 사무실이 있는 층으로 가는 마지막 계단으로 그녀를 밀어올렸다. 세실리아는 사무실로 들어가 문을 닫았다.

요나스가 그녀를 보고 물었다. "어떻게 됐어요?"

"이거 해결해야 돼. 당장."

요나스가 양팔을 활짝 벌렸다. "어떻게요? 몇 달 전이나 오늘이나 똑같이 단서가 전혀 없는데요."

세실리아는 눈을 감고 날카롭게 숨을 들이쉬었다. 나중에 후회하리라는 건 알았지만 지금은 다른 선택안이 없었다. 그녀는 책상 서랍을 열고 투명한 플라스틱 컵이 든 증거용 비닐봉투를 꺼냈다. 요나스에게 보여주려고 집어들자 테두리에 묻은 코담배 얼룩이 선명하게 보였다.

"그게 대체 뭐예요?"

"어떻게 손에 넣었는지는 묻지 마." 세실리아는 동료에게 시선을 고정한 채 말했다. "나중에 나만 비난받으면 되니까."

요나스가 아리송하다는 듯 그녀를 보았다. "알겠어요."

"벵트 요한손이 이 컵으로 음료를 마셨어. 난 이걸 국과수로 보낼 생각이고. 운이 좋으면 신원미상 남자의 DNA 샘플과 일치할 거야."

요나스가 천천히 고개를 끄덕였다. "알겠어요. 최소한 아무것도 아닌 건 아니네요. 하지만 벵트 요한손에겐 믿을 만한 사유가 있다는 거 경위님도 알죠? 그러니까 DNA 샘플로 벵트가 집안에 있었다는 점이 증명된다 하더라도 그것만으로 체포할 순 없어요."

"알아. 그래도 뭐든 해봐야지. 국과수에서 샘플을 검사하는 데 이 주가 걸릴 거야. 그 정도면 너무 늦기 전에 더 많은 증거를 찾을 시간이 확보돼."

64

주체할 수 없는 암흑 속에
혼자 갇히는 게 어떤 건지 아는가?
끝이 보이리라는 기대가 전혀 없이
한 해 또 한 해가 지나간다는 게?
나는 내가 살아가는 삶을 혐오한다.
햇빛이 강해지자마자 지하로 도망치는,
기어다니는 벌레의 삶을.

10월 17일 월요일

마르틴은 초조하게 핸드폰을 만지작거렸다. 읽지 않은 이메일
이 스물세 통이었다. 아무리 여러 번 화면을 껐다 켜도 스물세 통
의 새 메일이 기적처럼 짠 하며 그 자리에 있었다. 매번 그런 일이
벌어졌다. 마르틴은 손에 든 핸드폰의 무게를 가늠해봤다. 그의 시
선이 거리를 따라 헤맸다. 불이 들어온 대성당의 시계탑이 가장 가
까운 트램정류장 뒤쪽으로 솟아 있었고, 사람들이 방금 멈춘 트램
안으로 드나들었다. 창문과 가로등의 불빛이 부슬비를 통과해 저
녁을 밝히며 거리를 음울하게 만들었다. 이런 저녁이면 담배를 끊
지 말 걸 그랬다는 생각이 들었다. 업무 생각을 멈추고 손가락을

허전하지 않게 해줄 뭔가가 고팠다. 그러나 다시 담배를 피우고 싶지는 않았다. 흡연은 역겨운 습관이었다. 안니카는 담배를 좋아한 적이 한 번도 없었다.

안니카.

마르틴은 한숨을 쉬었다. 최근에 그는 극도로 힘들었다. 안니카의 상태가 좋지 않다는 건 분명했다. 동시에 회사 일에 에너지를 빨리고 있었으므로 마르틴 역시 그녀를 도울 처지가 아니었다. 게다가 둘은 상실을 경험했다. 그리고 그 많은 일이 벌어졌으니⋯⋯ 마르틴은 눈을 꽉 감고 눈물을 눌러 참았다. 다른 걸 생각하려고 최선을 다했다.

눈을 떠보니 거리를 따라 걷는 세실리아 브리데가 보였다. 둘이 만나기로 약속한 바로 그 시간이었다. 마르틴은 날카롭게 숨을 들이쉬며 미소 지었다. 세실리아도 그를 바라보고 기다리며 짧게 미소 지었다. 마르틴은 예전에 세실리아가 어떤 사람이었는지 잘 알았다. 그래서 만나자는 약속에 그녀가 응하리라고는 생각지도 못했다.

"안녕." 세실리아가 그와 잠깐 포옹하며 말했다.

"안녕." 마르틴이 말했다. "만나줘서 고마워."

"당연한 거지." 그녀가 말했다. 절제하는 목소리였다. "그렇게 오랜 시간이 지났는데. 널 보고 얼마나 놀랐는지 알아?"

마르틴이 고개를 끄덕였다. "알아. 들어갈까?"

세실리아가 마르틴보다 앞서서 카페 콥스에 들어갔다. 그들은 주문을 한 다음 창문에서 가장 멀리 떨어진 자리에 앉았다. 암묵적인 이해에 따라 벌어진 일이었다. 둘 다 숨길 것은 없었지만 다른 사람의 눈에 띄고 싶지 않았다.

마르틴이 카푸치노 잔을 내려놓고 초조하게 주위를 둘러보았다. 그는 목을 가다듬었지만 세실리아가 먼저 말했다.

"얘기하고 싶다는 게 뭐야?"

"그냥……" 마르틴이 시선을 내렸다. "네가 그런 식으로 나타났을 때 얘기를 나눠야겠다는 기분이 들었어."

"나한테도 놀라운 일이었어."

"십팔 년 넘게 네 코빼기도 못 봤네." 마르틴이 말했다. "우리가 고등학교를 졸업한 해 여름, 기억나?"

세실리아가 고개를 끄덕였다. "어떻게 잊겠어?" 그녀의 두 뺨이 살짝 붉어졌다.

마르틴은 고개를 저었다. "정확히 무슨 일이 있었던 거야? 왜 그냥 떠났어?"

세실리아가 커피를 조금 마셨다. "그 얘기를 해도 될지 잘 모르겠다. 우린 살면서 다른 길을 걸었잖아."

"지금까지는 그랬지." 마르틴의 결혼반지가 도자기 머그잔의 손잡이에 가볍게 부딪혔다.

안니카는 지금 마르틴이 회사에 있는 줄 안다. 그녀가 마르틴이 하는 모든 일을 알 필요는 없었고, 마르틴은 아무 잘못도 저지르지 않았다. 그저 옛 친구와 얘기를 나누고 있을 뿐. 사실 그는 안니카를 위해 세실리아와 얘기하는 것이었다.

"그럴지도 모르지." 세실리아가 마르틴과 시선을 마주쳤다. 그녀의 눈은 마르틴의 기억과 똑같았다. 거의 하얗게 보일 정도로 밝은 파란색. 그 눈을 보자 다락방의 오래된 사진처럼 한구석에 보관해뒀던 기억들이 소용돌이쳤다. "네가 무슨 생각을 하는지는 모르지만, 수사에 관해선 말할 수 없다는 걸 알아주면 좋겠어."

"무슨 수사?"

"네 아내와 관련된 수사 말이야. 사실 우리가 이런 식으로 만나는 것도 좋아 보이지 않아." 세실리아는 의자 등받이에 기대앉으며 팔짱을 끼고 마르틴을 찬찬히 살펴보았다.

"젠장. 어떻게 보이는지는 나도 알아. 염병할 만큼 오랜 세월이 지난 뒤에 너랑 내가 만나서 커피를 마시다니. 더 말할 필요 없잖아?"

"그렇지." 세실리아가 말했다. "어쨌든 이렇게 됐네."

"난 너와 사랑에 빠져 있었어. 간단해. 그렇지만 그건 그때 일이야." 마르틴은 설명할 방법을 찾으려고 애쓰며 눈을 꽉 감았다. "네가 그런 식으로 사라진 게 상처가 됐어."

"우린 어렸어, 마르틴. 그 이상의 뭔가가 될 만한 관계가 아니었어."

"알아. 하지만 네가 문 앞에 서 있는 걸 봤을 때 모든 게 다시 돌아오는 것만 같았어. 미친 소리 같지만, 내가 얘기를 나눌 수 있는 상대는 너뿐인지도 몰라."

세실리아가 테이블 너머로 허리를 숙였다. 그녀의 얼굴이 가까이 다가왔다. "그게 무슨 말이야?"

"안니카의 상태가 좋지 않아." 그의 목소리가 흡사 몸 바깥에서 울려오는 것처럼 들렸다. 이제는 말했다. 말을 뱉고 말았다. "우린 꽤 오랫동안 문제가 있었어. 둘이서 그 얘기를 해보려고 애썼지만 안니카는 알고 싶어하지 않아. 그냥 미뤄두기만 해."

세실리아가 걱정스러운 표정을 지었다. "속상했겠네. 그런데 나한테 어쩌라는 건지 모르겠어."

"나도 마찬가지야. 하지만 우리의 과거도 있고 네 수사도 있으니까, 난 네가 이미 이 문제에 얽혀 있다고 생각했어. 너라면 들어줄 수 있을지도 모른다고 말이야. 그냥 누구하고든 얘기할 수 있으면 좋겠어."

세실리아가 마르틴에게 손을 얹었다. 그녀의 피부는 부드럽지만 차가웠다. "네가 힘든 시간을 보내고 있다는 건 알겠어. 정말이야." 그녀의 표정은 진지했다. "그래도 우리가 더이상 만나는 건 좋은 생각이 아닌 것 같아. 특히 네 아내에 관해 얘기할 거라면."

"내가 나쁜 걸 바라는 게 아니잖아."

"그렇지." 세실리아가 말하며 미소 지었다. "네가 아내를 돕고 싶어한다는 건 알겠어. 하지만 난 적절한 사람이 아니야. 알지? 난 네 아내가 연루됐을지도 모르는 범죄를 해결하려는 중이야." 그녀는 고개를 저었다. "부적절해."

"알아." 어째선지 마르틴은 세실리아가 예전처럼 자기를 이해해주기를 바랐다. 그러나 그렇게 되지는 않을 터였다. "내가 선을 넘었다면 미안해. 그럴 의도는 아니었어."

세실리아가 미소 지으며 말했다. "괜찮아." 그러고는 고개를 저었다. "그런데 네가 나를 도와줄 수 있을지도 몰라."

마르틴은 불편해졌다. 인상을 쓰며 아무 말도 하지 않고 세실리아의 눈을 바라보았다.

"안니카가 그 책을 출간했어. 넌 아무것도 몰랐어?"

마르틴의 불편함은 악화되어 짜증이 되었다. 어쩌면 분노인지도 몰랐다. 이젠 날 취조하는 거야?

"응, 몰랐어." 마르틴이 말했다. "신문에 난 내용밖에 몰라. 안니카는 보통 일 얘기를 많이 하지 않거든. 최소한 자세한 내용에 대해서는. 그래서 나도 안 물어봤어."

"저기, 이건 중요한 문제야. 안니카가 한 말이라든가, 안니카가 책에 관해서 얘기를 나눈 상대가 생각나면 아무리 사소해 보이더라도 나한테 알려줘. 누가 책을 썼는지 알아내도록 도와주면 어쨌든 내가 널 도울 수 있을지도 몰라."

"그게 무슨 뜻이야?"

"안니카를 용의선상에서 배제할 수 있다면 그녀가 연루됐다고 생각할 필요가 없잖아. 그 경우에는 우리가 다시 만나서 더 자유롭게 얘기를 나눌 수 있잖아, 안 그래?"

세실리아가 일어서며 재킷을 걸쳤다. 마르틴은 그녀를 지켜보았다. "가는 거야?"

"아마 그게 최선일 거야." 그녀가 미소 지었다. "난 경찰서로 돌아가봐야 해. 하지만 괜찮아. 넌 바보 같은 짓을 하지 않았으니까. 난 네가 정말로 걱정한다는 거 알아."

마르틴은 세실리아가 떠나는 모습을 빗물이 튄 창문 너머로 지켜보았다. 그녀는 트램 차선을 가로질러 스트룀스 모퉁이에 있는

네온 온도계를 지나 사라졌다. 마르틴은 커피를 다 마셨다. 그런
다음 카페를 나서 집으로 향했다.

65

고통은 살 밑을 파고든다.
고통은 내 살갗을 기어오르는
딱정벌레 같은 끝없는 가려움이다.

10월 17일 월요일

마르틴은 집 진입로에 차를 세우고 대시보드 불빛이 꺼지기를 기다렸다. 그는 어둠 속에 남겨졌고, 굵은 빗방울이 지붕을 때려댔다. 가슴이 죄책감으로 가득했다. 나쁜 짓을 할 의도는 전혀 없었다. 그가 원한 건 아내를 돕는 것뿐이었다. 그의 인생에 없어서는 안 될 여자를. 그런데 왜 이런 감정이 드는 걸까?

8시보다는 9시 정각에 가까웠다. 너무 늦었다. 일 평계를 대기에도 너무 늦었는지 몰랐다. 저녁 내내 안니카에게서는 연락이 없었다. 핸드폰 진동은 전부 직장에서 온 새 메일 알림이었다. 시동이 꺼져 자동차에 난방이 되지 않는 지금, 좌석으로 가을의 한기가 스멀스멀 기어들었다. 마르틴은 앞유리창을 따라 번져가는 안개의 좁다란 가장자리를 알아볼 수 있었다. 정신 차리고 들어가야 했다.

문 앞에 서서 열쇠를 찾는데 죄책감이 그를 무너뜨릴 듯 다시 밀려들었다. 그는 고개를 저으며 문을 열었다. 음식 냄새가 감도는 복도가 따뜻했다. 집은 조용했고 불이 꺼져 있었다. 안니카의 얼굴이 주방 테이블에 놓인 촛불로 희미하게 밝혀져 있었다. 그녀는 재킷을 거는 마르틴을 지켜보았다. 그녀의 와인잔이 비어 있고 마르틴의 잔은 가득차 있었다.

"되게 늦었네." 안니카가 말했다. 무감정한 목소리였다. 화가 난 것일 수도, 슬픈 것일 수도 있었다. 어쩌면 실망한 건지도 몰랐다. 안니카는 감정을 쉽게 드러내는 사람이 아니었다. "저녁 해뒀어. 데워야 해."

"고마워." 마르틴은 조리대에 놓인 소스 냄비 안에서 음식을 직접 덜어 전자레인지에 넣고 돌렸다. 다 되었을 때 난 삐 소리에 깜짝 놀랐다.

그는 안니카 맞은편에 앉았다. "우리 얘기 좀 하자."

"무슨 얘기?" 안니카가 물었다. 주량 이상으로 취했을 때 보통 그러듯 그녀의 발음이 뭉개졌다. 마르틴은 그녀를 배신했다는 느낌에 한번 더 짓눌렸다. 잠시 조용히 앉아서 먹지는 못한 채 음식을 바라보았다.

"지금까지 벌어진 모든 일에 관해서. 난 당신이 걱정돼."

"그럴 필요 없어."

"젠장, 걱정된다고." 마르틴이 생각보다 큰 목소리로 말했다. "당신이 잘 지내지 못한다는 거 알아. 나도 마찬가지야. 솔직히 말해서, 우리가 잘 지내면 안 되지. 당신은 살인사건 용의자야. 그리고 전에는 완전히 비합리적으로 행동하더니 오늘은 마치 아무 일도 없었다는 듯이 지내려고 하고. 게다가 아기를 잃은 것도……" 마르틴은 목구멍이 조여드는 걸 느꼈다. 눈물이 차올라 양손으로 얼굴을 가렸다.

안니카가 테이블 맞은편에 조용히 앉아 있었다. 그녀는 마르틴이 울음을 터뜨리기를 기다리고 있었다.

"오늘 저녁에 어디 갔다 왔어?"

"그게 무슨 상관이야?" 마르틴이 대꾸했다. "지금 중요한 얘기를 하고 있잖아."

"나한텐 그게 중요해."

"그냥 평소보다 좀 늦게까지 회사에 있었어." 거짓말이 입속에 쏩쓸한 맛을 남겼지만 차마 멈출 수 없었다. 그 많은 사람 중 하필 세실리아에게 연락했다는 걸 어떻게 설명하겠는가?

안니카가 고개를 끄덕였다. "그렇구나. 그런데 얘기를 하고 싶으면 함께 좀더 많은 시간을 보내는 게 좋을 것 같아. 그러면 우리 둘의 상황이 훨씬 쉬워질 것 같거든."

쏩쓸함이 목구멍에 덩어리로 맺혔다. 마르틴은 그걸 꿀꺽 삼켰다. 죄책감은 사그라져갔지만 여전히 타오르는 잉걸불처럼 뱃속에 남아 있었다. "어떻게든 해볼게."

"그래. 실은 나도 당신이 걱정되거든. 예전 같지 않아. 저 아래에 최악의 작업 공간을 차려놓고도 그 어느 때보다 회사에 오래 있잖아."

"알아. 회의가 너무 많았어. 집에서 일할 수가 없었다고." 그는 망설이며 말했다. "맞아, 내가 당신 곁에 별로 있어주지 못한 건 사실이야. 그 책이 나오면서부터 감정기복이 심했잖아."

"그 책이 회사를 살렸어." 안니카는 매우 빠르게, 마치 자동응답기를 틀어놓은 것처럼 말했다. "덕분에 이 집을 샀어. 우리가 함께 삶을 일궈나가고, 아이들을 낳고, 남은 평생을 행복하게 살아갈 수 있게 말이야. 그게 뭐가 잘못됐어?"

"아니, 내 말은 그게 아니야. 그래, 당신이 말한 게 전부 중요한 문제인 건 맞아. 하지만 책이 나온 이후로 당신은 계속 스트레스에 시달렸어. 지금도 그렇고. 그게 아니라면 이런 식으로 집에만 있진 않겠지. 오해하지 않으면 좋겠는데, 당신 누구랑 얘기를 좀 해봐야 할지도 몰라. 전문가랑. 그건 전혀 이상한 일이 아니니까."

"자기야." 안니카가 미소 지으며 고개를 저었다. 이번에는 긴장이 좀더 풀렸다. "당신이 왜 그렇게 이상하게 굴었는지 이제 알겠다. 그래, 내가 나답게 굴진 않았지. 하지만 내가 미쳐가는 건 아니야."

"그런 말이 아니라……" 마르틴은 문장을 채 끝맺지 못했다.

"이젠 기분도 나아졌어. 오늘 제대로 쉬다가 일어나니까 완전히 다른 사람이 됐지 뭐야. 지난번 아침에는 심지어 지하실로 내려가서 몽유병에 걸려 돌아다닌 흔적을 치웠다니까. 빨랫감도 세탁기에 집어넣고. 끔찍한 건 없더라. 당신 말이 맞았어, 그냥 내가 상상한 거야. 며칠 더 쉴 수만 있으면 당신도 모든 게 다시 괜찮아졌다는 걸 알게 될 거야."

안니카가 자리에서 일어나 마르틴에게 다가가 그를 양팔로 끌어안았다. 마르틴은 그녀의 가슴에 뺨을 기대며 실내복 너머로 온기를 느꼈다. 안니카는 마르틴에게 천천히 입을 맞췄고, 그의 몸이 가까워진 안니카에게 반응했다. 그녀는 손가락으로 마르틴의 머리칼을 만지작거리며 그의 눈을 깊이 들여다보았다.

　"가자." 그녀가 말했다. "다시 시도해보는 위험을 무릅쓸 수 있을 것 같아. 당신은 안 그래?"

66

내 땅굴에서는
썩어가는 시신들과 부패의 악취가 난다.
인간적이지 않은 속삭임이
나를 꾀어 잠에 빠뜨린다.

11월 2일 수요일

세실리아 브리데는 등뒤에서 사무실 문이 쾅 닫히는 소리를 들었다. 문을 쾅쾅 닫는 요나스의 버릇을 잘 알았기에 굳이 돌아볼 필요는 없었다.

"벌써 돌아왔어요?" 요나스가 부스럭거리며 방수 재킷을 벗는 소리가 났다. "좀 자긴 한 거예요?"

"별로 못 잤어. 며칠만 더 있으면 오소리가 다시 공격할 테니까." 세실리아는 허리를 펴며 눈을 가늘게 뜨고 창문 너머의 희미한 햇빛을 바라보았다.

"그 얘기는 전에도 했잖아요." 요나스가 컴퓨터를 켜며 말했다. "한밤중에 불을 켜놓는다고 사건을 해결할 순 없어요."

세실리아가 차가운 눈으로 그를 보았다. 인정하고 싶지는 않았지만 요나스의 말이 맞았다. 전에도 이 방법을 써봤고, 때로는 요나스도 함께였다. 진도는 전혀 나가지 않았다. 하지만 둘을 수사팀에서 배제하라는 크누트의 권고가 있었으니 세실리아에게는 마지막 기회일지도 몰랐다.

최근 몇 주 동안 세실리아는 점점 더 많은 시간을 사무실에서 보냈다. 요나스와 함께 모든 단서를 벽에 붙여놓았다. 그녀가 탐정 드라마에서 본 모든 것을 나름의 방식으로 재해석한 것이었다. 화이트보드에는 시간 순서를 표시하기 위해 검은색 절연 테이프를 붙였다. 사진은 조각 접착제나 자석 또는 다양한 색깔의 포스트잇으로 붙였다. 글자가 적힌 메모지는 실크 벽지에 핀으로 꽂았다. 그녀는 11월 6일이라는 날짜 주변에 커다란 물음표를 달아놓았다. 이제 겨우 나흘 뒤였다.

요나스가 집에 돌아간 저녁에도 그녀는 남아서 일했다. 지난 며칠 동안은 평소처럼 달리기를 할 시간이 없었다. 어제는 집에도 가지 않고 전자레인지에 냉동 음식을 데워 먹으며 벽을 따라 쭉 붙여놓은 자료를 계속 쳐다보았다.

벵트 요한손이 마신 컵의 DNA 분석 결과가 어제 나왔다. 아니나 다를까, 벵트가 바로 그 신원미상의 남자였다. 그렇다 해도 세실리아는 사건 해결에 조금도 다가서지 못했다. 샘플은 벵트가 지하실에 들어갔다는 증거가 아니었다. 어림도 없었다. 그저 벵트가 주방에 있었다는 증거일 뿐이었다. 그들에게는 여전히 아무 단서도 없었다.

"우리한테 없는 게 뭐지?" 세실리아의 말이 허공으로 사라졌다.

"모닝커피요?" 요나스가 자기 책상에 기대어 미소 짓고 있었다.

세실리아가 눈알을 굴려댔다.

"진짜 몰라서 그래요. 늘 그랬듯이 지금도 막다른 길이에요. 내 눈에 보이는 유일한 차이는 저 책뿐이고요."

"저 망할 책 얘기는 그만해." 세실리아가 쏘아붙였다. "저 책만 아니었으면 최소한 우리한테는 우리 나름의 방법이 남아 있었을 거야."

"아뇨, 지금도 경위님은 괜찮아요. 제가 장담합니다."

세실리아가 목에서 우두둑 소리를 냈다. 척추뼈 사이에서 모래 알 갈리는 소리가 났다. 그녀는 인상을 찌푸리며 오래된 인쇄물 더미 위에 놓인 책을 경멸하듯 바라보았다. 그 책을 보자 더욱 낙담 스러운 기분이 들었다. 책은 세세한 내용들 위주였고, 작고 별 의미도 없어 보이는 사실들이 잔뜩 담겨 있었다. 그런데 정말 의미가 없는 걸까?

"그런데 말이지, 저 책에 뭔가 있긴 있어." 그녀는 의자에서 벌떡 일어나 앉으며 말했다.

"출판기획자가 경위님의 고등학교 시절 남자친구와 결혼했다는 사실 말고요?"

"그건 옛날 얘기고. 집중 좀 할까?"

요나스가 고개를 끄덕였다. "넵."

"우리가 아는 모든 것이 책 속 내용과 일치해. 오소리가 피해자 들에게 정말로 무슨 짓을 하는지는 알 수 없지만."

"그 부분은 정말 픽션이면 좋겠어요." 요나스가 투덜거렸다. 그의 불편한 마음이 얼굴 전체에 번졌다.

"다들 그렇기를 바라지 않겠어? 하지만 그 가능성을 제외하고 하는 말이야. 내가 떠오르는 대로 모든 사항을 교차 확인해봤어." 그녀가 화이트보드로 다가가 검지로 노란색 굴삭기 사진을 짚었다. "심지어 경찰이 여러 차례 출동해서 확인한 굴삭기 모델조차 현실과 일치해. 토할 것 같아. 전부 관련됐다고. 전부 다. 내가 확인할 수 없는 건 기념품뿐이야."

"그게 무슨 말이에요?"

"책 진짜로 읽어봤어?" 세실리아가 말했다. "책에서 오소리는 모든 피해자의 집에서 기념품을 하나씩 가져가. 아무도 사라졌다는 걸 눈치채지 못하지만 오소리에게는 피해자 각각을 기억할 수 있는 물건 말이야. 그러니까 언제냐면, 오소리가……"

"고맙지만 다시 말해줄 필요는 없어요." 요나스가 끼어들었다.

세실리아가 미소 지었다. 그녀의 과거를 파헤친 것에 대한 복수였다. "이 얘기는 안 하고 싶었는데…… 뭐 어때. 내가 벵트의 DNA가 묻은 컵을 어떻게 손에 넣었는지 알아?"

"아뇨, 몰라요."

"예스페르 올손 기억나? 우리가 예스페르를 데려오기 전에 내가 그 사람이 듣는 글쓰기 교실에 갔어. 그런데 벵트 요한손이 같은 수업을 듣더라고. 만약 벵트가 그 책을 쓴 거라면? 그러면 기념품이 설명될 거야."

"작가가 되려는 꿈을 품었다는 이유로 그 사람을 잡아넣을 수 없다니 안됐네요." 요나스가 잠시 침묵을 지켰다. "그런데 실제로 뭐가 있긴 한 거잖아요. 그걸 어떻게 확인하면 될까요? 다음 피해자의 집에서 뭔가 사라지는지 두고 보는 방법 말고요."

"그런 일을 바라는 사람은 아무도 없어." 세실리아가 말했다. "아무튼 우리는 벵트 요한손이 피해자들의 집 중 한 곳에 들어갔다는 걸 알아. 그리고 그는 여러 건의 사소한 절도로 유죄판결을 받았으니까 도벽이 있다고 할 수 있지." 그녀는 컴퓨터 앞에 앉아 건설업자들에 관한 정보가 담긴 파일을 열었다.

"그런데 벵트가 다른 집에도 들어갔었다는 걸 어떻게 알죠?" 요나스가 물었다. "그는 이번 집의 인부 명단에도 없었잖아요. 다른 데서 DNA가 나오지도 않았고."

"그렇지. 하지만 이제 우리가 뭘 찾아야 하는지는 알아." 세실리아가 요나스를 가리키며 말했다.

"기념품요?" 요나스가 못 믿겠다는 듯 그녀를 보았다.

"바로 그거야." 세실리아의 머리에 과부하가 걸리기 시작했다. 책 내용을 수사의 기초로 사용할 수 없다는 걸 마음속 깊은 곳에선 알고 있었다. 그렇더라도 현장에 있던 누군가를 찾을 수 있다고 해보자. 안으로 들어가는 땅굴을 준비했을지도 모르는 사람, 범죄 현장에서 작은 기념물을 가져가고 싶어했을 어떤 사람. 벵트 같은 사람. 책의 내용 중에는 사실인 것이 너무 많았다. 그러니 이것만 사실이 아닐 이유가 있을까?

눈앞의 화면에서 퍼즐 조각들이 맞아들어가기 시작하자 세실리아는 놀라서 물러났다.

벵트는 실제로 현장에 있었다. 그는 첫번째 집 현장의 일반 작업자 명단에 올라 있었다. 세실리아가 수사에 참여하기 전이었다. 그녀는 허리를 앞으로 숙이고 한번 더 그 이름을 읽으며 고개를 끄덕였다. 이걸 좀 봐, 크누트 레르예달, 뻔뻔스럽게 수사관을 교체하려하다니! 이런 식으로 사실을 놓치는 거라고.

세실리아가 미소 지으며 말했다. "벵트가 틀림없어."

"확실해요?" 요나스가 책상 너머로 허리를 숙여 화면을 들여다보며 말했다.

"확실한 건 아니지. 그런데 겹치는 부분이 너무 많아. 이번 사건에서는 별 단서가 되지 못한다는 걸 알지만 DNA도 있고. 벵트는 최소 한 곳 이상의 다른 범죄 현장에도 있었고 스릴러를 쓰려 해. 검찰에 연락해서 벵트를 체포해. 자택 압수수색 영장도 신청하고. 벵트의 집에 기념품이 하나라도 있으면 우리가 범인을 잡은 거야."

"시시……" 요나스가 인상을 쓰며 말했다.

세실리아는 돌아서서 요나스의 얼굴에 떠오른 미심쩍다는 표정을 마주보았다. "어떻게 들릴지 알아. 이번 영장이 꼭 필요하다고 설득해봐. 어떤 방법을 쓰든 상관하지 않을게. 더이상 기회는 없을 거야."

"알겠어요…… 그런데 검찰에 그 책에서 단서를 얻었다는 얘기는 하고 싶지 않은데요."

"아무한테도 알릴 필요 없어. 그냥 전화만 걸어. 그리고 시시라고 그만 좀 불러. 내가 싫어하는 거 알잖아."

요나스는 대답 대신 어깨를 으쓱하더니 수화기를 들고 검찰청에 전화를 걸었다. "경위님이 그 이름에 어울리는 행동을 할 때만 부르는 건데요."

"하, 하. 이걸로 사건이 해결되면 영영 그 이름을 쓰지 않겠다고 약속할 거야?"

"이번 사건을 해결하면 영원히 시시라고 부를 거예요." 요나스가 씩 웃으며 말했다. 세실리아가 막 대꾸하려 할 때 요나스가 수화기를 가리키고는 말하기 시작했다. "안녕하세요. 네, 예테보리 경찰서 요나스 안드렌입니다. 혹시 모아 린드그렌 검사님 계신가요?"

67

내 고통의 비명은 내면에서 들린다.

아무도 내 목소리를 듣지 못한다.

아무도 내게 오지 않는다.

오직 그들만 다가온다.

그러나 내게 사랑을 주진 않는다.

육 년 전, 11월 11일 수요일

얀 아펠그렌은 호텔에서 집으로 돌아오는 내내 자신의 감정과 씨름했다. 실망. 슬픔. 분노. 다른 감정들에는 이름조차 붙일 수 없었다. 집에 도착한 그는 문을 쾅 닫고 싶었지만 분노를 마음속에 담아두고 오히려 더욱 주의를 기울여 문을 닫은 뒤 방수포 코트를 바닥에 내려놓고 집안의 칠흑 같고 텅 빈 어둠 속을 바라보았다.

그는 주방으로 가서야 불을 켰다. 위스키를 병째로 마시자 천장 조명이 그 황금색 병에 비쳐 반짝였다. 알코올이 그의 피와 섞여 몸속에서 유독한 술을 만들어냈다. 이제야, 테레세와 함께 사는 집의 심장부에 와서야 그는 자신의 감정을 해석할 수 있었다. 그 의미를 이해하자 디젤 연료의 연소된 잿더미처럼 머릿속이 새까매졌다. 그가 느끼는 감정은 증오였다.

그는 테레세를 증오했다. 그를 배신한 것에 대해, 그를 전혀 존중 받지 못하는 상태에 빠뜨린 것에 대해 그녀를 증오했다. 그 감정에 서는 몰트 위스키 향이 곁들여진 피맛이 났다. 그 감정이 얀의 목 구멍을 태우며 살을 지지는 듯한 열기를 가슴에 퍼뜨렸다. 그는 혀로 날카로운 송곳니를 만져봤다. 진득하고 뜨뜻한 피가 목을 타고 흘러내린다고 상상했다. 그런 다음 고개를 저었다. 상상력을 알맞은 방향으로 집중하기로 했다.

그가 지하실로 내려가 노트북을 켜는 동안 위스키 병이 허벅지에 부딪히며 율동감 있게 찰싹찰싹 소리를 냈다. 그는 다시 원고 파일을 열었다. 키보드 위에서 손가락이 떨렸다. 손가락은 글을 쓰고 싶어했다. 써야만 했다. 하지만 아무 일도 일어나지 않았다. 이번에도 흰 화면이 인정사정없이 그의 얼굴을 비췄다. 문득 그의 머리가 눈앞의 텅 빈 화면처럼 멍해지는 동시에 알코올이 제 일을 하기 시작했다. 그는 주먹으로 테이블을 쾅 내려치며 병을 쥐고 술을 깊이 들이켰다. 잠깐 거슬리는 소리가 들렸다. 옆쪽 벽을 긁는 듯한 발톱 소리가 그를 곧장 찢어발기며 목덜미 털을 삐죽 서게 했다. 그는 화면에서 고개를 들어 벽을 살펴보았다.

다시 소리가 났다. 이번에는 느리게 이어지는 소리였다. 얀은 일어서서 손으로 벽을 짚으며 콘크리트 너머의 희미한 진동을 느꼈다. 그리고 손톱을 벽에 대고서 긋는 것으로 응답했다. 자신의 손톱도 짐승의 발톱인 것처럼. 벽지의 세로줄 무늬에 걸렸던 손톱이 탁 튀며 풀려났다. 그러자 긁는 소리가 사라지고 속삭임이 그자리를 대신했다. 어느 때보다 선명한 그 소리는 흡사 그의 귀에 대고 아무 의미 없는 달콤한 말을 속삭이는 정부의 목소리처럼 들렸다.

그의 시선이 오래된 타자기에 닿았다. 그는 노트북을 닫고 타자기 롤러 뒤에 종이 한 장을 끼웠다. 노브를 돌릴 때의 저항감과 종이를 끼울 때의 쉬익 소리에 아주 작은 기쁨의 물결이 신경계로 번져갔다. 타자기의 키가 그의 손가락 무게에 눌려 기계 안쪽으로 깊이 가라앉았고, 해머에 각인된 길고 가느다란 글자가 롤러에 닿아 단어들을 새겨넣었다. 키를 세게 누를수록 글자가 진하게 찍혔다. 종이 위에 단어들이 천천히 자리잡으면서 타닥거리는 소리가 벽 사이에서 진동했다. 진행 속도는 느렸지만 여러 해 동안 잊고 지내던 만족감이 느껴졌다.

결과물의 분량은 얼마 되지 않았다. 하지만 최근 투르발 원고에 대해 사람들이 기대했을 법한 모든 박력이 가득 들어 있었다. 다만 이 글은 투르발 시리즈가 아니었다. 다른 것이었다. 어둡고 위험한 어떤 것. 그의 손가락에서 흘러나오는 건 복수였다.

얀은 외벽을 긁어대는 발톱 소리에 맞춰, 그를 부추기는 속삭임과 함께 글을 썼다. 자판의 해머가 롤러를 점점 더 빠르게 두드리자 긁는 소리가 강타하는 소리로 바뀌었다. 그러다 요판이 덜컹거리면서 벽에서 석고가 떨어져나왔다. 타자기의 찔걱찔걱하는 완고한 소리는 클링커 타일 밑에서 쿵쿵거리는 소리와 점점 더 강하게 뒤섞였다. 마침내 새로운 행을 시작하는 땡 소리가 들리는 순간에 돌이 갈라지는 시끄러운 굉음이 울렸다. 누군가, 혹은 뭔가가 바닥을 뚫고 침입했다.

그들이 왔다. 얀이 단어를 사용해 종이 위로 불러낸 생명체들이 그의 집에 들어와 있었다. 묵직한 발걸음이 창고에서부터 다가왔다. 그래도 얀은 상관하지 않고 계속 글을 썼다. 목 뒤에 닿는 축축한 숨결이 느껴지고, 묵직한 흙냄새가 콧속을 가득 채우는 순간에도. 글이 그를 강하게 만들었다. 아무도 그를 해칠 수 없었다. 날카로운 발톱으로 벽을 긁어대는 그 짐승들조차. 그가 글을 쓰는 한은. 글을 쓰는 한 그는 무적이었다.

68

스스로 목숨을 끊을 힘이 있었다면
아마 그렇게 했을 것이다.
하지만 그들은 내가 죽도록 내버려두지 않는다.

11월 3일 목요일

순찰차 두 대와 세실리아의 일반 승용차가 길게 뻗은 숲을 통과하는 좁은 흙길을 따라 천천히 움직이고 있었다. 타이어 밑에서 자갈이 으적으적 소리를 냈다. 나무가 점점 듬성듬성해지나 싶더니 그들은 어느 들판으로 나왔다. 헤드라이트가 숲 가장자리에 일렬로 늘어선 세 집 사이로 조용히 번져가는 안개 뭉치를 비췄다.

세실리아는 세 집 중 마지막 집을 바라보았다. 기대감에 피가 다 얼얼하게 느껴질 지경이었다. 때가 왔다. 바로 이곳이 그가 사는 곳이었다.

빛바랜 플라스틱 우체통에 화려한 이름표가 붙어 있었다. 디지털 제작기로 만든 이름표는 한때 흰색이었지만 햇빛에 타 연갈색이 되었다. 목제 대문은 현관까지 이어지는 단순한 판석 앞에 비뚜름하게 걸려 있었고, 집은 나무 외관이 진녹색으로 칠해져 주위의 자연에 쉽게 섞여들었다. 창문 뒤의 푸르스름한 빛이 잔뜩 엉킨 잔디밭으로 새어나왔다. TV 영상의 색깔이 바뀌자 빛의 색조도 변했다.

제복 경찰관들이 차에서 내리자 세실리아와 요나스는 서로를 보았다.

"준비됐어요?" 요나스가 물었다.

지난 몇 년의 수사에 대한 기억이 요나스의 눈앞을 스치고 지나갔다. 잠깐이지만 향수가 느껴졌다. 녹색 집에서 TV를 보는 남자가 그토록 오랫동안 경찰의 추적을 피해온 사람일 수 있었다.

"당연하지. 좋아, 잡자."

그들은 차에서 내렸다. 세실리아가 권총에 손을 얹었다. 힙색 대신 엉덩이에 닿는 총집에 총을 넣고 있으니 불편하게 느껴졌다. 세실리아는 자신도, 다른 누구에게도 총이 필요하지 않기를 바랐다. 다른 인력은 용의자가 뒤쪽으로 빠져나가는 걸 막으려고 침착하게 흩어졌다.

잔디밭 표면이 이슬로 번들거렸다. 경찰관들의 부츠가 웃자란 풀에 짙은 자국을 남겼다. 좋은 징조였다. 놈이 벌써 일어나 집을 나와 숲으로 갔다면 그를 추적하기가 더 쉬워질 것이다. 경찰견 조련사들이 네 발 달린 친구들과 함께 차 안에서 대기하고 있었다.

세실리아는 벵트 요한손에 관해 이미 아는 것들을 머릿속으로 훑어보았다. 마흔세 살이며, 결혼은 하지 않았고 혼자 살았다. 사소한 절도로 여러 차례 유죄판결을 받은 것을 제외하면 전과는 십칠 년 전에 과속 딱지를 받은 것뿐이었다. 지금까지 그는 오래된 자동차 여러 대와 오토바이 두 대를 소유해왔다. 그녀는 그 오토바이가 할리 데이비슨이라는 것을 기억해두었다. 그녀가 아는 대로라면 벵트는 조용한 삶을 살았다. 굴삭기 기사로서 정해진 기간 동안 일용직으로 고용되어 일한다는 것을 제외하면 그의 인생은 평범해 보였다.

세실리아는 그가 눈에 띄지 않게 살아가는 건 매년 11월 6일 새벽에 하는 활동 때문이라는 생각을 지울 수 없었다. 그가 정말로 작가가 되겠다는 꿈을 품고 있다면 가명을 쓴 이유도 설명되었다. 그러니까, 벵트가 정말로『나는 오소리다』를 썼다면 말이다.

그녀는 압축공법으로 만든 짧은 목제 계단을 요나스보다 먼저 올라가 초인종을 눌렀다. 아무 일도 일어나지 않았다. 그녀가 쳐다보자 요나스가 어깨를 으쓱하며 주먹 아랫부분으로 문을 세게 두드렸다. 문이 열렸다. 세실리아는 용의자와 마주보았다. 그의 어깨 너머 TV에서 초록색 불빛이 흘러나왔고 축구 중계 소리가 문밖까지 들렸다. 처음에 그는 어리둥절한 표정으로 세실리아를 보았다. 그의 눈이 세실리아와 계단 아래의 제복 경찰관들 사이를 획획 오갔다. 하지만 도주하거나 폭력을 저지르려는 징후는 보이지 않았다.

"당신들 이 시간에 뭘 원하는 겁니까?" 그가 피곤한 듯 한숨을 쉬며 말했다. 맥주 냄새와 담배 연기가 섞인 그의 숨결에서 금속성 냄새가 났다.

세실리아가 말했다. "벵트 요한손. 당신을 체포합니다. 함께 서로 가시죠."

벵트의 안색이 그야말로 잿빛으로 변했다. "네? 왜요? 난 아직 아무 짓도 안 했습니다."

"당신을 살인 용의자로 의심할 충분한 근거가 있습니다. 지금 여기서 자세한 내용을 말할 수도 있지만 경찰서에서 하는 게 좋을 것 같은데요." 세실리아가 고갯짓으로 옆집을 가리키며 말했다. "그러면 이웃들의 궁금증도 막을 수 있을 테니까요."

벵트는 주위를 둘러보더니 간섭을 막으려는 것처럼 양손을 들어올렸다. "알았어요."

"괜찮다면 시칸 경찰관과 함께 차에 타세요." 요나스가 말했다. 제복 경찰관 중 한 명이 심각한 표정으로 벵트를 보며 한발 앞으로 나섰다.

벵트가 고개를 끄덕이고는 잠시 움찔거리는 듯했다. "재킷 가져와도 될까요?"

"그럼요." 요나스가 대답했다.

"당신 집과 차를 수색할 겁니다." 세실리아가 말했다. "영장 보여드릴까요?"

벵트는 빛바랜 데님 재킷을 걸쳤다. "아뇨. 난 숨길 게 없습니다." 그는 튼튼한 부츠의 끈을 묶더니 터덜터덜 계단을 내려갔다. 시칸 경찰관이 그의 팔에 손을 얹고 차로 데려갔다.

다른 경찰들이 집에 들어가 수색을 시작하자 요나스가 눈썹을 치켜올렸다. "염병할. 이렇게 긴장감 없는 체포는 아주 오랜만이네요."

"설마?" 세실리아가 말했다. 그들도 비닐 덧신을 신고 안으로 들어갔다. 집 내부는 바깥만큼 수수했다. 모든 가구가 이케아에서 산 것처럼 보였다. 전혀 어울리지 않는, 회색 광택제를 뿌린 모퉁이의 서랍장만 예외였다. 그 서랍장은 가족 대대로 전해 내려오는 물건임이 틀림없는 꽃무늬 도자기들로 채워져 있었다. TV 앞에는 맥주캔 세 개가 놓여 있고, 그중 하나는 따여 있었다. 다른 캔 두 개 사이에는 감자칩 봉지가 끼워져 있었다. 담뱃갑 위에 라이터가 놓여 있었지만 재떨이는 없었다. 벵트는 실내에서 담배를 피우지 않는 게 분명했다.

세실리아는 방들을 천천히 살폈다. 손에 꼭 맞는 비닐장갑을 끼고 마음을 연 채 뭐든 모순되는 것을 찾았다. 벵트를 오소리와, 혹은 오소리의 피해자들과 연결해주는 모든 정보를. 그러나 이곳에 평범하지 않은 것은 하나도 없어 보였다. 오히려 따분할 만큼 흔한 공간이었다. 의구심이 그녀를 갉아댔다. 결국 엉뚱한 사람을 잡은 건가?

침실에 좁다란 책상이 하나 있고, 묵직한 노트북 주위에 책이 잔뜩 쌓여 있었다. 책더미 맨 위에 여러 차례 읽어 거의 닳아빠진 『성령강림절의 남자』 한 권이 놓여 있었다. 세실리아는 자신의 『나는 오소리다』만큼이나 손글씨 메모와 쪽지로 뒤덮인 페이지들을 획획 넘겨보았다. 벵트는 얀 아펠그렌의 글을 자세히 연구해온 게 분명했다. 세실리아는 책을 원래 위치에 돌려놓고 복도로 돌아와 지하실의 좁은 계단으로 이어지는 문을 열었다. 계단 위로 축축한 공기가 훅 끼치며 오래된 여름별장의 냄새를 실어왔다. 세실리아는 손전등을 켜고 내려갔다.

구식 지하실이었다. 벽이 단단한 돌로 된, 단 하나의 방. 바닥은 압축된 흙이고 꼭 필요한 곳만 돌로 포장되어 있었다. 한쪽 구석에서는 현대식 지열 펌프가 윙윙거렸다. 다른 벽에 달린, 자물쇠를 채운 총기 보관장 아래에 상당히 깊은 냉동고가 있었다. 벵트에게는 사냥 면허증과 등록된 엘크 사냥용 소총 두 대, 엽총 한 대가 있었으므로 이 무기들은 합법이었다. 총기 보관장 꼭대기에는 뜯긴 엽총 총알 상자가 놓여 있었다. 규제를 정확히 지킨 것은 아니지만 굳이 문제 삼을 만한 건 아니었다.

반대쪽 벽에 열려 있는 책장을 보자 관심이 솟구쳤다. 그 책장은 되는대로 넣어둔 것 같은 물건들로 가득했다. 커다란 황금색 머리빗, 오래된 곰인형, 겉면에 뭔가 인쇄된 커피잔, 종류도 다양하고 일부는 아직 상자에 들어 있는 인형과 장난감. 세실리아는 가까이 다가가 그것들을 살펴보았다. 선반은 벵트의 프로필과 일치하지 않는 물건들로 가득했다. 그중 무엇도 이곳에 속한 물건이 아니었다.

세실리아는 투명 플라스틱 창이 달린, 뜯지 않은 분홍색 상자를 집어들었다. 날씬한 플라스틱 인형의 색칠된 눈이 그녀를 마주보았다. 바비 인형이었다. 그 인공 머리칼의 황금색 색조가 반짝였다. 세실리아는 가슴이 쑤시듯 아팠다. 아는 인형이었다. 린다 산스트룀의 지하실에 이 인형들이 줄줄이 서 있었다. 인형이 이곳에 있을 합리적인 이유는 하나뿐이었다. 기념품. 책에서와 똑같았다. 다른 물건들은 이전 피해자들에게서 챙긴 기념품이 틀림없었다.

그런데 그 수가 너무 많았다. 무지개색 머리칼이 달린 흰색 마이 리틀 포니 인형이 빨간색 장난감 자동차 옆에 눕혀져 있었다. 세실리아는 한기를 느꼈다. 이자는 얼마나 많은 사람들의 집에 들어간 걸까? 경찰이 놓친 피해자가 있는 걸까?

세실리아는 비닐장갑을 끼고 있었지만 실수로 그 물건들을 오염시키지 않으려고 물러섰다. 이제 이 물건들은 증거였다. 가슴속에서 심장박동이 빨라졌다.

"요나스." 그녀가 계단 위쪽을 향해 소리쳤다. "우리가 놈을 잡았어."

3막

오소리

69

내가 위안을 얻는 건 글을 쓸 때뿐이다.

글 속으로 사라질 수 있는

얼마 안 되는 그 순간이

어떤 식으로든 삶과 비교할 수 있는

유일한 순간이다.

11월 4일 금요일

세실리아 브리데는 맞은편에 앉아 있는 남자가 거의 오 년 동안 쫓아온 바로 그 남자라고 확신했다. 그녀의 생각이 맞다면, 그녀가 수수께끼를 해결했고 오소리는 더이상 피해자를 낼 수 없다는 뜻이었다. 그녀가 틀렸다면, 그녀는 곧 교체될 테고 다음 사건을 수사하는 일은 다른 사람에게 맡겨질 터였다. 어느 쪽이든 그녀는 지하실 바닥에 입을 벌리고 있는 구멍을 다시 볼 필요가 없었다.

세실리아는 시작할 준비가 되었다는 뜻으로 요나스에게 고개를 끄덕였다. 요나스가 대답 대신 조용히 그녀를 마주보았다. 그녀는 잠깐만 더 벵트를 지켜보았다. 그는 테이블 건너편의 자기 의자에서 초조한 듯 꼼지락대고 있었다. 그러다가 세실리아가 그에게 말을 걸었다.

"벵트, 우린 당신이 다섯 건의 살인사건에 연루되어 있다고 의심할 만한 충분한 근거를 가지고 있습니다. 할말 있어요?"

벵트가 고개를 저었다. "난 아무 짓도 안 했습니다."

"아무 짓도 안 했다?" 세실리아가 말했다. "이 혐의에 대해 유죄라고 생각합니까, 무죄라고 생각합니까?"

"무죄요." 벵트가 엄지 손톱을 물어뜯으며 말했다.

"잘 들어요. 매년 11월 6일 이른 시각에, 이를테면 내일 밤에 누군가가 어느 집의 바닥을 뚫고 들어가 집주인을 죽일 수 있습니다. 집 주변에서 하수관 공사가 진행되는 동시에 범죄가 발생하죠. 이점에 관해 아는 게 있습니까?"

벵트는 얼굴을 붉혔지만 아무 말도 하지 않았다.

"심지어 이 사건을 소재로 한 책도 있어요." 요나스가 말했다.

"둘 다 내가 오소리라고 생각하는 겁니까?" 벵트가 말하고는 고개를 저었다. "농담이겠죠." 그는 세실리아와 요나스를 번갈아 보았다. 그의 얼굴은 진심에서 나온 놀라움을 그려놓은 것만 같았다.

세실리아가 눈썹을 치켜올리며 테이블 너머로 허리를 숙였다. "벵트." 그녀가 조용히 말하며 그와 시선을 마주쳤다. "우린 당신이 한 짓이라는 걸 압니다. 죽은 사람이 다섯 명이에요. 최근 범죄현장에서 나온 당신의 DNA가 있습니다. 당신이 다른 여러 집에도 있었다는 걸 알고요. 당신 지하실에서 피해자의 물건도 발견했습니다."

"내가 한 게 아니에요!" 벵트가 소리쳤다. 그의 목소리가 조사실에 울렸다.

"긴장 좀 풀어봐요." 요나스가 말했다.

"당신이 한 짓이 아니라면, 그 물건들이 어디서 나왔는지 설명해주시겠습니까?" 세실리아가 물었다.

"무슨 물건을 말하는 건지 모르겠어요."

"당신이 피해자들 집에서 가져온 물건 말입니다."

찰나의 순간 벵트가 세실리아와 눈을 마주치더니 다시 시선을 돌렸다. 그의 안색이 창백해졌다.

세실리아는 심각한 표정으로 등받이에 기대앉았다. "난 그 물건들이 기념품이라고 생각합니다. 살해 후 피해자들을 기억할 수 있도록 당신이 가져온 물건들이란 거죠."

"대체 무슨 소립니까?" 벵트가 말했다. "난 아무도 살해하지 않았어요."

"당신이 아니면 누구죠?" 요나스가 물었다.

"오소리겠죠?" 대꾸하는 벵트의 몸이 경련했다. 한쪽 다리가 위아래로 움찔거렸고, 눈은 조사실에서 빠져나갈 길을 찾기라도 하는 것처럼 휙휙 주변을 훑었다.

세실리아는 벵트를 도발해 그의 균형을 더욱 무너뜨리고 싶다는 충동을 느꼈다. "오소리가 무섭습니까?"

벵트의 눈에 빛이 반짝였다. "아뇨. 난 오소리가 무섭지 않아요. 다른 얘기들도. 그냥 미신이니까."

세실리아가 고개를 갸웃했다. "다른 얘기라뇨?" 그녀는 벵트의 눈을 다시 들여다보려고 인상을 찌푸렸다. "그게 무슨 뜻입니까?"

벵트가 고개를 저었다. "됐습니다. 전부 헛소리예요."

"아니, 알아야겠습니다."

"일부 굴삭기 기사들이 하는 말입니다. 전부 다 상상에 공상이죠. 그런데 지금도 믿는 사람이 있어요. 난 안 믿지만."

"뭘 믿어요?" 요나스가 물었다.

벵트가 한숨을 쉬었다. "그 사람들이 믿는 건……" 그는 말을 하다 말고 누군가 듣고 있을까봐 걱정하는 듯 주위를 둘러보았다. "그 사람들은 땅속에 우리를 해치려는 짐승들이 있다고 믿습니다."

"짐승요?" 요나스가 물었다. "무슨 짐승 말입니까?"

세실리아는 책에 대해 생각했다. 지하실 벽을 긁곤 하는 괴물들. 책에 나오는 오소리가 그들 사이에 살고 있다는 이야기. 그들을 대신해 살인을 해준다는 이야기.

"젠장, 내가 어떻게 압니까?" 벵트가 대꾸했다. "어쨌든 그런 헛소리를 믿는 사람들은 흔적이 보이면 땅을 파지 않으려고 합니다."

그런 일이 실제로 일어난다니 믿을 수 없었다. 벵트가 혐의를 벗으려고 얀 아펠그렌의 괴물을 이용하려는 걸까? 이건 그야말로 미친 소리야. 세실리아는 생각했다. 그러는 동안에도 벵트는 말을 이었다.

"그 왜, 땅을 파다보면 굴삭기의 삽 부분이 벽을 조금 파고들어 갑니다. 사소한 피해가 생길 수 있죠. 긁힌다거나 모퉁이에서 파편이 떨어져나오는 식으로요. 그런 일이 벌어집니다. 하지만 때로는 우리가 내지 않은 흔적이 발견되기도 해요. 뭔가가 콘크리트에 대고 발톱을 갈아낸 것처럼, 꼭 발톱 자국처럼 보입니다. 그러면 어떤 녀석들은 깜짝 놀라면서 땅속에 잠들어 있는 존재가 더이상 파지 말라고 경고하는 거라고 하죠. 그래서 땅을 파지 않습니다. 다만 고객한테 그렇게 말할 순 없으니 외부 문제가 생겼다고만 하죠."

요나스가 고개를 저었다. "이젠 정말이지 이해가 안 되는데요. 이런 얘기가 당신이랑 대체 무슨 상관이 있습니까?"

벵트가 어깨를 으쓱했다. "음, 내가 그것들을 무서워하지 않는다는 건 모두가 알고 있어요. 그래서 업체에서 날 불러다 작업을 마치게 하는 거죠. 이제 알겠습니까?"

세실리아가 손바닥으로 테이블을 탁 쳤다. "그게 대체 무슨 말입니까?" 그녀는 어렵사리 숨을 쉬고 있었다. 가슴속에서 화가 부글부글 끓었다. "무슨 괴물이 사람들을 죽인다는 소리예요?"

"아뇨, 난 그런 헛소리 믿지 않는다니까요. 아무튼 난 땅속에 잠들어 있는 괴물을 본 적이 없습니다. 그리고 난 아무도 죽인 적이 없어요. 그건 확실합니다."

세실리아가 아래턱을 꽉 다물고는 벵트에게 손가락질을 했다. "당신 말이 거짓인 거 다 압니다. 당신이 하는 그 짐승 얘기는 저 빌어먹을 책에서 읽은 거죠. 참고삼아 알려주는데, 우린 곧 당신에게 불리한 증거들을 더 찾아낼 겁니다. 그러니까 자백하면 당신도 시간을 많이 아끼게 될 거예요."

벵트가 세실리아와 눈을 마주쳤다. 취조를 시작한 뒤 처음으로 긴장이 풀린 모습이었다. "조서 가져다주세요." 벵트가 말했다. 그러고는 팔짱을 끼고 등받이에 기대앉자 의자에서 삐걱거리는 소리가 났다.

요나스가 세실리아의 어깨에 손을 얹었다. "오늘은 이만하면 된 것 같네요. 내일 계속하죠."

그들은 물건을 챙긴 뒤 유치장으로 돌아갈 때까지 대기하도록 벵트를 방안에 가두었다.

요나스가 세실리아를 보며 미소 지었다. "긴장 안 해도 돼요. 우리가 놈을 잡았어요. 다 맞아들어간다고요. 놈이 불게 만들기만 하면 우리 손에 들어오는 겁니다."

세실리아는 그때까지도 분노로 떨고 있었다. 저런 식으로 내 면전에 대고 거짓말을 하다니 배짱 한번 두둑하네. 그녀는 이렇게 생각하면서도 어쨌든 고개를 끄덕였다.

벵트일 수밖에 없었다. 이제는 그냥 시간문제였다.

70

때로는 내게서 인간성이 빠져나가는 게 느껴진다.

손가락 사이로 모래가 흘러내리는 것 같다.

인간성을 붙들고 있기가 점점 더 어려워진다.

11월 4일 금요일

세실리아는 사무실에서 신문 녹취록을 읽고 있었다. 요나스는 세실리아보다 세부사항에 더 큰 관심을 기울여가며 믿을 수 없을 만큼 빠른 속도로 녹취록을 작성하곤 했다. 모두의 생각과 반대로 사실 세실리아의 재능은 글쓰기와는 거리가 멀었다. 그녀가 할 수 있는 일은 의사소통이었다. 무슨 말을 해야 할지, 어떻게 반응해야 할지 알았다. 그러면 사람들이 이해했다. 반면 요나스는 글을 쓸 줄 알았다. 그가 쓰는 단어는 경찰의 다른 구성원에게는 물론 검찰청에서도 써먹을 수 있는 효과적인 도구였다. 때로는 그가 짧게 내린 결론이 빛을 발했다. 괴물들에 대해 벵트가 늘어놓은 장광설을, 수사를 방해하기 위한 뻔한 거짓말로 일축해버린 이 녹취록처럼 말이다. 그 생각에 세실리아는 미소 지었다.

노크 소리에 세실리아가 움찔했다. 크누트 레르예달이 문 앞에 서 그녀를 지켜보고 있었다.

"방해 좀 해도 됩니까?"

세실리아는 그를 위아래로 훑어보았다. "방해야 이미 하지 않으셨나요?"

늘 그러듯 크누트는 활짝 미소 지었다. "혹시 누가 알려준 적 있는지 모르겠는데, 좀더 친근한 태도를 취하면 도움이 되지 않을까요?"

"당신한테 알려준 사람은 없고요?" 세실리아는 파일을 덮고 등받이에 기대앉았다. "뭘 원하는데요? 내 말은, 수사가 끝났으니까요. 우린 오소리를 유치장에 넣었습니다."

크누트가 쿵 소리와 함께 바닥에 더플백을 내려놓았다. "작별인사를 하러 왔습니다. 내가 집으로 돌아간다는 말을 해주면 좋아할 줄 알았는데."

"잘 가세요."

"내가 예상한 바로 그 반응이군요." 크누트가 말했다. "그런데 사실 할말이 하나 더 있습니다. 해도 될까요?"

"당연하죠. 앞으로도 저녁시간은 한참 남았으니까."

"사실 개인적으로 축하인사를 전하고 싶었어요."

세실리아가 눈썹을 치켜올렸다. 크누트는 그녀의 눈을 들여다보며 몇 초 동안 시선을 돌리지 않았다. 그의 표정은 전과 달리 위압적이지도, 도전적이지도 않았다. 사정을 잘 몰랐다면 그의 표정을 친근한 것으로 착각할 법했다.

"고맙습니다." 세실리아가 말했다.

"진심입니다. 당신은 내 말을 믿지 않겠지만 아주 잘했어요. 이런 식의 수사, 솔직히 말해서 상당히 가망 없는 수사에 계속 매달리는 인내심이 있다는 것만으로도 인상적이죠. 이런 일에 직면할 수 있는 사람이 많진 않습니다."

세실리아의 입이 물에서 나온 물고기처럼 벌어졌다. "글쎄요……" 크누트가 손을 들어 그녀의 말을 막았다.

"계속 말해도 될까요? 내가 보기에 당신은 최대한의 능력을 발휘해 상당히 가망 없는 수사를 이끌었습니다. 반대 주장에도 불구하고 사건을 꽉 쥐고 있었고, 실제로 골대까지 밀어붙였어요. 내가 목격한 훌륭한 경찰 업무라는 게 있다면 바로 당신의 일입니다."

"이해가 안 되는데요. 날 교체하라고 권고했잖아요. 그런데 어떻게 이제 와서 날 칭찬할 수 있죠?"

크누트가 창밖을 내다보았다. "그건 사실이죠. 난 당신을 교체하라고 권고했습니다. 하지만 당신이 무능하기 때문이 아니라 사건을 푸는 데 새로운 접근법이 필요했기 때문이에요. 결국 당신이 그 접근법을 발견했고요." 크누트는 잠시 말을 멈추고 살짝 미소 짓더니 다시 세실리아를 보았다. "내가 당신을 압박하지 않았어도 그런 접근법을 찾아냈을까요?"

"모르겠네요. 그랬을지도 모르죠. 그랬으면 좋겠네요."

크누트가 고개를 저었다. "아니, 못 찾았을 겁니다. 하지만 어쨌든 잘 풀릴 거예요." 그는 손목시계를 보았다. "곧 기차가 출발해서."

"역까지 태워다드릴 사람을 부를까요?"

"아니, 걷는 게 좋습니다. 바람을 좀 쐬어야 하거든요. 시간 내 줘서 고맙습니다, 세실리아 양. 다시 만날 일이 없으면 좋겠고, 당신도 나와 같은 감정일 거라고 믿습니다."

세실리아는 미소 지을 수밖에 없었다. "즐거운 여행 하세요."

크누트가 고개를 끄덕이며 가방을 집어들고 방을 나섰다. 크누트의 길쭉한 몸이 복도를 따라 그녀의 인생 밖으로 사라지는 동안 세실리아는 그의 그림자를 지켜보았다. 호흡이 훨씬 편해졌다. 그의 말이 맞았다. 정말이지 그녀는 이번을 끝으로 그를 볼 일이 없기를 바랐다. 그렇게 치면, 경찰생활을 하는 동안 크누트 부서의 그 누구도 보고 싶지 않았다.

그녀는 어깨에서 짐을 내려놓을 자격이 있었다. 창밖의 어두운 하늘을 올려다보았다. 비행기 불빛이 깜빡이며 구름 뒤로 사라졌다. 그런 다음 그녀에게 돌아왔다. 밖에는 긴장을 풀 자격이 있는 사람이 또 있었다.

세실리아는 핸드폰을 꺼내 마르틴 그란룬드의 번호를 찾았다.

71

나의 변화는 나날이 더 빠르게 일어났다.
내가 어느 한 부분이라도
얼마나 더 남아 있을지 모르겠다.

11월 4일 금요일

세실리아는 마르틴의 핸드폰에 전화를 걸었다. 신호음 사이에 침묵이 흐르는 동안 생각을 바꿀 시간이 있었다. 그들은 오소리를 잡아두었다. 그건 거의 확실했다. 아주 약간의 기밀 누설로 마르틴에게 마음의 평화를 줄 수 있었다. 그게 해로울 리는 없었다. 이번에는 아무 언급 없이 마르틴을 떠나지 않을 생각이었다.

하지만 그녀의 생각이 틀렸다면? 그녀가 하려는 일이 결국 올바르지 않은 것이라면?

"여보세요?" 마르틴이 전화를 받았다. 피곤한 목소리였다.

마음을 바꾸기에는 너무 늦었어. "나야." 세실리아가 말했다. "통화할 수 있어?"

"안녕, 어······ 회사라서. 조용한 데로 갈게. 특별한 용건이 있는 거야?"

"응." 세실리아가 말했다. 창밖의 차도 너머로 울레비 경기장에 불이 들어온 모습이 보였지만 관람석은 비어 있었다. 예테보리의 보이지 않는 자들을 위해 일종의 공연이 열리고 있는 것 같았다. 으스스했다. "놈을 잡았어." 그녀는 미소를 참을 수 없었다.

"잠깐, 이해가 안 가서. 무슨 뜻이야?"

"오소리를 잡았다고. 더는 말할 수 없어. 그래서 네 아내가 더이상 수사 대상이 아니라는 걸 알고 싶어할지도 모른다고 생각했어. 범인은 네 아내랑 아무 관계가 없어."

마르틴이 그녀의 귀에 대고 안도의 한숨을 쉬는 소리가 났다. 지난 육 개월 동안 폐에 남아 있던 공기를 놓아주는 것 같은 소리였다. "아, 그거 정말 다행이다."

"그러니까…… 우린 얘기해도 돼. 네가 원한다면 말이야." 세실리아는 머뭇거리며 입술을 깨물었다. 자신의 말이 오해를 불러일으킬 수 있다는 걸 알고 있었다. "네 아내에 대해서. 너 걱정했지?"

"응, 맞아." 마르틴이 말했다. "그런데 아직 아내한테는 아무 말도 해선 안 되는 거지?"

"응. 사실 이 말을 하는 것만으로도 이미 기밀 유지 의무를 깬 거야. 미안하지만 전부 공개될 때까지 네 아내한테는 비밀로 해야 해. 그래도 어쨌든 이렇게 하면 네가 더 편해질지 모른다고 생각했어."

"편해졌어. 고마워. 아내는 점점 불안정해지고 있어. 집을 사지 말 걸 그랬어."

"집이 무슨 상관인데?"

마르틴이 다시 한숨을 쉬었다. "집을 사면서 모든 게 나빠졌어." 핸드폰 너머에서 마르틴이 소파에 주저앉으며 나는 삐걱거리는 소리가 들렸다. "사연이 길어. 처음에 아내는 지하실이 있는 집은 절대 사지 않겠다고 했어. 그런데 임신하더니 지하실이 있어도 상관없다는 거야."

세실리아는 눈을 감았다. 의도는 좋았지만 자신이 한 일이 부끄러웠다. "임신했다는 건 몰랐네. 축하해."

침묵이 흘렀다. 세실리아는 자신의 말이 그리 잘 전달되지 않았다고 느꼈다.

"아내는……" 마르틴이 목을 가다듬으며 말했다. 그의 목소리가 가늘어졌다. "우린 아이를 잃었어." 마르틴이 눈물을 참는 소리가 들렸다. "미안."

"세상에. 아니야, 내가 미안해." 가엾은 생각에 세실리아는 마음이 찢어질 듯했다.

"고마워." 마르틴이 말했다. "문제는 그 이후로 상황이 더 나빠졌다는 거야. 아내는 병가를 내고 집을 서성거려. 어느 날은 멀쩡한데, 또 어느 날은 말이 안 되는 소리를 하면서 아래층에 내려가기가 죽기보다 두렵다고 해."

"왜?"

"지하실이 무섭대. 땅속에 사는 무슨 짐승이 자기를 해치러 나왔다고 생각해."

세실리아는 인상을 썼다. 어떻게 안니카와 벵트 요한손 둘 다

땅속 생명체에 대해 언급할 수 있지?

"그 짐승에 대해 더 말한 건 없어?" 세실리아가 물었다.

"왜? 그냥 아내가 상상한 건데." 마르틴이 말했다. "뭐, 있긴 해. 어렸을 때 지하실에 내려갔는데 그것들이 바깥 벽을 긁는 소리를 들었대."

바깥 벽을 긁는다고? 날카로운 통증이 세실리아의 몸을 관통했다. 벵트 요한손도 정확히 같은 얘기를 했다. 둘 다 『나는 오소리다』의 영향을 너무 많이 받은 걸까? 그냥 듣기에는 말도 안 되는 소리 같았다.

"그때 아내는 어린애였어." 마르틴이 말을 이었다. "지하실 자물쇠가 고장났었대. 어둠 속에서 뭔가 보게 된 것도 이상한 일은 아니지. 문제는 지금까지도 그걸 믿는다는 거지만."

"네 아내만 그러는 게 아니야." 세실리아는 말해버렸다. "그 책속에서 일어나는 사건 같은데."

"난 안 읽어봤어."

"딱히 언급할 만한 얘기는 아니야. 책에서는 살인자가 땅속에 사는 괴물로 나오거든. 네 아내가 묘사한 괴물 같아."

"내 아내가 그 책을 썼다고 생각하는 거야?"

"모르겠어." 세실리아가 말했다. "상관없지. 그냥 책인데."

그들은 잠시 침묵했다. 세실리아의 귀에 닿은 핸드폰이 뜨거워졌다.

"얘기해줘서 고마워." 결국 마르틴이 입을 열었다. "안니카가 더이상 용의자가 아니라는 걸 알아서 얼마나 좋은지 모르겠다."

세실리아는 미소 지었다. "뭘, 별것도 아닌데. 그리고 네가 엉뚱한 생각을 할까봐 좀 그렇긴 하지만, 널 보고 싶었어."

"나도. 알겠지만 우리 관계를 마무리짓지 못했잖아. 그러다가 어느 날 저녁에 네가 우리집 문 앞에 나타난 거야."

"그리고 네 아내를 체포했지. 그래, 알아." 세실리아가 웃었다.

"그러게 말이야! 딱히 내가 예상했던 상황은 아니었어."

"내 할일을 한 거야." 세실리아가 말했다. "이해하지?"

"응, 당연하지. 이해해. 괜찮아. 괜찮은 것 같아. 그런데 이제 모르는 사이처럼 지내지는 말자, 알았지? 내 말은, 우리 친구가 될 수 없을까?"

"지금은 오소리 사건과 관련해서 일들이 막 시작되려는 참이라. 사법 절차 같은 것들 말이야. 다 끝나면 내가 연락할게."

"알았어."

둘은 전화를 끊었다. 세실리아의 눈앞에서 화면이 어두워졌다. 창밖으로 유령 같은 군중이 다시 보였다. 숨을 내쉬었다. 마르틴과 얘기하니 좋았다. 그래도 마르틴에게는 힘든 날이 계속될 것이다. 그녀가 오소리의 체포에 관해 공개할 수 있을 때까지는. 하지만 어쨌든 마르틴도 긴장을 조금 풀 수 있을 터였다.

그녀는 마르틴에게 메시지를 보냈다. 그런 다음 자전거를 타고 집으로 갈 준비를 했다.

72

그 짐승들이 아직 아무것도 알아채지 못했는가?

이미 다른 누군가를 찾고 있는가?

11월 4일 금요일

안니카는 소파에 똑바로 앉아 있었다. 몇 주를 침대에서 보냈더니 소파에 앉는 것마저 하나의 승리로 느껴졌다. 그녀는 카트린이 보낸 원고가 담긴 태블릿을 내려놓았다. 실제로 집중력을 잃지 않고 몇 페이지를 읽을 수 있었다. 더이상 머리가 무겁게 느껴지지 않았다. 불안도 전처럼 자주 표면화되지 않았고 오래 이어지지도 않았다. 곧 다시 회사에 가볼 수 있을지도 몰랐다. 하루만이라도.

문자메시지 알림음이 관심을 끌었다. 핸드폰은 주방에서 충전중이었으므로 별생각 없이 태블릿을 들어 살펴보았는데 아무것도 뜨지 않았다. 안니카는 눈썹을 치켜올리며 화면을 껐다. 태블릿 동기화에 문제가 있을 경우에 대비해 직접 가서 핸드폰을 살펴보는게 최선이었다. 하지만 핸드폰에도 새로 온 메시지는 없었다. 그녀는 바보가 된 기분으로 핸드폰 화면을 바라보았다. 상상한 걸까? 아니. 안니카는 분명히, 확실하게 그 소리를 들었다.

어쩌면 취미방에 있는 마르틴의 태블릿에서 난 소리일지 모른다는 생각이 들었다. 그의 책상에서 나는 소리는 계단 위까지 좀 지나칠 정도로 잘 들렸다. 남편에게 온 메시지를 보면 안 된다는 건 알았지만 확인해야만 했다. 의심이 그녀를 갉아먹고 있었고, 최근에 너무 많은 것들을 상상했다. 그녀가 들은 소리가 실제로 들린 것임을 확인하는 게 무척 중요했다. 마르틴이 메시지를 받은 것도 아니라면 안니카가 들은 소리는 머릿속에서 난 것이었다. 긁는 소리처럼. 그게 아니고 마르틴이 메시지를 받은 거라면 모든 것이 설명되었다.

안니카는 다른 사람의 메시지를 읽는 데서 느껴지는 죄책감을 이를 악물고 제쳐두었다. 메시지를 읽지 않을 거라고, 그저 메시지가 왔는지 확인만 할 거라고 자신을 설득했다. 그녀는 아래층 방이 최대한 밝아지도록 신경써서 조명을 모두 켰다. 한 해 중 이 계절에는 오후만 되면 전망창이 있어도 아래층이 칠흑같이 어두웠다. 잔디밭 너머의 나무들이 검은 형체로 이뤄진 두꺼운 커튼 위로 그림자를 드리웠다.

마르틴의 태블릿은 무선 키보드와 보조용 모니터 두 개 사이에 있었다. 노트북을 올려두는 금속 받침대는 비어 있었는데 마르틴이 집에 없을 때는 보통 그랬다. 전선이 전기로 된 뱀처럼 책상을 구불구불 가로질렀다. 마르틴의 태블릿을 집어드는 안니카의 양손이 떨렸다. 그의 태블릿은 안니카의 태블릿보다 크고 상당히 무거웠다. 덮개를 살짝 들어올리자 접이식 가죽 보호 케이스가 씌워진 화면이 켜졌다. 안니카는 덮개를 젖히고 화면을 완전히 드러냈다. 메시지가 와 있었다. 안니카는 좀더 편히 숨을 내쉬며 덮개를 다시 덮었다. 신경질적인 초조함이 서서히 빠져나갔다.

"고맙다." 안니카는 자신에게 말했다. 그녀가 상상한 것이 아니었다. 그런데 막 태블릿을 내려놓으려 할 때 뭔가가 그녀를 가로막았다. 다시 덮개를 들추는 동안 심장이 한 번 뛸 때마다 피가 점점 따끔거리는 것처럼 느껴졌다. 읽지 않을 것이다. 잘못된 일이었다. 안니카는 그 생각만으로도 부끄러웠다. 그저 누가 보낸 건지만 보고 싶었다. 그 내용은 읽지 않고.

메시지는 세실리아 브리데가 보낸 것이었다. 안니카는 메시지를 읽기 시작했다.

잘 버텨. 곧 보자.

머리가 핑핑 돌았다. 잘 버티라고? 이게 대체 무슨 말이지?

심장 소리가 가슴 전체에 울렸다. 시야가 터널처럼 좁아졌다. 분노가 용암처럼 핏속으로 걸쭉하게 흘러내렸다. 마르틴이 어떻게 이럴 수가 있지? 그 여자랑? 나와 그렇게 많은 일들을 함께 겪었는데?

안니카는 손가락을 덴 것처럼 태블릿을 집어던졌다. 아래쪽 금속이 돌바닥에 긁히며 케이스가 헐거워졌다. 그녀는 바닥에 놓인 마르틴의 태블릿을 화면이 꺼질 때까지 오랫동안 바라보며 떨리는 몸을 진정시키려 애썼다.

73

그들이 나를 여기에 버려두면
내가 어떻게 할지 모르겠다.

11월 4일 금요일

마르틴은 통통 튀는 발걸음으로 차에서 내렸다. 몇 주 만에 처음으로 집에 가는 게 기분좋게 느껴졌다. 그는 평소와 달리 늦지 않았다. 그리고 오늘은 드디어 금요일이었다.

세실리아와 나눈 대화로 삶에 새로운 활력소가 생겼다. 터널 끝의 빛이 보였다. 안니카가 더이상 용의자가 아니라는 사실이 엄청난 안도감을 주었다. 아직 안니카에게는 아무 말도 할 수 없지만 말이다. 아내 생각을 하자 내면에 따뜻한 빛이 생겨났다. 지금까지 꽤 오랜 시간 동안 힘겨웠지만 안니카의 말이 맞았다. 지금은 마르틴이 그녀의 곁에 머물며 더이상 낯선 사람처럼 굴지 말아야 할 때였다. 마르틴은 실제로 직장에 숨어 있었고, 지금은 그게 부끄러웠다. 그래도 너무 늦지는 않았다. 이제 많은 것이 변할 것이다. 어쨌든 잃어버린 시간을 조금이나마 되찾을 수 있도록 일주일쯤 시간을 낼 수 있을지도 몰랐다. 어디 좋은 데로 바람이라도 쐬러 가든지.

마르틴은 안니카에게 꽃을, 자신의 고마운 마음을 표현할 작은 증표를 사 왔어야 한다고 생각하며 잠시 멈춰 섰다. 하지만 그건 내일 하기로 했다.

자물쇠에 열쇠를 넣고 돌리자 문이 스르륵 열렸다. 안니카가 평소처럼 주방 테이블 앞에 앉아 있었다. 양초를 켜놓고, 와인 한 잔을 들고서.

"자기야, 안녕!" 마르틴이 외치며 안니카에게 미소를 지어 보였다. 그는 방금 본 장면을 머리로 이해하려 하면서 코트를 걸었다.

와인이 한 잔이었다. 두 잔이 아니라.

음식도 없었다.

"좀 어때?" 마르틴이 테이블로 다가가며 물었다.

안니카가 그를 보았다. 그녀의 눈은 두 개의 도자기 구슬처럼 차가웠다. 행복한 게 아니라 차분한 상태였다. 마르틴은 그녀에게 입을 맞추려고 허리를 숙였다.

안니카가 고개를 돌렸다.

"왜 그래?" 마르틴이 다시 물었다. "무슨 문제 있어?"

"아니, 없어." 그녀가 테이블의 마르틴 자리를 고갯짓으로 가리키며 말했다. 마르틴의 접시가 놓여 있어야 할 곳에 태블릿이 있었다. 마르틴은 의아하다는 듯 안니카를 보고, 다시 태블릿을 보았다.

"열어 봐." 그녀가 말했다. 이를 악무느라 턱근육이 귓불까지 올라가 있었다.

마르틴이 태블릿을 집어들었다. 한쪽 귀퉁이에서 다른 쪽 귀퉁이까지 몇 개의 알림창을 가로지르며 액정에 사선으로 금이 가 있었다. "바닥에 떨어뜨린 거야? 뭐, 됐어. 어쨌든 오래된 거고." 그는 미소 지으며 태블릿을 다시 내려놓으려 했다.

"메시지 읽어." 안니카가 말했다. 그녀는 감정을 잘 담아두려는 듯 코로 날카롭게 숨을 쉬었다.

마르틴은 트위터와 페이스북 등 몇 가지 알림을 스크롤했다. 그때 세실리아에게서 온 메시지가 보였다. 가슴이 철렁했다. 핸드폰으로 읽은 터라 내용은 알고 있었다. 그리고 이제야 그게 얼마나 엉뚱하게 읽힐 수 있는지 깨달았다. 안니카가 그 메시지를 어떤 의미로 읽었을지.

마르틴은 미소 지으려 했지만 이제는 가슴속 틈새로 기쁨이 삼켜지고 말았다. "오해야, 이건……" 그는 말하려 했지만 더이상 말하지 못했다.

"내가 좀 모자라 보이니?" 안니카는 모든 단어를 정확히 발음했다. 여전히 침착했다. 지나치게 차분했다. 그녀의 목에 선 힘줄이 바이올린 현처럼 팽팽하게 당겨져 있었다. "이제야 왜 매일 밤 엿같이 야근을 했는지 알겠네."

"안니카, 아니야." 마르틴은 의자에 앉았다기보다는 쓰러졌다. 몸이 떨려왔다. 지금은 아니야, 이런 식으로는 안 돼. 안니카를 이해시켜야 했다. 하지만 무슨 말을 해야 할지 알 수 없었다. 그의 입에서 나온 말은 진실뿐이었다. "당신이 생각하는 그런 게 아니야."

"할말이 그것뿐이야? 그럼 어디 말해봐. 내가 무슨 생각을 하는

데?"

마르틴은 조용해졌다. 오소리에 대해 아무 말도 하지 않겠다고 약속했지만 여기서 말하지 않으면 안니카가 그를 믿지 않을 것이다. 마르틴은 고개를 저으며 그녀의 눈을 들여다보았다.

"그냥 날 믿어야 해." 마르틴의 목소리는 거의 그녀에게 닿지 않았다. "걱정할 필요 없어. 다 잘될 거야. 아직은 다 얘기해줄 수 없지만, 곧 할게."

"그 여잘 만났지?"

마르틴이 고개를 끄덕였다. "응, 그런데 당신이 생각하는 그런 건 아니야."

"역겨워." 안니카가 말했다. "이 정도면 똑똑히 알아듣겠어? 그 여자가 나한테 살인 혐의를 씌우는데, 당신은 내 등뒤에서 그 여자랑 놀아나다니."

"아냐. 자기. 내 말을 들어봐."

"그렇게 부르지 마. 못 참겠으니까. 이런 마음은 이해가 가니?" 안니카의 눈에 눈물이 차올랐다.

마르틴도 울기 직전이었다. 그는 애원하듯 양손을 들었다. "당신 상태가 최악일 때 세실리아를 한 번 만났어. 그냥 누구한테든 얘기하고 싶었어. 바보 같은 행동이었지만, 바람을 피운 건 아니야."

"아, 그래? 알겠어. 그 여자 귀엽지. 미친년도 아니고. 기회가 있을 때 최대한 이용해야 하는 것 아니겠어?"

안니카의 말이 뼛속을 파고들었다. 마르틴은 눈물로 눈이 타오르는 것을 느꼈다. 그리고 잔뜩 쉬어 가늘어진 목소리로 말했다.

"난 사실을 말하는 거야." 그는 양손으로 얼굴을 감싸고 흐느꼈다. 안니카도 똑같은 행동을 하면서 몸을 떨고 숨을 헐떡였다. "말 안 하겠다고 약속했지만 어쨌든 말해야겠다. 당신은 이제 용의자가 아니야. 오소리를 잡았대. 알겠어? 다 끝났어. 우린 다시 삶을 일궈나가면 돼."

안니카가 울음을 멈췄다. 그러고선 팔짱을 끼며 의자에 기대앉았다. "아냐."

"자기야, 정말이야. 며칠만 기다려."

"너무 늦었어." 안니카는 마르틴에게서 시선을 돌리며 말했다. "그런데 한 가지는 당신 말이 맞았어. 정말 다 끝났어. 우린 다시 삶을 일궈나가면 돼. 따로따로."

마르틴의 두 뺨으로 눈물이 쏟아졌다. "그게 무슨 뜻이야?"

안니카가 고갯짓으로 침실을 가리켰다. "당신 짐 쌌어. 가지고 나가."

"제발, 안니카. 이러지 마. 난 당신을 사랑해."

"나도 당신을 사랑해. 그런데 이제 떠나줬으면 해."

74

그런 일이 일어나도록 놔둘 순 없다.

당신이 나를 도울 수 있는가?

내가 손을 내밀면 잡아줄 텐가?

11월 4일 금요일

마르틴이 짐을 싸는 동안 안니카는 테이블에 남아 있었다. 그녀는 벌떡 일어나 마르틴을 제지하고 싶은 모든 충동을 억누르느라 와인을 꿀꺽꿀꺽 삼켰다. 아무 풍미가 없었다. 목구멍으로 내려가는 와인은 쓴맛만 났다.

마르틴이 복도에서 애원하듯 바라볼 때도 안니카는 아무 말 하지 않았다. 마르틴이 결국 그녀를 떠날 때까지 동상처럼 꿈쩍 않고 의자에 앉아 있었다. 그리고 문이 닫히자 그녀는 테이블 위로 쓰러져 눈알이 빠지도록 울었다. 그녀가 알던 인생을 누군가가 발밑에서 홱 잡아당겨 빼낸 것만 같았다.

잔을 더 채우려 하는데 테이블 위의 와인병이 비어 있는 것을 알았다. 안니카는 휘청거리며 의자에서 일어나 한 병을 더 땄다.

나사식 뚜껑을 싱크대에 던져버리자 달그락거리는 소리가 났다. 그녀는 병을 입에 대고 폐 속에 더이상 공기가 남지 않을 때까지 마셨다. 한 손에는 와인병을 들고 다른 손으로는 눈을 가린 채 주방 조리대에서 헐떡이며 다시 울음을 터뜨렸다. 그렇게 병이 다 빌 때까지 술을 마시고 울기를 반복하다 간신히 조리대에 병을 뒤집어 올려놓고는 휘청휘청 주방을 나서 침대로 향했다. 그날 저녁에 일어난 모든 일을 잠으로 없애버리고 싶었다. 배는 비어 있었고 알코올 때문에 머리가 핑핑 돌았다. 내일은 더 강해질지 모르지만 지금 당장은 망각이라는 텅 빈 위안만을 찾고 싶었다.

계단으로 다가가는데 어두워진 취미방에서 속삭이는 소리가 들렸다. 안니카는 멈춰 서서 귀를 기울였다. 긴장한 채 불안하게 쥐었다 펴지는 그녀의 손이 뭔가 붙잡을 것을 찾는 듯했다. 그녀가 소리에 집중하자마자 속삭임이 멈추고는 다시 정적이 흘렀다. 그녀는 분노로 눈을 가늘게 뜨며 계단을 한 걸음 내려가 소리쳤다. "원하는 게 있으면 크게 말해."

비틀거리며 계단 맨 아래로 내려간 안니카는 바닥 한가운데에 선 채로 불안하게 몸을 흔들거렸다. 어둠 속의 방을 둘러보았다. 나무들이 집 위로 몸을 숙이고 있는 것만 같았다. 마치 그림자로 이뤄진 불길한 생명체 같았다.

"봐, 여기 있잖아!" 그녀가 소리치자 목소리가 돌벽에 부딪혀 되울렸다. "뭔가 원하는 거지?"

마르틴의 책상 위 검은 화면을 둘러싼 플라스틱 케이스가 위층 바닥에서 들어오는 빛을 받아 반짝였다. 책상으로 다가가 케이블

하나를 쥐고서 당기자 화면이 좌우로 불안하게 흔들렸다. 그녀는 모니터 하나를 꽉 잡고 몇 초 동안 머리 위로 들어올렸다가 떨어뜨렸다. 화면이 클링커 타일 바닥에 부딪혀 산산조각나면서 유리와 플라스틱이 돌에 와장창 부딪히는 소리가 온 방에 울려퍼졌다.

"안 들려? 나 여기 있다니까. 와서 잡아봐!"

안니카는 책상에서 두번째 모니터를 키보드와 마우스, 텅 빈 노트북 받침대와 함께 들어올렸다. 그것들 전체가 불협화음을 일으키며 바닥에 부딪혔다. 그녀는 그것들을 따라가 발로 화면 뒷부분을 세게 밟았다. 둥그스름한 플라스틱이 만족스럽게 우지끈 소리를 내며 부러져 부서진 조각들을 사방으로 흩뿌렸다. 발꿈치에 고통이 번졌다. 안니카는 뒤로 넘어지려다가 손으로 의자를 짚고 멈췄다. 그러나 의자가 버텨주지 못해 결국 바닥에 주저앉았다.

양말이 빨갛게 변했다. 플라스틱 조각이 박힌 발의 오목한 부분에서 피가 흘렀다. 그녀는 바닥에 앉아 폐허를 바라보았다. 다시 한번 눈물이 솟아올랐다. 눈물과 함께 감정도 쏟아져나왔다.

분노. 슬픔. 실망. 증오.

안니카는 양손을 얼굴에 묻고 몸을 떨며 울었다. 와인 때문에 머리가 욱신거리고 현기증이 났다. 그녀는 옆으로 쓰러져 세상을 차단하려고 양손으로 얼굴을 꽉 눌렀다. 그때 다시 그 소리가 들렸다. 속삭임. 누군가가 바깥의 콘크리트를 갈퀴로 긁는 듯한 소리가 길게 이어졌다. 때로는 이쪽 벽에서, 때로는 저쪽 벽에서. 그녀의 몸 아래쪽 바닥에서, 그다음에는 온 바닥에 한 차례 진동이 밀려왔다. 뭔가가 안니카와 가까운 바깥쪽 벽을 세차게 두드리고 있었다.

그러다 계단 옆 벽지가 찢어지더니 계단 전체를 지나 바닥까지 석고가 소나기처럼 쏟아져내렸다.

안니카는 비명을 지르며 차가운 지하실 바닥에 태아처럼 웅크렸다.

75

오소리가 되기 전
내 곁에는 사람들이 있었다.
그중에는 내가
친구라고 부르는 사람들도 있었다.

육 년 전, 11월 11일 수요일

얀 아펠그렌은 한밤중에 눈을 떴다. 온몸이 발작하듯 떨려왔다. 입안이 끈적끈적하고 금속성 맛과 날고기 냄새가 났다. 그는 악몽일 게 틀림없는 기억을 억지로 떨쳐내려 했다. 사실일 리 없었다. 그냥 사실일 리 없었다.

그의 손가락은 램프 스위치에 문대진 것과 똑같이 축축한 흙으로 뒤덮여 있었다. 빛이 팔을 비췄고 그는 움츠리며 물러났다. 팔도 진흙으로 덮여 있었다. 그가 움직이자 반쯤 마른 흙덩이가 침대 밑에서 흘러나왔다.

아랫입술이 떨렸다. 내가 무슨 짓을 한 거지? 그는 이불을 찢으며 생각했다. 침대에서 더 많은 흙이 드러났고, 온몸은 진흙으로 검게 변해 있었다. 지렁이와 검은 곤충들이 이불 주름 사이를 기어다녔다. 그는 두려워서 비명을 지르며 일어선 뒤 균형을 잡으려고 벽에 몸을 기댔다.

테레세가 침대의 자기 자리에 옆으로 누워 있었다. 깊이 잠든 것처럼 보였다. 하지만 지나치게 고요했다. 숨을 쉬지 않았고 아주 작은 생명의 징후조차 보이지 않았다. 반쯤 벌거벗은 그녀의 몸은 진흙과 응고된 적갈색 혈액이 뒤섞인 탁한 액체로 덮여 있었다. 눈은 멀거니 천장을 바라보았고 얼굴은 두려움을 나타내는 가면처럼 뒤틀려 있었다. 한쪽 뺨에 커다랗게 벌어진 상처가 아래턱까지 이어졌다. 그 상처 사이로 하얀 치아가 도살장의 진주처럼 반짝였다.

얀은 벽에 기댄 채 주저앉아 태아처럼 웅크렸다. 양손으로 얼굴을 가리고 눈물로 두려움을 잠재우려 했지만 눈물이 나오지 않았다. 아무것도 느껴지지 않았다. 감정의 부재는 다른 것이 있어야 할 곳에 존재하는 공백과도 같았다. 양심. 고통.

영혼?

지금 그것이 있어야 할 자리에는 모든 것을 태워버리는 텅 빈 어둠만 존재했다. 가슴이 마구 뛰고 호흡이 힘겨웠다. 그 소리가 들릴 때까지는. 속삭임. 그 소리가 얀을 위로하고 다 괜찮다고 안심시켰다. 심장박동이 느려졌다. 집 바깥을 긁는 발톱 소리에 다시 일어설 힘이 생겼다. 그들이 있었다. 얀은 더이상 혼자가 아니었다.

검은 발자국이 침대로 이어졌다. 얀은 떨리는 다리로 침대를 빙 돌아가며 눈으로 발자국을 좇았다. 발자국은 방밖에서 시작되었다. 지하실 계단에서부터 올라왔다. 그는 무거운 발걸음으로 그 발자국을 따라 아래층 방으로 내려갔다. 그러는 내내 속삭임이 그의 귓속 털을 간질이며 계속 가라고 부추겼다. 한 걸음씩 발을 디딜 때마다 외벽에서 나는 긁는 소리가 점점 더 확실해지고 빨라졌다. 뭔지는 알 수 없지만 밖을 긁어대는 존재가 점점 더 흥분하는 것 같았다.

계단을 내려갈수록 바닥의 흙덩이는 더 자주 보였고 더 굵어졌다. 어떤 곳에서는 딱정벌레들이 기어다녔다. 얀은 몸을 떨었지만 지하실 창고 문이 보일 때까지 그 더러운 발자국을 따라갔다. 창고 안 천장등의 불빛이 불규칙한 직사각형 모양으로 문에서 흘러나왔다. 그는 입에 끈적하게 엉기는 침을 삼키고 안을 보았다.

방 한가운데에, 보관용 상자와 꽃무늬 여름옷을 넣어둔 테레세의 옷걸이 사이 지하실 바닥에 구멍이 쩍 벌어져 있었다. 그리고 깨진 클링커 타일과 점토질의 흙더미, 검은 곤충들이 그 주변을 둘러싸고 있었다. 그가 테레세를 염탐할 때 변장용으로 산 방수포 코트가 어느 흙더미 위에 던져져 있었다. 끈적끈적한 진흙과 죽은 벌레 조각들이 줄무늬처럼 묻은 모습이 무시무시하게 보였다. 그는 구멍을, 그다음에는 자신의 떨리는 손을 보았다. 손톱이 새카맣고 깨져 있었다. 양손은 진흙과 피로 물든 채였다. 구멍은 검었다. 마치 지하세계로 내려가는, 쩍 벌어진 목구멍 같았다. 그곳에서 퀴퀴한 부패의 악취가 솟아올랐다.

얀은 털썩 무릎을 꿇고 문틀에 어깨를 기댔다. 구멍에서 눈을 뗄 수 없었다. 구멍이 그를 끌어당겼다. 강제로 다가가게 했다.

"아니야." 그가 쏘듯이 말했다. 계속해서, 단호하게, 말했다. "안 돼, 안 돼, 안 돼."

얀은 반항적인 세 살짜리 아이처럼 고개를 저으면서도 그리로 가까이 기어갔다. 결국 양손과 무릎으로 기면서 심연을 똑바로 들여다보았다. 눈물이 티끌을 씻어내면서 눈이 욱신거렸다. 얀이 자신의 의지와 전투를 벌이는 동안, 그의 근육은 열병이라도 걸린 것처럼 덜덜 떨리고 피로로 쑤셨다. 하지만 자신이 졌다는 걸 그는 이미 알고 있었다.

마음속 깊은 곳에서 얀은 지금껏 자신의 발자국을 따라왔다는 걸 알았다. 자신이 아내를 살해하고 그녀의 뺨을 한 움큼 물어뜯어 먹어버렸다는 걸. 그가 한 짓이었다, 다른 사람이 아니라. 그는 속삭임이 승리를 거두도록 놔두었다. 방수포 코트를 끌어당겨 몸을 감쌌다. 이제 해야 할 일은 하나뿐이었다. 바깥의 콘크리트를 긁어대는 것이 무엇이든 그 존재를 끌어안는 것. 이제는 그들이 그의 가족이었다.

좁다란 통로로 기어내려가 아래쪽 땅속으로 사라질 때, 그는 침착한 상태였다.

76

이 글을 쓰는 지금도 내 생각은
한때 내 곁에 서 있던 사람들에게 향한다.

11월 5일 토요일

벵트 요한손은 종이컵 너머로 세실리아를 보았다. 커피 향은 조사실 테이블 반대편에서 초조해서 흘린 땀이 풍기는 시큼한 악취와 함께 풍겨왔다.

세실리아는 커피 향에 집중했다. 그녀는 커피의 탄맛에 젖은 종이 맛이 깔려 있다는 것, 이 커피가 자판기에서 흘러나올 때는 너무 뜨겁고 얇은 컵 안에 들어간 순간 너무 빨리 식는다는 걸 알고 있었다. 하지만 향은 좋았다.

이른 아침의 햇빛이 낮게 깔린 구름으로 여과되어 방을 오래된 누아르 영화처럼 잿빛으로 물들였다. 바깥공기에 비 기운이 감돌았다.

방안에는 네 사람이 있었고, 세실리아는 한쪽에 요나스와 함께 앉아 있었다. 요나스의 노트가 평소처럼 준비되어 있었다. 반대편에는 벵트와 그의 변호사인 레이프 세르반이 있었다. 세실리아는 오소리 수사팀에 투입되기 전 강력팀에 있을 때 이 도시의 거의 모든 변호사들을 만나봤다. 세실리아의 생각에 그들은, 그들 전체는 한 무리의 괴짜였다. 그런 차원에서 레이프 세르반은 유능하지만 정말이지 따분한 인물이었다. 바깥의 하늘처럼 회색인 인간.

"흠, 혹시 아실지 모르겠는데 제가 어제 벵트 요한손을 만났습니다." 레이프가 말했다. "혐의에 대해 의논했죠."

"그럼 당신 의뢰인도 상황의 심각성을 알겠군요?"

"그럼요." 레이프가 코끝에 반달 모양의 독서용 안경을 올려놓으며 서류철을 획획 넘겼다.

"혐의도 확실히 알고 있습니까?" 세실리아가 벵트와 시선을 마주쳤다. "살인 다섯 건입니다."

"난 무죄예요." 벵트가 말했다.

세실리아가 고개를 저었다. "우린 마지막 피해자의 집에서 나온 DNA를 포함해 당신이 모든 피해자의 집에 들어갔었다는 증거를 충분히 가지고 있습니다."

벵트가 고개를 끄덕였다. "당연히 그러시겠죠. 내가 정말로 그 집들에 들어갔으니까요. 그 점에 대해서는 유죄입니다."

세실리아가 눈썹을 치켜올렸다.

"말씀드렸다시피, 제가 의뢰인과 얘기를 해봤습니다." 레이프가 벵트 요한손을 돌아보며 말했다. "어제 저한테 하신 말씀을 이분들께도 하고 싶으신가요?"

벵트가 자기 커피잔을 내려다보았다. "전에 한 말은 사실이 아니에요."

"그런데 지금은 사실이라는 거예요?" 요나스가 물었다.

"네. 전 아무도 죽이지 않았습니다. 하지만 다른 일은 했어요."

세실리아는 머리가 헬륨 풍선이 되어 어깨에서 둥실둥실 떠오를 것만 같은 기분이었다. "뭘 했는데요?" 그녀가 현기증을 다스리려고 눈을 깜빡이며 물었다.

"지하실의 물건들요. 지하실에서 작업할 때 그 물건들을 훔쳤어요."

"잠깐. 무슨 뜻인지 설명하세요." 세실리아가 말했다.

벵트가 훌쩍였다. 그는 눈을 감고 눈물을 참았다. "죄송해요. 그런데 참을 수 없었어요. 그러면 안 된다는 건 알지만 어쨌든 저는 집안에 들어가요. 그런 다음 주위를 좀 둘러보죠. 그리고 뭔가를 집으로 가져가는 거예요, 그냥 사소한 물건을요." 벵트는 레이프를 돌아보았다.

"벵트가 하려는 말은 경미한 병적 도벽으로 고통받고 있다는 거예요. 아무도 보지 않을 때 안으로 들어가 고객의 물건을 살펴보고 집으로 가져간다는 거죠. 수집하려고요."

세실리아는 입을 쩍 벌린 채 벵트를 바라보았다. 바닥이 벌어져 그녀를 삼킬 것만 같았다.

"그냥 잡동사니예요, 별 가치 없는. 그런데 멈출 수가 없어요."

"아시다시피 자랑스럽게 여길 만한 일은 아닙니다. 하지만 제 의뢰인에게는 공식 진단서가 있고 제가 그걸 제출할 수 있어요. 제

의뢰인은 질병 때문에 정규직 일자리를 갖기가 어려웠습니다. 물론 고객의 물건을 훔치는 게 눈감아줄 만한 일은 아니죠."

세실리아는 자기도 모르게 테이블 모서리를 꽉 잡았다. 방이 뒤집힐 것만 같았다.

"그렇군요." 요나스가 말했다. "제가 잘 이해했는지 확인해보겠습니다. 달리 말하면, 주거침입은 인정한다는 거죠?"

벵트가 고개를 끄덕였다. "네. 전 도둑이에요. 남의 물건을 모읍니다. 하지만 아무도 죽이지 않았어요."

테이블을 쥐고 있던 세실리아의 손이 미끄러졌다. 그녀는 구토감을 느끼고 한창 흐름을 타던 벵트의 말을 끊었다. "오 분 쉽시다." 그녀는 이렇게 말한 뒤 요나스를 기다리지 않고 비틀비틀 복도로 걸어나갔다. 그렇게 나오자마자 벽에 등을 기댔다. 고개를 뒤로 젖힌 뒤 깊고 길게 숨을 들이쉬었다.

"어때요?" 요나스가 물었다.

"사실일 리 없어. 우리가 잡았어. 저기 앉아 있는 건 오소리가 맞아. 난 절대적으로 확신해. 내 말이 옳다고 해줘."

"난 더이상 모르겠어요. 우리한테 있는 단서는 사실 기념품뿐이죠. 법의학적 증거 형태의 단서는 별로 없잖아요. 유감이지만 저 사람 말에 모순은 없어요."

"그럼 이야기에 구멍을 뚫어. 저놈이어야만 해."

요나스가 그녀의 어깨에 손을 얹었다. "있잖아요, 나도 경위님만큼이나 저 사람이 범인이면 좋겠지만 아닌 것 같아요. 우리 둘다 엉뚱한 사람을 잡아 가두고 싶진 않잖아요, 안 그래요?"

"당연히 아니지." 세실리아가 대꾸하고는 요나스의 시선을 피했다. "그냥 저놈을 하룻밤 잡아둘 수 있다고만 해. 저놈을 잡아두면 우리가 감시할 수 있어. 오늘이 며칠인지는 알지? 저놈이 무죄라면 오늘밤 오소리가 다시 공격해서 세상에서 가장 훌륭한 알리바이를 저놈에게 주게 될 거야. 하지만 아무 일도 일어나지 않으면 저놈이 범인일 수밖에 없어."

"마음에 들진 않지만 경위님 말이 맞네요." 요나스가 말했다. "구속적부심이 내일이에요. 그때까지 저 사람을 잡아두는 건 정당화할 수 있어요."

그들은 조사실로 돌아갔다. 요나스가 문 앞에 섰고 세실리아는 테이블 앞에 앉았다.

"이게 우리한테 새로운 정보라는 건 아시죠?"

"압니다." 레이프가 말했다.

"당신은 여전히 살인 용의자입니다." 세실리아가 말했다. "지금 한 말로 그 사실이 바뀌진 않아요."

"최대한으로 봐도 사유지에서의 절도죄 이상의 혐의가 있는 것 같진 않은데요." 레이프가 말했다. "살인죄 혐의는 턱없이 부족하고요."

세실리아가 그를 냉정하게 바라보았다. "내일이 구속적부심입니다. 판사가 판단할 거예요."

"제 의뢰인을 석방하지 않을 작정이라고 이해하면 될까요?"

"그렇습니다. 저 사람은 여기 머물게 될 거예요."

벵트는 걱정스러운 듯 등받이에 기대앉아 변호사에게 말했다.

444

"제가 잘못을 인정하면 석방해줄 거라고 했잖아요."

"잠시만요." 레이프가 말하며 다시 세실리아를 바라보았다. "진심이세요? 정말로 제 의뢰인을 앞으로 24시간 더 잡아놓겠다는 겁니까?"

"네. 마음에 안 들면 검사한테 항의하세요. 우린 구속적부심 때까지 저 사람을 잡아둘 겁니다. 그다음에 두고 보죠."

레이프가 서류철을 탁 닫았다. "그럼 더이상 할 얘기는 없습니다. 조사를 계속 받아야 하는 이유를 모르겠네요."

"마음대로 하세요!" 세실리아는 다시 벵트를 보았다. "그런데요, 벵트. 한 가지 더 있습니다."

"뭔데요?" 벵트가 한숨을 쉬며 말했다.

"어제 당신이 말한 생명체 말입니다. 땅속에서 잠을 잔다는 짐승요. 그 얘기도 사실이 아닙니까?"

벵트가 앉은 채로 꿈지럭거렸다.

레이프 세르반이 웃었다. "그럼요. 그런 건 존재하지 않잖아요. 그 얘긴 어디서 들었습니까?"

벵트가 세실리아와 눈을 마주쳤다. 그는 도전장을 던지는 듯했지만 아무 말도 하지 않았다.

77

그들 자신은 모르지만,
나는 그들이 나를 배신하리라는 걸 안다.
모두가 각자의 특별한 방식으로
나를 배신할 것이다.
그 이중적인 행위를 실행하기 전에
그들은 죽어야 한다.

11월 5일 토요일

안니카는 잠에서 깨어났다. 몸이 활시위처럼 팽팽하게 느껴졌다. 마르틴을 살짝 밀어보려고 손을 내밀었지만 손은 마르틴 쪽 자리에 납작하게 닿았다. 그녀는 혼자였다. 어쩌다 침대로 오게 되었는지 생각하느라 몇 차례 눈을 깜빡였다. 어제 일어난 모든 일이 잠과 와인 때문에 밀려났다. 하지만 이제는 그 기억이 차가운 비처럼 그녀에게 쏟아졌다. 그녀가 마르틴에게 나가라고 했고, 그는 울면서 떠나지 않게 해달라고 빌었다. 안니카는 더이상 아무 말도 하지 않았다. 시선을 피하면서 그 역시 말을 멈추기만 기다렸다.

그러다 결국 마르틴이 그녀가 원하는 대로 떠났다.

그가 문을 쾅 닫고 나간 이후로는 기억이 흐릿하고 선명하지 않았다. 생각하기 싫을 정도로 와인을 많이 마신 것이 기억났다. 와인이 날카로운 통증의 한 형태로 느껴졌고, 머리가 지금도 욱신거렸다. 그녀는 몸을 틀어 축축한 이불에서 천천히 나온 다음 침대 가장자리에 걸터앉았다. 밖에서 까치 두 마리가 잔디밭 위를 깡충깡충 뛰어다녔다. 입천장이 바싹 마른 채 양파를 날것으로 먹은 것 같은 맛이 났다. 구식 디지털 카메라처럼 그녀의 움직임보다 시선이 한발 늦게 따라왔다. 그런 시간 지연은 구토를 일으킬 만큼 심하지는 않았으나 현기증을 더욱 악화시킬 정도는 되었다. 그래서 천천히 조심스럽게 움직였다.

안니카는 휘청거리며 욕실로 들어갔다. 근육이 저항했다. 지나친 고강도 운동을 한 것처럼 몸이 쑤셨다. 손가락이 베이고 까진 상처로 뒤덮였고 손톱은 깨져 있었다. 그녀는 몇 분 동안 자기 손을 바라보았다. 대체 무슨 일이 일어난 건지 생각나지 않았다. 이윽고 그녀는 샤워실로 들어갔다. 뜨거운 물이 그녀의 몸을 씻어내리며 어깨 피부를 성난 붉은색으로 바꿔놓았다.

안니카는 샤워를 마친 뒤 억지로 뭐라도 먹으려고 주방으로 가는 길에 아래층으로 이어지는 계단을 내려다보았다. 계단 벽에 금이 가 있는 걸 보자 심장이 철렁했다. 금은 난간 바로 위를 따라 이어져 있었고, 좀더 아래로 내려가면서 그 균열이 콘크리트 속에 얼어붙은 번개처럼 둘로 갈라졌다. 주변의 벽지는 갈라져 말려올라가 있었는데 피부의 찢긴 상처와 닮은 모습이었다. 커다란 석고 덩어리와 청회색 콘크리트가 벽에서 계단으로 떨어져 있었다.

안니카는 몇 걸음 내려갔다. 샤워를 해서 따뜻해진 맨발이 나무에 촉촉한 발자국을 남겼다가 몇 초만에 사라졌다. 때로 발바닥에 닿는 석고 조각이 모래 알갱이처럼 느껴졌다.

손으로 균열을 따라가봤다. 거친 돌 표면이 그녀에게 달라붙고 싶은 것처럼 손가락 끝에 달라붙었다. 한 걸음씩 내려갈 때마다 심장은 점점 더 빠르게 뛰었다. 계단 맨 아래에 멈춰 서서 취미방을 살펴본 안니카는 눈에 들어온 광경에 헛숨을 들이쉬었다. 마르틴의 책상이 뒤집혀 있고 컴퓨터 모니터는 돌바닥 전체에 깨진 채였다. 소파가 옆으로 쓰러졌고 쿠션은 바닥에 내동댕이쳐져 있었다. 커버에는 회색 먼지가 점점이 찍혀 있었다. 누군가가 벽에서 찢어내려 한 것처럼 벽지가 너덜너덜했고, 찢긴 벽지는 바닥에 군데군데 쌓여 있었다. 벽지 너머의 벽은 균열과 파인 자국, 찍힌 자국으로 뒤덮여 있었다. 창밖의 벽 뒤쪽은 갈라졌으나 무너져내리지는 않았다. 장작을 때는 난로 옆에는 열린 난로 문의 유리가 깨져 부채꼴로 흩뿌려져 있고 그 사이에 쇠지렛대가 있었다.

안니카는 다시 자기 손을 보았다. 손이 떨려왔다. 내가 한 짓일까? 눈을 감고 기억을 떠올리려 했으나 와인이 전날 밤의 기억을 지워버렸다. 그녀를 잠들지 못하게 하던 그 오싹한 긁는 소리를 들었다고 상상하자 소름이 끼쳤다. 그녀는 충격에 휩싸인 채 비틀비틀 다시 계단을 올라 주방으로 갔다. 태양은 하늘의 거의 정점에 떠 있었지만 아직도 지붕 꼭대기에 미치기는 힘든 듯했다. 까치들이 계속 바깥을 뛰어다니는 동안 그 그림자가 축축한 풀밭에 변덕스러운 형체를 드리웠다.

"내가 찾아낼 거야, 이 개자식." 안니카는 혼잣말을 했다. 피가 분노로 부글부글 끓었다. 확실히 보여줄 것이다. 그가 밤에 그녀에게 한 짓을 낮에 그에게 똑같이 할 것이다.

청바지와 따뜻한 스웨터로 갈아입은 다음 작업에 들어갔다. 헛간에서 찾을 수 있는 모든 삽과 노루발, 곡괭이를 끄집어내 집 주변의 흙을 파헤치기 시작했다. 흙은 묵직하고 울퉁불퉁했으며 얀 아펠그렌이 집 외벽에 닿아 자라게 놓아둔 덤불이 남긴 잔가지와 뿌리로 가득했다. 그런 식으로 힘을 쓰자 근육이 아파왔고 공구의 거친 목제 손잡이에 닿은 손바닥은 타는 듯 욱신거렸다. 그러거나 말거나 안니카는 흙을 크게크게 파헤치는 작업이 즐거웠다. 팔수록 기분이 좋아졌다.

삽이 들어가는 모든 순간이 황홀했다. 팔수록 흙이 검어지다가 더이상 파낼 수 없을 만큼 단단해졌다. 그러면 다른 곳에서 처음부터 다시 시작했다. 진흙이 사방에 튀며 옷과 팔, 얼굴을 물들였다. 흙덩이가 머리칼에 달라붙었다. 안니카는 거대한 두더지 구멍이라도 되는 것처럼 흙더미를 남겨놓았다. 마침내 힘이 다 빠지자 그런 구멍 중 하나의 가장자리에 앉아 마지막 햇빛이 이웃집 뒤쪽으로 사라지는 동안 집 외벽을 바라보았다. 다시 숨을 쉬기 시작하니 숨결이 구름 같은 김을 만들어냈다. 그녀는 침실 바깥쪽인 집의 옆면에 있었다. 지하실 벽이 드러났다. 깊이는 겨우 50센티미터를 넘었다. 집게벌레가 기어올라왔다.

그때 문득 생각났다. 저기에 지하실 벽이 있으면 안 되는데. 침실은 나중에 증축한 부분이었다. 어쨌든 엠마 시에베르츠는 그렇게 말했다. 이곳에서는 토대의 벽 아래로 흙만 보여야 했다. 그런데도 그녀는 점토질의 콘크리트 외벽을 보고 있었다. 왜지? 어떻게 이럴 수가 있지?

심장이 두근거렸다. 그녀는 다시 한번 공구를 집어들었다. 애써 점점 더 깊이, 벽을 따라 점토질의 흙을 파헤쳤다. 힘든 작업으로 숨소리가 거칠게 변하고 근육이 타는 것 같았다. 입에서 피 맛이 날 때까지 멈추지 않았다. 하지만 그때쯤에는 하수관이 드러날 만큼 땅이 깊이 파헤쳐져 있었다. 그녀는 삽을 떨어뜨리고 축축한 외벽을 손으로 쓸어보았다.

거기 있어서는 안 되는 콘크리트 벽이 그녀에게 뭔가를 감추고 있었다. 그게 뭔지 알아야 했다. 그리고 그녀는 누구에게 물어야 하는지 알고 있었다.

78

집승들이 어젯밤 나를
그들 중 한 명에게로 이끌었다.
나는 그녀가 거실에서 TV를 보는 모습을
창문 너머로 관찰했다.

11월 5일 토요일

"이게 딱히 좋은 생각인지는 모르겠어." 세실리아가 말했다.

마르틴이 고개를 끄덕였다. "맞아. 좋은 생각은 아니야. 그런데 내가 달리 누구한테 얘기하겠어?"

안니카에게 쫓겨난 이후 그는 아무 목적지 없이 두어 시간 차를 몰아 저멀리 알링소스에 갔다가 돌아왔다. 파르틸레에 있는 맥도날드 24시간 영업점에서 식사를 했다. 그의 눈물처럼 짭짤할 뿐 아무 풍미가 느껴지지 않았지만 폭발하는 허기를 달랠 순 있었다. 결국 그는 회사로 차를 몰아 직원 보건실에서 애써 잠을 잤다. 부모님 집으로 갈까 잠깐 생각했지만 아직 두 분에게 전화를 걸 용기가 나지 않았다. 부모님은 너무 먼 곳에, 아직도 외스테르순드에서 지냈다. 그는 지금 이곳에 있는 누군가가 필요했다.

세실리아라든가. 지금 그는 찻잔을 들고 세실리아의 주방 테이블 앞에 앉은 채 그만 일어나서 가봐야 하는 건 아닌지 고민하고 있었다.

"힘들다는 건 알아." 마르틴을 보는 그녀의 미간 주름이 더 깊어졌다. "그래도 아내랑 얘기를 해봐야지."

"오늘 오후에 집 앞을 지나갔어." 마르틴은 고개를 저으며 눈물을 터뜨리지 않으려고 눈을 꽉 감았다. "한번 얘기해봐야겠다고 생각했어. 그런데 그냥 더 걱정될 뿐이더라. 정원이 온통 흙더미로 뒤덮여 있었어."

"흙더미?"

"응. 무슨 생각인지 모르겠지만 안니카가 잔디밭에 큰 구멍을 여러 개 파냈어. 사방에 삽이며 잡동사니가 한가득이었어."

"세상에. 도움이 필요한 것 같은데."

눈물이 너무 심하게 차올라 이제는 막을 방법이 없었다. 마르틴은 양손으로 얼굴을 가리고 눈물이 흐르게 놔두었다. "맞아." 그가 나직하게 말했다. "뭘 어떻게 해야 할지 모르겠어. 나랑은 얘기하고 싶어하지 않아."

세실리아가 앞으로 허리를 숙이고 마르틴과 눈을 마주치려고 노력하며 말했다. "네가 도울 순 없어. 전문가의 도움이 필요한 거야. 알겠어?"

마르틴이 고개를 저었다. "그 빌어먹을 집을 사면 안 된다고 내가 말했는데."

"뭐. 집 잘못은 아니잖아? 그냥 집인데."

세실리아가 의문이 가득한 눈으로 바라보자 마르틴이 그녀와 눈을 마주쳤다. "우리가 산 그 집이 누구 거였는지 알아?"

"아니. 왜?"

"그 죽은 작가의 유산이야. 너도 알잖아, 안니카가 봄에 출간한 책을 쓴 작가. 얀 아펠그렌."

"장난해?" 세실리아는 말하며 그저 미소를 지을 수밖에 없었다. "그래, 이제 알겠다."

마르틴이 차를 조금 마셨다. 차는 식어서 건조한 맛이 났다. "뭘 어떻게 해야 할지 모르겠어. 그냥 피곤해."

세실리아가 고개를 끄덕였다. "나도 널 돕고 싶어. 그런데 여기 있으면 안 된다는 건 알지?"

마르틴은 세실리아가 최소한 그날 밤만은 소파에서 자고 제 안해주기를 바랐다. 그러지 않았다면 거짓말일 것이다. 혼자 있고 싶지 않았다. 하지만 그게 형편없는 생각이라는 것도 알았다. 안니카는 지금도 그와 세실리아가 친구 이상의 관계라고 믿고 있었다. 그런 안니카에게 더 먹잇감을 주는 건 의미 없는 짓이었다.

"회사 보건실은 나랑 안 맞아."

"호텔에 방을 잡을 순 없어? 친구한테 전화하거나." 세실리아가 그의 손에 자기 손을 얹고 부드럽게 바라보았다. "누구라도 있을 텐데?"

마르틴은 머리가 빨리 돌아가지 않았다. 어떤 친구에게 같이 있어달라고 부탁할 수 있을지 알 수 없었다. 고향 외스테르순드에는 눈 깜짝할 사이에 그를 도와줄 친구들이 몇 명 있었다. 하지만 예테보리에는 그런 사람이 별로 많지 않았다.

"호텔 숙박비는 시간이 지날수록 늘어나잖아."

"하룻밤만 지내면 될지도 몰라. 그때쯤이면 안니카도 기꺼이 네 말을 들을지 모르지."

마르틴이 고개를 끄덕이고는 조용히 말했다. "안니카가 보고 싶어. 겨우 하루만에 이런 말을 하는 게 미친 것처럼 보이리라는 건 알지만, 뭐 어쩌겠어."

"이해해." 세실리아는 손을 거두며 손목시계를 보았다. "늦었다. 아마 지금 가는 게 제일 좋을 거야."

79

그녀는 무릎에 체크무늬 담요를 덮고
이따금 차를 홀짝이고 있었다.

11월 5일 토요일

창문을 따라 흘러내리는 빗방울이 마르틴의 자동차 후미등을
두 개의 흐릿한 빨간색 점으로 바꿔놓았다. 세실리아는 그의 자동
차가 옆집을 지나 사라질 때까지 지켜보았다. 찻잔이 주방 테이블
에 남아 있었다. 세실리아는 남아 있는 차가운 차를 쏟아버리고 찻
잔을 식기세척기에 넣었다. 그런 다음 거실 소파에 앉아 침묵에 귀
기울였다. 손가락이 틴더를 확인하고 싶어했지만 핸드폰을 집어들
기운이 없었다.

오늘밤에 그녀는 오소리가 아직 활동중인지, 아니면 그들이 오
소리를 잡은 것인지 알게 될 터였다. 크리스마스 전야의 어린아이
가 된 기분이었다. 가만히 앉아 있기가 힘들었다. 그렇게 오랜 세
월이 지나 마르틴과 다시 연락이 닿은 것은 기뻤지만, 동시에 의도

치 않게 그의 파탄 난 결혼생활에 섞여들어간 점에는 죄책감이 느껴졌다.

그녀도 마르틴도 아무 잘못을 저지르지 않았다. 하지만 그들은 너무 많은 피해를 입었다. 공정하지 않게 느껴졌다. 세실리아는 신음하며 잠자리에 들 준비를 한 뒤 긴장을 풀려고 애쓰며 이불을 머리 위로 끌어당겼다. 조금이라도 눈을 감고 있으려고 이리저리 돌아누웠지만 아무 소용 없었다. 어쨌든 결국 선잠에 드는 데 성공한 모양이었다. 세실리아는 윙윙대는 소리가 잠을 방해하는 바람에 눈을 떴다. 침대 옆 테이블에 놔둔 핸드폰에 불이 들어와 있었다. 진동이 올 때마다 핸드폰이 옆으로 몇 밀리미터씩 움직였고, 그 공명음이 사운드박스 노릇을 하는 테이블에 더욱 증폭되었다.

그녀가 전화를 받자 핸드폰 너머에서 목소리가 들려왔다. "세실리아? 와야 해요."

"누구야?"

"요나스요. 난 이미 가고 있어요. 5시에 집 앞에서 만나요. 오소리가 다시 공격했어요."

세실리아는 정신이 번쩍 들어 침대에서 날듯이 빠져나왔다. "말도 안 돼. 우리가 잡아 가뒀잖아."

"엉뚱한 사람을 잡은 거예요, 시시. 차에서 보고할게요."

세실리아는 요나스의 회색 스코다 문을 열고 올라탔다. 화장할 시간이 없었고 머리도 단순한 포니테일로 묶었다. 아무도 신경쓰지 않으리라는 건 알았지만 잠을 너무 조금밖에 자지 못해 너저분한 기분이 들었다.

요나스가 대로 쪽으로 차를 뺐다. 와이퍼가 쏟아지는 빗속에서 율동감 있게 창문을 가로지르며 엔진 소리를 죽였다.

"두 시간 전에 경보가 울렸어요. 화재경보였죠. 그런데 비상상황실에서 카메라로 보니까 뭔가 이상하다고, 혹시 모른다면서 보안팀을 보냈어요. 보안팀에서 우리한테 전화를 걸었고요."

세실리아는 앞쪽을, 맞은편에서 다가오는 자동차의 헤드라이트를 똑바로 보고 있었다. 분노의 고함을 내지르지 않은 건 의식적으로 의지를 발휘한 덕분이었다. 빌어먹을! 놈을 잡았는데. 세실리아는 믿고 싶지 않았다. 매 초가 지날수록 호흡이 거칠어졌다.

"씨발!" 그녀가 계기판을 손으로 쾅 내려쳤다.

"진정하세요. 저도 알아요, 원점으로 다시 돌아간 거. 그래도 그런 이유로 제 차를 박살내면 안 되죠."

"미안." 세실리아는 도착할 때까지 검지 손톱을 물어뜯으며 옆 창문 밖을 내다보았다.

집은 1970년대 초반에 지어진 수수하고 외진 건물이었다. 오소리가 노린 대부분의 집과 비슷했다. 대기중이던 순찰차의 파란 불빛이 요나스의 차창 안으로 흘러들어왔다. 요나스가 차에서 내려 제복 경찰관들과 얘기를 나누는 동안, 세실리아는 안에서 보게 될 장면에 대비해 마음을 가다듬었다.

절대로 익숙해지지 않아. 경찰학교의 스승은 그렇게 말했다. 이 점을 기억하면 최소한 상황이 조금 나아지긴 한다. 세실리아는 그 말이 무슨 뜻인지 이해하지 못했다. 당연히 익숙해진다고 생각했고, 자신도 그렇게 익숙해졌다. 한동안은 목격하는 그 모든 끔찍한 것들에 무감정해지기도 했다. 하지만 이제는 스승의 말을 이해할 수 있었다. 그 말이 지금처럼 묵직하게 다가온 적이 없었다.

세실리아는 안에서 그녀를 기다리는 존재에 절대 익숙해지지 못할 것이다. 그녀는 푸른 불빛을 받으며 잔디밭에 주차되어 있던 굴삭기의 기둥을 비추는 번쩍이는 빛을 바라보았다. 굴삭기의 윤곽선이 주변에 모여 서 있는 나무들에 깜빡이는 그림자를 드리웠다. 나뭇가지가 바람에 흔들리며 쉭쉭 소리를 냈다. 그 장면 전체가 스산하게 보였다.

요나스가 그녀에게 손전등을 건네며 말했다. "안에 불이 나갔어요. 굴착 업체에서 오늘 오후에 구덩이를 파다가 실수로 주요 전력선을 끊어버린 것 같아요."

세실리아는 고개를 끄덕였다. 차에서 내려보니 작업이 진행중이었다. 파낸 것을 쌓아놓은 커다란 더미들이 풀밭에 온통 쌓여 있었고, 깊은 구덩이가 해자처럼 집을 빙 둘렀다. 간단히 이어붙인 나무 널빤지 통로가 구덩이 가장자리에서 현관까지 놓여 있었다. 그녀는 널빤지를 반쯤 가로지르다 멈춰 서서 드러난 외관을 손전등으로 비췄다. 콘크리트 벽 전체에 세로 형태의 긴 흔적 몇 개가 호선을 그리고 있었다. 그걸 본 세실리아는 자기도 모르게 멈춰 서서 그 자국을 살폈다. 굴삭기가 남긴 흔적이라기엔 형태가 너무 가늘고 방향도 틀렸다. 드러난 콘크리트를 누군가가 못으로 긁어놓은 것 같은, 네 개의 평행한 자국이었다. 아니면 날카로운 발톱이라든지. 세실리아는 얀 아펠그렌의 책에 나오는 생명체들을 떠올리며 몸을 떨었다. 벵트가 말한 흔적이 바로 이것일까? 외부 문제?
깨워서는 안 되는, 땅속에 잠들어 있는 짐승들?

세실리아는 고개를 젓고 요나스를 따라 집안으로 들어갔다.

복도는 비좁았고 회색 고양이 캐리어가 문 뒤에 놓여 있었다.
연기 냄새가 났다. 누군가가 불을 피우고 송풍기를 틀지 않은 것
같은 냄새였다. 아마 그래서 화재경보가 울렸을 것이다. 세실리아
는 기침하면서 스웨터를 입으로 끌어당기고 싶은 충동을 참았다.
위층은 군이 살펴보지 않았다. 과학수사팀이 나중에 모든 것을 살
펴볼 것이다. 요나스가 아무 말 없이 고갯짓으로 계단을 가리켰다.
그들은 실제적인 발견이 어디서 이뤄질지 알고 있었다.

세실리아의 발밑에서 계단이 삐걱거렸다. 요나스를 따라 아래
로 내려가는데 자신의 심장박동 소리가 들렸다.

"아, 젠장." 요나스가 취미방에 한 발 들여놓으며 말했다.

"왜 그래?" 세실리아가 물었다.

"별거 아니에요. 늘 비슷한 모습이네요." 그가 건조하게 말했다.
"그런데 빌어먹을 연기 냄새 때문에. 웩. 이 아래는 더 심해요."

"정신 차려." 말은 이렇게 했지만 세실리아도 이해했다. 냄새가
그녀의 콧속을 찌르며 타르맛이 나던 할아버지의 핀란드식 감초사
탕을 떠올리게 했다.

그녀는 요나스 옆에 서서 방을 살폈다. 한쪽 벽에 벽난로가 있
었다. 불은 꺼져 있었지만 바닥에 흩뿌려진 타버린 장작더미를 보
니 화재경보가 울린 이유가 설명되었다. 천장에 재가 점점이 박혀
있었고, 모든 가구가 산산이 부서져 온 바닥에 흩어져 있었다. 지

하실 벽은 균열로 뒤덮여 있었으며 그 가장자리에는 석고가 보였다. 누구라도 굴착 업체에서 집을 무너뜨리려고 최선을 다했다고 생각할 법했다. 늘 이런 식이었다. 세실리아는 차가운 마음으로 그렇게 생각했다.

천 소파에 묻은 피의 양을 보니 범죄가 어디서 일어났는지 분명했다. 소파도 찢겨 있었다. 소파의 충전재와 한때 연회색이었던 소재가 고르지 않게 묻은 핏자국 때문에 적갈색으로 변했다.

"이쪽으로 이어지네요." 요나스가 지하실 더 깊은 곳으로 사라지는 핏자국과 파낸 지 얼마 안 된 흙덩이의 흔적을 손전등으로 비추며 말했다.

"그래, 나도 보여." 세실리아는 벽을 따라 앞뒤로 움직이는 자신의 손전등 불빛을 눈으로 좇다가 찾던 것을 발견했다. 아직 똑바로 세워져 있는 진열장이었다. 유리문 한 짝만 경첩이 뜯겨 있고 나머지는 멀쩡했다. 세실리아는 진열장 안에 전시된, 작고 반짝이는 파스텔 색조의 플라스틱 말들을 살펴보았다. 인상적인 마이 리틀 포니 수집품이었다.

진열장으로 다가가다 유리 파편을 밟아 발밑에서 파삭 소리가 났다. 빛을 비추자 플라스틱 말의 색칠한 눈이 그녀를 바라보는 것만 같았다. 나일론사로 만든 무지갯빛 갈기가 반짝였다. 누군지 몰라도 한때 이 말들을 소유했던 사람은 녀석들을 색깔에 따라 세심하게 정리해두었다. 보는 방법만 알면 한 마리가 빠져 있다는 걸 알아채기는 어렵지 않았다. 그리고 세실리아는 보는 방법을 알았다.

"놈이 여기 왔었어."

"네?" 요나스가 다용도실 문을 돌아보며 물었다.

"벵트 말이야. 벵트의 지하실에도 이런 게 있었어." 그녀는 밝은 색깔의 작은 말 한 마리를 가리키며 말했다.

"그런 놈에게 세상에서 가장 좋은 알리바이가 있다는 게 유감이네요. 놈은 지금도 구류중이에요."

세실리아가 고개를 끄덕였다. 그녀는 핏자국이 이어진 창고를 들여다보지 않았다. "저 안은?"

"바닥에 그 엿같은 구멍이 똑같이 나 있어요. 오소리가 맞습니다."

80

집밖 잔디밭 위의 흙더미 사이에
굴삭기 여러 대가 있었다.
집 주변의 구덩이는 당신의 세상과
내가 기어다니는 어둠 사이의 경계선이다.

11월 6일 일요일

버스가 정류장에서 승객들이 내리고 탈 수 있도록 높이를 낮추며 안니카의 발밑에서 출렁거렸다. 그녀는 함께 탄 승객들을 보지 않으려 했다. 자신이 어떻게 보일지, 그들이 왜 그녀를 의심스럽게 보는지 정확히 알았기에 가까이 앉는 것도 피했다. 그들과 같은 입장이었다면 안니카라도 똑같이 했을 것이다.

그녀의 옷은 지저분했고 풀과 진흙 얼룩으로 뒤덮여 있었다. 때때로 그녀가 움직이면 옷 주름이나 주머니에서 작은 흙덩이가 떨어져나왔다. 그녀에게서는 강렬한 흙냄새와 피부에 짙게 밴 땀냄새가 났다. 양손은 흙 때문에 갈색으로 물들었으며 얼굴에는 진흙 줄무늬가 있었다. 그녀가 지친 채 눈을 깜빡거리면 눈꺼풀 아래로 모래 알갱이가 들어왔다.

안니카는 전날의 강도 높은 땅 파기에 너무 지쳐서 옷을 입은 채로 침대에 쓰러져 잤다. 샤워를 하지 않았고 아침도 먹지 않았다. 그냥 진흙투성이 옷 위에 빨간색 코트를 걸쳤다. 코트는 흙을 전혀 가리지 못했다. 사실 그녀를 더 눈에 띄게 했을 뿐이다. 하지만 지금 그녀는 조금이라도 답을 가지고 있을 만한 유일한 사람에게 그 답을 들으러 시내로 가는 중이었다.

변호사 엠마 시에베르츠가 집 개조를 의뢰했다. 그러니 지하실이 있는 이유를 아는 사람이 있다면 그녀일 것이다. 안니카는 제정신을 유지하게 해주는 유일한 요소라도 되는 듯 지하실 크기 문제에 매달리고 있었다. 어떤 면에서는 실제로 그랬다. 겨우 여섯 달 전에 『나는 오소리다』를 출간해 에클룬드 프레스를 구원했던 안니카 그란룬드는 사라졌다. 그녀의 자리에는 버스에서 아무도 옆에 앉고 싶어하지 않는 여자, 머리에 흙이 묻고 더러운 옷을 걸친 여자가 있을 뿐이었다.

그녀가 일어서서 고함을 질러도 아무도 그녀와 말을 섞지 않을 것이다. 그저 각자의 작은 화면을 계속 들여다보겠지. 몇 주 전이라면 그녀도 그렇게 했을 것이다.

안니카는 그런 여자가 되어버렸다.

버스가 바사플라첸에서 멈추자 안니카는 버스에서 내리며 자세를 바로잡았다. 정면에서 벽돌 건물들이 아셰베리스가탄을 따라 올라가고 있었다. 왼쪽으로는 공원의 분수 주변에 키 큰 덤불들이 검은 산호처럼 솟아 있었다. 안니카는 헐벗은 나뭇가지 너머에 있는 웅장한 대학교를 잘 알았다. 그녀가 찾는 사무실은 반대 방향,

파르크가탄과 그 숲 쪽에 있었다.

인도는 비어 있는 것이나 마찬가지였다. 11월의 일요일 오후였으므로 나와 있는 사람이 별로 없었다. 그녀는 목적의식을 품고 엠마 시에베르츠의 건물 정문으로 걸어가 인터폰을 눌렀다. 답이 없었다. 다시 인터폰을 누르고 기다렸지만 응답은 들려오지 않았다. 안니카는 이성적으로 일요일에 찾아왔으면서 엠마가 사무실에 있을 거라고 기대할 순 없다고 생각했다. 엠마가 사실상 그 사무실에서 산다고 말하기는 했지만 말이다. 그래도 마음속 아주 깊은 곳에서는 뭔가 잘못되었다는 생각이 들었다. 안니카는 자신이 버튼을 제대로 눌렀는지 확인했다. 패널에서 튀어나온 반짝이는 오래된 금속 버튼 옆에 분명히 'E. 시에베르츠'라고 적혀 있었다.

제대로 찾아왔다. 안니카는 버튼을 누르고 응답을 기다렸다. 그런 다음 문을 당겨봤지만 잠겨 있었다. 안니카는 몇 걸음 물러났다. 거의 거리까지 나갈 뻔했다. 그렇게 건물 정면을 올려다보았다. 창문에는 살아 있는 존재의 흔적이 보이지 않았다. 어떤 창문 뒤에는 커튼이 있는 것 같았고, 다른 창문은 그저 어두운 잿빛 하늘을 반사하는 듯했다.

문이 덜컹거리며 열렸다. 털이 뻣뻣한 닥스훈트 한 마리가 목줄이 팽팽하게 당겨지도록 달려나왔고, 납작한 모자 밑으로 듬성듬성 회색 머리칼이 삐져나온 남자가 그 뒤를 따랐다.

개가 안니카를 향해 짖었다.

"조용." 남자가 목줄을 당기며 말했다. 개는 짖기를 멈췄지만 낮게 으르렁거리며 이빨을 드러냈다. "정말 죄송합니다. 보통은 이러지 않······" 남자는 안니카를 보고 말을 멈췄다. 그는 안니카를 다시 한번 보았다. 안니카와 눈을 마주치자 그의 잿빛 눈동자에 의심과 혐오감이 떠올랐다.

안니카는 참지 않았다. "변호사 엠마 시에베르츠를 찾아왔는데요. 안에 있나요?"

개가 다시 짖었다.

"모르겠습니다. 며칠 못 봤어요."

안니카는 휙 돌아서서 버스정류장으로 돌아갔다. 여기에는 없었다. 그녀가 얻게 될 유일한 답은 집에 있었다.

지하실에.

81

무척 후회스럽게도
내게 필요한 모든 흔적이 그곳에 있었다.
집안의 여자가 내 다음번 사냥감이 될 것이다.

육 년 전, 11월 19일 목요일

집 뒤의 가문비나무가 휙휙 소리를 냈다. 바람이 잔디밭을 가로질러 불어와 열린 베란다 문으로 들이쳤다. 얀은 이마를 훔치며 눈을 가늘게 뜨고 오후의 빛을 바라보았다.

핸드폰이 작업복 옆주머니에서 진동했다.

"얀 아펠그렌입니다."

"안녕하세요, 얀." 핸드폰 너머의 여자가 말했다. "엠마 시에베르츠예요. 전에 저랑 얘기하고 싶다고 하셨죠?"

"이렇게 빨리 연락 주셔서 고맙습니다."

"별말씀을요. 별일 없으시죠?"

얀은 거실을 둘러보았다. 바닥과 모든 가구가 석고와 먼지로 뒤덮여 있고, 벽은 콘크리트가 드러나도록 벗겨져 있었다. 그가 내부의 벽돌 구조물을 쓰러뜨렸기에 여기저기 파인 자국도 많았다. 그 벽돌들은 지하실 복도 입구 옆에 깔끔하게 쌓여 있었다.

"최근에 생각이 좀 많았습니다. 내 출판물에 대한, 모든 작품에 대한 권리를 확보하고 싶습니다. 혹시 나한테 무슨 일이 일어날 경우에 대비해서요."

얀은 이렇게 말하며 조용히 손끝으로 콘크리트를 쓸었다. 손톱 밑으로 긁히는 재질이 조금은 불규칙하게 느껴졌다. 그는 그 느낌에 기뻐 몸을 떨었다.

"테레세와 부부 재산 계약에 대해 얘기해보셨어요?" 엠마가 물었다.

"테레세는 절대 서명 안 할 겁니다. 그보다는 유언장에 대해 생각하고 있어요."

"그렇군요. 유언장을 써두는 건 언제나 현명한 결정이죠. 구체적으로 말하면 어떻게 하고 싶으세요?"

얀은 활짝 미소 지으며 설명했다. 대화가 끝나자 그는 유언장을 작성하기 위한 약속을 잡았다. 엠마의 설명에 따르면 그때 함께 참석해야 한다는 다른 두 증인과도 약속을 잡았다. 그는 전화를 끊고 창고로 가는 짧은 복도에 접어들었다. 테레세의 시신이 다리를 상체 쪽으로 끌어당긴 채 지하세계로 들어가는 구멍에 옆으로 누워 있었다. 찌르는 듯한 슬픔이 온몸으로 확 번졌지만 그만큼 빠르게 사라졌다. 속삭임이 맞았다. 테레세가 그를 배신했다. 저런 운명을 당해도 쌌다.

얀은 자신이 한 짓을 떠올릴 필요가 없도록 테레세의 흠 없는 뺨이 위쪽으로 오게 놔두었다. 그쪽 부분을 보고 있으면 기분이 좋을 지경이었다. 살아 있을 때와 똑같았다. 생기 없는 피부가 동굴처럼 그녀의 치아 사이로 푹 꺼져 있었다. 얀은 처음 그녀를 보았을 때를 떠올렸다. 선탠을 했고 뺨에는 보조개가 있었다. 얀은 쭈그려앉아 그녀의 금발을 귀 뒤로 넘겼다. 피부가 차갑고 가죽처럼 느껴졌다. 옛날옛적에, 그녀는 얀의 인생에서 가장 중요한 사람이었다. 그러나 지금은 그저 그의 지하실에 있는 더러운 시신일 뿐이었다. 그는 한숨을 쉬며 그녀의 시신을 머리끝부터 발끝까지 살폈다. 더러운 바닥에 닿아 있는 인조 손톱의 갈라진 부분까지.

결혼반지가 그녀의 약지에서 반짝였다. 약혼반지의 커다란 보석은 엉긴 피로 반쯤 뒤덮여 있었다. 그러나 얀이 보기에는 지금도 최면을 걸듯 반짝였다. 그 손가락에 가만히 반지를 끼워줄 때 그녀의 피부가 약간 뻣뻣했던 것을 떠올리자 마음속에서 뭔가가 흔들렸다. 한때의 행복했던 기억이 그를 눈물에 무릎 꿇게 했다. 그 짐승들은 좋아하지 않을지 모르지만 얀은 예전의 자신에게 속한 뭔가를 가지고 싶었다. 그는 테레세의 굳은 손가락을 잡고 반지들을 돌려 빼냈다. 손바닥으로 반지들을 감싸쥔 채 차오르는 눈물을 닦아내자 짤그랑거리는 소리가 났다. 자신을 위해 이 반지들을 간직할 것이다. 한때 테레세였던 다른 모든 것은 버릴 것이다. 그 짐승들이 귓속에 속삭이는 지시에 따라.

얀은 휘청거리며 그 방을 떠났다. 굴착 업체에서 공사가 약 이 주 안에 완료될 거라고 알려줬다. 그때까지 그 나름의 작업을 끝내야 할 것이다.

다용도실에는 모르타르 자루와 양동이, 오래된 손수레가 있었다. 손수레에는 거실 벽 안쪽에 있던 벽돌이 가득 실려 있었다. 그는 모르타르 일부를 양동이에 붓고 물과 섞어 진회색 죽 같은 것을 만들었다. 모래가 섞인 가루를 저을 때 나는 긁히는 소리에 즐거운 얼얼함이 척추를 타고 번졌다.

　『성령강림절의 남자』 원고를, 안니카가 반려한 그 원고를 쓰기 시작한 이후 처음으로 다시 타자기 앞에 앉고 싶다는 거친 욕망이 느껴졌다. 머잖아 자신이 사랑하는 일을 하게 될 것이다. 며칠 전 쓰기 시작한 작품을 계속 써나갈 것이다. 하지만 일단은 속삭임이 그에게 요구하는 일을 해야 했다.

82

내가 그녀를 지켜보는 동안 그 짐승들은
집 벽의 토대 부분을 둘러싼 구덩이 안에서
그림자처럼 기어다녔다.
그들이 터널을, 내가 들어갈 길을 파자
땅에서 진동이 느껴졌다.

11월 6일 일요일

안니카가 다시 집에 도착했을 때는 주위가 어두웠다. 머리칼의 흙덩이가 빗물과 섞여 젖은 마스카라를 연상시키는 좁다란 진흙 개울이 되어 그녀의 얼굴에 흘러내렸다. 그런 상태로 그녀는 잠겨 있던 문을 열고 코트를 벗어 복도 바닥에 내려놓았다.

등뒤에서 문이 쾅 닫혔다. 굳이 잠그지는 않았다. 대신 집안의 모든 조명을 켜면서 목적의식을 가지고 성큼성큼 계단으로 향했다. 아래층으로 내려가자 가슴속에서 맥박이 세차게, 강하게 뛰었다. 두려워서가 아니라 결심이 굳어서였다. 그녀는 무슨 일을 해야 하는지 알았다.

취미방의 스포트라이트가 그녀가 남겨두고 간 대혼란의 현장을 비췄다. 난로로 다가가 검게 타고 남은 장작과 잿더미에서 쇠지레를 집어드는 동안 그녀의 신발에서 으적거리는 소리가 났다. 쇠지 레는 묵직하고 차가웠으나 얼어붙은 그녀의 손아귀에서는 뜨겁게 느껴졌다. 그녀는 다용도실로 들어가며 쇠지레의 자루를 꽉 잡고 불을 켰다.

안니카는 지하실 벽의 균열을 방금 덤벼든 싸움 상대라도 되는 것처럼 빤히 바라보았다. 오래전에 보았지만 그것에 관해 별생각 을 해본 적은 없었다. 모든 지하실 벽에는 균열이 있으니까. 이 균 열도 다를 것 없었다. 이 균열이 생긴 벽 너머에 아무것도 없다는 점만 제외하면. 아까 그녀가 지나온 취미방의 모든 외벽은 균열로 가득했다. 벽지 너머에 거미줄이 쳐진 것만 같았다. 그런데 여기에 는 그저 오래된 균열만 있었다. 첫번째 균열만.

안니카가 아는 한, 지하실의 손상은 그녀 자신이 초래한 것이었 다. 그게 아니라면 바깥의 땅속에서 그녀를 기다리는 긁는 괴물이 한 짓이었다. 하지만 이제 그녀는 그 두 가지 상황을 모두 받아들 일 준비가 되어 있었다. 만일 긁는 괴물이 한 짓이라면, 왜 이 벽만 전면적으로 공격하지 않은 걸까?

안니카는 그 답을 알았다. 이건 외벽이 아니니까. 이 벽 뒤에는 다 른 뭔가가, 흙과 진흙과 돌이 아닌 뭔가가 있었다. 안니카는 손에 든 쇠지레의 무게를 가늠해봤다. 파란색 페인트가 오랜 세월에 걸 쳐 벗겨져나간 뒤 드러난 검은 금속을 보았다. 한때 반짝였던 금속 이 지금은 긁히고 후려친 흔적으로 뒤덮여 있었다. 이제는 그녀가 더 많은 피해를 입힐 작정이었다. 하지만 결국 답을 알게 될 것이 다. 뭐든 이 벽 뒤에 있는 것이 드러날 것이다.

안니카는 고함을 지르며 온 힘을 실어 쇠지레의 구부러진 발톱을 균열에 쑤셔넣었다. 석고와 콘크리트 가루가 벽에서 튀며 바닥에 비처럼 쏟아졌다. 그렇게 안니카는 그 너머의 석벽을 드러냈다.

83

이제는 그 짐승들이 나를 이곳까지,
내게 남은 마지막 인간성을 잃을
지점에까지 몰아넣었다.

11월 6일 일요일

세실리아는 깔고 누워 있던 어깨가 아파서 잠을 깼다. 뻣뻣해진 몸이 모든 순간에 저항했다. 머리가 수면 부족으로 욱신거리고 물러진 것처럼 느껴졌다. 잠시 애를 쓰며 어떻게든 돌아눕는데 그 바람에 어찌어찌 몸에 감았던 담요가 다리에서 떨어졌다. 그녀는 한숨을 쉬며 소파에 일어나 앉았다. 밖에서는 태양이 막 길 건너편의 건물 지붕 위로 지고 있었다. 하루종일 자버렸다. 그런데도 피로 때문에 여전히 머리가 당밀처럼 느껴졌다.

오소리의 최근 공격이 일어난 다음날 집에 돌아오면서부터 벌써 머리가 멍했다. 그녀는 사실상 반사적으로 움직이며 현장에 출동한 과학수사팀과 협조하고 경찰서로 가서 가장 긴급한 서류 작업을 했다. 검사에게 보낼 보고서를 만들고 보도자료 초안을 잡았다. 그녀의 제안은 꼭 필요한 경우가 아니면 이번에는 기자회견을 열지 말라는 것이었다. 마침내 집에 돌아왔을 때는 옷을 벗고 침대에 누울 힘조차 없었다. 대신 옷을 입은 채 소파에서 잠들었다. 담요 한 장만 덮고서.

그동안 벵트 요한손은 유치장에서 풀려났다. 그는 더이상 이 사건의 용의자가 아니었다. 그의 변호사가 구류된 며칠에 대한 보상을 요구할 가능성이 대단히 높았지만 상관없었다. 더 나쁜 건 그녀가 며칠 안에 다른 곳으로 전근을 갈 가능성이 다분하다는 점이었다. 그것도 상관없을지 몰랐다. 지금처럼 포기하고 싶은 마음이 든 적이 없었다. 앞으로 너무도 오랫동안 수사에 실패했다는 부끄러움 속에 살아가야 할 터였다.

그녀는 커피테이블에 놓인 책을 보았다. 『나는 오소리다』. 양손으로 턱을 괴고 페이지 사이사이에 삐져나와 있는 엄청나게 많은 포스트잇과 쪽지를 바라보았다. 책이 사건을 해결하는 데 도움이 될 수 있다는 생각을 품었다니! 대체 초자연적인 서스펜스 소설로 실제 살인사건을 어떻게 해결한다는 거야? 그런 기이한 생각에 웃어야 할지 울어야 할지 세실리아는 알 수 없었다.

어쨌든. 책 속 내용이 그렇게까지 아귀가 맞는다는 건 단순한 우연일 리 없었다. 세실리아는 그 점을 이미 확인했다. 그렇다고 어떤 결론에 이른 것은 아니었지만. 초자연적인 요소도 사건의 일부라면?

얀 아펠그렌이 상상해낸 연쇄살인범은 일종의 반半 인간이었다. 땅속에 살고 칼처럼 날카로운 발톱을 가진 괴물. 벵트 요한손은 살인자가 아니었다. 도벽이 있는 놈일 뿐이었다. 벵트는 미신이라고 일축하면서도 땅속에 잠들어 있는 짐승들에 대해 얘기한 적이 있었다. 너무 위험해서 어떤 굴삭기 기사들은 건물의 노출된 부분에 그들이 남긴 발톱 자국이 보이면 계속 파기를 거부할 정도라고 했다. 그녀가 오소리의 최근 피해자 집에서 직접 본 그 발톱 자국. 아무리 말이 안 된다 하더라도 세실리아는 이 점을 외면할 수 없었다. 그리고 안니카 그란룬드도 있었다. 그녀는 얀 아펠그렌이 꿈꾸었던 것과 거의 비슷하게 보이는 짐승들 때문에 지하실을 두려워했다.

세실리아는 자신의 공상에 웃었다. 그녀가 잡으려는 연쇄살인범은 누군가 상상해낸 허구의 인물이 아니었다. 인간이었다. 남자. 경찰은 프로파일링을 해두었다. 이런 짓을 할 수 있는 건 남자뿐이었다. 집 밑으로 직접 파고들어갈 뿐 아니라 바닥을 부수고 위로 올라올 만한 힘과 정신 나간 결단력이 있어야 하니까. 하지만 어쨌든 인간이었다. 아닐 리는 없었다.

그런데도 경찰은 그를 찾지 못했다. 아주 작은 흔적조차도.

생각하면 할수록 프로파일링 결과가 의심스러웠다. 대체 누가 무슨 이유로 굳이 땅밑에서부터 주택으로 침입하는 수고를 한단 말인가? 지하실 바닥을 뚫고 들어가는 것보다 쉬운 방법은 너무도 많았다. 그녀도 현장에서 땅굴들을 보았다. 간신히 몸을 꿈틀거려 지나갈 정도의 크기였다. 그 땅굴에서 바닥을 부수고 올라오려면 초인적인 힘이 필요할 것이 틀림없었다. 오소리에게 조력자가 있었던 게 아니라면. 책에서 묘사한 조력자 말이다. 또한 오소리는 지하에서 혼자 지내는 게 아니어야 했다. 하지만 그런 일은 가능하지 않다.

세실리아는 뭔가 먹을 것을 만들러 주방으로 갔다. 찬장에서 재료를 집어드는 동안 스피커에서 단순한 인기곡들이 흘러나왔다. 토마토 통조림, 말린 오레가노, 올리브 오일, 발사믹 식초. 그녀는 음을 따라 흥얼거리며 양파를 조금 썰었다. 하지만 머릿속이 자유로워지지 않았다. 책에 나오는 이야기가 사실이라면? 자신이 인간 남자가 아닌 어떤 존재를 쫓고 있는 거라면?

세실리아는 파스타를 익힐 물을 끓이고 윤이 나는 냄비에 토마토소스를 졸이며 다른 이론을 만들어냈다. 생각하면 할수록 척추를 따라 얼음 덩어리가 지나가는 것처럼 몸이 떨렸다. 모든 것이 맞아떨어졌다. 땅속에 실제로 일종의 괴물이 있다는 말도 안 되는 전제를 받아들이기만 한다면.

사건이 일어난 모든 집이 낡았고 하수관 보수 공사가 필요했다. 안에 무엇이 들어 있든 기계식 굴삭기로 땅을 파헤쳐야 했다. 그리하여 뿌리가 뜯겨나가고 흙속에 사는 곤충과 동물들은 어쩔 수 없이 도망치거나 더 깊은 곳으로 파고들어 살아남아야 했다. 그 결과 다른 짐승들까지 깨어나는 것도 이상한 일은 아니었다. 과학의 손길을 피해온 어둠의 짐승들. 굴착을 멈추기 위해 집 외벽을 발톱으로 긁어대는 존재들. 경고에도 불구하고 굴착이 계속되면 복수하는 존재들.

세실리아는 물을 뺀 파스타를 소스와 섞었다. 조리대 위에 열려 있던 레드와인 병으로 손을 뻗었지만 망설이다가 마시지 않기로 했다. 나중에 운전을 하려면 술을 마시면 안 되었다. 어쨌든 안니카와 얘기해보기로 했다. 그녀가 그토록 두려워하는 짐승들에 대해 물어볼 생각이었다. 하지만 안니카를 불러들여 신문할 순 없었다. 요나스를 비롯한 다른 사람들이 그녀를 미쳤다고 생각할 테니까.

게다가 그녀는 개인적인 이유로도 안니카와 얘기를 나눠야 했다. 마르틴과 안니카의 결혼을 다시 이어붙이기 위해 자신이 할 수 있는 일이 있다면 하고 싶었다.

세실리아는 접시의 마지막 소스를 퍼올리고 생각에 잠긴 채 포크를 핥았다. 토마토의 달콤함이 찌르는 듯한 식초와 양파의 맛과 섞였다. 그 방법이 통하지 않을지도 모르지만, 최소한 노력도 해보지 않는다면 영영 자신을 용서할 수 없을 터였다.

세실리아는 복도로 가서 후드가 달린 방수 재킷을 입고 러닝화를 신었다. 그리고 평소처럼 달리기를 하러 갈 때 가지고 다니는 힙색에 경찰 권총을 넣었다. 그렇게 그녀는 거리로, 자신의 자동차로 향했다.

84

나는 지금 벌어지는 일이
끝날지도 모른다는 희망으로
너무 늦기 전에 이 글을 쓴다.

11월 6일 일요일

안니카의 손에서 쇠지레가 진동했다. 그녀는 땀에 젖어 있었다. 때때로 굵직한 세탁용 수도꼭지에서 직접 물을 받아 마셨는데도 입이 바짝 말랐다. 그녀가 벽돌을 내려칠 때마다 석고와 콘크리트가 사방으로 튀었다. 벽을 뚫으려고 애쓸수록 애초에는 이 집에 그 벽이 없었다는 확신이 들었다. 안니카는 벽돌 쌓기에 관해 아무것도 몰랐지만, 이곳에 사용된 소재는 외벽의 석벽 축조용 벽돌에 비해 미장용에 가까워 보였다. 벽돌이 고르게 쌓여 있지도 않았고, 벽돌 사이의 접착 부분이 너무 두껍거나 너무 얇았다. 석고를 두껍게 바르지 않았으면 벽 전체가 오래된 동네의 나무말뚝 울타리처럼 들쭉날쭉해 보였을 것이다.

그녀는 다시 쇠지레를 들고 온 힘을 실어 내려쳤다. 덕분에 드러난 벽돌 하나를 쳐낼 수 있었다. 벽돌이 무너질 때의 쾌감이 피로를 뚫고 터져나왔다. 꼭 황홀감이 솟구치는 것 같았다. 안간힘을 다해 한번 더 내려치자 그 벽돌이 벽 안쪽으로 떨어졌다. 뒤이어 그녀가 쇠지레를 떨어뜨리는 쨍그랑 소리가 다용도실에 메아리쳤다. 이게 정말로 외벽이라면 벽돌은 안으로 떨어지는 대신 갈라졌어야 했다. 남아 있던 모든 의구심이 사라졌다. 벽 뒤에 뭔가 있는 게 틀림없었다.

안니카는 손을 내밀어 거친 벽돌을 만져봤다. 쇠지레로 내려치면서 부숴버린 모르타르에 손이 긁혔다. 피로로 머리가 욱신거렸지만 뇌는 호기심에 생기가 돌았다. 이제는 무엇도 그녀를 막을 수 없었다. 안니카는 벽 너머로 떨어져 반대편에서 쿵 소리가 날 때까지 벽돌을 밀었다. 그러다 움찔하며 손을 뒤로 뺐다. 마침내 구멍 뒤로 나타난 빈 공간은 그녀를 매혹시키는 만큼 두렵게 했다.

그녀는 엉망진창이 된 취미방을 지나 계단을 달려올라간 다음 주방의 청소용품 보관장에서 손전등을 꺼냈다. 손전등이 제대로 작동하는지 확인한 뒤 비틀거리며 다시 아래층으로 내려가 빛을 비춰봤지만 구멍이 너무 작아서 반대편에 방 같은 게 있다는 것 이상은 알 수 없었다. 퀴퀴한 공기와 썩은 고기의 악취가 어둠 속에서 밀려들었다. 그녀는 아픈 손가락으로 다시 쇠지레를 집어든 뒤 벽돌을 하나하나 벽 뒤의 공간으로 쳐냈다. 한 번 칠 때마다 구멍이 점점 커지면서 퀴퀴한 냄새가 다용도실 세제의 신선한 냄새와 뒤섞여 으스스한 포푸리향이 되었다.

벽의 구멍이 몸을 쭈그리면 들어갈 수 있을 만큼 커졌을 때 안니카는 동작을 멈추고 손전등으로 다시 어둠 속을 비췄다. 한번 보려고 안으로 머리를 집어넣는 순간, 그녀를 맞이한 광경에 온몸의 털이 삐죽 섰다. 그곳은 정말 방이었다. 큰 방은 아니었지만 어쨌든 방이었다. 바닥에 더러운 매트리스가 깔려 있었다. 테이블과 간소한 주방용 목제 의자도 보였다. 테이블에 오래된 타자기가 놓여 있고, 그 주변에는 종잇더미가 불규칙하게 쌓여 있었다. 흰 종이가 실린더에서 삐져나와 있고, 검은 활자들이 행진하는 딱정벌레들처럼 그 환한 표면을 가로질렀다.

안니카는 방안으로 들어갔다. 떨리는 발을 조심스럽게 바닥에 내디뎠다. 자신이 부숴놓은 벽돌더미에 걸려 넘어지지 않기 위해서였다. 벽돌 아래의 바닥은 다용도실과 똑같은 돌로 포장되어 있었고, 바닥과 벽, 천장은 누군가가 방 전체를 칠하는 대신 두꺼운 점토로 바른 것처럼 불규칙한 흙으로 한 층 덮여 있었다. 그것만 빼면 안니카가 아까까지 있었던 지하실과 똑같았다. 그저 훨씬 더 더럽고 어두울 뿐이었다. 갓이 없는 전구가 천장의 케이블에 매달려 있기에 조명 스위치를 찾아 켰다. 어쩔 수 없이 눈을 깜빡이며 전구를 보다가 그 노란 빛에 익숙해졌다. 그녀는 벽과 바닥에 곤충들이 잔뜩 기어다니고 있다는 걸 알아챘다. 몸이 떨렸지만 이제 와서 그런 것에 주눅들기에는 너무 늦었다.

그녀가 뚫고 들어온 벽면에 책장이 하나 있었다. 책등이 비슷한 책들이 가득했고, 안니카는 제목을 읽기 전부터 그 책들을 알아보았다. 투르발 시리즈의 여러 가지 판본이 주욱 진열되어 있었다. 그녀는 뱃속이 찌릿찌릿하는 것을 느끼며 타자기로 다가가 타이핑된 글을 읽었다. 그리고 그 스타일을 바로 알아보았다. 머리가 핑핑 돌았다. 종이는 검은 흙 얼룩만큼이나 빽빽하게 입력한 글로 뒤덮여 있었다. 피일지도 모르는, 녹슨 듯한 갈색의 뭔가로 뒤덮여 있기도 했다. 에클룬드 프레스의 문 앞에 놓여 있던 『나는 오소리다』 원고와 똑같은 모습이었다. 얀 아펠그렌이 숨어 있던 곳이 여기일까?

안니카는 몸을 숙여 글을 읽었다. 흥분에 양손이 떨려왔다. 얀 아펠그렌의 작품이 틀림없었다. 하지만 내용은 알아볼 수 없었다. 뭔가 새로운 작품을 쓰는 중인 듯했다. 호기심에 압도된 채 글에 빨려들어가는 그녀의 눈이 휘둥그레졌다.

갑자기 어떤 소리가 들려와 안니카는 움찔했다. 문 너머로 손전등을 비췄다. 맥박이 쿵쿵 울렸다. 복도로 몇 발짝 다가갔다. 그 복도는 다용도실과 똑같이 안니카의 지하실에 나 있는 짧은 복도가 끝나는 곳에서 이어졌다. 벽은 집 창고와 맞닿는 부분이 벽돌로 되어 있었으나 클링커 타일 바닥은 벽 너머의 안니카 쪽 공간과 쭉 이어졌다. 한 발씩 디딜 때마다 부패의 냄새가 점점 더 강해지고 역겨워졌다. 가정의 쓰레기를 너무 오래 내놓은 것 같은 냄새였다.

안니카는 열린 다른 문으로 통하는 복도를 손전등으로 비췄다. 그쪽 벽은 뭔가로 그은 흰 자국으로 뒤덮여 있었다. 그리고 타자기가 있는 방 반대편에 또다른 방이 있었다. 손전등으로 안쪽을 비추자 광선이 벌거벗은 피부에 닿아 번쩍였다. 천장에 달아놓은 고리에 걸린 시신이었다. 피부가 푸르딩딩하게 희었고 칼로 여러 번 베였다고 볼 만한 상처와 엉겨붙은 피로 뒤덮여 있었다. 엠마 시에베르츠의 시신이었다.

두려움이 안니카의 가슴을 할퀴었다. 위산이 식도를 태웠다. 죽음의 악취가 목구멍에 달라붙었다. 그 냄새가 집의 다른 공간으로 퍼지지 않은 게 기적이었다. 누군지는 몰라도 이 공간을 만든 자가 제대로 봉인해둔 것이 틀림없었다. 그녀는 토하고 싶었지만 시선을 복도 쪽으로 돌려 간신히 구역질을 막았다. 한 걸음씩 내디딜 때마다 손전등 불빛이 흔들렸다. 무릎이 꺾이려 했고 숨을 한 번 들이쉴 때마다 시끄럽게 쌕쌕거리는 소리가 났다. 하지만 너무 멀리 왔다. 돌아가는 건 선택할 수 없는 방법이었다. 발밑의 땅에 또 뭐가 숨겨져 있는지 알아야 했다.

어떤 끔찍한 광경을 보게 될지 각오하며 안니카는 다음 방 안을 손전등으로 비췄다. 창고였다. 벽을 따라 놓인 선반은 상자들로 가득했다. 어느 벽에는 공구가 잔뜩 있었고, 옷걸이에 오래된 옷가지가 뒤죽박죽 걸린 금속봉도 있었다. 여느 낡은 지하실의 여느 낡은 창고에 들어온 것 같았다. 다만 바닥 한가운데에 커다란 구멍이 뚫려 있었다. 땅속을 들여다보는 거대한 균열처럼 널찍한 구멍이었다. 그 주변에 흙과 곤충들이 있었다. 지렁이 한 마리가 낚싯바늘에서 풀려나려는 것처럼 꿈틀댔다. 그리고 구멍 안쪽에서 뭔가를 질질 끌고 긁어대는 소리가 들렸다.

안니카는 손으로 입을 막았다. 얀 아펠그렌의 책 작업을 할 때 머릿속에 떠올랐던 장면들이 눈앞을 스치고 지나갔다. 바로 여기가 오소리의 소굴이었다. 밤하늘에 쏘아올린 조난 신호의 불꽃처럼 진실이 밝혀졌다. 얀 아펠그렌은 오소리 이야기를 지어낸 게 아니었다. 전부 실화였다. 그리고 그가 바로 자기 책에 나오는 괴물이었다. 게다가 그는 검은 지하세계에서 그녀의 집으로 들어오려 하고 있었다.

자기 집으로.

끌리는 소리가 점점 가까워지다가 갑자기 멈췄다. 이윽고 힘겨운 숨소리가 들리더니, 다음 순간 긴 금속 발톱이 달린 장갑이 구멍 밖으로 뻗어나왔다. 안니카는 기겁해서 불을 끄고 복도로 물러났다. 어둠 속에서 발을 헛디디지 않기 위해 손으로 벽을 더듬었다. 한편으로는 흙이 바닥에 떨어지는, 부스럭거리는 소리도 조그맣게 들렸다. 뭔지는 몰라도 구멍에서 나온 존재가 그녀를 잡으러 왔고 등뒤에서 발을 끄는 소리도 들렸다. 마침내 그녀는 엠마의 시신이 걸려 있는 방의 문틀이 손에 닿는 걸 느끼고 비틀비틀 안으로 들어가 시신을 지나갔다.

둥근 기둥들처럼 느껴지는 것에 손이 닿았다. 기둥은 거칠고 차가웠다. 안니카는 그 사이를 더듬다가 결국 그 말라빠진 끄트머리를 만지게 되었다.

뼈였다.

뒤이어 안니카는 구체처럼 느껴지는 뭔가에 손을 짚었다. 그녀의 손가락이 치열을 알아차렸다. 오소리 피해자들의 유해 사이에 그녀의 손이 놓여 있던 것이었다. 그녀는 입을 막으며 구역질을 하지 않으려고 최대한 눈을 꽉 감았다.

복도를 따라 발 끄는 소리가 점점 더 가까워졌다. 한 걸음씩 다가올 때마다 그 짐승은 자신의 땅굴 방 사이에 길고도 느릿하게 긁는 소리를 울리며 발톱을 벽에 끌어댔다. 안니카는 숨을 참으며 다시 일어서서 무기라도 되는 것처럼 손전등을 꽉 잡았다. 비명을 지르지 않으려고 입술을 꽉 깨물자 입술이 찢어지면서 피 맛이 입안을 채웠다. 타자기가 있던 방에서 스며들어오는 약한 불빛으로 엠마의 시신 윤곽을 알아볼 수 있었다. 죽은 변호사는 손만 뻗으면 닿을 만큼 가까운 곳에 매달려 있었다.

물건 몇 개가 눈앞의 벽에 못 박혀 있었다. 장난감들이었다. 작고 지저분한 곰인형, 오래전에 발레리나가 춤을 멈춰버린 뮤직박스, 지붕에 똑바로 못이 박혀 있는 장난감 자동차, 몸이 없는 도자기 인형의 머리. 그 아래에는 옷을 걸치지 않은 채 꿰뚫린 바비 인형과 마이 리틀 포니 한 마리가 있었다. 그 무지갯빛 갈기가 흙덩이로 뒤덮인 채였다.

맨 꼭대기에는 같은 못에 반지 두 개가 걸려 있었다. 하나는 약혼반지가 틀림없었다. 보석이 그 자체의 무게 때문에 아래로 처져 있었다. 오소리의 그림자가 문을 지나쳐가자 어둠이 황금색으로 빛났다.

긁히는 소리가 멈추고 발 끄는 소리가 조용해졌다. 안니카는 귓속에서 맥박이 뛰었고, 몸이 열병에라도 걸린 것처럼 떨렸다. 그녀는 각오를 다지며 어둠 속에서 보랏빛 얼룩들이 춤추는 형상이 보일 정도로 눈을 꽉 감았다. 그런 다음 문밖을 내다보았다.

오소리는 진흙으로 완전히 뒤덮인 방수포 코트를 입고 긴 칼을 꿰맨 튼튼한 보호용 장갑을 손에 낀 남자였다. 장갑 소매 부분에 은색 접착 테이프가 여러 겹 감겨 있어 코트 소매와 이어졌다. 얼굴을 덮은 검은색 고무방독면을 거쳐 나오는 쌕쌕거리는 숨소리가 귀에 거슬렸다. 머리의 나머지 부분은 코트 목깃 아래로 사라지는 더러운 잠수모에 가려져 있었다. 그는 양팔을 옆으로 축 늘어뜨린 채 바닥의 벽돌더미를 바라보았다.

이윽고 그가 안니카에게 시선을 돌려 그녀를 똑바로 바라보았다. 안니카는 심장이 멎는 것만 같았다. 잡혔다. 도망칠 곳이 없었다. 하지만 오소리는 가만히 서 있었다. 고개를 갸웃하며 그녀를 자세히 살펴보았다. 그러더니 기다리라는 것처럼 한 손을 들었다. 그가 움직이자 전구 불빛에 더러운 칼들이 빛났다. 그는 안니카를 향해 다가오지 않고 한쪽 구석으로 움직였다. 책상으로. 그는 타이 핑하던 종이 몇 장을 쥐고 안니카에게 내밀었다. 다른 손으로는 다 가오라고 손짓했다.

안니카는 문틀에 기대어 일어서서 타자기가 있는 방으로 비틀 거리며 몇 걸음 들어갔다. 도망쳐야 한다는 건 알았지만 몸이 자기 만의 일을 하는 것 같았다. 나 미쳤나봐. 그녀는 오소리의 손에 들 린 종이를 보며 생각했다. 방독면의 납작한 안경알 너머로 보이는 그의 눈이 더 가까이 다가오라고 호소하고 있었다. 와서 종이를 받 아가라고.

그때 초인종 소리가 온 집안에 시끄럽게 울렸다. 누군가가 위층 에서 벨을 누르고 있었다. 오소리가 움찔하더니 다용도실로 통하는 구멍을 엿보았다. 안니카는 복도 쪽으로 다시 한 걸음 물러났다.

누군가가 복도에 대고 소리치고 있었다. "저기요! 아무도 안 계 세요?"

안니카의 심장이 더욱 빠르게 뛰었다. 손닿는 곳에 도와줄 사람이 있었다. 그러는 내내 오소리는 다시 그녀에게 종이를 내밀었다. 그의 다른 손은 책상을, 종잇더미를 가리키고 있었다.

누군지 모를 사람이 취미방으로 내려오는지 계단이 삐걱거렸다. 안니카는 단어들이 빽빽하게 입력된 종이를 보고 오소리를 보았다.

"제가 어떻게 하기를 바라세요?" 안니카는 자기도 모르게 물었다.

85

더는 그 짐승들의 소원만
이뤄주며 살 수 없다.
그러나 돌아갈 수도 없다.

11월 6일 일요일

세실리아는 안니카의 집 앞 진입로에 차를 세웠다. 바람이 세서 차 문이 홱 열렸다. 차에서 내리는데 문 경첩에서 삐걱거리는 소리가 났고 등으로 밀어서야 다시 문을 닫을 수 있었다. 낮은 구름에서 얼음장 같은 빗방울이 떨어졌다. 그렇게 그녀는 현관까지 이어지는 자갈길을 따라 걸었다. 모든 창문이 방문객을 환영하듯 빛나고 있었다. 안니카가 집에 있는 게 틀림없었다.

세실리아는 재킷 주머니에 양손을 찔러넣고 짙은 회색 구름이 깔린 하늘을 쳐다보았다. 저 위 어딘가에서 란드베테르로 가는 민항기 소리가 멀찍이 들렸다. 뱃속이 단단해지는 게 느껴졌다. 안니카와의 대화를 앞두고 필요 이상으로 긴장감이 들었다. 결국 집으로 돌아가는 게 최선일까?

"왜 이래, 시시." 그녀는 요나스가 옆에 서 있다고 상상하며 자신에게 속삭였다. 요나스가 여기 있었다면 그녀는 망설이지 않고 초인종을 눌렀을 것이다. 그런데 지금은 감이 좋지 않았다. 심지어 그녀는 스스로를 잠깐 저지했다가 주먹을 꽉 쥔 뒤에야 초인종의 둥근 플라스틱 버튼을 누를 수 있었다. 초인종 소리가 집안에 시끄럽게 울렸다. 그 소리를 제외하면 집안은 무덤 속처럼 고요했다. 세실리아는 인상을 쓰며 기다렸지만 아무도 대답하지 않았다. 결국 집에 아무도 없는 걸까? 안니카가 초인종 소리를 못 들었을 리는 없었다. 저렇게 시끄러운데.

문고리를 만져보니 문이 열려 있었다. 세실리아는 문을 열고 복도를 들여다보았다.

"저기요! 아무도 안 계세요?"

그녀는 대답을 기다리며 안을 살펴보았다. 전에 안니카를 불러다 신문하려고 왔을 때와 똑같았다. 하지만 뭔가 잘못되어 있었다. 안니카의 빨간색 코트가 복도 바닥 한가운데에, 말라붙은 흙더미 사이에 놓여 있었다. 더 안쪽에는 흙덩이와 석고 조각, 돌가루처럼 보이는 것들이 더 많이 있었다. 세실리아가 보인 반응, 경찰로서의 순전한 반사작용은 힙색에서 권총을 꺼내는 것이었다.

거실을 빠르게 살펴본 세실리아는 그곳에 아무도 없다는 걸 확인했다. 주방도 마찬가지였다. 그녀는 돌가루의 흔적을 따라 지하실 계단을 내려갔다. 계단 벽에 난 커다란 균열을 보자 심장박동이 빨라졌고, 취미방을 살펴볼수록 위험에 더욱 대비 태세를 갖췄다. 그 방은 오소리가 공격한 뒤의 범죄 현장, 이제는 익숙해진 그 모습과 비슷했다. 모든 것이 산산이 부서져 있었다. 심지어 벽도 균열과 구멍으로 뒤덮여 있었다. 한 가지 차이는 조명이 켜져 있다는 점이었다. 그녀는 등뒤의 전망창에 비친 자기 모습을 보았다.

놈이 또 공격한 거야? 한 해에 두 번이나? 안니카 그란룬드를?

모든 것이 그 방향을 가리켰다. 세실리아가 아직 보지 못한 유일한 것은 핏자국, 지하실 바닥의 구멍으로 이어져야 할 핏자국이었다. 세실리아는 생각하지 않고 방을 수색하는 데 집중하려 애썼다. 찰칵 소리와 함께 총을 장전하고 방아쇠에 검지를 걸었다. 바닥에 있는 부서진 컴퓨터 화면들과 깨어져 반짝이는 유리 파편에 시선이 가닿으며 권총 총구를 앞뒤로 움직였다. 그녀는 무기를 내리지 않고 계속해서 다용도실로 나아갔다. 벽 안쪽이 난도질당해 있었다. 크고 불규칙한 구멍이 반대편의 어둑하게 밝혀진 다른 방으로 이어졌다. 바닥의 돌가루와 석고 잔해 사이에 낡은 파란색 쇠지레가 있었다. 대체 무슨 일이 있었던 거야? 그때 벽 반대편에서 쌕쌕거리며 귀에 거슬리는 숨소리가 들렸다. 세실리아는 아드레날린이 핏속으로 솟구치며 감각이 예리해졌다. 숨을 깊이 들이쉬고 벽의 구멍에 총을 겨누었다.

그녀를 맞이한 광경은 결코 대비할 수 없는 것이었다.

끔찍하게 더러운 코트를 입고 머리에 잠수모를 쓴 남자가 그녀를 등진 채 영락없이 땅굴처럼 보이는 공간에 서 있었다. 의심의 그림자조차 없이 오소리인 게 틀림없는 남자가 안니카를 위협하며 구멍으로 탈출하지 못하게 막고 있었다. 세실리아는 오소리의 어깨 너머로 겁에 질린 안니카의 얼굴을 알아보았다.

세실리아가 집중력을 유지한 건 오직 여러 해 동안의 경찰 훈련 덕분이었다. 그녀는 다용도실에 머물 수 없었다. 오소리가 시야에서 빠져나가지 않도록 모든 각도를 살피지 않으면 상황이 급속히 심각해질 터였다. 그녀는 유연하게 구멍을 넘어가며 오소리에게 무기를 보였다. 필요할 경우 얼마든지 발사할 수 있다는 뜻으로.

"엎드려!" 세실리아는 안니카가 실수로 사선射線에 걸리지 않도록 소리쳤다. 오소리가 뭔가를 아래로 던지고 휙 돌아서는데 얼굴이 있을 거라고 예상했던 곳에는 흙투성이 마스크밖에 없었다. 그의 눈앞 보호용 렌즈가 두 개의 커다란 동전처럼 반짝였다. 안니카는 오소리 뒤에 마비된 채 서 있었고, 오소리가 사나운 동물처럼 몸을 웅크렸다.

세실리아는 무엇을 어떻게 해야 할지 알 수 없었다. 안니카를 맞히는 위험을 무릅쓰지 않고는 총을 쏠 수 없었다. 오소리도 머뭇거렸다. 그는 누구에게 덤빌지 선택하려는 것처럼 세실리아와 안니카를 획획 돌아보았다.

세실리아가 경고하며 외쳤다. "경찰이다! 쏜다!"

그 순간 안니카의 마비가 풀렸다. 그녀는 세실리아의 총으로부터 비껴나가 안전한 칠흑 같은 복도 안쪽으로 사라졌다. 오소리의 얼굴이 채찍을 휘두르듯 빠르게 세실리아에게로 돌아갔다. 동시에 그는 몸을 더더욱 웅크리며 덤벼들 준비를 했다.

어디 덤벼봐. 세실리아가 생각했다.

그녀는 오 년째 오소리를 사냥해왔다. 놈을 잡을 준비가 되어 있었다.

86

어쩌면 내 글은 영영 출간되지 않을지도 모른다.

세상의 수많은 작가 지망생이 쓴

대부분의 작품이 그렇듯이.

11월 6일 일요일

안니카는 세실리아 브리데가 다용도실 구멍에 나타나는 것을 보았다. 세실리아의 시선이 오소리를 훑고 지나와 곧장 안니카에게 닿았다. 몇 초 후 세실리아가 방안으로 들어와 권총을 겨누었다.

"엎드려!" 세실리아가 외쳤다.

오소리는 종이를 내려놓으며 휙 돌아섰다. 그가 여러 자루의 칼을 긴 발톱처럼 펼치며 덤벼들 준비를 하고 웅크리는 그 순간에 종이는 낙엽처럼 바닥으로 떨어졌다. 그의 시선이 세실리아와 안니카 사이를 오갔다.

"경찰이다! 쏜다!"

마지막 10분의 1초 동안 안니카는 오소리와 시선을 마주쳤다. 그 마스크 너머에 남아 있는 인간성은 없었다. 그저 피에 대한 탐욕뿐이었다. 그러나 그는 안니카에게 탈출할 시간을 주고 싶다는 듯 안니카와 세실리아 사이에 서 있었다. 안니카는 잠깐 망설인 뒤 복도 쪽으로 움직였다. 오소리에게서 도망치는 건지, 세실리아의 사선에서 도망치는 건지 알 수 없었다. 그냥 뛰었다. 등뒤에서 작업용 장화가 바닥에 닿는 묵직한 소리가 들렸다. 뒤이어 돌에 끌리는 칼소리가 들렸다. 그 의미는 하나뿐이었다. 그가 안니카를 쫓고 있었다. 긁는 괴물. 얀 아펠그렌. 오소리. 정체가 뭐든 그 생명체는 그녀에게 해를 가하려 했다. 그녀가 어린아이였을 때 이후로 늘 그랬듯이.

차마 돌아서서 그가 얼마나 가까이에 있는지 확인할 수 없었다. 그렇다고 그에게 잡힐 생각도 없었다. 안니카는 무엇을 해야 살 수 있는지 알았다. 그녀는 바닥의 검은 구멍으로 머리부터 뛰어들었다.

축축한 흙이 어깨를 뒤덮었다. 꿈틀거리며 점점 더 굴 안쪽으로 들어가자 뿌리와 돌에 온몸이 긁혔다. 공기는 부엽토와 부패의 냄새로 텁텁했다. 흙덩이와 지렁이, 땅속에 사는 곤충들이 목덜미로 떨어져 그녀를 간지럽혔다. 모든 것이 기어다녔다. 땅굴은 애써 앞으로 뱀처럼 기어가는 안니카의 몸을 사방에서 조여오는 실체화된 두려움이었다. 흙이 사방에서 들어왔다. 머리칼로, 입으로, 가슴 사이로. 손톱 밑으로도 욱여들어왔고, 치아 밑에도 뭉쳤으며, 피부 밑을 쏘아댔다. 그렇게 베이고 쓸린 상처가 수없이 많이 생겼다.

그래도 안니카는 투쟁을 멈추지 않았다. 힘을 너무 많이 써서 폐가 터질 것 같았다. 핏속에 아드레날린이 들끓었다. 숨을 한 번

쉴 때마다 이게 마지막 호흡이 될 수 있다는 생각이 들었다. 공기는 산소가 결핍된 이산화탄소로 가득했다. 하지만 선택의 여지가 없었다. 돌아갈 길이 없었다. 방향을 돌린다 하더라도 올라갈 수 있을지 불분명했다. 게다가 땅굴 뒤쪽에 그가 있을지도 몰랐다. 오소리, 한때 얀 아펠그렌이었던 존재가. 짧게 직업적 성공을 거두었으나 그 결과 직접 자신의 글에 등장하는 존재가 되어버린, 광기 어린 피조물로 변해버린 작가의 잔해가. 안니카의 눈은 더이상 눈물을 담아둘 수 없었다. 그녀의 두려움을 막아주는 유일한 것은 살아야겠다는 의지뿐이었다. 힘을 쓰느라 근육이 비명을 질렀지만 그녀는 눈을 꽉 감고 이를 악문 채 계속 나아갔다. 계속해서 어둠속으로. 더 깊이. 더 멀리.

안니카는 공포 속에 홀로 남겨졌지만 흙속에 혼자 있는 건 아니었다. 다른 뭔가가 땅속에서 느껴졌다. 그것들은 흙을 타고 번지는 충격, 그녀가 일으키지는 않았으나 땅을 흔들어 헐겁게 만드는 진동이었다. 강한 팔이, 날카로운 발톱이 달린 양동이 같은 손이 그녀와 평행하게 땅굴을 파고 있는 것 같았다. 그 압박감이 공기 중에 실체로 느껴졌다. 땅속의 일행이 가까워지자 땅굴 벽이 그녀를 옥죄어왔다.

그때 안니카는 희미한 속삭임을 알아들었다. 전에, 어린 시절에 지하실에서 들은 소리였다. 그 속삭임은 그녀를 유혹하는 동시에 겁먹게 했다. 그녀를 쫓고 있을지 모르는 남자, 어느 순간에든 그녀의 발목을 잡을 수 있는 남자가 실제로 흙속에 살고 있는 존재보다 훨씬 나빴다. 그는 보잘것없는 모조품일 뿐이었다. 그의 발톱은 진짜가 아니었다. 그러나 그가 속삭임보다 더 두려웠다. 흙속에서 속삭이는 목소리들은 평생 그곳에서 그녀를 기다렸다. 그들이 벽을 긁은 건 겁을 주기 위해서가 아니라 그녀를 부르기 위해서였다는 걸 깨달았다. 안니카는 그들의 존재 자체가 무서웠던 게 아니라, 그들의 매혹적인 노래를 따라 땅속 더 깊은 곳으로 들어가기를 열망했기에 그들이 두려웠던 것이다.

힘이 빠지면서 그들의 속삭임이 점점 더 선명하게 다가왔다. 발톱 달린 손이 통로의 벽을 뚫고 들어와 계속 나아가도록 그녀를 부추기는 와중에 땅굴 일부가 무너지면서 다리 뒤쪽으로 흙이 무겁게 쏟아졌다. 안니카는 마지막으로 소리를 지르며 힘을 써서 억지로 몸을 앞으로 끌고 갔다.

땅에서 나오는 머리가 마치 아주 깊은 곳까지 잠수했다가 수면으로 떠오르는 것처럼 느껴졌다. 그녀는 헐떡이며 숨을 쉬면서 발버둥치며 밖으로 나왔다. 마침내 그녀의 양팔이 이끼를 붙잡고 지하세계에서 얼음장처럼 차가운 밤 공기로 그녀를 끌어냈다.

안니카는 옆으로 몸을 굴려 빽빽하게 자란 숲 사이의 흙더미로 올라갔다. 보름달 빛이 바늘잎과 넓은 잎사귀 사이에서 깜빡였다. 힘을 주느라 근육에 쥐가 나는 바람에 그녀는 거칠게 헐떡이며 눈이 빠지도록 울었다. 하지만 죽지 않았다. 생생히 살아 있었다. 땅에서 다시 태어났다. 품에 안긴 아기처럼.

87

이 글을 읽는 사람은 누구나 자신의 악몽을 끝장내는 데
내 이야기를 활용할 수 있을지도 모르겠다.
나는 마음속 깊은 곳에서
그게 헛된 일이라는 걸 알지만 말이다.

11월 24일 목요일

기밀문서 파쇄를 위한 초록색 세절기가 세실리아와 요나스의 사무실 한가운데에 있었다. 책상은 문서보관용 상자들로 뒤덮여 있었다. 화이트보드에서는 모든 정보가 뜯겨나갔고, 시간표를 그리는 데 썼던 절연 테이프는 둥글게 구겨져 세절기 옆 넘쳐흐르는 종이 바구니 위에 놓여 있었다.

밖에서는 태양이 빛났다. 공기가 상쾌하고 차가웠다. 일기예보에 따르면 한랭전선이 오후에 밀려들어 예테보리에 올해 첫눈을 뿌릴지도 모른다고 했다. 하지만 지금까지는 하늘이 옅은 파란색이었다.

세실리아는 손으로 쓴 메모지 더미를 획획 넘겨보고 있었다. 이제는 누구도 그 메모를 쓸모 있다고 생각하지 않을 것이므로 세절

기의 좁은 틈새에 그것들을 집어넣기 시작했다.

"기분이 어때요?" 요나스가 물었다. 그는 눈앞 테이블에 놓인 오소리의 다양한 범죄 현장 사진을 분류하고 있었다.

사람을 쏜 기분이 어떠냐고? 이제 세실리아는 그 기분을 알았다. 눈을 감으면 지금도 눈앞에 얀 아펠그렌이 보였다. 오소리가. 그녀는 총알이 반사되며 손안에서 총이 뒤로 튀던 느낌을 기억했다. 방금 사격 훈련장을 떠나온 기분이었다. 총의 반동이 남긴 희미한 떨림이 지금도 엄지 아랫부분에 남아 있었다.

"잘 모르겠어." 세실리아는 단조로운 작업을 잠시 멈췄다. "이상해. 지금까지 몇 년 동안 이 수사에만 매달렸는데. 마침내 그 수사가 끝나서 좋네."

"저도 똑같은 감정이에요."

세실리아는 계속해서 세절기에 종이를 밀어넣었다. 얀 아펠그렌은 어떻게 그렇게 살 수 있었을까? 인간 오소리처럼, 땅속에서?

안니카가 사라지자마자 오소리는 세실리아에게 분노를 돌렸다. 얼룩진 방독면 뒤 그의 눈에서 증오심이 반짝였다. 안니카가 복도로 사라지자 그는 동물처럼 으르렁거리며 땅에 발을 굴러대더니 긴 칼을 바닥에 그었다. 마치 안니카가 탈출하도록 보호하는 것 같았다. 그리고 공격했다. 세실리아는 총을 쏘았다. 쏘고 또 쏘았다. 오소리가 바닥에 쓰러질 때까지.

"그래서…… 이제 어떻게 할 거예요?" 요나스가 물었다.

세실리아는 한숨을 쉬며 억지로 지금 이 순간으로 관심을 돌렸다. "잘 모르겠어. 여기서 나가는 대로 외스테르순드로 가서 부모님을 찾아뵈려고. 더 북쪽으로 갈지도 모르겠어. 킹스 트레일을 따라서 하이킹을 하든지. 두고 봐야지."

"으으, 추울 것 같은데요." 요나스가 말했다. "그 추운 데로 올라가서 뭘 하려고요?"

"예전부터 북극광을 보고 싶었어. 밤하늘을 망치는 가로등이 없는 산에 혼자 올라가서 말이야."

전에는 이런 기분을 느껴본 적이 없었지만 오소리에게 치명적인 총격을 가하고 난 이후로는 평정심을 되찾기 위해 탁 트인 하늘과 야생에서의 고독이 필요했다. 도시는 공기가 부족한 것처럼 느껴졌다.

"야생을 좋아하는 사람인 줄은 몰랐는데요." 요나스가 말했다. "나 같으면 어디 있는 덤불에 엉덩이를 대고 얼리는 일은 절대 없을 거예요. 그런 건 군대에서 충분히 해봐서."

"네가 물어봐서 대답해준 거잖아." 세실리아가 어깨를 으쓱하며 말했다. "그건 그렇고, 넌?"

"사실 사직서를 냈어요."

세실리아는 깜짝 놀랐다. "뭐? 그런 말은 한 적 없잖아."

"거절할 수 없는 일자리 제안이 들어와서요. 이젠 새로운 일을 해야 할 때라고 느꼈죠. 믿을지 모르겠지만 컨설턴트가 되려고요."

"설마, 전혀 몰랐는데. 어디 보험사라도 가는 거야?"

"아뇨. 디지털 포렌식 회사요. 왜 있잖아요, 누군가 불태우려 했던 하드드라이브를 살살이 뒤진다든가 하는 일요. 그러니까 혹시 모르죠, 앞으로도 경위님과 만날 수 있을지. 새 직장의 상사 말로는 국과수에서 종종 지원 요청을 한대요."

"뭐, 그럼 만날지도 모르겠네." 세실리아의 시선이 수사하고 남은 인쇄된 메모 꾸러미에 가닿았다. 그것들을 누군가 훑어볼지 어떨지 확신할 수 없었으므로 문서보관함에 집어넣었다. 겨우 종이 좀 놔두는 것뿐이다. 너무 많은 걸 보존했다는 이유로 누군가 그녀를 목매달 것도 아니고.

그들은 잠시 조용히 일을 계속했다. 세실리아는 다가오는 한랭전선을 따라 뻗은 낮은 구름들 뒤로 태양이 사라지는 모습을 보았다. 밖에서는 가로등이 켜지고 있었다. 울레비에서 무슨 경기가 벌어지는 중인지 관중들이 야외 경기장 관람석에서 관전하고 있었다. 최소한 그들은 세실리아가 익숙하게 아는 유령과 다른 존재였다.

"그건 그렇고, 그 사람이 옳았다고 생각해?" 세실리아가 물었다. 반쯤은 자신에게 하는 말이었다.

"누구요?" 요나스가 되물었다. 그는 사진을 다 살펴보고 컴퓨터에서 고개를 들었다. 화면이 평소처럼 그의 안경에 반사되었다. 꼭 그의 검은 눈앞에 흰 직사각형이 있는 것 같았다.

"우리의 도벽 환자 벵트 말이야. 땅속에 괴물이 있다던 말."

"콘크리트를 긁는 괴물요?" 요나스가 웃으며 말했다. 그는 손으로 발톱 모양을 만들고 책상을 손톱으로 긁었다.

세실리아가 미소 지었다. "바로 그거야. 그러니까 그 괴물들이 여기저기에 나타난 건 사실이잖아. 예를 들면 얀 아펠그렌의 책이라든가."

얀 아펠그렌이 오소리였다는 건 절대적으로 확실했다. 숨겨진 방과 그가 입고 있던 옷이 그의 DNA로 범벅되어 있었다. 동시에 몸에 단단히 맞춘 그의 복장, 그러니까 오래된 방수포 코트 안에 잠수복을 입은 그는 범죄 현장에 자신의 흔적을 전혀 남기지 않았다. 그러나 과학수사팀 경찰들이 지하실 뼈다귀 더미에서 오소리의 모든 피해자들이 남긴 유전물질과 함께 그의 기념품들을 발견했다. 가장 오래된 건 그의 아내에게서 나온 것이었다. 세실리아는 결혼반지에 새겨진 글귀를 직접 읽었다.

얀 ♥ 테레세. 11월 5일.

얀 아펠그렌은 둘의 결혼기념일마다 피해자를 공격했다. 시신을 부검해보니 그가 피해자들의 시신으로 연명했다는 사실이 드러났다. 먹은 것이다. 그 생각을 할 때마다 세실리아는 뱃속이 뒤틀렸다.

"지금도 그 출판기획자가 어떻게 그 책을 낼 수 있었는지 모르겠어요. 그 괴물들이 그렇게 무서웠다면서." 요나스가 말했다.

안니카 그란룬드와 에클룬드 프레스가 베스트셀러로 만들어놓은 얀 아펠그렌의 마지막 작품에 사실상 모든 단서가 공개되었다. 그 책은 도움 요청인 동시에 전기이기도 했다. 구원받을 수 없는 지점에 다다른 한 남자가 직접 쓴 자신에 관한 이야기.

"모르겠어." 세실리아가 말했다. "회사가 절박한 상황이었겠지. 안니카가 말을 안 하려 해."

바닥의 땅굴은 산소 없이 들어가보기에는 너무 좁았다. 소방당국은 안니카가 땅속 어딘가에서 질식해 죽었을 거라고 생각했다. 그녀가 집에서 약 300미터 떨어진 숲으로 비틀거리며 나오지 않았다면 아무도 그녀를 찾지 못했을 것이다. 그때 안니카는 너무 심각한 심리적 외상을 입어 자기 이름조차 기억하지 못했다.

"그건 완전히 이해해요." 요나스가 말했다. "그런데 사건이 해결된 지금도 책 판매는 전혀 줄지 않았던데요."

세실리아가 고개를 저었다. 그녀는 사람들이 골라서 읽는 그런 책들을 절대 이해하지 못할 것이다. 『나는 오소리다』 이후로 그녀는 아예 스릴러물을 읽지 않았다. 스릴러 소설은 작가들이 사람을 해치우는 가장 끔찍한 방법을 떠올리려고 서로 경쟁이라도 하는 듯 점점 더 비도덕적으로 변해갔다. 그녀는 희망을 주는 글만 읽기로 결정했다.

"뭐." 요나스가 말했다. 그의 컴퓨터 화면이 꺼지고 팬에서도 더이상 소리가 나지 않았다. "땅속에 엿같은 괴물이 있을 리는 없죠. 진짜 괴물은 인간이에요. 다른 모든 건 왜곡된 상상력이고요."

세실리아가 고개를 끄덕였다. "그렇지?" 그녀는 뱃속의 뭉친 것이 커져가는 기분을 느끼며 말했다. "당연히 땅속에는 괴물이 없어."

88

악몽을 끝낼 유일한 방법은

나를 죽이는 것이다.

하지만 내가 죽더라도

그 짐승들은 계속 존재할 것이다.

2월 3일 금요일

안니카는 계단실 문을 닫고 들어가 비니를 벗었다. 커다란 동물의 앞발처럼 하늘에서 떨어져 주차된 자동차들을 두꺼운 담요처럼 덮는 눈 때문에 날이 습했다. 복도의 열기가 그녀의 두 뺨을 녹여 아름다운 붉은색으로 바꿔놓았다. "나 왔어." 안니카는 새 코트의 지퍼를 내리며 말했다. 빨간색 코트는 버렸다. 그걸 보면 이전의 삶이 생각날 뿐이었다.

"갈게." 마르틴이 주방에서 소리쳤다.

안니카가 미소 지었다. 그들은 서로를 양팔로 오랫동안 꼭 끌어안고 입맞춤으로 포옹을 마무리했다. 안니카의 가슴이 두근거렸다. 마치 방금 사랑에 빠진 것만 같았다. 그 모든 일을 겪었지만 이 관계는 괜찮을 것이다. 이제는 그걸 알았다.

"헬레나랑은 잘됐어?" 마르틴이 그녀의 짙은 붉은색 곱슬머리를 귀 뒤로 조심스레 넘겨주며 물었다.

안니카가 고개를 끄덕였다. 그녀는 이 주일에 한 번씩 심리상담사를 만나러 갔다. 초기에는 일주일에 한 번씩 갔지만 지금은 훨씬 나아진 기분이었다. 약도 줄일 생각이었지만 헬레나가 그러기엔 너무 이르다고 했다. 안니카가 겪은 일은 가볍게 넘길 문제가 아니었다. 받을 수 있는 모든 도움이 필요했다. 모든 도움, 그리고 가장 가깝고 사랑하는 사람들의 모든 사랑이. 어쨌든 여름까지는 그럴 터였다. 가까운 미래에는 파트타임으로 회사에 돌아갈 수 있을 것이다.

지금도 일어났던 모든 일이 기억나지는 않았다. 불을 켜고 잤고, 매일 밤 땀에 절어 잠에서 깼다. 주위가 너무 어두워지면 땅굴에 들어간 것처럼 벽이 어깨를 짓누르는 느낌이 들었다. 그녀가 조금이나마 선명하게 기억하는 건 오소리에게서 도망친 뒤 어깨에 닿던 땅굴 벽의 압박감뿐이었다. 나머지 이야기는 다른 사람들이 집밖의 거리에서 그녀를 돌보기 시작한 다음부터 그들을 통해 조금씩 모은 것이었다.

그녀가 오소리의 은신처를 발견했다. 은신처는 얀 아펠그렌이 이성을 잃고 벽돌을 쌓아 막아버렸던 그녀의 지하실에 숨겨져 있었다. 그곳이 바로 얀 아펠그렌이 괴물로 변해가는 동시에 오소리에 관한 책, 그러니까 피투성이 피해자들과 땅속에 잠들어 있는 생명체들에 관한 왜곡된 전기를 쓴 곳이었다.

안니카가 그럭저럭 회복하자마자 그녀와 마르틴은 다시 서로를 발견했다. 그녀는 이제 새로운 빛으로 사물을 보았다. 지하세계에서 나온 뒤로 어쩐지 모든 것이 선명해진 듯했다. 마르틴을 다시 인생에 들이기로 한 결정도 만족스러웠다. 마르틴이 요구한 것도 그뿐이었다. 안니카는 마르틴이 줄 수 있는 안정감이 필요했다.

하지만 얀 아펠그렌의 집은 필요 없었다. 둘은 상당한 손실을 보고 그 집을 팔았다. 매수자는 그곳에 살기를 원하지 않았고 집을 무너뜨려서 새로 짓고 싶어했다. 둘은 전혀 개의치 않았다. 지금 살고 있는 집은 최근에야 취득했다. 심지어 이삿짐을 풀 시간조차 없었지만 서두를 건 없었다.

마르틴이 미소 지으며 안니카의 눈을 그윽히 들여다보았다. "이리 와. 먹을 걸 만들어뒀어. 와인도 있고."

"날 유혹하려는 거야?" 안니카가 마주 미소 지으며 말했다.

"그럴지도 모르지. 그런데 일단 먹자."

안니카는 부츠 끈을 풀고 짐 상자 사이를 디디며 주방으로 갔다. 가스레인지 후드에서 쉭쉭 소리가 났다. 주방은 따뜻했고 향신료 냄새가 났다. 테이블에는 하얀 새 양초와 짙은 색의 레드와인이 담긴 커다란 유리잔 두 개가 차려져 있었다. 마르틴이 조리대에 캐서롤이 담긴 도자기 접시를 올려놓고 뚜껑을 들어올렸다. 새로운 향이 구름 같은 김을 일으키며 퍼져나가자 군침이 돌았다. 안니카는 마르틴을 양팔로 끌어안은 뒤 접시에 음식을 담고 있는 그의 날갯죽지 사이에 뺨을 갖다댔다.

"사랑해." 안니카는 속삭였다. 너무도 조용하게 속삭여서 마르틴이 그 말을 들었는지조차 알 수 없었다. 아직 그 이상 큰 소리로 말하는 위험은 감수하지 않았다.

마르틴은 음식을 담다 말고 가슴 위에 놓인 그녀의 손에 자기 손을 얹었다. "마음에 들었으면 좋겠다. 이거 다 준비하려고 일찍 집에 왔거든."

안니카는 대답하지 않았다. 대신 눈을 감고 그를 더 가까이 꽉 끌어안았다. 그러면 스웨터 너머로 그의 심장 소리가 들렸다. 새로 시작할 시간이었다. 이번에는 집이 필요하지 않았다. 아이들도 필요 없었다. 운명에 맡길 뿐이었다. 둘에게 필요한 것은 서로뿐이었다. 이제는 알 수 있었다.

이번에는 다 괜찮을 것이다. 마음속 아주 깊은 곳에서 느낄 수 있었다. 땅속을 뚫고 나온 사람은 완전히 새로워진 안니카였다.

89

내가 죽으면 그들은 다른 누군가를,
내 자리를 대신할 누군가를 선택할 것이다.
그냥 그렇게 되는 것임을 당신도 안다.
이제는 당신 차례다.

2월 4일 토요일

안니카는 침대 옆 테이블의 램프 빛에 눈을 깜빡였다. 그날 밤도 거의 자지 못했다. 마르틴이 옆에서 조용히 코를 골고 있었다. 그녀는 손을 뻗어 램프를 끈 뒤 살금살금 침실을 나서서 마르틴이 깨지 않도록 문을 닫았다. 아파트 나머지 공간의 빛은 바깥에 내리는 눈에 반사된 회백색의 가로등 불빛이었다. 이삿짐 상자들이 빈방에 기다란 그림자를 드리웠다. 그녀는 까치발을 들고 그 상자들을 지나쳐 현관문을 열고 계단실의 어둠 속으로 들어섰다. 발밑에서 돌바닥이 차갑게 느껴졌다. 그녀는 아무도 듣지 못하게 조심스럽게 문을 닫았다. 목에 건 끈에 열쇠가 매달려 있었다. 훈련을 할 때 쓰는 것과 같은 열쇠였다.

지하실까지는 두 층만 내려가면 되었다. 그녀의 발걸음은 속삭임처럼 조용했지만 밋밋한 콘크리트 벽 사이에서는 그 소리가 울리는 것처럼 느껴졌다. 안니카가 지하실 창고로 들어가는 묵직한 문을 열자 열쇠가 자물쇠에서 달그락거리고 경첩이 비명을 질러댔다. 방화문 뒤에는 똑같이 생긴 두번째 문으로 이어지는 긴 복도가 있었다. 한쪽에는 한 집마다 배정된 개별 창고가 일렬로 늘어서 있고 그 앞에 잿빛 철창이 달려 있었다. 그녀는 어둠 속에서 사람들이 그곳에 뒤죽박죽으로 보관한 물건들을 감지했다. 책이 담긴 상자, 오래된 자전거, 서핑보드, 계절에 맞지 않는 끝없이 많은 의류. 이미 지나간 삶, 끝나버린 삶이 남긴 기억 저편의 조각들이 서로 겹쳐 쌓여 있었다. 안니카는 문이 등뒤에서 쾅 닫히게 놔두고 복도로 몇 걸음 들어갔다.

불은 켜지 않았다. 무엇을 보려고 온 게 아니었다.

그녀는 벽에 손을 대고 손바닥에 닿는 차가운 돌을 만져봤다. 피부에 닿는 감촉이 거칠었다. 그녀는 연인의 가슴에 기대듯 기대감에 떨며 벽에 뺨을 대봤다. 손가락이 발톱처럼 구부러졌다. 그리고 희게 칠한 콘크리트를 손톱으로 천천히 긁었다. 희미한 긁는 소리가 어둠 속에 퍼지자 그녀는 기쁨에 몸을 떨었다.

저 바깥, 땅속의 뭔가가 길게 이어지는 거슬리는 소리로 응답했다. 꼭 벽 반대편에서 돌을 긁는 발톱 소리 같았다.

입술이 벌어지며 안니카는 활짝 미소 지었다.

감사의 말

이 책을 돕고 응원해주신 데 대해 여기에 다 담을 수 없을 만큼 많은 분들에게 감사인사를 전하고 싶다. 이런저런 방식으로 기여해준 여러분 모두가 내 마음속 특별한 자리를 차지해야 마땅하다. 감사의 말에 등장하지 않는 당신들도 말이다. 여러분 중 누구도 잊히지 않았다.

일단 부모님께 감사한다. 두 분은 늘 물불 가리지 않고 나를 사랑하고 응원해주셨다. 그 점에 영원히 감사한다. 두 분이 없었다면 나는 글을 하나도 쓰지 못했을 것이다. 두 분 모두 사랑한다.

LB 출판사의 루이제, 마리아, 카밀라에게는 모든 점이 고맙다! 여러분보다 뛰어난 팀은 없을 것이다! 촘촘한 빗으로 작품을 가다듬는 데 도움을 준 나의 편집자 안 폴손에게도 고맙다. 영어 번역을 해준 앤디 터너에게도 내 글의 본질과 이 이야기의 정수를 포착해준 점에 대해 무척 고마운 마음이다.

세계 최고의 문학 에이전트인 에디트 엔베리 살리비, 마리아 엔베리, 그리고 엔베리 에이전시에 있는 털북숭이 고양이에게도 감사인사를 전한다. 여러분이 없었다면 이 책은 어딘가의 서랍에서 먼지를 뒤집어쓰고 있었을 것이다.

나의 단편소설 「긁는 소리」를 출간해준 운드렌티데 출판사의 엘린 홀메린에게도 감사한다. 그 이야기가 얀 아펠그렌의 지하실 주변 땅속에 사는 괴물들을 만들어내도록 이끌어줬다. 같은 괴물들이 이 책에서도 벽을 긁어댈 줄은 몰랐지만, 그렇게 되었다.

작품을 미리 읽어준 모든 독자에게도 그 소중한 기여에 감사한다! 특히 내내 조언과 응원을 해준 마르쿠스 셸드에게 감사한다. 마르쿠스 올라우손에게도 마찬가지다.

여러 해 동안 해온 그 모든 훌륭한 대화와 팟캐스트에 대해 판타스티스크 팟의 모든 친구들에게도 특별히 감사를 전한다. 다른 방식으로는 절대 그런 에너지를 얻을 수 없다.

구 년간 행복을 베풀어준 미란다에게도 고맙다.

이 책의 첫 씨앗은 우리가 살던 집에 하수관을 깔면서 처음으로 뿌려졌다. 그후 나는 그 집에서 이사했다. 이 책의 내용 중 현실과 직접적인 연관이 있는 것은 책 속에서 벌어지는 사건의 배경인 그 공사에 대한 내 기억뿐이다. 다른 모든 것은 허구의 창작물이자 통제를 벗어난 나의 상상이다. 다만 심한 비약이 일어나지 않도록 이런 문제에 관해 더 잘 아는 사람들과 얘기를 나누었다. 내 질문에 답하고 초기 원고를 읽으며 중요한 내용이 아귀가 맞는지 확인해준 모든 분에게 큰 감사를 전한다. 특히 경찰 캐릭터들이 현실감

있게 묘사되도록 신경써준 얀 뢰베르달에게 고마운 마음을 전한다. 책의 모든 오류와 부정확함은 내가 알면서도 놔두었거나 몰라서 고치지 못한 것이다.

마지막으로, 누구보다 중요한 모든 독자에게 감사한다. 이 책은 여러분을 위한 것이다.

옮긴이 **강동혁**

서울대학교 영문학과와 사회학과를 졸업하고 동 대학원에서 영문학 석사학위를 받았다.
옮긴 책으로 에르난 디아스의 『먼 곳에서』 『트러스트』, 커트 보니것의 『타이탄의 세이렌』,
압둘라자크 구르나의 『그후의 삶』, 살만 루슈디의 『나이프』, J. K. 롤링의 해리 포터 시리즈
등이 있다.

문학동네 세계문학

속삭이는 벽

초판 인쇄 2026년 2월 4일 │ 초판 발행 2026년 2월 20일

지은이 프레드리크 빈테르 │ 옮긴이 강동혁
책임편집 고선향 │ 편집 최정수
디자인 김현아 이원경 │ 저작권 박지영 형소진 주은수 오서영 조경은
마케팅 정민호 서지화 한민아 이민경 왕지경 정유진 한경화 정경주 김혜원 김예진 이서진
브랜딩 함유지 김은솔 박민재 이송이 박다솔 조다현 김하연 이준희
제작 강신은 김동욱 이순호 │ 제작처 천광인쇄사

펴낸곳 (주)문학동네 │ 펴낸이 김소영
출판등록 1993년 10월 22일 제2003-000045호
주소 10881 경기도 파주시 회동길 210
전자우편 editor@munhak.com │ 대표전화 031) 955-8888 │ 팩스 031) 955-8855
문학동네카페 http://cafe.naver.com/mhdn
인스타그램 @munhakdongne │ 트위터 @munhakdongne
북클럽문학동네 http://bookclubmunhak.com

ISBN 979-11-416-1539-0 03850

잘못된 책은 구입하신 서점에서 교환해드립니다.
기타 교환 문의 031) 955-2661, 3580

www.munhak.com